Barbara Leciejewski

FRITZ UND EMMA

Barbara Leciejewski

FRITZ UND EMMA

ROMAN

Ullstein

Besuchen Sie uns im Internet:
www.ullstein.de

FSC
www.fsc.org
MIX
Papier aus verantwortungsvollen Quellen
FSC® C083411

ISBN 978-3-86493-148-2

Originalausgabe im Ullstein Paperback

Gesetzt aus der Sabon bei Pinkuin Satz und Datentechnik, Berlin
Druck und Bindearbeiten: CPI books GmbH, Leck

Für meine Familie, in Liebe

1947

Zwei Jahre nach Kriegsende schleppte Emma noch immer Steine. Zwei Jahre nachdem die letzte Bombe gefallen war, nachdem die fremden Soldaten durchs Dorf gezogen waren mit Gewehren im Anschlag, ab und zu etwas gerufen hatten, in einer fremden Sprache, Amerikanisch, wie Frieda gesagt hatte. »Das sind Amerikaner«, hatte sie geflüstert, als ob man sie auch dort unten im Keller hören könnte. Da hatten sie gesessen, geduckt und verängstigt, hatten darauf gewartet, dass die fremden Soldaten eindringen und sie alle erschießen würden, so wie sie es verdient hatten. Fritz hatte das früher immer gesagt: »Eines Tages wird uns die Welt bestrafen für das, was wir ihr antun.«

»Um Himmels willen, Fritz, sei still. Sag das nicht laut«, hatte Emma geantwortet. Voller Angst um ihn. Sie würden auch vor einem Jungen nicht haltmachen, der laut sagte, was er dachte. Und Fritz dachte so einiges über die Nazis, über Hitler, über den Wahnsinn, den man Krieg nannte. Nur ihr flüsterte er es zu, wenn er glaubte, sein Herz würde vor ohnmächtiger Wut explodieren, ihr konnte er vertrauen. Und dann, kurz vor Schluss, holte auch ihn der Krieg. Er war achtzehn geworden. Er musste gehen. Fürs Vaterland kämpfen, obwohl er nicht wollte, obwohl es da nichts mehr zu kämpfen gab, obwohl er aller Wahrscheinlichkeit nach nicht mehr nach Hause kommen würde. Sie hatten einander nur kurz umarmt, nur flüchtig geküsst, aus Angst, alles, was darüber hinausging, würde es ihnen unmöglich machen, sich zu trennen. Aber sie hatten einander versprochen, zu überleben, sich wiederzusehen und gemeinsam alt zu werden. Dann war er gegangen und hatte sich nicht mehr umgedreht. Seither hatte sie nichts mehr von ihm gehört.

Ein paar Wochen später war das Haus seiner Eltern getroffen worden, und beide waren ums Leben gekommen, ebenso sein jüngerer Bruder und seine Großeltern.

Es waren die Steine dieser Ruine, die Emma schleppte. Und sie dachte dabei an Fritz. Jeder Stein, den sie forttrug, so dachte sie, brachte ihn ein Stück näher zu ihr.

Er war vermisst, nicht gefallen, zumindest war es nicht bekannt, aber alle im Dorf glaubten es. Am Anfang hatten sie ihr noch geholfen. Als klar war, dass die Amerikaner sie nicht alle erschießen würden, als sie sich wieder in ihre Häuser zurücktrauten und anfingen aufzuräumen, da hatten sich einige auch um das Haus der Familie Draudt gekümmert. Aber jeder hatte ja seine eigenen Sorgen, und dann kamen die Franzosen als Besatzer und mit ihnen noch mehr Sorgen, und die Toten waren ja tot. Am Schluss war es nur noch Emma, die jeden Abend nach der Arbeit kam und ein paar Steine wegräumte. Zwei Jahre lang.

Sie hatte schon viel geschafft. Es sah nicht mehr aus wie ein zerbombtes Haus, es sah aus wie ein Loch in der Welt, ein großes Nichts mit ein paar Trümmern. Manchmal stand sie einfach nur eine Weile davor, dachte an Fritz und daran, wie sehr sie sich wünschte, ihn noch einmal zu sehen, ihn noch einmal zu hören, doch noch mit ihm alt zu werden. Schließlich packte sie ein paar Steine in den Korb, um sie wegzubringen, meist zur Böschung am Bach. Das half sogar, wenn er bei Hochwasser wieder einmal über die Ufer trat. Oder oben zum Waldrand, in der Nähe ihres eigenen Elternhauses.

An einem Abend im April 1947 stand sie wieder mit ihrem Korb vor diesem Trümmerfeld, auf dem einmal ein Haus gestanden hatte, in dem einmal Leben geherrscht hatte und Freude. Sie schloss die Augen und dachte an Fritz.

»Emma!«, hörte sie eine Stimme hinter ihrem Rücken, die entfernt wie seine klang. »Ich bin wieder da.«

Sie schlug die Augen auf, drehte sich aber nicht um. Es war doch nur ihre lebhafte Fantasie, die zu ihr sprach, ihr tiefster Wunsch, ihre Sehnsucht, was auch immer.

»Ich bin wieder da, Emma«, wiederholte die Stimme und kam näher. »Ich bin da.«

Ende April 2019

Es waren genau acht Leute in der Kirche. Zwei davon Presbyter in der ersten Reihe links, zwei Konfirmanden in der zweiten Reihe rechts. Drei alte Frauen, die auf verschiedene Reihen verteilt auf den alten Holzbänken saßen. Und Marie.

Marie saß ganz hinten. Jakob würde sie später fragen, ob man ihn auch bis in die hinterste Reihe verstanden hatte, obwohl das gar nicht nötig war. Die alten Frauen verstanden ihn auch so nicht, weil sie schlecht hörten, und ein Hörgerät betrachteten sie als unnützes Zeug. Die anderen saßen vorn. Jakob würde trotzdem fragen. Es war ihm wichtig. Laut und inbrünstig trug er seine Predigt vor. Marie kannte sie schon. Er hatte zu Hause geübt. »Ist das gut so?«, fragte er immer und wollte wissen, ob er auch alles richtig betonte. »Du machst das großartig«, sagte sie jedes Mal, und es war die Wahrheit. Er predigte für die acht Menschen in der Kirche, als wären es zweihundert, die ihm zuhörten, als wäre die Kirche proppenvoll und er müsste mit seiner Stimme und seinem Glauben bis in den letzten Winkel dringen.

Marie selbst war nicht gläubig, oder sie wusste es nicht so genau. Sie wäre es gern gewesen, für Jakob, aber sie war sich nicht sicher, ob sie an einen Gott glauben konnte, der so viel Schlimmes zuließ, so viel Böses.

»Das machen die Menschen, nicht Gott«, verteidigte Jakob ihn dann.

»Und warum tut er nichts dagegen?«, erwiderte Marie immer wieder. Inzwischen hatten sie diese Diskussionen schon lange aufgegeben. Sie ließ ihm seinen Glauben, er ließ ihr ihre Zweifel und war glücklich, wenn sie trotz allem in der letzten Reihe der Kirche saß und ihm im Anschluss sagte, dass man ihn gut gehört und dass er wundervoll gepredigt habe.

»Amen!«, sagte Jakob, lächelte und stieg von der Kanzel, während Frau Wehmeier die Orgel spielte. Lied 316. Jakob und die zwei Presbyter sangen, die beiden Konfirmanden vergruben ihre Nasen im Gesangbuch und taten so, als sängen sie mit, was blanker Unsinn war, denn bei so wenigen Leuten war jede einzelne Stimme zu hören. Von den drei Frauen blätterten zwei auf der Suche nach der richtigen Seite, die dritte sang auswendig und laut. Marie sang nicht. Sie hörte lieber zu und amüsierte sich still darüber, wie Frau Wehmeier über die Noten galoppierte und sämtliche Pausen gnadenlos überspielte. Spätestens ab der zweiten Strophe war sie dem singenden Teil der achtköpfigen Gemeinde uneinholbar davongeeilt, und wenn sie den letzten Ton anschlug, den sie besonders laut spielte und lange hielt, dann tröpfelte der Gesang nach und nach hinterher.

Jakob sang genauso schön, wie er predigte, mit einer warmen, klaren Baritonstimme. Marie wusste, dass ihm eine tiefe, männliche Reibeisenstimme wie die von Tom Waits lieber gewesen wäre, aber man konnte nicht alles haben.

Nach dem Lied schaltete Marie regelmäßig ab. Es kam nicht mehr viel. Ein paar Ankündigungen, eine Fürbitte, falls jemand gestorben war, und der Segen. Dann stellte sich Jakob an den Ausgang und verabschiedete die Gottesdienstbesucher. Einer der Presbyter stand mit stoischer Miene und einem kleinen Körbchen für die Kollekte daneben. Der zweite versah währenddessen die Aufgaben eines Kirchendieners und kümmerte sich um das Glockengeläut.

Marie ging als Letzte durch die Tür, warf ein paar Münzen in den Korb und gab ihrem Mann die Hand, als wäre sie eine Unbekannte. Manchmal drohte sie damit, ihn zu küssen. Das gehörte sich sicher nicht, aber eines Tages würde sie es trotzdem tun. Was konnte Gott schon dagegen haben, wenn eine Frau so in ihren Mann verliebt war, dass sie ihn küssen wollte, selbst wenn er dabei noch den Talar trug? Falls es diesen Gott gab. Und falls nicht, war es sowieso egal.

Nur den Presbytern war es vielleicht nicht egal oder den alten Damen, die achteten auf so was. Jedenfalls behauptete das Jakob. Ganz sicher war er da auch nicht. So lange waren sie noch nicht in der Gemeinde, erst drei Wochen, und wussten nicht, wie konservativ oder wie locker die Leute hier auf dem Land waren.

»Sehr schöne Predigt, Herr Pfarrer!«, sagte Marie und reichte Jakob die Hand. Sie liebte es, wenn er dann verlegen wurde, mit zusammengepressten Lippen ein breites Lächeln zurückhielt und ihre Hand heimlich ein wenig drückte. »Danke!«, sagte er.

Sie trat hinaus in die Sonne und stieg die fünf Stufen des Kirchenportals hinab in den gepflasterten Kirchhof.

»Herr Pfarrer!«, hörte sie, wie der Presbyter mit dem Kollektenkorb Jakob ansprach. »Haben Sie noch einen Moment?«

Marie seufzte, lehnte sich gegen die dicke Kirchenmauer und ließ ihr Gesicht von der Frühlingssonne wärmen. Einen Moment, das bedeutete ihrer Erfahrung nach oft eine halbe Stunde. Die Landbevölkerung hatte ein anderes Zeitgefühl als die Leute in der Stadt, das hatte sie schon früh festgestellt. Manchmal hatte das sein Gutes, manchmal eben auch nicht.

»Auf Wiedersehen, Frau Pfarrer!«, rief eine der Frauen, die, die alle Lieder auswendig singen konnte.

»Auf Wiedersehen«, antwortete Marie freundlich. Sie kannte den Namen der Frau noch nicht und schämte sich, denn sie sollte doch zumindest die Leute kennen, die so nett waren, für Jakobs Sonntagspredigt früh aufzustehen. Zudem hatten sie die Qual der Wahl zwischen dem weiten Weg zur Kirche am Wald entlang und dem näheren, aber beschwerlichen Weg den Berg hinauf über die Treppen mit ihren zahllosen unregelmäßigen Stufen. Gleichgültig wofür man sich entschied, der sonntägliche Kirchgang war unweigerlich mit einem strammen Fitnessprogramm verbunden.

»Haben Sie sich schon eingewöhnt bei uns?«, fragte die alte Frau. Auch das war typisch, wie Marie schon bemerkt hatte: Man sagte »Auf Wiedersehen« und schob dann noch eine Frage hinterher. Oder eine Anmerkung, einen Scherz, einen Seufzer.

»Ach, na ja … schon irgendwie«, wich Marie aus. Was sollte sie auch antworten? Wäre sie ehrlich gewesen, hätte sie sagen müssen: Ich fremdele an jedem neuen Morgen, an dem ich hier wach werde. Ich bereue es an jedem Abend, hierher gezogen zu sein, weil in diesem leblosen kleinen Dorf nichts, absolut nichts los ist und weil ich die Stille und die verlassenen Straßen kaum ertragen kann. Wenn mein Mann nicht wäre, wäre ich noch heute Mittag auf und davon. Sollte sie das etwa sagen? Nein, das tat man nicht als Frau des neuen Pfarrers, genauso wenig, wie ihn nach dem Gottesdienst zu küssen.

Die alte Frau schmunzelte wissend, als hätte sie jede einzelne dieser lediglich gedachten Antworten gehört. Dann wankte sie die Stufen der Kirchentreppe hinab. Ihre Hand suchte an dem halb verrosteten Geländer mit der abgeblätterten grünen Farbe Halt. Stellenweise war das Geländer sogar unterbrochen, sodass man ein paar Schritte freihändig zurücklegen musste. Dass noch keiner der alten Leute gestürzt war, grenzte an ein kleines Wunder, aber es war kein Geld da, um das Geländer zu erneuern oder wenigstens die Stufen der Treppe zu befestigen. Geld war für gar nichts da, das hatte man dem Pfarrer gleich am ersten Abend erklärt. Die Orgel war die letzte größere Anschaffung der Kirchengemeinde gewesen, und das war nun auch schon siebzehn Jahre her.

»Daran haben wir uns verhoben«, so hatte sich der Vorsitzende des Presbyteriums ausgedrückt. Verhoben. Dabei hatte er ganz gebeugt am großen Tisch im Pfarrhaus gesessen und den Eindruck gemacht, als wäre er selbst derjenige, der sich verhoben hatte.

Marie schaute der alten Frau hinterher, hielt die Luft an, als diese an die erste Stelle ohne Geländer kam, und atmete auf, als ihre Hand wieder sicheren Griff fand. Möglicherweise war ja die Schutzengelrate rund um die Kirche besonders hoch.

Marie hob den Blick und ließ ihn über das Tal gleiten. Das war der Vorteil an der Lage der Kirche: Von der Anhöhe hatte man die schönste Aussicht weit über das ganze Dorf hinweg, fast von einem Ende bis zum anderen. Malerisch lag es zwischen der niedrigen Hügelkette auf der einen Seite und dem sanft ansteigenden, reich bewaldeten Berghang auf der anderen. Mitten in einem Meer aus satt leuchtendem Grün. Die Häuser sahen aus, wie in dieses Meer hineingepurzelt, dahin und dorthin, die älteren mehr in die Mitte, die neueren weiter außen, Einfamilienhäuser unter roten Ziegeldächern. Der kleine Bach am Rande des Dorfes schuf die natürliche Grenze. Ihm verdankte der Ort seinen Namen: Oberkirchbach.

Es war wunderschön, und doch konnte Marie die Aussicht nicht genießen, sie konnte nicht denken: Wie schön! Sie dachte nur: Wie klein! Wie entsetzlich klein und trist.

Sonntag für Sonntag stand sie da oben und versuchte, sich darauf zu konzentrieren, wie herrlich diese Gegend war mit ihren Hügeln, Feldern und Wäldern. Wie ursprünglich die Natur war, wie gesund die Luft, wie erholsam die Ruhe. Doch an jedem neuen Sonntag lag eine Woche hinter ihr, die ihr wie ein Loch vorkam, das ihre Lebenszeit verschluckt hatte.

Sie hatte sich das nicht richtig vorgestellt, wie es sein würde als Pfarrersfrau in einem kleinen Dorf, als »Frau Pfarrer«. Genau genommen hatte sie sich gar nichts vorgestellt. Sie war in einer Kleinstadt geboren und aufgewachsen, war zum Studium in eine größere Stadt gezogen und schließlich in die Großstadt. Vom Leben auf dem Land hatte sie nicht die leiseste Ahnung gehabt. Sie kannte die hübschen kleinen Dörfer in Bayern, in denen man gern auch mal als Tourist abstieg, um die schöne Landschaft und die Natur zu genießen, oder in die man sich ganz zurückzog, wenn man das Leben in der Großstadt satthatte. Raus aus der Hektik und der Anonymität, wo alte Leute einsam und unbemerkt in ihren Wohnungen starben und erst der unangenehme Geruch im Treppenhaus die Nachbarn auf den Plan rief. Auf dem Land war man noch füreinander da plus Natur plus gute Luft plus Ruhe. So viel zu den Klischees, denen auch Marie aufgesessen war.

Ob Jakob sich auch eine Gemeinde in einer eher strukturschwachen Gegend vorstellen könne, hatte man ihn gefragt, und er stamme ja ursprünglich aus dem Westrich, das würde sich doch anbieten. Jakob hatte zwar lediglich die ersten beiden Jahre seiner Kindheit dort verbracht und keinerlei Erinnerungen mehr daran, doch er hatte sich sofort dazu bereit erklärt. Seine erste eigene Gemeinde! Er wäre überallhin gegangen. Und Marie wäre ihm überallhin gefolgt. Jetzt saßen sie hier. Im Niemandsland.

Im Hintergrund hörte sie die Stimmen der beiden Presbyter

und Jakobs gelegentliche zustimmende Laute. Marie achtete nicht darauf, worum es diesmal ging. Vielleicht darum, ob der Gesangverein wieder einmal im Gottesdienst singen sollte, dann kämen auch ein paar mehr Leute, die Angehörigen der Sänger nämlich und die Sänger selbst natürlich. Oder ob zusätzlich zum Seniorennachmittag zweimal im Monat auch ein Kindergottesdienst im Pfarrheim abgehalten werden könne.

Das Pfarrheim war nichts anderes als das Pfarrhaus, in dem Marie und Jakob lebten. Es lag im Ortskern an der Hauptstraße, ein altes Sandsteingebäude mit einem dieser schön gestalteten Giebel, wie man sie vereinzelt im Dorf entdecken konnte. Sie legten Zeugnis ab von einer längst vergangenen Zeit, als dieser Landstrich auf der ganzen Welt als das Musikantenland berühmt war. Musikanten hatten in diesen Häusern gelebt und waren von hier aus zu ihren Reisen aufgebrochen. Bis nach Amerika, bis nach Australien, überallhin. Das alles hatte man dem neuen Pfarrerehepaar stolz und ausführlich erklärt. Sie hatten beeindruckt genickt, doch letztlich war für Marie die Innenausstattung des Hauses wichtiger gewesen als seine Geschichte.

Im Erdgeschoss befand sich ein schönes großes Zimmer, das jedoch als eine Art Gemeindesaal gedacht und für Veranstaltungen der Kirche vorgesehen war, nicht etwa für das Privatvergnügen des Pfarrers. Entsprechend ungemütlich war die Einrichtung: ein großer ausziehbarer runder Tisch mit vielen Stühlen drum herum, eine dreiteilige Polstersitzgruppe von anno dazumal und eine monströse Eichenkommode, auf der ein Radio mit CD-Spieler stand. Was hätte man aus dem schönen großen Raum alles machen können, dachte Marie manchmal, aber ein Pfarrhaus war nun mal kein Privathaus, sondern eine Dienstwohnung und ein Ort, an dem der Pfarrer für die Gemeinde erreichbar sein sollte – und das, wie sich bereits gezeigt hatte, zu jeder Tages- und Nachtzeit. Pfarrer, so hatte es der gebeugte Presbyteriumsvorsitzende formuliert, war man vierundzwanzig Stunden am Tag, sieben Tage die Woche. Pfarrer sein, das war kein Beruf, das war ein Leben.

Marie hätte dem Mann am liebsten ein paar Takte lang den Marsch geblasen, aber das konnte sie natürlich nicht tun. Das ging nicht. Jakob war selig, diese Gemeinde zugeteilt bekommen zu haben, auf der Kanzel zu stehen und seine sorgfältig ausgearbeiteten Predigten halten zu dürfen. Er war selig, wenn sich Leute mit Fragen und Sorgen an ihn wandten, mit banalen, mit existenziellen, ganz egal. Jakob war selig, und wenn es Jakob gut ging, dann ging es auch Marie gut. Zumindest konnte sie sich das einreden, und eigentlich stimmte es auch: Wenn sie Jakob lachen und strahlen sah, dann lachte sie mit, und alles andere wurde unwichtig.

»Bis Dienstag dann«, sagte der Vorsitzende, der Eberhard Wiesner hieß und dessen Großonkel früher einmal Pfarrer in Oberkirchbach gewesen war, wie er Jakob gleich erzählt hatte.

»Ja, bis Dienstag«, erwiderte Jakob und rief Marie zu: »Ich ziehe mich rasch um.«

Er flitzte im Talar durch den Kirchenraum zu der winzigen Sakristei, die eigentlich nicht mehr war als ein muffig riechender begehbarer Schrank. Nach einer Minute kam er wieder zurück, sperrte die Kirche ab und gab Marie einen Kuss auf die Stirn. Und dann noch einen auf den Mund.

»Wie war's?«, fragte er sie flüsternd, obwohl schon alle weg waren.

»Wunderbar!«, sagte sie.

»Hat man mich gut gehört?«

»Natürlich! Sehr gut! Es sollten dich nur mehr Leute hören.«

»An Ostern waren es ziemlich viele.«

An Ostern hatte die Übergabe der Pfarrei stattgefunden, Jakobs Vorgänger hatte den Gottesdienst am Karfreitag geleitet und Jakob den am Ostersonntag. Der frühere Pfarrer, ebenfalls noch ein junger Mann, hatte ebenso erschöpft wie erleichtert ausgesehen, das war Marie schon damals aufgefallen, doch Jakobs Glück bei seiner ersten Predigt hatte alles überstrahlt.

»Ja, an Ostern!«

»Vielleicht kommen mehr, wenn die Ferien vorbei sind«, überlegte Jakob.

Marie hatte da ihre Zweifel. Als ob alle Leute, die jetzt gerade im Urlaub waren, fleißige Kirchgänger wären. Die gingen allenfalls an Heiligabend zur Kirche, um in die richtige Weihnachtsstimmung zu kommen. Vielleicht noch an Ostern oder wenn Konfirmation war, aber nicht an einem gewöhnlichen Sonntag. Doch Jakob war optimistisch. Er erwartete immer das Beste von allen Menschen, während es bei Marie genau umgekehrt war, sie erwartete immer erst mal das Schlechteste. Allerdings musste sie zugeben, dass sie selbst auch keine Kirche betreten hätte, wenn Jakob nicht gewesen wäre.

»Ich liebe dich«, sagte sie. Die Worte wollten einfach aus ihr heraus. Sie musste sie aussprechen, jeden Tag, genauso wie sie ihn ständig berühren musste. Daran hatte sich nichts geändert, seit sie ihn das allererste Mal gesehen hatte. Sechs Jahre war das her, da hatten sie einander kennengelernt, und ein Jahr später hatten sie geheiratet. Die erste Verliebtheit lag also schon eine Weile hinter ihnen, aber es hörte nicht auf, so wie alle gesagt hatten.

»Erst ist man verliebt, und dann nach und nach wird daraus echte, tiefe Liebe, und wenn man Glück hat, dann bleibt die.« Das hatte Maries zehn Jahre ältere Schwester Anna früher immer erzählt. Sie hatte den beiden Jüngeren, Marie und Sarah, alles Wissenswerte über das Leben und die Liebe beigebracht, und Marie brannte darauf, das alles selbst erfahren zu dürfen.

Das erste Mal verliebte sich Marie mit fünfzehn, aber nach einem unerfreulichen ersten Kuss war es auch schon wieder vorbei. Mit siebzehn verbrachte sie ein ganzes Jahr mit Liebeskummer, der so schlimm war, dass sie glaubte, daran sterben zu müssen. Mit zwanzig verliebte sie sich endlich in einen, der sich auch in sie verliebte. Und der recht gut küssen konnte. Sie verbrachten einen Sommer miteinander, er war ihr erster Mann, und es war ganz okay, aber über dieses »ganz okay« kamen sie nie hinaus. Als der Sommer vorbei war, war auch die Verliebtheit vorbei, und statt der tiefen Liebe stellte sich gar nichts ein. Mit Nummer vier war es in etwa so, wie Anna immer gesagt hatte, zumindest redete sich Marie das ein. Die Liebe war immerhin so tief, dass sie mit ihrem Freund sogar in eine andere Stadt zog: nach München. Dort verliebte sie sich schon bald in Nummer fünf. Und sie verliebte sich in die Stadt, die ganz nach ihrem Geschmack war, schön und sauber und gemütlich und groß und mit vielen Menschen, die einen alle nicht kannten und die nichts von einem erwarteten. Nach Nummer fünf kamen Nummer sechs, sieben, acht und neun. Marie verliebte sich, fand eine Zeit lang die Liebe, eher bodennah als tief, und verlor sie dann wieder.

Dann kam Jakob. Mit ihm lernte sie die wahre Liebe kennen. Und sie erkannte, dass Anna Quatsch erzählt hatte, denn die Verliebtheit hörte niemals auf. Marie war noch immer verliebt in Jakob, genauso wie am allerersten Tag, und Jakob ging es ganz genauso.

»Ich liebe dich auch«, sagte Jakob.

Hand in Hand und angemessen vorsichtig stiegen sie die Stufen der Kirchentreppe hinab.

»Was ist denn am Dienstag?«, wollte Marie wissen.

»Das Treffen wegen der 750-Jahr-Feier.«

»750-Jahr-Feier?«

»Der Dorfgeburtstag sozusagen. Am Dienstag kommen die Leute vorbei, die das Ganze organisieren.«

»Und was hast du damit zu tun?«

»Ich bin der Pfarrer.«

»Und?«

Jakob lächelte. »Ich bin der Pfarrer«, wiederholte er. Es lag ein wenig Stolz in diesen Worten, ein wenig Glück, ein wenig Dankbarkeit. Und selbstverständlich war es Erklärung genug. Marie fragte nur nach, weil sie immer befürchtete, dass sich Jakob in seiner grenzenlosen Gutmütigkeit und Hilfsbereitschaft ausnutzen ließ. Aber natürlich, im Dorf war der Pfarrer eine Instanz, und so ein Großereignis – das einzige Ereignis überhaupt, so wie Marie das sah – wurde nicht ohne ihn geplant. Womöglich hatte man ihm auch eine spezielle Aufgabe zugedacht. Das würde er dann am Dienstag erfahren.

Als sie am Fuß der Treppe ankamen und sich auf der Hauptstraße nach links Richtung Pfarrhaus wandten, kam ihnen ein alter Mann entgegen. Er ging gebeugt und benutzte einen Gehstock, und doch waren seine Schritte kraftvoll und entschlossen. Er blickte stur etwa zwei Meter vor sich auf den Boden, seine Kiefer waren so fest aufeinandergepresst, dass allein der Anblick wehtat. Marie war überzeugt, dass dieser alte Mann nicht grüßen würde, und ebenso wusste sie, dass Jakob sich durch die feindselige Erscheinung des Mannes nicht von einem freundlichen Gruß würde abhalten lassen.

»Guten Morgen!«, rief Jakob so offen und liebenswert, dass Marie ihn allein schon dafür umarmen wollte. Wie erwartet sagte der Mann kein Wort, er tat so, als wären der Pfarrer und seine Frau Luft. Stinkstiefel!, dachte Marie, aber sie schämte sich sofort dafür. Vielleicht hatte er sie wirklich nicht bemerkt.

Viele alte Menschen lebten in ihrer eigenen Welt und nahmen nicht mehr viel von dem wahr, was um sie herum vorging. Oder vielleicht war er viel allein und wusste nicht mehr, wie man sich benahm. Konnte ja alles sein.

»Hm!«, machte Jakob leise, als sie vorbei waren. Marie ahnte, was in ihm vorging. Sie wollte ihn festhalten, doch da ließ er ihre Hand auch schon los.

»Bin gleich wieder da!«, sagte er zu ihr und lief dem alten Mann hinterher.

»Entschuldigen Sie!«, rief er, als er ihn erreicht hatte. »Ich war eben sehr unhöflich, ich hätte mich vorstellen sollen, wir kennen uns ja noch gar nicht. Ich bin der neue Pfarrer der Gemeinde, Jakob Eichendorf.« Er hielt dem alten Mann die Hand hin. Dieser war zwar stehen geblieben und hatte sogar den Blick gehoben, machte jedoch keinerlei Anstalten, Jakobs Hand zu ergreifen. Verschmäht hing sie mitten in der Luft, aber Jakob zog sie nicht zurück. Er wartete. Maries Herz klopfte wütend, während sie zusah. Jakob würde nicht weichen, eher würde er die vollkommene Demütigung hinnehmen, wenn der alte Mann einfach weiterging. Sie traute es ihm zu. Wie er da stand und Jakob anstarrte, als wollte er ihm jeden Augenblick ins Gesicht springen oder seinen Stock gegen ihn erheben. Aber wenn sie Jakob nachher fragen würde: Warum machst du das bloß? Dann würde er wieder antworten: Ich bin der Pfarrer.

Auf einmal, nach einer gefühlten Ewigkeit, wechselte der Mann seinen Stock von der Rechten in die Linke und ergriff Jakobs Hand. Er schüttelte sie, ohne seine Miene zu verändern, und sagte: »Gut. Freut mich!«

»Mich freut es auch«, sagte Jakob herzlich. Obwohl der alte Mann sich nicht vorgestellt hatte und er nicht wissen konnte, wo der Mann wohnte, fügte er hinzu. »Bei Gelegenheit komme ich mal bei Ihnen vorbei, wenn es Ihnen recht ist.«

Der Mann nahm seinen Stock wieder in die andere Hand, nickte, brummte etwas und ging weiter.

»Auf Wiedersehen«, rief Jakob ihm hinterher.

»Du bist ein Held«, sagte Marie, als Jakob wieder bei ihr war. Sie legte ihren Arm um seine Taille und ihren Kopf an seine Schulter. Vielleicht war auch das schon zu viel für die Leute im Dorf, vielleicht sah man es nicht gern und schüttelte hinter den Gardinen die Köpfe. Na wennschon!

1947

Das Haus war weg, aber Emma war da. Oder: Emma war da, aber das Haus war weg. Die beiden Gedanken rangen in seinem Kopf. Emma! Das Haus!

Das Haus. Natürlich ging es nicht um das Gebäude, nicht um die Mauern und Steine, nicht um das Loch, das nun an der Stelle war. Es ging um sein Zuhause, die Menschen, die darin gelebt hatten. Und es ging um die Frage, wo diese Menschen waren.

»Ich bin wieder da«, wiederholte er monoton, bis sie sich endlich umdrehte, ihm tränenüberströmt entgegenstürmte und die Arme um seinen Hals warf. Emma.

»Fritz!«, schluchzte sie. Er spürte die Nässe ihrer Tränen an seinem Hals.

»Emma!«, flüsterte er ihren Namen, während er auf das Loch in der Gegend starrte.

»Ich hab gewusst, dass du noch lebst. Ich hab es gewusst, ich hab es gewusst«, murmelte Emma immer wieder.

Dass du noch lebst …

Lebte er noch?

Sein Blick fiel auf einen einsamen kleinen Baum am Rande des Grundstücks, den Mirabellenbaum, den sein Vater vor wenigen Jahren gepflanzt hatte, weil er später einmal Schnaps aus den Früchten machen wollte.

»Ach du liebe Zeit, das ist ja der Fritz!«, gellte eine helle Stimme von der anderen Straßenseite her. Hennemanns Ida, unverkennbar. Ihre Stimme schallte durchs ganze Dorf. »Ja, Fritz, bist du wieder daheim?«, schrie sie in schrillem Tonfall. »Helmut, guck mal, der Fritz. Das ist der Fritz!«

Fritz zuckte zusammen. Emma richtete sich auf. Mit erhobener Hand und ohne ein einziges Wort gab sie den beiden Passanten aus dem Dorf zu verstehen, dass sie sich gefälligst zurückhalten sollten.

»Ja, ja, schon recht«, hörte er Ida weniger laut rufen, dafür eifrig und sogar ein bisschen eingeschüchtert. Emma konnte das. Ein Blick, eine Geste genügte, und die Leute wussten, was zu tun war. Emma wurde respektiert. Schon als Mädchen in der Schule hatte man sie respektiert, kein Junge hatte gewagt, frech zu ihr zu werden. Nur Fritz durfte sich die eine oder andere Neckerei erlauben. Bei ihm hatte sie immer gewusst, wie es gemeint war, weil sie gewusst hatte, dass er sie liebte. Immer schon. Seit sie Kinder waren. Daran hatte es nie einen Zweifel gegeben. Sie waren am selben Tag auf die Welt gekommen, am 8. Januar 1927. Noch viele Jahre später erzählte die Hebamme händeringend, wie sie an jenem kalten Samstag unaufhörlich von einem Ende des Dorfes ans andere gehastet war, weil Hillese Irma und Draudte Elsa gleichzeitig in den Wehen lagen. Zwei Freundinnen, die zur selben Zeit geheiratet hatten, zur selben Zeit schwanger geworden waren und nun auch noch am selben Tag ihre Kinder zur Welt brachten. Zwischen den Wehen versicherten die beiden jungen Frauen ihren Müttern und der Hebamme immer wieder, dass es ganz bestimmt keine Absicht gewesen sei. Wer hätte das denn ahnen können? Die Männer standen entlang der Straße und sahen die Hebamme rennen, rauf ins Oberdorf und dann zurück ins Unterdorf. Bis Querfelders Rudi sein Fahrrad hervorholte, die Geburtshelferin hinten auf den Gepäckträger nahm und mit ihr rauf- und runterfuhr. Das letzte Mal, nachdem Fritz seinen ersten Schrei getan hatte und Elsa, seine Mutter, erschöpft eine Faust in die Luft gereckt und unter Tränen, aber gleichzeitig lachend gerufen hatte: »Gewonnen!«

Dabei konnte man das gar nicht sagen, denn als die Hebamme danach im Oberdorf eintraf, war die kleine Emma schon da und musste nur noch abgenabelt werden. »Sie wollte nicht warten«, strahlte Irma, ihre Mutter, stolz und glücklich. »Da hat sie es allein gemacht.«

»Na, um die müssen wir uns dann mal keine Sorgen machen«, meinte die Hebamme. »Die boxt sich durch.«

Es war ein glücklicher Tag. Querfelders Rudi wurde zum Helden erklärt, und weil die Familien Hilles und Draudt im Dorf bekannt waren und viele Verwandte und Freunde hatten, feierte der ganze Ort die Ankunft von Fritz und Emma. Und diese Geschichte kursierte noch immer.

Natürlich wuchsen die beiden zusammen auf, ihre Mütter waren ja eng befreundet. Als Kleinkinder spielten sie miteinander, später machten sie miteinander Hausaufgaben und stellten in der übrigen Zeit eine Menge Unfug an. Fast immer waren sie der Mittelpunkt einer großen Kinderschar, denn wo Emma und Fritz waren, war immer etwas los. Sie streiften zusammen durch den Wald, und es kam vor, dass sie sich dabei verirrten wie Hänsel und Gretel und ihre Eltern und einige hilfreiche Nachbarn aus dem Dorf sie suchen mussten. Als es wenige Wochen später noch mal passierte, bekam Fritz zum ersten und einzigen Mal in seinem Leben von seinem Vater den Hosenboden versohlt, aber nur ein bisschen. »Hat nicht wehgetan«, flüsterte er hinterher Emma zu, die ihrerseits eine Woche Hausarrest erhielt, der schon zwei Tage später in Vergessenheit geriet.

Ein andermal fuhren Fritz und Emma mit einem selbst gebauten Boot den Kirchbach entlang. Natürlich kenterten sie nach wenigen Metern, weil das Boot nicht dicht war. Sie fielen ins Wasser, erklommen klatschnass das Ufer und verkrochen sich im Heuschober von Bauer Filser, um dort zu trocknen und es so vor den Eltern verheimlichen zu können. Doch Filser erwischte die beiden Kinder, und so erfuhren es die Eltern trotzdem. Selbst als Fritz aufs Gymnasium ging und Emma auf die Volksschule, trennten sich ihre Wege nicht. Nur kletterten sie irgendwann nicht mehr auf Bäume, sondern besuchten Tanzveranstaltungen oder die Lichtspiele in Umwegen, dem etwas größeren Nachbarort. Ein Tag ohne einander – undenkbar.

Bis zu diesem einen Tag, ihrem gemeinsamen achtzehnten Geburtstag. Längst waren sie ein Paar und wollten heiraten, sobald sie auf eigenen Füßen stehen konnten.

»Der Krieg ist bald vorbei«, hatte Fritz Emma zugeflüstert.

»Woher willst du das denn wissen?«, hatte Emma zurückgeflüstert.

»Ich weiß es. Jeder weiß es. Schau dir nur an, wie viel Zeit wir im Keller verbringen, wenn die Bomber kommen. Das wird immer mehr. Und bald ist der Hitler weg vom Fenster. Zum Glück!«

Schnell hatte sie ihm die Hand auf den Mund gelegt, obwohl sie ganz allein waren, so viel Angst hatte sie gehabt, einer könnte seine Worte hören und ihn denunzieren.

Aber bevor eintrat, was Fritz prophezeit hatte, musste er selbst noch in den Krieg. Am liebsten wäre er desertiert, aber dann hätte es womöglich seine Familie ausbaden müssen, und es würde ja nicht mehr lange dauern, hatte er sich gesagt. Er hatte recht behalten, doch was er in diesen letzten Kriegsmonaten und danach in der Gefangenschaft erlebt hatte, hatte gereicht, seine Welt zum Einsturz zu bringen. So wie das Haus, das jetzt nicht mehr da war.

»Was ist passiert?«, kam es tonlos aus seinem Mund.

Emma hob den Kopf. Er wusste, was sie sah: seine eingefallenen Wangen, seine verkniffenen Mundwinkel, die von all seinen unterdrückten Schreien herrührten, seine toten Augen, so tot wie das, was sie in den letzten Jahren gesehen hatten.

»Ein Volltreffer«, sagte Emma. Das Wort, umhüllt von ihrer weichen Stimme, klang weniger schrecklich als aus jedem anderen Mund. Trotzdem: ein Volltreffer.

»Der Bahnhof in Umwegen war offenbar das Ziel«, meinte sie.

Der Bahnhof, der höchstens ein paar Hundert Meter entfernt lag.

»Sind sie tot?«, fragte er. Tot, Tod – Worte, die für ihn inzwischen so normal waren wie Haferbrei oder Apfelkuchen. Tot waren so viele.

»Ja«, sagte Emma. »Alle.«

Alle. Bilder drängten sich in seinen Kopf. Bilder vom Abschied. Wie seine Mutter liebevoll ihre Hand an seine Wange legte, ihm in die Augen sah und ihm sagte, er solle gefälligst auf sich aufpassen. Wie sein Vater ihm stumm und mit zusammengepressten Lippen die Hand schüttelte, selbstbeherrscht und viel zu weich für diese Welt. Wie seine Großmutter aus dem Fenster winkte. Und sein kleiner Bruder … Alfred …

Fritz sank auf die Erde. Und wieder unterdrückte er einen Schrei. Mit aller Macht, denn wenn er ihm erlaubt hätte, aus ihm herauszubrechen, hätte es ihn in Stücke gerissen.

Emma kniete neben ihm und umfing ihn mit ihren Armen, ihrem Körper, ihrem ganzen Sein. Emma war noch da.

30. April 2019

Am Dienstagabend fanden sich sechs Einwohner aus Oberkirchbach im Pfarrhaus ein: der Ortsbürgermeister Lothar Filser, der Vorsitzende des Presbyteriums Eberhard Wiesner, der Vorstandsvorsitzende des Gesangvereins August Mewes, der Vorstandsvorsitzende des Sportvereins Dieter Spengler, die erste Vorsitzende der Landfrauen Liesel Hilles und der sogenannte Chronist Alois Lämmer. Man konnte den Eindruck gewinnen, der kleine Ort bestände aus lauter Vorsitzenden. Und dem Chronisten, einem scheu wirkenden Mann, der es sich seit etlichen Jahren zum Hobby gemacht hatte, alles aus der Geschichte des Dorfes zusammenzutragen. Aus diesem Material sollte anlässlich der 750-Jahr-Feier ein Buch entstehen, eine Dorfchronik.

Bis auf Alois Lämmer und den Sportvereinsvorsitzenden hatte Marie alle schon flüchtig kennengelernt.

Bürgermeister Filser, ein untersetzter und immer etwas nervöser Mann um die sechzig, hatte sie und Jakob an ihrem ersten Tag bei sich zu Hause willkommen geheißen, seine Frau hatte sie mit Kaffee und selbst gebackenem Kuchen bewirtet. August Mewes und seine Frau waren nur ein paar Tage danach im Pfarrhaus vorbeigekommen und hatten Marie eingeladen, im Gesangverein mitzusingen. Marie behauptete, sie könne nicht singen, keinen Ton. Gesangverein! Das klang nach Volksliedgut und gestärkten weißen Hemden. Darauf hatte sie nicht die geringste Lust. Dass sie nicht gut kochen konnte und überhaupt nicht nähen oder basteln und auch noch nie im Garten gearbeitet hatte, war hingegen keine Lüge. Somit fanden auch die Landfrauen, deren Vertreterinnen am nächsten Tag hereingeschneit waren, kein Gehör. Der Mann vom Sportverein sah bei ihr wohl von vornherein kein Mitgliederpotenzial, da hatte sie Glück.

Auch wenn sich Marie von all den Vereinsanfragen und Angeboten fernhalten konnte, hatte sie früh begriffen, dass sie eine gewisse Stellung in der Gemeinde einnahm und nicht einfach nur Marie sein konnte. Sie war nun mal die Frau Pfarrer, wie sie von den meisten Leuten der Einfachheit halber genannt wurde, und das wiederum war verknüpft mit bestimmten Erwartungen, auch wenn sich Marie nicht ganz im Klaren darüber war, mit welchen. Es ging schon mit der Versammlung am Dienstag los. Sie konnte sich wohl kaum einfach so in ihre Privaträume nach oben zurückziehen und ein gutes Buch lesen. Andererseits hatte sie ja keine offizielle Funktion.

»Wie ist denn das?«, fragte sie Jakob am Vortag dieser Honoratiorenversammlung. »Bin ich da eigentlich dabei? Bei dieser Versammlung, meine ich?«

»Ja klar, wir sind ja quasi die Gastgeber«, sagte er und grinste. Für ihn war das überhaupt kein Thema. Gastgeberin also. Na schön, damit konnte sie etwas anfangen, wobei sich sofort neue Fragen stellten.

»Muss ich da etwas zu essen machen?«

Jakob, der ihre spärlichen Kochkünste kannte, kratzte sich am Kopf. »Ein bisschen Fingerfood vielleicht«, schlug er vor. »Ein paar Häppchen.«

»Käseigel?«

»Dann solltest du aber auch Petticoat und Schürze tragen, wie die adrette Hausfrau aus den Fünfzigern.«

»Käseigel ist wieder in Mode«, informierte ihn Marie. »Hab ich neulich irgendwo gelesen.«

»Mach, was du denkst. Ein paar Kekse auf dem Tisch und Salzstangen reichen auch.«

»Salzstangen?«

»Und Bier«, meinte Jakob.

Also kauften sie im einzigen Supermarkt im Nachbarort Bier und Salzstangen und als Zugabe noch ein paar Kekse. Eine traurige Ausbeute, so traurig, dass Marie kurz vor der Kasse wieder umdrehte und eine Melone, Trauben sowie verschiedene Käsesorten erstand. Sie fand sogar bunte, glänzende Plastikspieße mit kleinen Herzchen am Ende.

»Ich würde sagen, damit hast du dich für die Landfrauen qualifiziert«, neckte Jakob sie. Aus Trotz legte sie noch ein paar Dips, ein Glas Oliven, etwas Schinken, zwei Baguettes und eine Packung Kräcker in den Wagen.

Der gedeckte Tisch im Gemeindesaal sah wirklich einladend aus, und als die Gäste vom Festkomitee am Abend eintrafen, da staunten sie nicht schlecht und rühmten die Gastgeberin. Marie nahm das Lob mit gemischten Gefühlen entgegen, doch Jakob war sichtlich erfreut.

»Bitte nehmen Sie doch Platz! Machen Sie es sich gemütlich, und greifen Sie zu. Wem darf ich ein Bier anbieten?«, fragte er. Die Leute blickten verwirrt zwischen ihm und Marie hin und her. Ungefähr als wäre Marie statt Jakob am Sonntag auf die Kanzel geklettert.

»Jakob, bitte setz dich doch«, sagte Marie rasch. »Für das leibliche Wohl bin heute Abend ich zuständig.«

Das leibliche Wohl! Wie drückte sie sich denn aus? Und wie hatte sie eigentlich dieses Wurmloch im Haus übersehen können, das einen mehrere Jahrzehnte in die Vergangenheit katapultierte? Daher wahrscheinlich auch ihre plötzliche Idee mit dem Käseigel. Marie zwang ein Lächeln in ihr Gesicht.

»Wer möchte Bier? Wir haben aber auch Wein. Und natürlich Saft oder Wasser.«

Die Männer wollten alle Bier. Liesel Hilles von den Landfrauen und Jakob bevorzugten Weißwein.

Marie verschwand in der Küche gleich nebenan, um die Getränke zu holen. Aus dem großen Zimmer drangen die Stimmen herüber, die noch immer ungewohnte Dialektfärbung, irgendwo zwischen weich und grob, in die man sich einhören musste. Auch an die Lautstärke musste man sich gewöhnen, alle sprachen immer sehr laut, Jakob mit seinem sanften Bariton drang kaum durch. Und dieses Lachen! Ebenfalls laut, oft eingeleitet von einer Art Initialschrei. »Die Leute hier sind rau, aber herzlich«, hatte der Bürgermeister sie bei ihrer Ankunft vorgewarnt. »Wenn man einmal ihr Herz erobert hat, dann hat man es für immer.« Und dann hatte er verschwörerisch grinsend und hinter vorgehaltener Hand hinzugefügt: »Aber wenn man's mit ihnen verschissen hat, dann rückwirkend bis in die Steinzeit.«

In dieser Gefahr befand sich Jakob nicht im Geringsten, aber bei Marie lagen die Dinge ein wenig anders. Sie war eigenwillig, dickköpfig, launisch zuweilen, sie konnte sich nicht gut verstellen und äußerte ihre Meinung freiheraus. In ihrer Ehe war das kein Problem, Jakob liebte sie genau so, wie sie war, und nahm ihre weniger guten Seiten mit Humor, aber bei anderen Leuten war das etwas anderes. Marie war widerborstig und viel zu unabhängig. Sie war es gewohnt zu tun, was sie wollte, und hatte bisher nicht allzu viele Kompromisse eingehen müssen. In Oberkirchbach kam es ihr vor, als bestünde das ganze Leben aus Kompromissen. Jeden Schritt, den sie tat, jedes Wort musste sie abwägen, denn sie wollte nicht anecken. Schon Jakob zuliebe nicht. Natürlich brauchte es Zeit, bis man sich eingewöhnte, aber Marie hatte bereits wenige Tage nach ihrem Umzug angefangen, daran zu zweifeln, dass ihr das hier in diesem kleinen Dorf je gelingen würde.

»Kann ich was helfen?«, fragte Liesel Hilles. Sie stand im Türrahmen und sah Marie beim Einschenken der Getränke zu.

»Oh, nein danke, das geht schon«, sagte Marie.

»Kommen Sie nur. Dann müssen Sie kein Tablett schleppen. Wir machen das umeinander«, sagte Frau Hilles. Sie war eine patente, zupackende Frau mit einem herben, aber freundlichen Gesicht und einer kurzen Dauerwellenfrisur, wie man sie in Oberkirchbach bei Frauen jenseits der sechzig öfter sah.

»Umeinander?«, fragte Marie. Sie konnte mit dem Begriff in diesem Zusammenhang nichts anfangen.

Frau Hilles lachte: »Nacheinander, nicht alles auf einmal«, erklärte sie.

»Ach so!«

»Sie hören sich mit der Zeit schon ein.«

»Ja, ich denke auch«, sagte Marie, obwohl sie nicht überzeugt war.

»Wir können doch eigentlich Du zueinander sagen, oder? Ich bin die Liesel.«

»Ja. Natürlich. Gern. Marie«, sagte Marie. Liesel brachte die ersten Biere hinüber ins Zimmer. Marie folgte mit den nächsten beiden.

»Ein Glas fehlt noch«, stellte Liesel fest.

»Einmal Bier für Herrn Filser und zweimal Wein für dich und meinen Mann«, zählte Marie durch.

»Und was ist mit dir?«

»Oh, ich wusste nicht, ob ich mich dazusetzen soll«, gestand Marie.

»Ach, geh fort«, rief Liesel mit der rauen Herzlichkeit, von der der Bürgermeister gesprochen hatte. »Nimm dir was zu trinken und komm.«

Also schenkte sich Marie ebenfalls ein Glas Weißwein ein und gesellte sich zu der Runde um den großen Tisch. Mit ihren jeweils vierunddreißig Jahren waren Jakob und sie mit Abstand die Jüngsten. Alle anderen waren zwischen Mitte fünfzig und Mitte sechzig. Auch was die Kleidung betraf, hoben sie sich ab. Jeans und T-Shirt, das war für sie beide normal, Jakob trug Anzüge nur in absoluten Ausnahmefällen. Wer ihn nicht kannte, wäre nie auf die Idee gekommen, dass er regelmäßig unter einem Talar verschwand. Er hatte eher etwas von einem Künstler. Auf seinem Kopf herrschte Chaos. Die kurzen braunen Locken wuchsen störrisch in die Richtung, die ihnen die vielen Wirbel vorgaben, was ihm ein für einen Pfarrer reichlich unorthodoxes Äußeres verlieh. Das jungenhafte Gesicht, auf dem kein richtiger Bart wachsen wollte, tat ein Übriges. Jakob wirkte wie ein Teenager unter lauter Erwachsenen, ganz besonders, weil er direkt neben Dieter Spengler vom Sportverein saß, einem Mann mit Oberarmen wie ein Gewichtheber und einem Kreuz wie ein Bulle. Man hatte für Marie einen Platz neben Jakob frei gelassen, es war also für alle eine Selbstverständlichkeit gewesen, dass sie an dem Treffen teilnahm. Flüchtig berührte sie Jakobs Bein, gerade so lange, dass er es spürte und es sonst keiner bemerkte. Er antwortete mit einem ebenso flüchtigen, liebevollen Blick.

»Greifen Sie bitte zu«, sagte er dann und nahm sich einen Käsespieß, woraufhin sich auch die Gäste am Käseigel bedienten und erst mal in nostalgische Schwärmerei gerieten.

»Das ist genau wie bei unseren Partys zu meiner Schulzeit«, erinnerte sich Liesel.

»Genau«, stimmte Bürgermeister Filser zu, lobte, wie schön

Maries Käsekunstwerk aussah, und stellte fest, dass sie nicht nur verschiedene Trauben, sondern auch verschiedene Käsesorten verwendet hatte. Man verglich und diskutierte, ob nun Wein oder Bier besser dazu passte. Marie freute sich. Spontan sprang sie auf und holte noch ein paar Kräcker aus der Küche. »Die passen auch gut dazu.«

»Und wir zwei reden noch mal über die Landfrauen, gell?«, drohte Liesel und lachte schallend, als sie Maries betretenes Gesicht sah. »War nur Spaß!«, meinte sie. »Aber wenn du willst: Unsere Tür steht sperrangelweit offen.«

»Jetzt reden wir aber erst mal über die 750-Jahr-Feier«, entschied Filser. Presbyter Wiesner klopfte zustimmend mit den Fingerknöcheln auf den Tisch, die anderen nickten.

»Also …«, fing er dynamisch an, doch bereits nach diesem ersten Wort hielt er inne. Filser wirkte wie ein Rennläufer im Startblock, der vergessen hatte, wie man loslief.

»750 Jahre«, gab Jakob das Stichwort. »Alle Achtung! Da ist doch sicher eine größere Feier geplant, oder?«

»Ja!«, bestätigte Filser entschieden. Sein Blick zuckte zwischen seinen Mitorganisatoren hin und her, die jedoch starrten mehrheitlich entweder auf den Käseigel oder auf ihren Teller. »Es ist natürlich so«, relativierte der Bürgermeister seine Entschlossenheit ein wenig, »dass unsere Mittel begrenzt sind.«

»Und wie hatten Sie sich die Feierlichkeiten vorgestellt? Wie weit sind Sie mit der Planung?«, fragte Jakob weiter.

»Also«, fing Filser erneut an. »Na ja, da gibt es, um ehrlich zu sein, noch nicht allzu viel Konkretes.«

An einen Festgottesdienst am Vormittag habe man gedacht. Das wollte man sicher Jakob überlassen. Und damit hatte sich das Konkrete auch schon so ziemlich erschöpft. Eine Veranstaltung sollte es geben, eine Art bunten Abend, doch das Programm war bisher nicht näher definiert. Der Gesangverein sollte irgendwas singen, der Sportverein irgendwas zum Besten geben, ebenso die Landfrauen. »Irgendwas« war der rote Faden. In Umwegen gebe es ein Streicherensemble, meinte der Bürgermeister, das könne man doch anfragen. Vermutlich um ebenfalls »irgendwas« zu spielen, dachte Marie. Dann natürlich sei die Präsentation der Dorfchronik ein wichtiger Programmpunkt, verbunden mit einem kleinen Abriss der Dorfgeschichte. Filser würde selbstverständlich eine Rede halten, in der er unter anderem verdienten Mitbürgern gedenken würde. Höhepunkt der Veranstaltung schließlich sei die Ehrung der ältesten noch lebenden Bürgerin des Ortes. Marie fragte sich, wieso das der Höhepunkt sein sollte und was die älteste Bürgerin mit dem Jubiläum des Ortes zu tun hatte. Das alles klang nach einer drögen, uninspirierten und chaotischen Angelegenheit. Wen wollte man damit hinterm Ofen hervorlocken? Andererseits, was wusste sie schon von Dorffeierlichkeiten? Es handelte sich schließlich nicht um das Oktoberfest.

»Um offen zu sein, hört sich das für mich noch nicht sehr ausgereift an und, ganz ehrlich gesagt, auch ein bisschen langweilig«, meldete sich Jakob und sprach damit aus, was Marie nur dachte. Durfte er das? Als frisch Zugezogener die Pläne der Alteingesessenen kritisieren? Oder vielmehr die eigentlich nicht vorhandenen Pläne.

Filser sackte auf seinem Stuhl zusammen und seufzte. »Ja, das ist wohl richtig. Aber was will man machen, unsere Möglichkeiten sind halt begrenzt, wie schon gesagt. Oberkirchbach ist heillos verschuldet, genau wie alle Gemeinden im Kreis.« Er winkte ab, die anderen schüttelten resigniert die Köpfe. Es war mit einem Mal eine traurige Runde. Keiner lachte mehr, schon gar nicht laut. Man knabberte Kräcker und Käsespieße und schaute ratlos aus der Wäsche.

»Es liegt also ausschließlich am fehlenden Geld?«, hakte Jakob nach.

»Aber nein, es ist nicht nur das Geld«, rief Liesel ungeduldig. »Es ist einfach keiner da, der was auf die Beine stellt, seien wir doch mal ehrlich. Seit Jahren schon nicht. Ach was, seit Jahrzehnten. Die Vereine gehen vor die Hunde und kriegen keine Mitglieder mehr. Die Jungen haben keine Lust, die Alten können nicht mehr, und alle dazwischen ...« Sie ließ ihren letzten Satz in der Luft hängen und stopfte sich stattdessen einen Kräcker in den Mund.

»Und unsere Festhalle verkommt«, meldete sich Dieter Spengler. »Da hat schon ewig nichts mehr stattgefunden, dabei war die einmal so schön, die müssen Sie sich einmal anschauen.« Er geriet ins Schwärmen. »Früher ging da die Post ab. Was da los war in meiner Jugend! Alles vorbei.« Er machte eine wegwerfende Handbewegung, die Steigerung des beliebten Abwinkens.

Die Festhalle war ein großes altes Gebäude am ehemaligen Marktplatz. Marie kannte sie, weil sie auf dem Weg zur Kirche immer daran vorbeikamen, aber sie hatte der Halle bisher wenig Beachtung geschenkt, zumal sie dort noch nie jemanden gesehen hatte.

»Aber sollten die Feierlichkeiten denn nicht in dieser Festhalle stattfinden?«, fragte sie erstaunt.

»Die müsste man erst wiederherrichten«, erklärte Filser. »Und das ist zu teuer und lohnt sich nicht. Abreißen ist übrigens auch zu teuer. Im Sportheim könnte man es eventuell machen.« Dieter Spengler war der Einzige, der nickte, wenn auch nicht sehr überzeugt.

»Im Sportheim?«, wiederholte Marie entsetzt. Liesel, die ihr gegenübersaß, verdrehte die Augen und erklärte, das Sportheim sei kaum größer als der Gemeindesaal, in dem sie sich gerade befanden. Etwas größer schon, entgegnete Spengler kleinlaut.

Marie dachte mit einem Mal an ihre Mutter, die keinen einzigen Geburtstag mehr gefeiert hatte, seit sie fünfundfünfzig geworden war. Wenn man ihr trotzdem gratulierte, was Marie jedes Mal tat, dann winkte sie ab, so wie Filser und Spengler. Im vergangenen Jahr war sie siebzig geworden, und nichts, rein gar nichts hatte stattgefunden, was einen auch nur hätte ahnen lassen, dass es ein besonderer Tag war. Anna hatte ein gemeinsames Essen angeregt, Sarah wenigstens Kaffee und Kuchen. Nein, das wollte sie alles nicht. Ansonsten war Maries Mutter weitgehend normal. Sie war gesellig, lustig, war gern mit ihren Lieben zusammen, sie aß gern, trank gern mal ein Gläschen oder zwei oder drei – nur durfte nichts davon an ihrem Geburtstag stattfinden.

»Vielleicht sollte man das Ganze dann einfach bleiben lassen«, meinte Marie. Nach allem, was sie gehört hatte, erschien es ihr als einzige logische Konsequenz. Nach einem Blick in die entsetzten Gesichter der versammelten Vorsitzenden fügte sie jedoch eilig hinzu: »Oder man sollte die Leute wenigstens fragen, ob überhaupt Interesse an einer solchen Feierlichkeit besteht. Wenn nicht, dann kann man sich auch die ganzen Umstände sparen. Und falls die Leute dafür sind, dann sollten sie auch etwas dafür tun.«

»Dann gäbe es eventuell gar keine Feier?«, fragte Alois Lämmer bestürzt. »Dann wäre meine ganze Mühe also umsonst? Ich habe jahrelang an der Chronik gearbeitet. Für den Druck gibt es sogar ein Sonderbudget, weil durch den Verkauf ja alles wieder reinkommt. Wahrscheinlich. Das war dann alles umsonst?«

»Nein, natürlich wäre Ihre Mühe nicht umsonst, die Chronik steht ja für sich, und man könnte sie auf jeden Fall im

Rahmen einer Feierstunde in der Kirche vorstellen, nicht wahr, Jakob?«, beeilte sich Marie, den armen Mann zu beruhigen. Doch auch für alle anderen Oberkirchbacher war Maries Vorschlag Anlass zur hitzigen Diskussion. Die Bandbreite ging dabei von »Die Feier ausfallen lassen? Unmöglich!« bis »Die einzig vernünftige Idee!«. Es gehe doch auch um das Gemeinschaftsgefühl. Welches Gemeinschaftsgefühl denn? Eine Gemeinschaft gebe es doch schon lange nicht mehr. Dann eben um das Selbstwertgefühl! Wessen Selbstwertgefühl eigentlich? Dann eben um die Freude an einer großen Festlichkeit. Große Festlichkeit? Freude? Danach klinge das Ganze bisher aber gar nicht. Überhaupt: Wer sollte denn zur Feier kommen? Die Zugezogenen im Neubaugebiet hätten sicher kein Interesse, die Jungen auch nicht. Und die Alten, wie kämen die denn zum Sportheim? Überhaupt das Sportheim! Ein Witz! Aber was hätte man denn dann noch auf dem Dorf?

Jakob und Marie verstanden mit der Zeit immer weniger, weil alle durcheinandersprachen und immer mehr ins Pfälzische verfielen. Verwirrt schauten sie von einem zum anderen, aber wenigstens war es wieder laut und munter und nicht mehr so traurig und ratlos. Marie stand auf, holte frische Getränke sowie Schinken und den restlichen Käse aus dem Kühlschrank und mehr Brot.

»Wir sollten die Leute fragen«, schloss Jakob die Diskussion. »Ich habe zwar eben nicht alles verstanden«, meinte er und erntete damit amüsiertes Gelächter, »aber ich glaube, der Tenor ist, dass man überhaupt nicht weiß, wie eine solche größere Feierlichkeit von den Einwohnern angenommen werden würde. Deshalb wäre eine Umfrage sicher vernünftig.«

Mit allgemeinem Nicken stimmte man ihm zu, trank auf den gefassten Beschluss und ging zum gemütlichen Teil des Abends über, bei dem noch mehr getrunken wurde und an dessen Ende alle ein bisschen angeschickert und mit den Pfarrersleuten per Du waren. Marie bot schließlich sogar an, Liesel bei der Umfrage zu unterstützen.

Nachdem die Männer gegangen waren, half Liesel beim Abräumen und scheuchte Jakob aus der Küche.

»Das war wirklich schön heute Abend«, sagte sie zu Marie. »Auch wenn sonst nicht viel dabei rumgekommen ist, hat sich wenigstens gezeigt, dass wir diesmal Glück mit unserem neuen Pfarrer haben. Und mit seiner Frau«, fügte sie schmunzelnd hinzu. Marie wurde ganz verlegen bei diesem Lob, aber sie wunderte sich auch darüber.

»Wieso denn? Mir schien Jakobs Vorgänger eigentlich ganz nett zu sein.«

»Ja, der war ganz nett. Mehr nicht«, sagte Liesel und verzog dabei das Gesicht. »Vor allem war er nur ein Jahr da. Genau wie sein Vorgänger und wie der davor. Und alle ledig. Klar wollten die hier nicht versauern. Es ist schon lange her, dass mal ein Pfarrer länger hier war, und der ...« Sie winkte ab und drehte die Augen zum Himmel. Damit war alles gesagt. Das Abwinken, so viel hatte Marie schon verstanden, gehörte hier zur Sprache, und je nachdem, wie man es gestaltete und welches Gesicht man dazu machte, hatte es vollkommen unterschiedliche Bedeutungen. Es konnte sowohl freundlich gemeint sein als auch abfällig.

»Pfarrer Binder!«, spuckte Liesel aus, und es klang wie ein besonders übles Schimpfwort. »Das war einer!« Sie hob wieder die Hand, ließ sie aber diesmal oben. Mit Abwinken war es hier nicht getan, so viel war deutlich. Marie brachte schnell die gespülten Gläser in Sicherheit. »Der hat die Leute genötigt, in die Kirche zu gehen, und gedroht, die Kinder sonst nicht zu taufen oder nicht zu konfirmieren. Solche Sachen. Bis er einmal an der Tür von Draudte Fritz geklingelt hat, weil der nie in die Kirche gegangen ist. Er wollte ihn ›einladen‹, so hat er das genannt. Da hättest du aber den Fritz sehen sollen. Der ist ihm ordentlich aufs Dach gestiegen. Ich war nicht dabei, aber Reinemanns Elvira war damals gerade vorm Haus und hat's gesehen und gemeint, der Fritz wäre handgreiflich geworden, hätte den Pfarrer am Kragen gepackt und geschüttelt. Wahrscheinlich hat sie ein bisschen übertrieben, aber zuzutrauen wär's ihm schon.« Liesel lachte. »Ja, bei uns war immer was los. Früher.«

»Und hat der Pfarrer ihn dann nicht angezeigt?«, fragte Marie erstaunt.

Liesel winkte fröhlich ab. »Ach geh fort, der hat sich doch nicht getraut, den Fritz anzuzeigen. Und gedroht hat der so schnell auch keinem mehr.« Sie seufzte. »Tja, damals war Draudte Fritz noch gut beieinander. Ist ja auch schon fast zwanzig Jahre her.

»Wie alt ist er denn jetzt«, fragte Marie. »Oder lebt er nicht mehr?«

»Doch, doch, der ist dieses Jahr zweiundneunzig geworden.«

»Und nicht der älteste Bürger?«

»Nein, die älteste Bürgerin ist Wiegands Margret, die ist sechsundneunzig, danach kommt lange nix und dann Draudte Fritz und Hillese Emma, die sind auf den Tag genau gleich alt. Ein Glück, dass wir die Margret noch haben, sonst wären die zwei die ältesten und müssten geehrt werden, und dann ... ach du liebe Zeit!«

Diesmal schlug sie die Hände über dem Kopf zusammen, ihr Blick ging zur Zimmerdecke.

»Wieso? Was wäre denn dann?«, fragte Marie neugierig.

»Ach Gott!«, rief Liesel noch mal aus und musste sich setzen. Marie räumte das Geschirr beiseite und setzte sich dazu.

»Der Fritz und die Emma, die reden nicht miteinander. Seit Menschengedenken gehen die sich aus dem Weg. Und dabei waren sie als Kinder ganz eng befreundet, und als sie älter wurden, waren sie sogar ein Paar. Aber später dann, nach dem Krieg – ich weiß das natürlich auch nur aus Erzählungen –, als er heimgekommen ist ... Erst waren sie noch zusammen, und auf einmal war alles anders. Seitdem ist einer böse auf den anderen.« Sie zuckte mit den Schultern. »Na ja, das kommt vor. Sogar in Familien. Manchmal sind die Leute halt stur. Zum Glück wohnen die zwei weit genug auseinander, die Emma am Ortseingang und der Fritz am Ortsausgang. Das ganze Dorf dazwischen.«

»Na, dann geht's ja«, meinte Marie lachend.

»Die Emma ist sogar mit mir verwandt«, sagte Liesel. »Mein Großvater und ihr Vater waren Cousins. Hillese gibt es hier ganz viele, fast jeder Zweite heißt Hilles.« Jetzt lachte sie wieder und erhob sich. »Dann machen wir uns übermorgen mal auf die Runde durch Oberkirchbach, was? Da lernst du dann auch die Emma kennen. Mit der fangen wir gleich an, würde ich sagen. Ist ja sowieso das erste Haus.«

»Schön«, sagte Marie. Auf diese Weise kam sie endlich ein bisschen herum und lernte auch ein paar Leute kennen, am Ende sogar welche, mit denen sie sich anfreunden konnte. Vielleicht würde sie sich dann ja irgendwann doch noch heimisch fühlen. Sie hoffte es.

»Dann bis morgen!«

»Gute Nacht, Marie«, sagte Liesel und rief die Treppe hinauf: »Gute Nacht, Herr Pfarrer!«

»Gute Nacht«, antwortete es von oben.

1947

Fritz war einer der wenigen, die aus dem Krieg nach Hause zurückgekehrt waren. Die anderen waren entweder tot oder noch in Gefangenschaft. Ein paar waren schon früh schwer verwundet worden und danach nicht mehr kriegstauglich, so wie Hennemanns Karl, der ein Bein verloren hatte. Glück gehabt, sagte Fritz dazu, was Emma schockierte. Ein Bein zu verlieren nannte sie nicht Glück. Der eine oder andere Junge war gar nicht erst im Krieg gewesen. Davongekommen, weil die Eltern gute Verbindungen gehabt hatten, wie Fritz behauptete, stramme Nazis waren und man bei ihnen ein Auge zudrückte. Da durfte das Söhnchen weiter zur Schule gehen und Abitur machen, im Gegensatz zu Fritz, der nicht in der Hitlerjugend gewesen war und dessen Vater sich geweigert hatte, in die Partei einzutreten.

Er redete oft über diese Ungerechtigkeit, schimpfte über den neuen Bürgermeister Emmerich, der einen Persilschein erhalten hatte, obwohl er früher ein ortsbekannter Nazi gewesen war und Mitglied der Organisation Todt. Er hatte die Oberaufsicht über die sogenannten Fremdarbeiter in der Gemeinde geführt. »Die wurden immer gut behandelt«, behauptete Emmerich später. Dann kroch er den Franzosen in den Hintern und suchte sich Fürsprecher, die ihn in Schutz nahmen. Was wollte man auch sonst tun, so unter Nachbarn auf dem Dorf. Nur Fritz fand deutliche Worte für Emmerich. Er fand für alles deutliche Worte. Nur nicht für das, was ihm im Krieg und danach widerfahren war. Darüber redete er nie.

»Das ist vorbei, und ich will's einfach vergessen«, antwortete er, wenn Emma ihn danach fragte.

Fritz war verändert. Es war kein Wunder, nach allem, was er erlebt haben musste. Emmas Fantasie und was sie von anderen so gehört hatte, verschafften ihr nur eine vage Vorstellung. Wenn er ihr nur davon erzählen würde, dachte Emma, dann könnte sie ihm etwas abnehmen von der Last, die er trug, und vielleicht würde er dann wieder der werden, der er früher einmal war. Aber Fritz wollte nichts erzählen.

Er war bei einem entfernten Onkel untergekommen, einem jüngeren Cousin seines Vaters, der einzige Verwandte, der noch lebte und im Ort wohnte. Emma und ihre Familie hätten Fritz sofort aufgenommen, doch sie hatten ihr Haus an die französischen Besatzer abtreten müssen und wohnten beengt bei Verwandten. Es gab keinen Wohnraum, der übrig war, etliche Häuser waren durch Bomben beschädigt, ein paar sogar völlig zerstört, so wie das Haus der Familie Draudt, und in andere waren Franzosen eingezogen. Fritz hatte Glück gehabt, dass er bei Onkel Ernst wohnen konnte.

Am letzten Wochenende im September gab es zum ersten Mal wieder etwas, worauf sich die gebeutelten Oberkirchbacher freuen durften. Zum ersten Mal nach dem Krieg, genau genommen zum ersten Mal seit vielen Jahren, fand wieder eine Kerwe statt. Die Franzosen hatten es erlaubt. Der ganze Ort freute sich darauf, geliebte alte Traditionen wiederaufleben zu lassen und unbeschwert zu feiern. Wie früher wurde der Strauß ausgerufen, und im großen Saal der Wirtschaft fand ein Tanz statt. Auch Emma freute sich darauf und glaubte, dass die

Abwechslung Fritz guttun würde. Wie verabredet kam sie am Kerwesonntag im Haus seines Onkels vorbei, um Fritz abzuholen. Während sie wartete, nahm Onkel Ernst sie beiseite.

»Hör mal, Emma, ich muss dir mal was sagen«, fing er an. »Ich weiß nicht, wie lange das noch gut geht mit Fritz.«

»Was denn?«, fragte sie erstaunt.

Fast jede Nacht schreie Fritz laut im Schlaf, berichtete der Onkel. Die Kinder, die sechsjährige Helga und der vierjährige Holger, würden jedes Mal davon wach und bekämen es mit der Angst zu tun.

»Das kommt vom Krieg«, erklärte Emma. »Er hat so viel durchgemacht. Er kann doch nichts dafür.«

»Ich weiß ja, Emma, aber das geht doch so nicht«, schloss Ernst mit bekümmerter Miene. »Red mit ihm.«

Als ob es mit Reden getan wäre, dachte Emma. Und was sollte sie ihm denn sagen? Hör auf, nachts im Schlaf zu schreien, oder du wirst obdachlos? Was war das denn für ein Unfug? Als könnte er das mal eben so abstellen.

Ihre Vorfreude auf den Nachmittag war getrübt. Erst als Fritz die Treppe herunterkam, in einer guten Hose und einem sauberen Hemd, und in diesem Moment fast wieder so gesund und lebendig aussah wie früher, da verzogen sich die Schatten. Seine Wangen waren nicht mehr so eingefallen, obwohl es noch immer nicht viel zu essen gab, und auf seinem Mund fand sich ab und zu wieder das verschmitzte Lächeln von früher.

Fast ein Vierteljahr war vergangen, seit sie einander vor seinem zerbombten Elternhaus wiedergefunden hatten. Fritz hatte sich von dem ersten Schock einigermaßen erholt, und er hatte den Willen weiterzumachen, zu resignieren war nicht seine Art.

»Jetzt wird alles gut«, hatte er vor Kurzem noch zu ihr

gesagt. »Wir lassen alles, was schlimm war, hinter uns und konzentrieren uns nur noch auf das, was vor uns liegt, ja?« Freudig hatte sie zugestimmt.

Fritz hatte Pläne. Im Steinbruch hatte er Arbeit gefunden, als Steinhauer, aber dabei sollte es nicht bleiben, er wollte beim Schreiner in Umwegen in die Lehre gehen und hatte dort auch schon angefragt.

»Später vielleicht«, hatte der geantwortet. »Wenn die Zeiten besser sind.«

Später. Mit Später rechnete Fritz schon jetzt.

»Und hinterher«, verkündete er, »baue ich mir eine eigene Schreinerei in Oberkirchbach auf.«

»Willst du nicht lieber das Abitur machen?«, hatte Emma gefragt.

Fritz hatte freudlos aufgelacht. »Wie denn? Ich muss doch für mich sorgen, was will ich denn da auf der Schule? Ich muss zusehen, dass ich arbeiten kann.«

Emma arbeitete auch. Sie half aus, wo sie gebraucht wurde. Sie konnte mit anpacken, war sich für nichts zu schade. Sie war beliebt und angesehen, auch bei den Franzosen. Oft wurde Emma gefragt, wenn es Probleme gab, sie lernte sogar ein paar Brocken Französisch. Zu gern hätte sie Fritz angeboten, für sie beide zu arbeiten und zu sorgen, damit er noch ein Jahr zur Schule gehen könnte und danach studieren, aber sie wusste, dass Fritz sich nie darauf einlassen würde. Sein Wunsch nach Abitur und Studium gehörte in eine andere Zeit. Jetzt hatte er seine Pläne den Umständen angepasst, und wie immer dachte er dabei pragmatisch und klug. Nach dem Krieg wurden Schreiner gebraucht, das Land musste wiederaufgebaut werden, Stück für Stück. Es war der ideale Beruf für jemanden, der so geschickt war wie Fritz. Und es war ein Anker, den er in die Zukunft warf und an dem er sich festhalten konnte.

Langsam, ganz langsam kehrte der Fritz von früher wieder zurück, mit seinem unbeugsamen Willen und seinem Mut. Tagsüber jedenfalls. Nachts, das hatte Emma nun von seinem Onkel erfahren, war es etwas anderes, nachts steckte er noch immer im Albtraum der Vergangenheit fest.

Doch jetzt, als Fritz die Treppe herunterkam, war ihr, als hätte die Zeit einfach einen Sprung gemacht und alles, was zwischen den glücklichen Tagen von früher und diesem Moment lag, wäre nie passiert.

Arm in Arm spazierten sie durch den Ort, der noch immer die Spuren des Krieges trug, wenn auch nicht mehr so deutlich wie zwei Jahre zuvor. Für Schönheit gab es noch keinen Platz: Blumen in den Vorgärten, Vorhänge in den Fenstern. Nein, Vorhänge brauchte man, um daraus Kleider zu nähen oder Mäntel und Jacken für den Winter. Emmas Freundin Frieda machte das. Sie hatte Schneiderin gelernt, und das zahlte sich jetzt aus. Sie hatte auch für Emma aus einem alten Küchenvorhang einen Rock für die Kerwe genäht. Er sah lustig aus, mit Teekannen darauf. Darüber trug sie die weiße Bluse von ihrer Konfirmation, die ihre sparsamen Eltern damals wohlweislich ein bisschen zu groß gekauft hatten, damit sie auch später noch etwas von dem guten Stück haben würde. Inzwischen war die Bluse zwar ein wenig eng geworden, aber es ging. Emma war wie die meisten sehr dünn und auch nicht sehr groß.

»Als wäre kein Tag vergangen seit damals«, meinte Fritz, als er sie sah. Wenn es doch nur so wäre, dachte Emma.

Die ganze Dorfbevölkerung strömte zu *Michels Einkehr*, der Wirtschaft, in der traditionell der Strauß ausgerufen wurde. Der Strauß, das war ein gigantisches Konstrukt mit Tausenden bunten Bändern um einen langen Pfahl herum. Er wurde, begleitet von einer Musikkapelle und unter großem

Hallo, durchs Dorf getragen und zuletzt in einer Halterung hoch oben an der Außenwand des Lokals befestigt – eine heikle Angelegenheit, die mit Spannung verfolgt wurde, denn der Strauß war sehr groß und sehr schwer. Wenn das geschafft war, bestieg der sogenannte Straußredner eine Leiter gleich daneben, und das ganze Dorf versammelte sich um ihn herum, um die Straußrede zu hören. Da wurde so mancher durch den Kakao gezogen, und man erinnerte sich gemeinsam an die Ereignisse des vergangenen Jahres. Unter der Leiter standen die Straußbuben und sorgten für eine Menge Lärm. Die Stimmung war so ausgelassen wie seit Jahren nicht. Ganz Oberkirchbach war auf den Beinen, auch ein paar Franzosen, obwohl sie sicher nicht viel verstanden.

Sechs Jahre war es her, dass zum letzten Mal Kerwe gefeiert worden war. Lange hatte man darüber diskutiert, aber es wurde Zeit. Zeit weiterzumachen, Zeit zu vergessen, Zeit, wenigstens so zu tun, als wäre alles wieder gut.

Auch Fritz tat so. Schmunzelnd stand er in der Menge, Emma im Arm, lachte und spendete Beifall. Das Grundstück, auf dem sein Elternhaus gestanden hatte und auf dem seine ganze Familie umgekommen war, lag nur einen Steinwurf entfernt. Nur verborgen hinter einer Kurve, kurz vor der Brücke über den Kirchbach.

Als die Straußrede beendet war, die meisten Leute sich in *Michels Einkehr* trafen und der Rest mit seinen Kindern zum Marktplatz ging, wo sich ein kleines Karussell drehte und eine Wurfbude stand, wandte sich Fritz an Emma.

»Komm, lass uns ein paar Schritte gehen. Wir können später noch in die Wirtschaft, der Tanz läuft uns nicht weg.«

Emma war es recht, sie wollte nur mit Fritz zusammen sein, egal wo, doch sie war überrascht, als er sie genau dorthin führte, wo diese offene Wunde klaffte.

»Sollen wir nicht lieber hoch zur Kirche gehen?«, wollte sie ihn umstimmen. »Da hat man so einen schönen Ausblick, und wir könnten noch ein bisschen am Wald entlangspazieren.«

»Nein, komm, ich will dir etwas sagen.«

Hand in Hand näherten sie sich dem Grundstück. Es war inzwischen leer geräumt und sah aus, als würde es nur darauf warten, wie es mit ihm weiterging, als würden die Seelen der Verstorbenen darüber schweben und dem Ort Leben einhauchen.

Fritz führte Emma mitten hinein, dorthin, wo früher einmal die Küche gewesen sein musste. »Morgen fange ich an zu bauen«, sagte er. »Ich baue das Haus wieder auf, Emma. Für uns.«

Er stand ihr genau gegenüber, hielt ihre Hände, blickte ihr in die Augen, lächelte. Alles war wie früher.

»Lass uns heiraten, Emma. Bald. In zwei Jahren ist das Haus fertig, wenn ich fleißig bin. Lass uns heiraten.«

Es klang wie ein Flehen.

»Ja, Fritz«, antwortete Emma voller Glück. »Wir heiraten. Alles wird gut.«

Anfang Mai 2019

Emma Jung, geborene Hilles, lebte am Waldrand. Man konnte darüber streiten, ob das Haus tatsächlich das erste Haus am Ortseingang war, denn streng genommen befand sich das erste Haus unten an der Hauptstraße direkt hinter dem Ortsschild. Nur ein paar Häuser weiter jedoch zweigte rechter Hand der Waldhüttenweg von der Hauptstraße ab, führte ein ganzes Stück den Berg hinauf, beschrieb eine Kurve und verlief oben parallel zur Hauptstraße wieder zum Ort hinaus. Das letzte Haus in dieser Straße war das von Hillese Emma, wie die alte Frau von allen genannt wurde. Sie wohnte schon ihr ganzes Leben lang dort, zuerst mit ihren Eltern und Brüdern, später mit ihrem Mann und ihren Kindern, und vor einiger Zeit waren ihre Enkeltochter und deren Mann eingezogen, sodass Emma nicht wie viele andere alte Leute im Dorf ganz allein leben musste. Oder mit einer Betreuerin aus Polen. »Polnisch ist bei uns die zweite Fremdsprache«, witzelte Liesel, als sie mit Marie durch den Ort wanderte. »Wir haben sechs oder sieben Polinnen hier. Aber was will man machen, wenn sonst keiner da ist.«

Emma Jung jedenfalls hatte keine Polin. Sie hatte Andrea, die in einem Buchladen in der Kreisstadt arbeitete und nicht zu Hause war, als die beiden Frauen vom Festkomitee klingelten.

Eine kleine alte Frau mit Nickelbrille auf der Nase machte

ihnen die Tür auf. Alles an ihr war ein bisschen krumm, der Rücken sogar ziemlich. Sie schaute mit zusammengekniffenen Augen zu ihnen hoch und sagte: »Ich kaufe nichts.«

»Emma, ich bin's, die Liesel«, sagte Liesel. »Und das ist die Frau vom Herrn Pfarrer, die Frau Eichendorf.«

»Ach, du bist das, Liesel. Was willst du denn?«

Das klang ruppig, war aber nicht unfreundlich gemeint. Man hielt sich in Oberkirchbach nun mal nicht lange mit Floskeln auf.

»Wir wollten fragen, ob du damit einverstanden bist, dass wir eine große Feier zum Dorfgeburtstag abhalten«, erklärte Liesel ebenso direkt.

Emma sah sie irritiert an, ihr Gesicht wurde noch ein bisschen faltiger und ihre Augenschlitze noch ein bisschen schmaler. »Und das soll ich jetzt entscheiden? Wie komme ich denn dazu?«

»Nein, nein, Emma, wir fragen natürlich alle. Jeden Einzelnen im Dorf. Nicht nur dich.«

»Ach so?« Ihr Gesicht entspannte sich, nachdem die Last der Entscheidungshoheit über eine solch bedeutende Frage von ihr genommen war. »Wollt ihr reinkommen? Ich hab mir gerade Kaffee gemacht.«

»Gern!«, sagte Liesel.

»Ja, dann kommt mal.« Emma winkte hastig, so als sollten sich die Gäste mit dem Hereinkommen beeilen. Während sie die Tür hinter ihnen schloss, ging Liesel voraus durch den engen Flur in eine große Wohnküche. Unaufgefordert setzte sie sich auf einen der alten Stühle am Tisch und bedeutete Marie, auf dem anderen Platz zu nehmen. Emma wackelte auf ihren krummen Beinen herein, holte zwei Tassen aus dem ockergelb gestrichenen Fünfzigerjahre-Schrank, gab in jede Tasse einen Teelöffel Carokaffee-Pulver und goss mit heißem Wasser auf.

»Da«, sagte die alte Frau und stellte die Tassen auf den Tisch. Dann blickte sie auf und richtete ihre stark kurzsichtigen Augen auf Marie. »Ich kann auch einen guten Kaffee kochen, wenn Sie wollen, Frau Pfarrer.«

»Bohnenkaffee«, erklärte Liesel, was mit »gutem« Kaffee gemeint war.

»Oh nein, vielen Dank«, sagte Marie rasch. »Ich mag den hier gern.« Eine dicke, fette Lüge! Wie nannte man das noch gleich? Weiße Lüge. Sie hätte noch hinzufügen können: Gemütlich haben Sie es hier. Das wäre eine weitere Lüge gewesen. Es war zwar sauber und ordentlich, aber es war alles andere als gemütlich. Es war abgewohnt und allenfalls funktionell, Fünfzigerjahre-funktionell mit Spülstein, Kohleherd und Uralt-Küchenschränken, mit vergilbten Blümchentapeten und speckigen Bodendielen. Es hätte urig sein können, aber es war eher traurig. So wie der Carokaffee.

Auf einer Anrichte, umrahmt von mehreren Fotografien in alten silbernen Bilderrahmen, siechte ein Alpenveilchen vor sich hin, darunter lag ein weißes Deckchen mit Spitzenrand. Gleich neben der Küchentür stand ein abgewetztes Sofa, daneben eine Leselampe auf einem Tischchen, unter dem sich Zeitungen stapelten, und ein Regal mit einem riesigen antiken Radio. Das Zimmer sah aus, als würde sich hier das ganze Leben abspielen, was wahrscheinlich auch der Fall war.

»Gefällt's Ihnen bei uns?«, fragte Emma. Die übliche höfliche Frage, wenn jemand zugezogen war und man sich gegenseitig kennenlernte, aber es klang nicht nach Small Talk, sondern ernst. Emma wollte es wissen.

»Ja, schon, ganz gut«, sagte Marie zunächst ausweichend, doch als Emma sie unverwandt durch ihre Nickelbrille ansah, gab sie zu: »Ich muss mich noch eingewöhnen, ehrlich gesagt.«

Emma nippte vorsichtig an ihrem heißen Gebräu und nickte. Marie war verblüfft, wie viel Verständnis in diesem Nicken lag, so als hätte sie der alten Frau gerade ihr ganzes Herz ausgeschüttet und nicht nur einen einzigen oberflächlich gehaltenen Satz von sich gegeben.

»Also, Emma, wie sieht's aus?«, kam Liesel zum Anlass ihres Besuchs zurück. Sie packte eine Liste aus, auf der sie alle Adressen und Namen verzeichnet hatte, dazu einen Stift. Beides legte sie neben ihre Tasse auf den Tisch. »Bist du für eine Feier, oder bist du dagegen?«

Emma gab eine Art gleichgültiges Prusten von sich, bei dem ihre ausgetrockneten alten Lippen wie kleine zartrosa Segel flatterten. »Mir ist das egal«, sagte sie.

»Egal ist keine Antwort«, entgegnete Liesel. »750 Jahre, Emma, überleg mal. So lange gibt es uns schon.« Die Landfrau tat so, als würde jeder einzelne Bürger von Oberkirchbach 750 Jahre alt werden.

»Und 658 davon hab ich nicht miterlebt«, entgegnete Emma, ohne lange nachzudenken. Marie klappte der Mund auf, heimlich rechnete sie im Kopf nach, aber was die Geschwindigkeit betraf, konnte sie der alten Frau nicht das Wasser reichen.

»Ja, da gucken Sie, Frau Pfarrer, gell?«, sagte Emma, und zum ersten Mal breitete sich ein Lächeln auf ihrem Gesicht aus. In der unteren Reihe fehlte ein einziger kleiner Zahn.

»Sagen Sie doch bitte einfach Marie, Frau Hilles«, sagte Marie und erwiderte das Lächeln.

»Jung«, wurde sie von Liesel korrigiert.

»Wie bitte?«

»Die Emma heißt mit Nachnamen Jung und nicht Hilles, das ist nur ihr Mädchenname.«

»Oh, Entschuldigung.«

Emma winkte ab. »Hilles ist mir sowieso lieber, aber Emma genügt«, meinte sie.

Marie probierte den Kaffee, der weniger schlimm schmeckte als befürchtet, aber das konnte auch daran liegen, dass ihr die alte Frau immer sympathischer wurde. Inmitten dieser alten, verlebten Wohnung, inmitten dieses verblassten Gestern wurde es Marie plötzlich warm.

»Also, Emma, was sagst du«, beharrte Liesel auf einer Antwort. »Ja oder nein?«

»Was sagen denn die andern?«, wollte Emma wissen.

»Du bist die Erste, die wir fragen.«

»Was? Wieso das denn? Wieso fangt ihr denn mit mir an?«

»Irgendwo müssen wir ja anfangen mit der Umfrage, und dein Haus ist das erste im Dorf.«

»Kommt drauf an, aus welcher Richtung man kommt.« Die alte Frau legte ihre Hände übereinander, die obere Hand umklammerte die untere. »Ihr hättet auch am anderen Ende anfangen können«, sagte sie und schob die Unterlippe vor.

»Ja, das hätten wir machen können, haben wir aber nicht.«

»Habt ihr Angst vor dem?« Die alten Hände, ineinander verkrampft, wackelten auf dem Tisch, ein großes, aufgewühltes Zittern.

Marie erinnerte sich mit einem Mal wieder daran, was sie am Abend zuvor über Hillese Emma und Draudte Fritz erfahren hatte, die auf den Tag gleich alt waren und an den entgegengesetzten Enden des Dorfes lebten. Von diesem alten Mann war die Rede.

Liesel stöhnte leise auf. »Nein, Emma, ich hab keine Angst vorm Fritz. Der hat mir noch nie was getan.«

»Dann hast du aber Glück gehabt«, meinte Emma mit einem rauen Lachen, das nicht aus ihrer Kehle zu kommen schien, sondern von viel, viel tiefer. War es dieses finstere Lachen oder die Art, wie die alte Frau ihre Hände hielt, wie sie sich über den Tisch beugte? Etwas weckte in Marie die Neugier. Es befand sich plötzlich mit ihnen in diesem Raum, nicht greifbar, unsichtbar, aber so deutlich spürbar wie die heiße Tasse zwischen Maries Fingern. Es flirrte durch die Luft und wollte eingefangen werden.

»Wer wohnt denn am anderen Ende?«, fragte sie unbekümmert. Sie war neu im Dorf, sie war die Frau Pfarrer, sie durfte das: unbekümmert fragen. Prompt trat Liesel sie unterm Tisch ans Schienbein, aber Marie achtete nicht darauf. Emma sah sie an, als hätte sie sich gerade vor ihren Augen in ein reißzähniges Ungeheuer verwandelt, dem sie entgegentreten musste.

»Ein ganz, ganz schlimmer Mensch!«, schleuderte sie Marie regelrecht ins Gesicht. Ganz! Ganz! Schlimmer! Mensch! Jedes Wort mit einem Ausrufezeichen versehen.

»Oje!«, erwiderte diese beeindruckt, wagte aber trotzdem nachzuhaken. »Was ist denn so schlimm an dem?«

»Alles!«, spuckte die alte Emma, löste ihre Hände voneinander und trank ihren Carokaffee halb leer.

»Ich bin gegen die Feier. So, jetzt wisst ihr es! Was gibt's hier denn zu feiern? Die Jungen ziehen alle weg, die Alten bleiben da, kommen nirgendwo mehr hin und sind zu nichts mehr zu gebrauchen, so wie ich. Und so wie der Fritz.«

Sie kippte auch den letzten Rest aus ihrer Tasse hinunter. Marie beschloss, lieber nichts mehr zu trinken, denn anscheinend enthielt das Getränk einen gehörigen Schuss Verbitterung.

»Umso schöner wäre doch so eine Feier, meinen Sie nicht, Emma?«, versuchte sie es noch einmal. »Und wir würden dafür sorgen, dass auch die älteren Mitbürger etwas davon hätten.«

»Und was wäre das?«

»Spaß!«

Da war es wieder, dieses raue Lachen, doch diesmal endete es mit einem traurigen Seufzer. »Sie meinen es gut, Frau Pfarrer.«

»Marie!«

»Marie! Sie meinen es gut, aber mit zweiundneunzig macht man sich nix mehr vor. Da hat man keinen Spaß mehr. Da wartet man auf den Tod und geht nicht mehr auf Feiern.«

Marie stand auf. »Vielleicht ja doch, Emma. Darf ich Sie mal wieder besuchen? Ich würde gerne meinen Mann mitbringen, der ist nett.«

»Ich gehe aber nie in die Kirche«, warnte Emma.

»Das macht nichts. Er ist trotzdem nett. Zu allen, ob sie in die Kirche gehen oder nicht. Sie werden ihn mögen.«

Emma lächelte wieder. Die Bandbreite ihrer Gesichtsausdrücke war enorm und reichte von vollkommener Liebenswürdigkeit bis hin zu abgrundtiefer Feindseligkeit. Wo kam das her? Welches Leben musste man gelebt haben, um all das in sich zu tragen?

»Dann mal auf Wiedersehen«, sagte Emma, als sie die beiden Frauen zur Tür brachte.

»Auf Wiedersehen und bis bald«, sagte Marie.

»Wiedersehen, Emma«, sagte auch Liesel, ohne die alte Frau anzusehen, denn sie war damit beschäftigt, auf ihrer Liste hinter dem Namen Emma Jung einen Strich zu machen.

»Weißt du was, Liesel«, meinte Marie, als sie draußen waren. »Ich hätte Lust, jetzt gleich mit Herrn Draudt weiterzumachen.«

Liesel warf ihr einen scheelen Blick zu. »Zu dem kommen wir noch früh genug«, entgegnete sie. »Wir machen hier weiter. Schön der Reihe nach.« Und schon ging sie auf das Nachbarhaus zu, das deutlich heruntergekommener aussah als das von Emma. Im Vorgarten wucherte Unkraut. Auch das kleine Rasenstück mit den Büschen und der kleinen Bank vor dem Haus wirkte ungepflegt. Wieder war es eine alte Frau, die öffnete. Sie blieb mit den beiden Besucherinnen an der Tür stehen, statt sie hereinzubitten, und das nicht etwa aus Unhöflichkeit, sondern offenbar, weil sie gar nicht auf die Idee kam. Sie war sehr nett, die ganze Zeit über lächelte sie freundlich, doch Marie fragte sich, ob sie überhaupt so genau verstand, worum es ging. Auf alle Fälle erklärte sich die alte Frau am Ende einverstanden, und Liesel machte einen Haken hinter den Namen Auguste Klein.

»Das ist eine alte Freundin von der Emma. Zwei Jahre jünger«, erklärte sie.

»Übrigens«, erkundigte sich Marie, »was ist eigentlich mit den ganzen Leuten, die wir nicht zu Hause antreffen? Ich meine, es sind ja etliche auch berufstätig.«

Liesel sah Marie mitleidig an und zog ein Smartphone aus der Tasche: »Anrufen! So rückständig sind wir hier auch wieder nicht.« Sie winkte ab und steckte das Gerät wieder ein. »Aber wir benutzen zum Anrufen lieber das Festnetz. Handys funktionieren hier nicht überall.«

»Warum machen wir eine Haus-zu-Haus-Befragung, wenn man auch anrufen kann?«, wollte Marie wissen.

»Weil es nun mal sehr viele alte Leute hier gibt, die hören manchmal das Telefon nicht. Oder gehen grundsätzlich nicht ran, weil sie misstrauisch sind und denken, jemand will sie übers Ohr hauen. Oder sie können dem Namen kein Gesicht zuordnen, weil sie schon ein bisschen verwirrt sind. Wenn man persönlich aufkreuzt, dann kennen sie einen.«

»Was hat Emma denn eigentlich gegen den Herrn Draudt?«, fragte Marie weiter und kam damit zu dem Punkt, der sie am meisten interessierte. Liesel ging forschen Schrittes auf die nächste Haustür zu und tat so, als hätte sie die Frage nicht gehört, doch kurz bevor sie auf den Klingelknopf drückte, hielt sie inne.

»Ich weiß nicht, was da zwischen den beiden vorgefallen ist. Keiner weiß das«, sagte sie ernst. »Meine Mutter hat mir früher mal davon erzählt, aber sie sagte nur, dass es eine lange und traurige Geschichte ist. Ich glaube, nicht einmal sie wusste alle Einzelheiten.«

»Dürfte ich mit deiner Mutter reden?« Marie konnte sich kaum noch zurückhalten. Eine lange und traurige Geschichte, das klang ja immer spannender, und Spannung war etwas, das sie in Oberkirchbach schmerzlich vermisste.

»Meine Mutter lebt schon lange nicht mehr«, erwiderte Liesel sachlich und drückte auf den Klingelknopf. Eine hübsche Frau mittleren Alters öffnete. »Guten Tag!«, sagte sie mit unüberhörbarem Akzent und steifer Zurückhaltung.

»Guten Tag, Grazina, können wir uns kurz mit der Lore unterhalten«, fragte Liesel, wobei sie sehr langsam und deutlich sprach. Grazina trat zur Seite und nickte.

Während des Gesprächs mit der fünfundachtzigjährigen Lore, die in einem mit Decken und Kissen gepolsterten Rollstuhl am Fenster saß, war Grazina dabei, doch sie sagte kein Wort. Liesel hielt ihren kleinen Vortrag zum Thema Dorfgeburtstag und Feier und Umfrage, und während sich Marie bei Frau Klein gefragt hatte, ob sie alles richtig verstanden hatte, war ihr bei der alten Lore vollkommen klar, dass sie nichts, absolut nichts verstand. Warum belästigte man diese alten Leute überhaupt mit dem ganzen Kram? Ganz offensichtlich wäre Lore nicht in der Lage, an irgendeiner Feier teilzunehmen, und sie hatte nicht die leiseste Ahnung, was Liesel von ihr wollte.

»Was meinst du, Lore, wäre das schön? So eine Feier?«,

fragte Liesel. Lore hob die Augenbrauen, machte einen O-Mund und nickte bedächtig. Liesel lachte und streichelte der alten Frau über die faltigen, mit unzähligen Altersflecken besprenkelten Hände. Lore lachte auch und fuhr fort zu nicken. Marie fühlte ihre Kehle enger werden, doch sie zwang sich ebenfalls zu einem Lächeln.

So ging es weiter, den ganzen Vormittag, über Mittag und den ganzen Nachmittag lang. In manchen Häusern trafen sie auf Hausfrauen mit kleinen Kindern oder auf Bewohner, die erst seit Kurzem Rentner waren. Aber in vielen Häusern wohnten alte Menschen. Einige wenige lebten so wie Emma mit einem Teil ihrer Familie zusammen, die meisten jedoch zu zweit oder auch ganz allein, sofern sie noch einigermaßen rüstig waren. Oder eben mit einer Betreuerin aus Polen. Kaum eine von ihnen sprach gut genug Deutsch, um sich mit den alten Leuten unterhalten zu können. Aber wenigstens, dachte Marie, hatten sie Gesellschaft. Jemanden, der mit ihnen zusammen die Mahlzeiten einnahm oder Fernsehen schaute.

Das höher gelegene Neubauviertel, das sich weit über dem Dorfkern am Hang erstreckte, ließen die beiden Frauen bei ihrer Umfrage aus. Die Leute, die dort wohnten, seien sowieso tagsüber kaum zu Hause zu erreichen, meinte Liesel, deren Meinung würde sie per Telefon erfragen. Es handle sich dabei um viele Zugezogene, und die meisten davon kenne sie nur flüchtig. Maries Ansicht nach wäre in diesem Fall ein persönlicher Besuch zwar erst recht geboten gewesen, aber sie mischte sich nicht ein. Liesel würde schon wissen, was sie tat. Außerdem hatten sie auch so genug zu tun.

Am frühen Abend erreichten sie den Dorfausgang, das letzte Haus in Oberkirchbach, das Haus, in dem Fritz Draudt lebte – allein, wie Liesel erzählte.

»Seine Kinder wohnen weit weg und wollten es mit einer

Polin probieren, aber er hat sich mit Händen und Füßen gesträubt. Eine war mal da, die hat nach einer Woche die Flucht ergriffen.«

Als der alte Mann die Tür öffnete, staunte Marie nicht schlecht. Es war der Alte mit dem mürrischen Gesicht, der ihr und Jakob nach der Kirche begegnet war.

»Was ist?«, fragte er barsch und grußlos.

»Guten Tag, Fritz«, sagte Liesel. »Die Frau Pfarrer und ich gehen durchs Dorf, um jeden zu fragen, ob er für oder gegen eine Feier zum 750. Dorfgeburtstag ist und ob …«

Weiter kam sie nicht. Das Gesicht des alten Mannes verzog sich genervt. Er hob beide Arme in die Luft, und einen Moment lang glaubte Marie, er würde sich auf Liesel stürzen, doch dann riss er die Hände abrupt nach unten und rief laut: »Geh mir fort mit dem Quatsch! Was hab ich damit zu schaffen? Macht, was ihr wollt, und lasst mir meine Ruhe!«

Noch ehe eine der Frauen etwas erwidern konnte, trat er zurück und schlug ihnen die Tür vor der Nase zu.

»Ach du liebe Zeit!«, entfuhr es Marie. Ihr Herz klopfte wie ein Presslufthammer, so sehr hatte sie der alte Mann erschreckt.

»Tja«, sagte Liesel trocken. »Das war Draudte Fritz. Jetzt kennst du den auch.«

1948

Seit dem Frühjahr wohnte Fritz im Keller von Pfarrer Wiesner und nicht mehr bei der Familie seines Onkels. Auch dort kehrten seine nächtlichen Albträume immer wieder, so oft, dass er Angst hatte einzuschlafen. Dann war er immer noch im Krieg, dann fielen Bomben, wurden Kameraden rechts und links von ihm erschossen oder in Stücke gerissen. Oder die anderen, der sogenannte Feind. Er selbst hatte auch geschossen, aus Angst. Er hatte es nicht gewollt, aber der andere hatte auf ihn gezielt, gezittert und gezielt. Mit der gleichen Angst in den Augen, die auch Fritz zittern ließ. Vielleicht hatte der andere in diesem Moment auch an seine Freundin gedacht, zu der er zurückwollte, oder an seine Mutter, seinen kleinen Bruder. Genau wie Fritz. Der andere kehrte nicht zurück. Er starb, weil Fritz zuerst geschossen hatte. Fritz sah noch immer die Angst in den Augen des Jungen und die zitternden Hände. Er bemerkte nicht, wie er den Abzug seiner Waffe bediente, aber er hörte den Schuss und er hörte die Schreie, Schmerzensschreie, Angstschreie. Fritz schrie auch, und dann schoss er noch mal, weil die Schreie aufhören sollten, aber seine eigenen hörten nicht auf. Seine entsetzten Schreie darüber, dass er einen anderen Jungen erschossen hatte. Ihm das Leben genommen. Darüber, dass Menschen jetzt vergebens auf den Jungen warten würden.

Er schrie und schrie. Er hörte seine eigenen Schreie und auch die der anderen. Und dann stand Onkel Ernst über ihm und sagte, das gehe nicht so weiter. Im Nebenzimmer plärrten die Kinder. Fritz war verwirrt darüber, dass die Kinder plärrten und dass Onkel Ernst so aufgeregt war und dass sein eigener Schlafanzug ganz nass war von Schweiß. Das Bild des toten Jungen tauchte in seinem Kopf auf und überlagerte sich mit dem Gesicht von Onkel Ernst. Er musste schneller sein. Aber er war unbewaffnet.

»Du hast wieder geträumt, Fritz«, sagte der Onkel, und die Tante tauchte im Türrahmen auf, hielt sich daran fest und sagte: »Das geht so nicht weiter.«

»Der Wiesner nimmt dich«, sagte Ernst eines Tages. »Es tut mir leid, Fritz, aber was soll ich denn machen? Die Kinder haben Angst vor dir. Beim Wiesner im Keller kannst du wohnen.«

Im Grunde war es ein Souterrain. Es gab große Fenster mit Gittern davor zur Straße hinaus. Wenn Emma kam, dann ging sie in die Knie und klopfte mit einem dünnen Stock, der durch das Gitter passte, gegen das Fenster. Niedlich sah sie dann aus, wie sie den Kopf schief hielt, um zu ihm hereinzuspähen, wie ihr braunes, welliges Haar dabei nach vorn fiel. Manchmal blitzte ein Stück Haut unter ihrem Rock hervor. Er wollte nicht hinsehen, aber er tat es doch, einmal sah er sogar ihren Schlüpfer. Emma bemerkte es, raffte ihren Rock zusammen und lachte. Sie war nicht zimperlich, und sie beide waren ja verlobt, er würde ohnehin bald alles von ihr sehen.

Emma wusste auch von seinen Albträumen. Ernst hatte ihr davon erzählt.

»Willst du nicht mit mir darüber reden, Fritz? Dann wird es dir vielleicht leichter«, hatte sie zu ihm gesagt, doch er hatte nur den Kopf geschüttelt. Nein, bloß nicht. Emma sollte rein bleiben, und er wollte nichts als vergessen. »Das braucht Zeit, Fritz«, sagte sie schließlich. »Irgendwann wird es besser. Und ich bin ja bei dir.« Dann küsste sie ihn und lächelte. Das war das Wunderbare an Emma: Sie war so voller Zuversicht, sie glaubte immer an das Gute, an die Zukunft, an das Glück. Und sie drang nicht in ihn. Sie ließ ihn, wenn er nicht über das Vergangene reden wollte, sie blickte nach vorn. Mit Emma, das wusste er, konnte er alles vergessen, und täglich dankte er dem lieben Gott dafür, dass Emma im Krieg verschont geblieben war. Zu erfahren, dass seine Familie ausgelöscht war, das war das Schlimmste gewesen, nach allem, was er erlebt hatte, doch er hatte auch das ausgestanden. Aber hätte er Emma verloren, hätte ihn das umgebracht. Nur mit ihr konnte er weitermachen, weiterleben, seine Pläne verwirklichen.

Das Haus machte Fortschritte. Fritz verbrachte jede freie Minute dort auf der Baustelle. Baumaterial beschaffte er sich nach und nach, am Anfang hatte er mühevoll aus Trümmern Steine geklopft und alles verwendet, was noch zu verwenden war, aber seit der Währungsreform war es leichter geworden. Er hatte auch eine Anstellung beim Schreiner im Nachbarort gefunden, der wieder Aufträge erhielt und Hilfe brauchte, und weil er sich keine bessere Hilfe als Fritz wünschen konnte, schenkte er ihm ab und zu Holz, für das er keine Verwendung mehr hatte, wie er sagte – Verschnitt, alte Werkzeuge, Nägel und vieles mehr, das Fritz gut brauchen konnte. Die Wände wuchsen in die Höhe, langsam, aber stetig ging es voran. Nach Feierabend und am Samstag arbeitete er, und immer fanden sich hilfreiche Hände. Nur den Sonntag, den reservierte er für Emma. Dann gingen sie durch den Wald ganz den Berg hinauf und schauten von einer Lichtung weit oben hinunter übers Kirchbachtal. Oder sie liefen Arm in Arm durch den Ort und freuten sich darüber, wie sich alles veränderte, aufblühte und zum normalen Leben zurückfand. Bäcker Wiegand hatte seinen Laden wieder aufgemacht, auch eine Metzgerei gab es. Einen Kolonialwarenladen. Und gleich drei Gaststuben. Eine im Oberdorf, eine in der Mitte, gleich beim Laden, und eine im Unterdorf. Man konnte wieder Sachen kaufen, statt alles zu tauschen, zu sammeln oder im Notfall zu stehlen. Viele Schäden an den Häusern waren schon wieder ausgebessert. An die paar Franzosen, die noch da waren, hatte man sich gewöhnt, die störten weiter keinen, dann schon eher die Flüchtlinge, die Vertriebenen, von denen man notgedrungen einige hatte aufnehmen müssen. Bei Weitem nicht so viele wie anderswo, aber eben ein paar. Fremde, wie die Familie Baginski aus Ostpreußen, die sich die Schuhe durch- und die Füße wund gelaufen hatten auf der langen Flucht, die junge Margareta Wozniak, deren Mann im Krieg umgekommen war, und die Pavelkas, ein älteres Ehepaar. Sie redeten oft sorgenvoll von ihren Söhnen, die vermisst waren und die, falls sie doch noch lebend nach Hause kämen, ja gar kein Zuhause mehr hätten. Wo ihre Eltern geblieben waren, das müssten sie erst mühsam ausfindig machen. »Aber wie soll das gehen«, jammerte Frau Pavelka mit schlesischem Akzent und brüchiger Stimme und rang dabei die Hände.

»Das wird schon gehen«, meinte Pfarrer Wiesner, der die Leute zunächst im Pfarrhaus beherbergte, weil es seine Christenpflicht war. »Die haben doch hier alles so gut organisiert, die Franzosen und die anderen auch, die Engländer und die Amerikaner, da findet schon zusammen, was zusammengehört«, meinte er.

»Und wenn sie geblieben sind in der Ostzone?«, fragte Frau Pavelka. Da zuckte der Pfarrer nur mit den Achseln.

Fritz saß manchmal dabei, wenn Wiesner seine Christenpflicht an den Vertriebenen ausübte, so wie er sie an Fritz ausübte, indem er ihn in seinem Keller wohnen ließ. Er konnte sehen, wie der Pfarrer gequält das Gesicht abwandte, wenn Frau Pavelka zu lange und zu viel erzählte, und wie er den Mund zu einem gekünstelten Lächeln verzog.

»Der Wiesner ist ein Heuchler«, sagte Fritz zu Emma. »Hätte der sich mal früher an seine Christenpflicht erinnert, dann müsste er jetzt den Pavelkas nicht zuhören, und ich müsste nicht in seinem Keller hausen.«

»Du bist ungerecht, Fritz, was hätte er denn tun sollen? Denkst du, der Wiesner hätte den Krieg verhindern können? Oder die Nazis? Lass uns bitte nicht darüber reden, was wer hätte tun sollen. Und sei froh, dass du bei ihm wohnen kannst.«

Nicht mehr lange, dachte Fritz.

Er arbeitete unermüdlich an dem Haus. Vor dem Winter sollte der Rohbau fertig sein, und sobald das Haus ein Dach hatte, konnte er vielleicht schon einziehen.

Doch er arbeitete nicht nur so viel, weil das Haus fertig werden sollte, er arbeitete, um die Bilder aus seinem Kopf zu vertreiben. Die Bilder vom Krieg und dem, was nach der Kapitulation gekommen war, in der Gefangenschaft. Wenn er arbeitete oder wenn er mit Emma zusammen war, verblassten die grässlichen Erinnerungen, verstummten die Schreie. Nur in der Nacht, da gab es kein Entrinnen. Am liebsten hätte Fritz mit dem Schlafen aufgehört und durchgearbeitet, aber das ging nicht.

Emma beobachtete ihn, sah, wie er gegen die Düsternis in seinem Gemüt kämpfte. Er wollte wieder der alte Fritz sein, heiter, aufgeweckt und liebenswert. Mit jedem Stein, den er dem Gemäuer des Hauses hinzufügte, baute er sein Leben wieder auf. Er baute an der Zukunft, von der sie beide als Jugendliche geträumt hatten. Das Haus war sein Leben, und wenn sie dort einziehen würden, dann würde alles wieder so sein wie früher. Oder fast. Oder besser. Alles dazwischen wäre weg. Er baute und kämpfte mit dem unbändigen Willen, mit der Energie und der Leidenschaft, die ihn auch früher ausgezeichnet hatten, und Emma vermutete, dass er so auch den Krieg und die Zeit in der Gefangenschaft überstanden hatte. Und doch war da dieser Schatten, der vielleicht niemals verschwinden würde, weil sich nichts von dem, was Fritz erlebt hatte, ungeschehen machen ließ.

Ende Oktober, als die Tage kürzer wurden und Fritz weniger Zeit auf dem Bau verbrachte, da suchte er sich ein neues Ziel, an dem er sich festhalten konnte: einen Termin für die Hochzeit.

»Du meinst im nächsten Jahr?«, fragte Emma.

»Ja. Ist dir das zu früh?«, fragte er zurück.

»Nein, nein«, versicherte sie ihm rasch und fügte lachend hinzu. »Von mir aus könnten wir morgen heiraten.«

»Morgen geht's leider nicht, morgen ist Sonntag«, erwiderte Fritz. Er lächelte, und das ließ Emma das Herz aufgehen. Es kam nicht mehr so häufig vor, dass Fritz lächelte oder gar lachte. Manchmal zwang er sich dazu, wenn er in Gesellschaft war, im Kreise ihrer Familie oder mit Freunden in der Wirtschaft. Dann verzog er den Mund und machte »Hahaha«, weil er kein Spielverderber sein wollte oder weil er dachte, man erwarte es von ihm. Nur ganz selten war Fritz' Lachen ungetrübt und echt und kam tief aus seinem Innern, so wie jetzt.

»Was schlägst du vor?«, fragte Emma und schob alle Bedenken – ob sie es sich leisten könnten, ob das Haus fertig werden würde, ob sie mit zweiundzwanzig nicht zu jung wären – beiseite. Fritz' Lächeln wurde noch strahlender.

»Im Sommer«, sagte er. »Auf jeden Fall im Sommer, sodass wir bis in die späte Nacht draußen tanzen können.«

»Am 9. Juli?«, fragte Emma vorsichtig. Es war der Tag, an dem Fritz nach Hause gekommen war.

Fritz' Lächeln fror ein. Seine Augen füllten sich mit Tränen, und im nächsten Moment schlang er stürmisch seine Arme um sie und drückte sie an sich. »Emma!«, schluchzte er. »Ach, Emma!«

Sie strich über seinen Kopf und weinte mit, und als sie aufhörten zu weinen, küssten sie einander leidenschaftlich und wollten beide mehr. Sie wollten alles. Aber damit mussten sie noch warten. Nicht mehr lange, dachte Emma, bald, bald würde sie nichts mehr trennen, sie würden zusammenwohnen, zusammenleben. Für immer.

Zärtlich blickte er in ihre Augen und flüsterte: »Am 9. Juli!«

Sie nickte und wiederholte es wie einen heiligen Schwur: »Am 9. Juli.«

Anfang Mai 2019

Als Marie am Abend erschöpft von der Runde durch das Dorf ins Pfarrhaus zurückkam, saß Jakob wie gewöhnlich oben an seinem Schreibtisch im Wohnzimmer und arbeitete. Da das Pfarramt keine Sekretärin hatte, musste er jeden anfallenden Schreibkram selbst erledigen, das Ganze im Zweifingersystem, darin war er unverbesserlich. Marie hatte bereits mehrfach angeregt, wenigstens zwei weitere Finger dazuzunehmen, die beiden Mittelfinger würden sich anbieten, meinte sie, aber Jakob kam mit seinem System gut zurecht. In Lichtgeschwindigkeit bewegten sich seine Zeigefinger über die Tastatur, zwischendurch, wenn er nachdachte, wanderte seine Hand durch die Haare und machte das Chaos auf seinem Kopf noch schlimmer. Marie saß manchmal auf dem Sofa, ein Buch vor der Nase, beobachtete aber in Wirklichkeit Jakob. Stundenlang hätte sie ihm einfach nur zusehen können. An diesem Abend jedoch hatte sie dafür keine Geduld, sie wollte raus. Raus aus dem Pfarrhaus, raus aus dem Dorf, weg von Sofa und Schreibtisch. Einfach weg.

»Lass uns essen gehen«, sagte sie unvermittelt zu Jakob, kaum dass sie zur Tür herein war. »Komm schon, die Arbeit läuft dir nicht weg. Ich hab Hunger.«

Jakob blickte überrascht auf, die Zeigefinger noch immer

ausgestreckt und in Tippbereitschaft. Marie lächelte und versuchte, nicht zu zeigen, wie deprimiert sie sich gerade fühlte.

Beim Essen in einer Pizzeria, etliche Kilometer weit von Oberkirchbach entfernt, erzählte sie Jakob von ihrem Tag, von den Leuten, denen sie begegnet war, von leeren Straßen und traurigen Vorgärten, von staunenden Mündern alter Frauen, von Carokaffee. Von der Tristesse, die nichts mit den verklärenden Vorstellungen gestresster Großstädter zu tun hatte. Doch wie so oft, wenn Marie etwas erzählte, tat sie es mit dem ihr eigenen Witz, begleitet von lebhafter Mimik und Gestik. Jakob hörte ihr zu, schmunzelte und musste ab und zu herzlich lachen, und sie lachte mit und wunderte sich darüber, dass sich plötzlich alles gar nicht mehr so schlimm anhörte. Und sie wunderte sich über sich selbst. Warum konnte sie nicht einfach sagen, wie bedrückend sie das Leben auf dem Dorf empfand? Sie verwandelte alles in nette kleine Kuriositäten, überzogen mit einer gehörigen Portion Humor. Was hätte wohl ein Psychologe zu ihr gesagt? »Wissen Sie, Frau Eichendorf, das kommt einfach daher, dass sie Ihren Mann lieben und ihn nicht belasten wollen.« Aber vielleicht war es auch ganz natürlich, die Dinge aus einer gewissen Distanz weniger dramatisch zu sehen. Noch dazu bei einem guten Essen und einem akzeptablen Rotwein. Und vor allem in Jakobs Gegenwart.

»Dann hast du ja ganz schön was mitgemacht heute«, sagte Jakob grinsend.

Marie nickte. »Kannst du laut sagen!«, meinte sie und schloss das Thema mit einem großen Schuck aus ihrem Weinglas ab.

»Sag mal«, fiel ihr ein, »wolltest du nicht Fritz Draudt einmal besuchen?«

»Fritz Draudt?«

»Ja, Fritz Draudt ist nämlich der alte Mann von neulich, der uns nach der Kirche begegnet ist«, erklärte Marie.

»Ach so? Ja, dann muss ich das machen, auch wenn es anscheinend ziemlich gefährlich ist«, erwiderte Jakob.

»Ich könnte mitkommen, als dein Bodyguard«, schlug Marie vor.

»Oder als meine Frau.«

»Ja, oder so.«

Marie genoss den Abend mit Jakob. Das sollten sie öfter machen, nahm sie sich auf der Heimfahrt vor: weg aus Oberkirchbach, essen gehen oder ins Kino. Vielleicht gab es irgendwo im Umkreis von unter zwanzig Kilometern ein Kino. Ganz bestimmt. Zum Glück hatten sie ja ein Auto. Sie konnten auch mal eine Vorstellung im Pfalztheater in Kaiserslautern besuchen, das war keine vierzig Kilometer entfernt. Kultur direkt um die Ecke.

»Was gibt es denn so tief zu seufzen«, fragte Jakob, der am Steuer saß.

»Was? Nichts«, log Marie. »Hab ich geseufzt? Hab ich gar nicht gemerkt.« Das wiederum war die Wahrheit, sie seufzte ganz unwillkürlich, und es kam so tief aus ihrem Inneren, dass sie es nicht einmal mehr bemerkte. Sie lachte, tat so, als wären ihre unbewussten Seufzer nichts weiter als eine dumme Marotte, und nahm sich vor, sich künftig mehr zusammenzureißen.

Das Ergebnis der Umfrage stand nach fünf Tagen fest. Liesel teilte es Marie telefonisch am Abend mit. Von den 821 Einwohnern hatte eine knappe Mehrheit einer Feier im großen Rahmen zugestimmt, dem Rest war es egal. Nur zwei hatten sich entschieden dagegen ausgesprochen: Emma Jung und

Fritz Draudt, denn nicht anders konnte man seine harsche Reaktion an der Haustür interpretieren. Liesel nannte sie »die beiden alten Dickköpfe«, Marie jedoch wunderte sich einmal mehr über den Gleichklang in der Persönlichkeit der beiden alten Leute. Am selben Tag geboren, in ihrer Jugend ein Paar, und jetzt …

»Einer so stur wie der andere«, schimpfte Liesel und wünschte einen schönen Abend.

Marie verzog sich einmal mehr mit einem Buch aufs Sofa, so wie in den letzten Tagen auch. Nichts mit Kino oder essen gehen oder gar Theater. Jakob hatte keine Zeit. Er saß wie meistens mit dem Rücken zu ihr am Schreibtisch. Diesmal war er mit Unterrichtsvorbereitungen beschäftigt, denn zusätzlich zu allem anderen musste er auch noch einige Stunden in Religion am Gymnasium der Kreisstadt übernehmen. Marie fragte sich manchmal, wie er all seine vielfältigen Aufgaben bewältigen sollte. Sie hätte ihm geholfen, aber das meiste musste er selbst erledigen, und die Zeit für ein echtes Privatleben wurde immer weniger.

Vier Wochen waren seit dem Umzug vergangen. Oder waren es mehr? Das Zeitgefühl kam ihr allmählich abhanden. Woran lag das? Und wie konnte das sein, wo doch Jakobs Beruf einen festen Rhythmus vorgab: Jeden Sonntag Gottesdienst in Oberkirchbach, einmal im Monat zusätzlich im Saal der ehemaligen Schule von Niederkirchbach für die Leute, die nicht nach Oberkirchbach kommen konnten. Zweimal die Woche hielt er außerdem einen halben Tag lang Sprechstunde in Niederkirchbach ab, wo man in einem leeren Klassenzimmer ein provisorisches Pfarramt eingerichtet hatte. Dorthin kamen die Leute, und Jakob betrieb Seelsorge oder Lebensberatung, Marie wusste nicht, was genau er da tat. Zuhören war dabei seine Hauptaufgabe. Häufig besuchte er ältere und kranke Gemeindeglieder, oder er ging zum Gratulieren, wenn jemand Geburtstag hatte und älter als achtzig Jahre alt wurde. Eine Beerdigung, eine Taufe – Niederkirchbach hatte nur knapp 400 Einwohner, dennoch hatte er viel zu tun. Das Ganze natürlich genauso in Oberkirchbach: Seelsorge, Besuche, ebenfalls eine Taufe, ebenfalls eine Beerdigung, eine Hochzeit, der Konfirmandenunterricht, der Seniorennachmittag alle vierzehn Tage, der Kindergottesdienst. Dazu Gemeindearbeit mit den Presbytern, Organisation, Bürokram. Und Leute, die zu allen Tages- und Nachtzeiten etwas von ihm wollten.

So wie jetzt.

Es klingelte unten an der Tür. Die Uhr zeigte zwanzig vor neun. Marie stöhnte. Jakob stöhnte auch, aber leiser.

»Ich gehe schon«, sagte er, stand auf und sprang mit leichten Schritten die Treppe hinab.

»Frau Börtzler!«, hörte ihn Marie rufen, als er die Tür öffnete, es klang fast erfreut darüber, dass die alte Helga Börtzler, die vor Kurzem ihren Mann verloren hatte, zu unziemlicher Stunde aufkreuzte. Jakob konnte nicht anders, als freundlich sein und Tür und Herz für jeden öffnen, der anklopfte – oder klingelte.

»Guten Abend, Herr Pfarrer, ich störe doch hoffentlich nicht.«

»Aber nein!«

Doch!, dachte Marie, die oben am Treppengeländer stand und lauschte.

»Da bin ich aber froh. Ich dachte schon, Sie wären noch beim Essen.«

Natürlich, das war das Einzige, was man in der Pfalz nicht stören durfte: das Essen.

»Nein, nein, wir haben schon um sieben gegessen!«

Ja, früher als gewöhnlich, weil Jakob sich hinterher an die

Unterrichtsvorbereitung setzen wollte. Wer zahlte ihm eigentlich die ganzen Überstunden? Aber so was gab es ja nicht für einen Pfarrer.

»Kommen Sie doch rein, Frau Börtzler! Wo drückt denn der Schuh?«

Es war nicht das erste Mal. Die Leute kamen am Abend, am Wochenende, am Feiertag, wann immer ihnen danach war, christlichen Beistand zu erhalten. Und es waren beileibe nicht nur diejenigen, die man auch in der Kirche antraf. Die Gespräche endeten zwar oft mit den Worten »Und demnächst geh ich auch mal wieder in den Gottesdienst«, aber dann kam doch keiner. Gottesdienst war eben am Sonntag, dem einzigen Tag, an dem man guten Gewissens ausschlafen konnte, und er war immer so früh, und die Kirche lag so weit oben auf dem Berg, und die Füße wollten nicht mehr so. Am Abend wollten die Füße dann doch wieder, da kamen sie und saßen mit Jakob unten und genossen seine ruhige, verständnisvolle, zugewandte Art. Dann hörte er sich das Leid an, tröstete und sprach Mut zu. Marie stand manchmal oben an der Treppe, und in ihr kämpfte die Wut gegen die Liebe zu ihrem Mann. Wütend war sie, weil er sich so ausnutzen ließ, und gleichzeitig bewunderte sie seine selbstlose Hingabe. Genau dafür liebte sie ihn ja. Und auch noch aus anderen Gründen natürlich. Wegen seiner lustig abstehenden Haare, seiner hübschen Augen, seines bartlosen und doch so männlichen Kinns. Weil er sich gut anfühlte unter ihren Händen. Weil sie mit ihm lachen konnte und albern sein und ganz sie selbst. Und weil er sie auf eine Weise liebte, die sie nie für möglich gehalten hatte, so echt und so tief. Sie hatte nie geglaubt, dass es Menschen wie Jakob überhaupt gab. Aber trotzdem machte es sie wütend, dass seine Liebe ebenso bedingungslos auch seinem Gott galt und seiner Arbeit, und es wurde ihr jetzt schon zu viel. Nach vier Wochen.

»Ach, Herr Pfarrer«, drang die Stimme der alten Frau Börtzler zu Marie herauf. »Es ist halt so schwer ohne den Willi.« Dünner und dünner wurde die Stimme, bis sie brach. Schniefen, Schluchzen und die ruhigen gemurmelten Worte des Trostes von Jakob dazwischen. Er führte die weinende Frau ins Zimmer und schloss die Tür hinter sich.

Marie ging zurück zu ihrem Sofa, doch die Lust zu lesen war ihr vergangen. Wie ein Schutzschild hielt sie das Buch vor ihrem Bauch umklammert, während sie mit trotzig angezogenen Beinen gegen die Kissen gelehnt dasaß und grübelte.

Wie machte er das nur? Sich wertfrei zu interessieren für fremde Leute. Leute, mit denen er bis vor Kurzem nichts zu schaffen hatte. Marie, das war ihr selbst klar, könnte das nicht. Für Jakob schien es nie jemanden zu geben, den er nicht mochte oder der ihm auf die Nerven ging. Marie dagegen gingen viele Leute auf die Nerven. Frau Börtzler zum Beispiel ging ihr gerade sehr auf die Nerven. Die saß jetzt da unten, jammerte und fragte nicht danach, ob der Herr Pfarrer vielleicht auch nur ein Mensch war, der einen Feierabend und ein Privatleben hatte. Ein Liebesleben.

Und einen Kinderwunsch.

Marie hatte die Pille abgesetzt, weil sie sich dachte: Wenn nicht jetzt, wann dann? Nur hatte sie nicht damit gerechnet, dass Oberkirchbach ungefähr den gleichen verhütenden Effekt haben würde wie die Antibabypille. Man konnte direkt annehmen, ihre Hormone wären in Frührente gegangen, nachdem sie in dieses Dorf gezogen waren. Zudem waren sie beide am Ende eines Tages fast immer müde und geschafft. Jakob, weil er zu viel zu tun hatte, und Marie, weil sie zu wenig zu tun hatte.

Das bisschen Hilfe, das sie ihm als ehrenamtliche Ersatzpfarramtssekretärin leisten konnte, war nicht gerade tagfüllend. Früher hatte sie als Redakteurin für einen Lokalanzeiger gearbeitet und zusätzlich nebenbei als Redenschreiberin, aber für Letzteres gab es im Westrich keinerlei Bedarf, und bei der *Rheinpfalz* gab es keine Stellen. Falls sie mal einen interessanten Artikel habe, hatte man ihr mitgeteilt, dürfe sie sich ruhig wieder melden, man würde dann prüfen, ob eine freiberufliche Mitarbeit infrage komme. Einen interessanten Artikel! Wo sollte sie den denn herkriegen? Hier, wo absolut nichts los war? Und was sollte sie sonst tun? Es war nicht so, dass die Jobs in der Gegend hier auf den Bäumen wuchsen.

Früher, seit ihrer Kindheit eigentlich, hatte sie viel geschrieben. Alles Mögliche: Gedichte natürlich, als Teenager, einige gelungene Kurzgeschichten, die in einer Zeitschrift veröffentlicht wurden, einen miserablen Roman für die Schublade. Es hatte ihr Spaß gemacht. Doch selbst das ging nicht mehr. Ihre Gehirnzellen waren wie gelähmt. So romantisch hatte sie sich das Landleben vorgestellt, so idyllisch. Hier, in der Weite der Natur, hatte sie sich ausgemalt, da könnten ihre Gedanken fliegen. Nichts flog. Ihre Gedanken krochen wie Schnecken über den Boden, von Tag zu Tag zu Tag, und sie wurden immer langsamer. Marie musste ihre ganze Energie aufwenden, um die Enge des Dorfes zu ertragen, um die Stille auszuhalten, um für Jakob da zu sein, da blieb für Kreativität kein Platz.

Sie warf das Buch in die Ecke des Sofas und stand auf. Sie musste Jakob aus den Klauen dieser Frau Börtzler befreien, verstorbener Mann hin oder her, das ging so nicht weiter. Sie würde jetzt nach unten gehen, und wenn sie sich dazusetzte, dann würde die alte Frau schon merken, dass sie gerade dabei war, den wertvollen Feierabend eines glücklichen jungen Ehepaares zu sabotieren.

Extra laut trampelte Marie die Treppe hinunter. Ihre Hand

schwebte bereits über der Türklinke, als sie im letzten Moment davor zurückschreckte einzutreten, ohne vorher anzuklopfen. Das ging dann doch zu weit. Sie konnte Jakob nicht so in Verlegenheit bringen. Von drinnen war kaum etwas zu hören. Die kleine geriffelte Glasscheibe in der Tür ließ nichts erkennen. Wer hatte eigentlich solche geriffelten Glasscheiben erfunden und wozu?

Marie hob die Hand und klopfte sachte gegen den Holzrahmen.

»Ja, bitte!«, hörte sie Jakobs klare Stimme. Und noch etwas hörte sie in seiner Stimme. Erleichterung? Sie trat ein. Da saß Frau Börtzler vorgebeugt auf einem der Stühle am Tisch. Sie hatte das Gesicht hinter ihren knochigen Händen verborgen und zuckte ruckartig mit dem Kopf, als hätte sie einen Schluckauf, der sie im Sekundenabstand durchschüttelte. Mit bekümmertem Blick und ein wenig ratlos saß Jakob der alten Frau gegenüber. Ohne lange nachzudenken, ging Marie auf die weinende Frau zu, setzte sich neben sie und strich ihr sanft über den Rücken. Frau Börtzler ließ ihre Hände sinken und blickte verzweifelt zu Marie auf. Tränen liefen über ihre Wangen. Eine Welle von Mitleid schwappte über Marie, sie zögerte keinen Augenblick und zog die alte Frau in ihre Arme. Tröstend wiegte sie sie hin und her, so lange, bis das krampfhafte Schluchzen ein Ende hatte und Marie spürte, dass sie wieder loslassen konnte. Jakob reichte der trauernden Frau ein Taschentuch, das er inzwischen besorgt hatte.

»Es tut mir leid, Frau Pfarrer, jetzt hab ich Ihnen den ganzen Abend verdorben«, schniefte Helga Börtzler. Sie prustete ordentlich in das Taschentuch und wischte sich mit dem Handrücken über die Augen.

»Aber das haben Sie doch überhaupt nicht, Frau Börtzler«, beeilte sich Marie zu widersprechen. In Jakobs Augenwinkeln erschien ein unmerkliches Schmunzeln. »Wirklich nicht«, bekräftigte Marie gleich noch einmal.

»Wissen Sie«, erklärte Helga Börtzler, »ich will meine Kinder nicht ständig damit belasten, wie es mir geht, die haben ihre eigenen Probleme und können sich nicht dauernd um ihre alte Mutter kümmern. Und hier im Dorf ...« Sie zuckte mit den Schultern. »Mit der Gisela sitze ich ab und zu zusammen, Sie wissen schon, die Gisela Leipold aus meiner Nachbarschaft, die hat letztes Jahr auch ihren Mann verloren. Dann sitzen wir da und trinken Tee, und sie jammert. Und ich hör zu. Weil: Immer wenn sie jammert, da vergeht mir das Jammern, und dann denk ich: Ach Gott, jammere doch nicht so viel!« Sie lachte kurz auf. »Und wenn ich dann daheim bin, fühl ich mich ganz allein und will selbst jammern und hätte gern, dass mir mal einer zuhört.« Sie schüttelte über sich selbst den Kopf, lachte wieder, machte dabei aber ein Gesicht, als wäre ihr das Weinen näher. »Wie die Gisela!«, rief sie und winkte mit beiden Händen ab.

»Die Gisela Leipold saß vorgestern Abend hier«, bemerkte Jakob. Helgas Gesichtszüge erstarrten eine Sekunde lang, so verdutzt war sie, dann warf sie den Kopf in den Nacken und brach in dieses herzhafte, markerschütternde Schreilachen aus, das so typisch für die Oberkirchbacher war, wahrscheinlich für die gesamte Pfalz. Jakob und Marie stimmten erleichtert mit ein, allerdings nicht ganz so laut.

»Ach du liebe Zeit!«, beendete Helga ihren Ausbruch und wischte sich diesmal die Lachtränen aus dem Gesicht. »Ja, so ist das«, sagte sie und erhob sich. »Die Männer sterben alle nach und nach, und die Frauen bleiben zurück. Nur Draudte Fritz, der hält sich hartnäckig. Unkraut vergeht nicht.« Sie schlug sich selbst auf den Mund für den bösen Spruch, machte eine entschuldigende Grimasse und wandte sich zum Gehen.

Da war er schon wieder, der Name.

»Was ist denn mit Draudte Fritz?«, hakte Marie rasch ein.

»Ach der!«, sagte Helga, ohne in ihren Schritten innezuhalten. Erst an der Tür drehte sie sich um. »Mein Willi war jahrelang sein Geselle, aber Sie brauchen nicht zu glauben, dass der Fritz auf seiner Beerdigung erschienen wäre. Der geht zu so gut wie keiner Beerdigung. Ein Wunder, dass er bei der Beerdigung seiner eigenen Frau war.«

»Warum ist der denn so grantig?«, fragte Marie geradeheraus.

Helga zuckte die Schultern. »Der ist einfach so. Ich bin ja sogar über ein paar Ecken mit dem verwandt, wissen Sie.«

»Tatsächlich?«

Sie nickte eifrig. »Ja. Und ganz früher, als ich klein war, da hat der bei uns gewohnt. Ein paar Monate aber nur. Mein Vater hat ihn aufgenommen, als er nach dem Krieg aus der Gefangenschaft heimgekommen ist, das Haus seiner Familie war ja zerbombt, und keiner hat mehr gelebt. Ich war damals ungefähr sechs Jahre alt, mein Bruder, der Holger, der war noch jünger. Der Fritz hat tagsüber manchmal auf uns aufgepasst und mit uns gespielt, aber nachts, da hab ich ihn oft schreien gehört, ganz laut, als wenn eine Sau abgestochen würde. Mein Vater ist dann rüber zu ihm und hat ihn wach gemacht und hat zu ihm gesagt, dass das nicht geht, so zu schreien. Er hat ja nichts dafür gekonnt, der Fritz, aber ...« Helga machte ein betretenes Gesicht und hob hilflos die Hände. »Irgendwann ist er dann ausgezogen, hierher ins Pfarrhaus, in den Keller erst mal. Auf seinem Grundstück hat er wieder ein Haus gebaut, er selbst, fast ganz allein. Für die Emma und für sich hat er es gebaut, heißt es, aber ich kann mich nicht richtig daran erinnern, ich war ja noch so klein und weiß das nur von meinen Eltern.«

Für die Emma und für sich. So eng waren die beiden damals also, dachte Marie und erinnerte sich an die Worte der alten Emma Jung: »Ein ganz, ganz schlimmer Mensch!« So hatte sie ihn genannt, den Mann, der einmal für sie ein Haus bauen wollte. Das Haus, in dem er jetzt noch lebte, aus dem heraus er nun Leute anschrie und ihnen die Tür vor der Nase zuknallte.

»Und heute können sie einander nicht mehr ausstehen«, sagte Marie.

»Die reden kein Wort miteinander und gucken in die andere Richtung, wenn sie sich mal über den Weg laufen«, bestätigte Helga. »Schon immer.«

»Aber warum, das weiß man gar nicht, oder?«

»Nein, das weiß keiner. Wahrscheinlich wissen sie das selber nicht mehr«, lachte Helga. »Ist ja auch egal«, murmelte sie, während sie sich endgültig zum Gehen wandte. Jakob verabschiedete sie an der Tür.

»Vielen Dank, Herr Pfarrer! Demnächst geh ich auch mal wieder in den Gottesdienst, gell.«

»Da freu ich mich, Frau Börtzler. Kommen Sie gut heim.«

Er wartete, bis Helga Börtzler die fünf Stufen vom Haus zum Gehweg sicher überwunden hatte, und schloss die Tür. Als er zurückkam, stand Marie noch immer mitten im Raum. »Und es ist nicht egal«, murmelte sie.

»Was meinst du?«, fragte Jakob.

»Findest du es auch egal, dass zwei Menschen, die sich einmal geliebt haben, plötzlich nicht mehr miteinander reden, sich nicht einmal mehr anschauen? Jahrzehntelang? Ein ganzes Menschenalter lang?«

»Ich weiß nicht«, sagte Jakob. »Manchmal kommt das vor. Menschen trennen sich. Leider.«

»Aber so radikal?«

»Warum beschäftigt dich das so?« Jakob ging an ihr vorbei, legte eine CD ein, und kurz darauf erklangen die schrägen, schwerfälligen Töne eines Pianos und die Reibeisenstimme von Tom Waits aus dem Lautsprecher. *Tango Till They're Sore.*

Jakob drehte sich zu Marie, zwinkerte verführerisch und tanzte albern mit im Takt zuckenden Schultern auf sie zu. Marie lachte, hob die Arme und schwang lasziv ihre Hüften, bis er sie erreicht hatte, seinen Arm um sie legte und sie sich gemeinsam im Rhythmus der Musik dieses gebrochenen Songs bewegten. Vergessen war Jakobs Frage von eben, vergessen waren Helga Börtzler, Oberkirchbach, der Gemeindesaal … Tom Waits entführte sie in eine andere Welt.

»Wir trennen uns jedenfalls nicht«, flüsterte Jakob ganz nah an Maries Mund. »Nie, nie.«

»Nie«, flüsterte Marie zurück. Sie küssten einander und tanzten und küssten und tanzten. Bis die Platte zu Ende war. Und länger.

1949

»Versprichst du mir etwas?«

»Was denn?«

»Dass wir uns niemals trennen.«

»Natürlich trennen wir uns nicht, wie kommst du denn darauf?«

Es war Fritz, der um das Versprechen bat, und Emma diejenige, die nicht einmal wusste, wie er an so etwas auch nur denken konnte.

Sie lagen auf einer Decke in ihrem Schlafzimmer. Ihrem künftigen Schlafzimmer. Noch war das Haus nicht fertig, aber der Rohbau stand und das neue Dach bot Schutz.

Ihr Kopf lag auf seiner Brust, mit seinen Armen hielt er sie umfangen. Es hätte bequemere Orte gegeben, aber dieser Ort war bald ihr Zuhause, der Ort, an dem sie miteinander leben, Kinder haben, miteinander alt werden würden. Wie Fritz auf den Gedanken kam, diese Selbstverständlichkeit benötige irgendein Versprechen, war Emma nicht klar.

»Freust du dich auf die Hochzeit?«, fragte Fritz.

»Natürlich freu ich mich«, erwiderte Emma. »Was stellst du mir denn heute nur für komische Fragen, Fritz?«

»Ich weiß auch nicht. Manchmal hab ich Angst davor, dass alles wieder kaputtgeht. Wie schon einmal.«

Sie richtete sich auf. »Aber das war der Krieg. Der Krieg hat alles kaputt gemacht.«

Er blieb liegen, bettete seinen Kopf auf seinen Unterarm und sah Emma ins Gesicht. »Menschen machen Kriege. Es sind immer Menschen. Und Menschen lernen nichts.«

»Aber wieso denkst du das denn?«

»Es geht doch schon wieder gegeneinander. Osten gegen Westen. Westen gegen Osten. Und irgendwann kommt es wieder zum Krieg.«

»Nein, tut es nicht«, widersprach Emma. »So blöd sind die nicht. Man hat doch gesehen, wohin das führt. Hör auf, darüber nachzudenken, Fritz.«

Er nickte. Sie beugte sich zu ihm herab, küsste ihn auf die Stirn und sprang auf die Füße. »Wir müssen los. Meine Mutter hat gesagt, wir sollen zum Abendessen kommen. Außerdem fange ich an zu frieren.«

Es war Mitte April, und auch wenn tagsüber die Frühlingssonne für traumhaftes Wetter sorgte, wurde es gegen Abend immer noch empfindlich kalt – zu kalt, um längere Zeit auf dem Boden eines Rohbaus zu liegen.

»Als Allererstes brauchen wir ein Bett«, meinte Fritz, während er aufstand, die Decke ausschüttelte und ordentlich zusammenlegte.

»Fritz!«, mahnte ihn Emma lachend.

»Was denn? Wir können nach der Hochzeit ja wohl schlecht auf dem Boden schlafen, oder?« Den frechen Blick in seinen Augen kannte sie genau, wenn er etwas sagte, aber etwas ganz anderes meinte und wusste, dass sie wusste, *was* er meinte.

Sie sehnte sich genauso danach wie er. Jeden Abend, wenn sie auseinandergingen, umarmten sie einander endlos und flüsterten sich gegenseitig ins Ohr: »Nicht mehr lange!«

»Nicht mehr lange, Fritz«, sagte Emma und ergriff seine Hand.

Als sie das Grundstück verließen, zeigte Fritz auf den blühenden Mirabellenbaum. »Im August mache ich vielleicht schon den ersten Schnaps.«

»Weißt du denn, wie das geht?«, fragte Emma.

»Klar!«, erwiderte Fritz und lachte.

Sie schlenderten durch das Dorf bis ans andere Ende, wo Emma mit ihrer Familie wohnte. Endlich hatten sie ihr altes Haus wieder, und so konnte auch Fritz immer öfter dem Keller bei Pfarrer Wiesner entfliehen. Oft aß er mit Emma und ihrer Familie zu Abend, und Emmas Eltern waren rücksichtsvoll genug, den beiden Verlobten ihre Privatsphäre zu lassen. Sie hatten keine Einwände, wenn Fritz und Emma in Emmas Zimmer gleich unterm Dach verschwanden und dort noch eine Weile unter sich waren, bevor Fritz den Heimweg antrat. Falls der Bau bis zur Hochzeit nicht ganz fertig werden würde, konnten sie dort oben sogar fürs Erste gemeinsam wohnen. Emmas Familie war Fritz' Familie.

Auf ihrem Weg durch den Ort begegneten die beiden Auguste Gödel und Herrmann Klein, einem befreundeten Paar. Für Herrmann, der ein paar Jahre älter war als Fritz, hatte der Krieg 1943 ein Ende gefunden. Er war nur knapp mit dem Leben davongekommen, hatte seither ein steifes Bein und war stark gehbehindert. Auguste, das deutlich jüngere Nachbarsmädchen, war für ihn zunächst wie eine kleine Schwester, deren Gesellschaft ihm guttat, die ihn mit ihrem munteren Wesen ablenkte, mit der er lachen konnte und die sich nicht an seiner Behinderung störte. Doch mit der Zeit veränderte sich ihre Beziehung, und das Band zwischen ihnen wurde immer enger. Inzwischen waren die beiden ebenfalls verlobt, doch Auguste hatte Emma verraten, dass sie bereits alles miteinander gemacht hatten, wie ein Ehepaar. »Warum auch nicht?«, hatte Auguste kichernd gemeint. »Warum sollten wir warten? Herrmann passt auf, und wenn was passiert, dann passiert es eben. Wir heiraten doch sowieso bald.«

Manchmal dachte Emma, sie sähe etwas bei den beiden, das anders war als bei ihr und Fritz, noch inniger, noch vertrauter, obwohl das doch gar nicht sein konnte. Aber vielleicht war es doch dieses eine, das sie noch stärker miteinander verband und das bei Fritz und ihr noch fehlte. Ganz und gar eins zu werden. Und vielleicht war es sogar genau das, was Fritz helfen würde, wieder ganz nach Hause zurückzukehren, ohne die Bitterkeit und die Düsternis, die der Krieg in seiner Seele hinterlassen hatte. Er verdrängte all das, so gut er konnte, doch Emma sah es ihm an. Immer wieder driftete er plötzlich ab, seine Miene verfinsterte sich, sein Mund begann zu zucken, und in seine Augen trat etwas Wildes, Gehetztes. Wenn sie doch nur wüsste, wo genau er dann mit seinen Gedanken war. Sie hatte es längst aufgegeben, danach zu fragen, aber sie würde es nie aufgeben, ihn davon befreien zu wollen.

Auguste und Herrmann jedenfalls hatten etwas, das sie und Fritz nicht hatten. Wenn sie einander ansahen, dann funkelte etwas in ihren Augen, das Emma nicht kannte, und sie sehnte sich danach zu erfahren, was es war. Sie sehnte sich danach, es mit Fritz zusammen zu erleben.

Die beiden Paare blieben eine Weile beieinanderstehen, unterhielten sich und tauschten die letzten Neuigkeiten aus dem Dorf aus; was die einen nicht wussten, wussten die anderen. Margareta Wozniak, das wusste Fritz natürlich, war seit Kurzem mit Rudolf Wiegand zusammen, dem Sohn des Bäckers. Jeder der vier gönnte der jungen Witwe, die so viel Leid hinter sich hatte, ihr neues Glück von Herzen. Doch sie alle zweifelten daran, dass die gemeinsame Freundin Klara und der junge Franzose, mit dem sie seit Weihnachten herummachte, eine Zukunft hatten. »Früher oder später wird der Jules sicher nach Frankreich zurückgehen«, meinte Herrmann. »Und ich kann mir nicht vorstellen, dass die Klara dann mitgeht.«

»Arme Klara!«, seufzte Auguste jetzt schon voller Mitleid wegen der abzusehenden Liebestragödie. »Nur gut, dass du kein Franzose bist«, fügte sie an Herrmann gewandt hinzu und küsste ihn. Und wieder beschlich Emma das Gefühl, dass die beiden anders küssten als sie und Fritz. Sie schlang den Arm um Fritz' schmale Hüfte und zog ihn an sich heran.

»Mir wäre das egal«, erklärte sie. »Ich würde überall dort hingehen, wo Fritz hingeht.«

»Also, ich gehe jetzt zu dir nach Hause und lasse mich von deiner Mutter verwöhnen«, erwiderte Fritz trocken. Auguste und Herrmann lachten.

»Siehst du, da komm ich doch gleich mit«, meinte Emma. »Auf Wiedersehn, ihr zwei!«

Winkend und lachend gingen sie auseinander.

Ohne Eile und eng umschlungen spazierten Fritz und Emma den Waldhüttenweg hinauf. Das letzte Haus in der Straße war das der Familie Hilles. Gleich dahinter verjüngte sich der Weg zu einem schmalen Wanderpfad, wurde noch etwas steiler und führte durch den Wald bis zu einer alten Blockhütte. Die Waldhütte stand schon seit Jahrzehnten dort oben am Rand einer kleinen Lichtung, kein Mensch konnte sich erinnern, wer sie ursprünglich einmal erbaut hatte. Jäger hatten sie früher als Nachtquartier genutzt. Vor dem Krieg hatte man jeden Sommer das Waldhüttenfest gefeiert. Das ganze Dorf hatte sich daran beteiligt, man hatte auf der Wiese gepicknickt, die Kinder hatten im Wald gespielt, und am Abend, wenn es dunkel wurde, war man gemeinsam mit Laternen hinunter in den Ort gezogen. Doch das war lange her.

Es gab Kartoffelwaffeln zum Abendessen. Irma füllte immer wieder mit einer Kelle Teig ins Waffeleisen, und wenn die

Waffel fertig war, stritt man sich darum, wer als Erster etwas bekam, doch meist wurde am Ende geteilt und auf die nächste Waffel gewartet. Dazwischen wurde lebhaft geredet und viel gelacht. Im Hause Hilles ging es immer munter zu. Emmas jüngere Brüder wetteten, wer von ihnen die meisten Waffeln verdrücken konnte. Emmas Vater versuchte, seine lärmenden Söhne zu übertönen, und fragte Fritz nach dem Bau und ob er es noch bei Wiesner aushalte. Das waren die Themen, die Fritz gefielen. Eifrig berichtete er von den nächsten Schritten beim Hausbau und machte sich mit beißendem Spott Luft über die Scheinheiligkeit des Pfarrers, der jetzt schon Angst davor hatte, dass Margareta Wozniak bald ausziehen könnte und er damit eine kostenlose Putzfrau verlieren würde.

»Aber, Fritz, du musst den Pfarrer verstehen, wer so nah bei Gott ist, kann sich doch nicht dazu herablassen, selbst den Boden zu schrubben oder jemanden dafür zu bezahlen.« Irma verdrehte die Augen und brachte alle zum Lachen, besonders ihre Söhne, denen Pfarrer Wiesner früher während des Konfirmandenunterrichts regelmäßig die Ohren lang gezogen hatte.

Als das Essen beendet war, wollte Emma ihrer Mutter beim Aufräumen helfen, doch diese wehrte liebevoll ab.

»Kümmere dich nur um Fritz, ihr habt doch sonst nicht so viel Zeit füreinander.«

»Ja? Danke, Mama!«, sagte Emma, und als Fritz seinen Fuß auf die Treppe setzte, um nach oben zu gehen, meinte sie: »Sag mal, wollen wir nicht lieber noch ein bisschen im Wald spazieren? Es ist sicher noch eine Stunde hell draußen und so schönes Wetter.«

Fritz hielt erstaunt inne. »Jetzt noch?«

Emma blickte ihm tief in die Augen und sagte mit Nachdruck: »Warum denn nicht?«

Sie war nicht sicher, ob er sie verstand, er wirkte überrascht, aber er nickte. »Also gut!«, antwortete er. »Warum nicht?«

»Ich nehme den Schlüssel mit, ihr müsst nicht auf mich warten«, sagte Emma. »Vielleicht gehen wir nachher noch bei Frieda vorbei oder …« Ihr fiel nichts mehr ein.

»Oder bei Herrmann«, half Fritz.

»Ja, ja, mach nur, wie du denkst«, kam es aus der Wohnküche.

»Komm«, flüsterte Emma, als würde bereits dieses Wort verraten, was sie vorhatte.

Die Sonne stand schon tief am Horizont, und natürlich war es im Wald noch weniger hell, aber Emma setzte zielstrebig Fuß vor Fuß und zog Fritz an ihren ineinander verschränkten Fingern mit sich den Weg hinauf. Nach gut zehn Minuten erreichten sie die Hütte, Emma ließ Fritz los und lief vor zur Tür. Noch während sie den Griff nach unten drückte, rechnete sie damit, dass die Tür verriegelt war, doch mit einem lauten Knacken sprang sie auf.

»Emma?«, sagte Fritz zögerlich. »Was willst du denn hier?«

Konnte er das nicht ahnen? Sie schlang die Arme um seinen Hals. »Mit dir zusammen sein«, sagte sie so leise, als hätten die Bäume Ohren. »Ganz! Ich will nicht warten, bis wir verheiratet sind, ich will jetzt, *jetzt* mit dir zusammen sein.« Und als er sie bekümmert anblickte, fragte sie unsicher: »Du nicht?«

Er neigte seinen Kopf zu ihr herab, und sein sehnsuchtsvoller Blick war Antwort genug. »Doch. Doch, Emma, das will ich auch.« Er küsste sie mit so viel Zärtlichkeit wie nie zuvor, als wollte er ihr damit etwas versprechen. »Hier?«, fragte er, als sie sich voneinander lösten.

»Es geht nicht bei dir im Keller vom Wiesner und auch nicht bei mir daheim, und der Rohbau, der ist zu kalt und zu hart und …«, erklärte Emma, weshalb sie nun ausgerechnet auf die alte Hütte gekommen war, doch Fritz verschloss ihr sanft mit der Hand den Mund.

»Komm«, sagte er und ging hinein.

Sie hatten keine Vorstellung davon, was sie dort drinnen erwartete, es hätte auch sein können, dass die Hütte völlig kahl und leer geräumt war, aber sie hätten es nicht besser treffen können. Es gab zwei kleine Räume, einen mit einem Tisch und Stühlen und einem Schrank, sogar mit einem kleinen Holzofen in der Ecke, und es gab einen Raum daneben, in dem sich ein schlichtes Holzbett befand mit einer Matratze und mit Decken darauf. Möglicherweise benutzten Jäger die Hütte immer noch gelegentlich zur Übernachtung. Es sah nicht besonders einladend aus, aber das Holz des Bettes war nicht morsch und die Decken nicht klamm, nur etwas staubig. Emma machte sich daran, sie auszuschütteln, doch Fritz hielt ihre Hand fest.

»Hättest du dir das erste Mal nicht anders gewünscht?«, fragte er.

Einen Moment lang verharrte sie, als wäre sie nicht mehr ganz sicher, doch dann riss sie die Augen auf und tat erstaunt: »Wie denn? Etwa weniger staubig? Weniger dunkel und kalt? Weniger abenteuerlich? Wie kommst du nur auf so etwas, Fritz Draudt? Sag bloß, es gefällt dir nicht!« Sie stemmte die Hände in die Seite, kräuselte die Nase und runzelte tadelnd die Stirn. Emma konnte so komisch sein, und sie konnte ihn zum Lachen bringen wie niemand sonst. Auch diesmal. Er lachte laut, doch dann wurde sein Blick mit einem Mal ganz weich, liebevoll umfasste er ihr Gesicht mit seinen Händen, küsste sie und streifte ihren Mantel ab. Öffnete die Knöpfe ihrer Bluse. Und die ihres Rocks. Zärtlich glitt sein Mund an ihrem Hals hinab, berührte sie, wo er sie noch nie berührt hatte. Nackt standen sie voreinander, betrachteten einander, legten sich nebeneinander ins Bett, waren überwältigt von der Macht ihrer Gefühle. Auch wenn keiner von ihnen vorher so genau gewusst hatte, was zu tun war, auf einmal wussten sie es. Und taten es. Langsam, behutsam. Immer näher kamen sie einander, bis sie schließlich nichts mehr trennte.

So war das also, dachte Emma, als sie Fritz in sich spürte. So konnte man sich fühlen, so vollkommen. Das Eindringen hatte wehgetan. »Nur ein bisschen«, log sie, als Fritz erschrocken innehielt und fragte, nachdem sie scharf die Luft eingezogen hatte. »Mach weiter«, forderte sie ihn auf. Der Schmerz war vergessen, der Schmerz würde größer sein, wenn er nicht mehr in ihr wäre, wenn er sie verlassen würde. Jetzt noch nicht, dachte sie und bewegte sich mit ihm. Mach weiter, dachte sie, verlass mich nicht. Nie.

Sie erlebten die Liebe, wie sie sie zuvor nicht gekannt hatten, wie durch ein Brennglas. Sie schien zu groß für diese Welt. Unermesslich, unbegreiflich. Emma war so glücklich wie noch nie, und Fritz war es auch. Sie konnte sein Gesicht kaum noch sehen, weil es schon dunkel wurde, aber umso deutlicher spürte sie ihn. Erschöpft lag er auf ihr, und als er sich wegrollen wollte, hielt sie ihn fest.

»Bleib!«

»Bin ich nicht zu schwer für dich?«

»Nein, bleib!«

Er blieb, und sie genoss es, sein Gewicht und seine heiße, verschwitzte Haut noch ein wenig länger auf sich zu spüren. Endlos am liebsten. Für immer.

»Fritz«, meldete sie sich nach einer ganzen Weile.

»Ja?«

»Du bist leider doch zu schwer. So auf Dauer.«

Sie mussten beide lachen. Er glitt von ihr herab, legte sich auf die Seite und schloss sie in die Arme. Noch ein bisschen wollten sie in der Hütte bleiben, nur noch ein bisschen … Emma fielen die Augen zu.

Sie wachte auf, als sie einen schrecklichen Schrei hörte. Im nächsten Moment stürzte sich jemand aus der Dunkelheit auf sie, zwei Hände legten sich um ihren Hals und drückten ihr die Kehle zu.

Mitte Mai 2019

Fritz Draudt arbeitete im Garten hinterm Haus. Mit einer Hacke ging er um die Pflanzen herum und lockerte den Boden. Er ging gebückt und hob den Blick kein einziges Mal, als wollte er nichts wissen von der restlichen Welt. Jakob und Marie traten ungehindert durch das niedrige Gartentor ein.

»Guten Tag, Herr Draudt«, rief Jakob. Nach ein paar Sekunden hob der mürrische alte Mann den Kopf. Statt den Gruß zu erwidern, starrte er Jakob an, als hätte er ihn noch nie in seinem Leben gesehen. Natürlich war es gut möglich, dass er die Begegnung nach dem Gottesdienst vergessen hatte. Es war schließlich schon ein paar Wochen her.

»Ich habe doch versprochen, Sie einmal zu besuchen, wissen Sie noch?«, sagte Jakob und erklärte vorsichtshalber noch mal: »Ich bin der neue Pfarrer.«

Fritz starrte weiter, ohne eine Miene zu verziehen. Dann nickte er und fuhr fort, den Boden aufzulockern.

»Wie lange ist man denn neu?«, fragte er unvermittelt. Es sah aus, als spräche er mit der Erde.

»Wie bitte?«, fragte Jakob verwirrt.

»Wie lange man *neu ist*«, wiederholte Fritz laut und in aller Deutlichkeit, dabei drehte er sich um und schaute Jakob an, als hielte er ihn für ein bisschen beschränkt.

»Ich … äh …«, stammelte Jakob verdattert.

»Nur in den ersten zwei Monaten«, erklärte Marie mit trockenem Ernst. »Danach ist man nicht mehr neu. Dann ist man einfach nur noch der Pfarrer.« Ungerührt erwiderte sie den bohrenden Blick des alten Mannes. Seine Mundwinkel zuckten, als würde er mit Macht ein Lächeln unterdrücken.

»Sie waren doch neulich mit Hillese Liesel da und haben mich gestört«, stellte er fest und gab sich redlich Mühe, den knorrigen Gesamteindruck aufrechtzuerhalten.

»Ja, Sie haben uns die Tür vor der Nase zugeknallt«, antwortete Marie prompt.

»Und jetzt sind Sie schon wieder da.«

»Ganz recht! Jetzt bin ich schon wieder da. Diesmal mit meinem Mann.« Mit einem Blick durch den Garten fügte sie hinzu: »Hier gibt es zum Glück keine Tür, die Sie zuknallen könnten.« Sie grinste verschmitzt, und auch der alte Mann ließ die Spur eines Lächelns erkennen. Er richtete sich ein klein wenig auf, schüttelte drohend den Zeigefinger und ließ die Hacke fallen. So kam er auf die beiden zu, wackelig zwar, aber mit der gleichen Energie, die er auch schon bei der Begegnung auf der Straße gezeigt hatte. Mit einer flüchtigen Bewegung putzte er seine von der Gartenarbeit schmutzige Hand an der blauen abgetragenen Arbeitshose ab und hielt sie Jakob hin. »Guten Tag, Herr Pfarrer!«, sagte er. Er schüttelte Jakobs Hand kräftig, wackelte an den beiden vorbei und bedeutete ihnen mit einem Winken, ihm ins Haus zu folgen. An der Tür streifte er seine Stiefel ab. »Nur herein!«, rief er in dem rauen Tonfall, mit dem man in Oberkirchbach Herzlichkeit ausdrückte, und Jakob und Marie nahmen die Einladung an.

»Wohnen Sie ganz allein hier?«, fragte Jakob.

»Wer soll denn sonst noch hier wohnen?«, fragte Fritz zurück. »Wollen Sie einen Schnaps?« Er ging voraus ins Wohnzimmer und dort direkt zu einem Schrank mit Schiebetür, hinter der sich mehrere Flaschen verbargen.

»Schnaps?«, erwiderte Jakob verblüfft.

»Trinken Sie keinen Schnaps?«, fragte der alte Mann.

»Selten so früh am Tag«, meinte Jakob.

»Dann ist heute selten«, sagte Fritz. »Birnen, Zwetschgen, Mirabellen? Alles selbst gebrannt.«

»Mirabellen klingt gut«, sagte Marie.

»Also schön. Für mich auch einen Mirabellenschnaps!«, stimmte Jakob zu.

»Das ist der beste«, erklärte Fritz und schenkte drei Gläser großzügig ein. »Die Couch ist übrigens zum Sitzen da.«

Marie war überrascht, und zwar auf ganzer Linie. Weder hätte sie geglaubt, dass der alte Mann so gastfreundlich sein konnte, noch hätte sie erwartet, dass seine Wohnung so viel Gemütlichkeit ausstrahlen würde. Es war picobello sauber und aufgeräumt und liebevoll eingerichtet. Sogar frische Blumen standen in einer Vase auf dem breiten Fensterbrett. Auf keinen Fall hätte man vermutet, dass hier ein zweiundneunzigjähriger Mann allein lebte.

»Sie machen das alles ganz allein? Ich meine, den Haushalt und den Garten?«, fragte Marie noch einmal nach, als Fritz die Gläser vor sie hinstellte.

»Ja, alles allein. Prost!« Mit einem einzigen Schluck kippte er den Schnaps weg.

Jakob nippte vorsichtig, doch Marie machte es dem alten Mann nach. Weich glitt der Schnaps ihre Kehle hinunter, das Aroma von Mirabellen war unverkennbar, und sofort bedauerte sie, dass sie sich nicht mehr Zeit gelassen hatte, um es zu genießen. Doch nur wenige Sekunden später, als das Brennen tief in ihrem Hals immer stärker wurde, den Rachen hinaufkroch und sich gnadenlos bis zu ihrem Gaumen ausbreitete, da begann sie es erst richtig zu bereuen. Sie keuchte und hustete, das Feuer in ihrem Hals stieg ihr ins Gesicht, dass ihr der Schweiß aus sämtlichen Poren rann. Fritz beugte den Kopf nach hinten, soweit es sein steifer Nacken zuließ, und lachte, was das Zeug hielt. Auch Jakob lachte, und wie immer quietschte er dabei wie ein Mädchen, es war das unmännlichste und zugleich lustigste Lachen, das Marie kannte. Normalerweise musste sie dann immer mitlachen, doch nicht dieses Mal. Mit mühsam geballter Faust boxte sie gegen Jakobs Arm, so schlaff und kraftlos, dass er gleich noch mehr lachen musste. Nach und nach erholte sie sich, der Husten verebbte, das Feuer in Maries Rachen erlosch, und der Schnaps hinterließ lediglich einen leichten brennenden Mirabellengeschmack auf ihrer Zunge.

»Noch einen?«, fragte Fritz. Voll Inbrunst wehrte Marie das Angebot ab und brummte mit tiefer, alkoholgetränkter Stimme: »Nein!«, und da lachten die beiden Männer gleich noch ein bisschen weiter.

Wie nett Fritz aussah, dachte Marie, wenn er so herzlich lachte, wenn seine Augen leuchteten und von vielen kleinen Fältchen umspielt wurden und wenn sich die Falten neben seinem Mund in Grübchen verwandelten. Er hatte genauso viele Gesichter wie Emma, seine alte Freundin. Das hatten sie also auch noch gemeinsam, diese vielen Gesichter. Vielleicht würde Marie mit der Zeit noch mehr herausfinden, jetzt, wo das Eis zwischen ihr und Fritz halbwegs gebrochen schien.

»Die Mirabellen stammen direkt von dem Baum hinterm Haus, neben der Werkstatt«, erzählte Fritz. »Damals musste ich ein paar Obstbäume ummachen, weil der Platz sonst nicht für die Werkstatt gereicht hätte, aber den Mirabellenbaum hab ich stehen lassen …« Marie hatte den Eindruck, dass er noch etwas hinzufügen wollte, sein Mund bewegte sich stumm, doch dann sagte er nur: »Zum Glück! Sonst hätte ich heute nicht den guten Schnaps.« Das hinterhergeschobene Lächeln wirkte ein wenig gezwungen, was gar nicht zu dem alten Mann passte. Er war einer, der entweder gar nicht lachte oder von Herzen, aber nicht aus Höflichkeit oder weil andere es erwarteten. Er war einer, der Leuten die Tür vor der Nase zuschlug und sich nicht in ein falsches Lächeln flüchten musste, um seine Ablehnung zu verschleiern.

»Oh ja, das wäre ein Unglück, das kann ich nur bestätigen«, scherzte Marie, wobei sie sich noch einmal kräftig räusperte, und gleich wurde Fritz' Lächeln wieder natürlicher.

»Was für eine Werkstatt ist das denn, die Sie haben?«, erkundigte sich Jakob interessiert.

»Eine Schreinerwerkstatt. Ich war Schreinermeister.« Und mit hörbarem Stolz fügte er hinzu: »Ich habe die Festhalle von Oberkirchbach gebaut. Und die Friedhofshalle. Wenn Sie irgendwas in Oberkirchbach sehen, das aus Holz ist, dann ist das höchstwahrscheinlich von mir.«

»Die Bänke in der Kirche auch?«, fragte Jakob.

Sofort umwölkte sich Fritz' Gesicht. »Nein. Die nicht. Die sind schon älter.«

»Aber die Festhalle, die ist von Ihnen?«, staunte Marie.

»Allerdings! Zum größten Teil jedenfalls. Hat lange gedauert, bis sie fertig war. Und heutzutage lässt man sie verrotten.« Eine Mischung aus Wut und Wehmut trat in die Miene des alten Mannes.

»Na ja, ich nehme an, die Instandhaltung würde sicher einiges kosten«, gab Marie zu bedenken. »Und wenn man keine Verwendung für die Halle hat, dann investiert man das Geld eben nicht.«

»Zumal die Gemeinde, wie man uns sagte, hoch verschuldet ist«, warf Jakob ein.

Fritz machte eine wegwerfende Handbewegung, holte die Flasche aus dem Schrank und goss sich noch einen ein. »Ich denke, Sie veranstalten demnächst dieses große Fest«, sagte er. »Deswegen waren Sie doch mit der Liesel hier, oder nicht? Oder braucht ihr die Halle dafür nicht?«

»Doch, eigentlich schon, die Halle wäre natürlich ideal, aber ich weiß nicht, in welchem Zustand sie ist und ob man sie benutzen könnte.«

»Haben Sie noch nie da reingeschaut?«

»Nein.«

Fritz stand auf. »Dann kommen Sie mal mit.«

Draußen im Flur zog er ein paar Straßenschuhe an und griff nach seinem Gehstock. Bevor er die Tür öffnete, langte er in die Schublade einer auffallend hübschen kleinen Kommode im Flur und zog einen Schlüssel heraus, der an einem seltsamen Schlüsselband hing. Eine Art Medaille war daran befestigt.

»Auf geht's«, rief er. Marie und Jakob folgten ihm.

Bis zur Festhalle war es nicht besonders weit. Sie lag an einem Knotenpunkt des Ortes, an dem sich drei Straßen kreuzten, unweit der Treppen, die zur Kirche hoch führten, und gleich beim ehemaligen Marktplatz, der ebenso verlassen und ungenutzt war wie die Festhalle.

Von außen machte das Gebäude keinen sonderlich spektakulären Eindruck und wirkte eher wie eine Turnhalle, doch als Fritz die massive Holztür am Vordereingang aufschloss und Jakob und Marie einließ, sperrten beide Mund und Augen auf. Das war eine Festhalle, wie man sie sich nur wünschen konnte, mit einer Bühne und einem großen Saal und sogar einer Empore. Auch wenn alles einen vernachlässigten, verstaubten, ja sogar heruntergekommenen Eindruck machte, war die ehemalige Schönheit des Saales unübersehbar. Die Holztäfelung der Decke, die Musterung des Bodens, die geschnitzten Holzpfeiler an den Seiten, die Treppen zur Empore und zur Bühne mit den geschmackvoll gestalteten Geländern, das alles war größte Handwerkskunst und für die Ewigkeit gemacht. Und es verkam.

»Das ist eine Schande, dass man so einen Saal nicht nutzt«, brach es aus Marie hervor. »Das ist so ... so schön!« Sie stand vor der Bühne und drehte sich einmal im Kreis, ungläubig staunend. Vor ihrem geistigen Auge tauchten die Honoratioren der Gemeinde auf, wie sie im Pfarrhaus am Tisch saßen und ratlos aus der Wäsche schauten, weil sie keine Ahnung hatten, wie sie diesen großen Dorfgeburtstag begehen sollten. Sie hatten nicht nur keine Ahnung, sie hatten auch keinen Mumm und keine Fantasie. Wie konnte es sein, dass man ein solches Prachtstück ungenutzt vergammeln ließ?

»Das ist eine Schande!«, wiederholte sie laut und zornig. Sie wusste nicht, wo dieser plötzliche Zorn und die Empörung in ihr herkamen.

»Marie!«, mahnte Jakob sie.

»Was denn? Ist doch so. Wie kann ein ganzes Dorf nur so eingeschlafen sein?«

»Marie!« Diesmal war Jakobs Mahnung nicht mehr so sanft.

»Ihre Frau hat ganz recht«, sagte Fritz mit hängendem Kopf. »Oberkirchbach ist eingeschlafen. Man könnte auch sagen, es ist tot.« Er wandte sich ab und ging zur Tür, um den beiden zu bedeuten, dass er nun wieder nach Hause wollte. Als Marie an ihm vorbeiging, blieb sie vor ihm stehen. Auch wenn er schon so alt war, war der Mann immer noch fast einen Kopf größer als sie. Ernst blickte sie zu ihm auf.

»Und Sie, Herr Draudt, was haben Sie dazu beigetragen, dass der Ort am Leben bleibt?«, fragte sie.

Sie erwartete einen Wutausbruch, aber den nahm sie in

Kauf, sie war gerade in der richtigen Stimmung, um es mit jeder Art von Wut aufzunehmen. Doch Fritz Draudt wurde nicht wütend, er erwiderte ihren Blick ruhig und ein bisschen traurig und schwieg. Dann wandte er sich ab und sperrte die ehemalige Festhalle, seine Festhalle, wieder zu.

1949

Es war dunkel. Er sah nur ihre Schatten. Aber er konnte ihren Atem hören. Sie waren ganz nah. Sie hatten sich an ihn herangeschlichen. Jetzt hielten sie ihn fest, drückten ihn zu Boden. Sie würden ihn töten oder gefangen nehmen und dann wieder ins Lager stecken. Er musste sich wehren, er konnte nicht dorthin zurück. Er durfte nicht aufgeben, er wollte doch nach Hause. Zu seiner Familie, zu Emma. Er musste sich wehren. Mit aller Kraft. Verzweifelt kämpfte er, schaffte es, die Oberhand zu gewinnen. Wenn er doch nur etwas sehen könnte. Einen bekam er zu fassen. Am Hals. Zudrücken! Er hatte nur seine bloßen Hände, keine Waffe.

Jemand schrie. Jemand, der genauso unschuldig in diesen Krieg gestolpert war wie er selbst, jemand, der auch zurückwollte. Nach Hause. Egal. Nur einer konnte überleben. Zudrücken!

Emma!

Ihr Bild drängte sich in seinen Kopf, ihre Stimme.

Hände patschten in sein Gesicht, kleine, weiche Hände. »Fritz!« Sein Name kam mühsam aus dem Mund des Angreifers, mit dem er rang.

Emma!

War das ihre Stimme?

»Fritz!«, gurgelte sie in größter Not.

Sie war in Not. Er musste ihr helfen. Wie kam sie denn überhaupt hierher? Wo war er?

»Fritz!«

Seine Hände ließen los. Er hörte ihr Keuchen und Husten. Das war Emma. Jemand hatte ihr wehgetan. Jemand ... Er.

Er hatte ihr wehgetan.

»Fritz!«, flüsterte sie erlöst.

»Emma!«, schrie er entsetzt.

Er hatte sie angegriffen. Er hatte sie verletzt, gewürgt. Er hätte sie um ein Haar ...

Er konnte den Gedanken nicht zu Ende denken, sprang aus dem Bett, kauerte sich voll Abscheu über sich selbst in die Ecke. Er hatte Emma angegriffen!

Sie kroch aus dem Bett, tastete sich zu ihm heran und kniete vor ihm nieder.

»Fritz!«, sagte sie sanft und leise und versuchte ihn anzufassen.

»Nein! Nein!«, wehrte er ab. »Geh weg! Geh weg von mir!«

»Du hast geträumt, Fritz, du kannst doch nichts dafür.«

Wie ihre Stimme krächzte, ihre sonst so klare, weiche Stimme. Er hatte sie zerstört. Er war ein Monster. Der Krieg hatte ein Monster nach Hause entlassen.

Sie streichelte seinen Kopf, er krümmte sich weg. Warum nur passierte ihm das?

»Fritz, ich liebe dich doch.«

»Nein«, stieß er hervor. »Nein. Tu das nicht. Lieb mich nicht.«

»Doch, das tu ich!«, sagte sie, tränenerstickt. Was seine Hände nicht geschafft hatten, schaffte das Leid, das er ihr zufügte. Es nahm ihr die Luft.

Er war dankbar für die Dunkelheit, die sie umgab, er hätte es nicht ertragen, ihr in die Augen zu sehen. Ihre Nähe quälte ihn, und gleichzeitig wünschte er sich nichts mehr, als von ihren Armen gehalten zu werden. Nur bei Emma hatte er sich ganz und heil gefühlt, nur bei ihr hatte er vergessen können, was er mit aller Macht vergessen wollte. Aber das war mit einem Mal vorbei. Er hatte sie angegriffen.

»Du hast das nicht gewollt«, flüsterte Emma erneut, leise und hilflos.

»Umso schlimmer!«, schrie er sie an. »Ich hab es nicht gewollt und doch getan. Ich kann es nicht beherrschen, Emma. Ich kann nicht voraussehen, wann diese Albträume kommen, und ich kann nicht kontrollieren, was ich dann tue.«

Sie zuckte zurück. Er nahm ihre Hand, entschuldigte sich, dafür, dass er sie anschrie, er wollte es nicht noch schlimmer machen. Sie sank neben ihm nieder und lehnte sich an ihn.

»Was ist, wenn das wieder passiert?«, fragte er verzweifelt. »Was ist, wenn es passiert, wenn wir verheiratet sind? Wenn du Nacht für Nacht neben mir liegst?«

»Das wird es nicht«, behauptete sie einfach.

»Wieso nicht? Es ist gerade passiert.«

»Es wird weniger«, hielt sie dagegen. »Mit der Zeit und mit mehr Abstand.«

»Woher willst du das wissen?«, fragte er sie. »Und selbst wenn es so wäre, sollen wir einfach hoffen, dass ich dich bis dahin nicht umgebracht habe?«

Er spürte, wie sie sich noch fester an ihn klammerte, als wollte sie ihn festhalten. Sie dachten beide dasselbe, und keiner sprach es aus – noch nicht. Sie hatten einander versprochen, sich nie zu trennen, sie waren einander nur ein paar Stunden zuvor so nah gewesen wie noch nie. Aber was bedeutete das jetzt noch?

»Du musst nach Hause«, sagte er.

»Ja«, hauchte sie, kaum dass man es hören konnte. Er half ihr auf die Beine und nahm sie an der Hand, als er sich bis zur Tür vortastete. Draußen war die Dunkelheit nicht mehr so undurchdringlich, denn der Mond schien vom Himmel. Sie fanden sich ohne Mühe zurecht und liefen Hand in Hand den Waldweg hinab, bis sie Emmas Elternhaus erreichten. Dort umarmten sie einander stumm, wieder klammerte sich Emma an ihm fest, so fest, als wollte sie ihn nie wieder loslassen. In diesem Moment wusste er, dass er niemanden auf der Welt jemals so sehr lieben würde wie Emma. Und er wusste auch, was er tun musste, um sie zu beschützen.

Emma hatte in der Nacht nicht geschlafen. Still saß sie am Küchentisch bei einer Tasse Tee und einer Scheibe Brot und rührte nichts davon an. Ihre Mutter beobachtete sie und fragte, ob sie krank sei. Emma schüttelte den Kopf. Sie rechnete es ihren Eltern hoch an, dass sie nicht fragten, warum sie denn erst mitten in der Nacht nach Hause gekommen war.

»Gehst du nachher zu Fritz?«, fragte ihre Mutter.

Es war Sonntag, natürlich ging sie da zu Fritz. Irma versuchte auf ihre Art zu erfahren, ob sie sich gestritten hatten. Aber das hatten sie nicht, es war viel schlimmer.

»Ja, nachher«, sagte Emma und hob endlich ihre Tasse an den Mund, als wollte sie damit demonstrieren: Alles ist gut.

Nichts war gut.

Mit jedem Schritt zum Haus von Pfarrer Wiesner klopfte ihr Herz lauter. Als sie vor dem Fenster des Souterrains niederkniete und gegen die gekippte Scheibe klopfte, saß Fritz mit gebeugtem Rücken auf seinem Bett und schaute kaum auf, als wäre sein Kopf zu schwer, ihn zu heben. »Ich komme«, sagte er tonlos und ging zur Tür. Ein paar Sekunden später stand er vor ihr und versuchte ein Lächeln. Sie stellte sich auf die Zehenspitzen und küsste ihn so schüchtern, als wären sie Fremde und würden einander nicht schon ihr ganzes Leben lang kennen. Sie ergriff seine Hand, nebeneinander schlenderten sie durchs Dorf, so wie sonst auch.

»Lass uns zur Kirche hochgehen«, sagte Fritz, als sie an der Treppe vorbeikamen.

»Seit wann zieht es dich zur Kirche hinauf?«, neckte ihn Emma. Sie versuchte so zu tun, als wäre alles wie immer: Händchen halten, scherzen.

»Da ist jetzt keiner mehr«, entgegnete Fritz nüchtern.

»Ja, das stimmt.« Emma gab ihr Bemühen um Unbekümmertheit auf und stieg hinter ihm die Stufen empor.

Es war doch noch jemand da. Der Kirchendiener sperrte die Kirche ab und warf ihnen einen strafenden Blick zu. Die schöne Aussicht genießen, aber nicht zur Kirche gehen, das haben wir gern, sagte dieser Blick. Fritz schaute ungerührt und so finster zurück, dass der Kirchendiener schleunigst das Feld räumte.

Sie lehnten sich an die Mauer und schauten über den Ort. Man konnte von dort oben Fritz' Rohbau sehen, genauso wie das Haus der Familie Hilles, ganz weit hinten am Waldrand. Mit einem Blick konnten sie ihr ganzes Leben umfassen. Emma ließ sich auf die Mauer nieder und blinzelte in die Frühlingssonne. »Ist das schön! Ich glaube, nirgendwo ist es so schön wie hier.«

Er stimmte ihr nicht zu, und er setzte sich nicht zu ihr. Sie musste ihn nicht einmal ansehen, um zu wissen, dass er sich innerlich stählte, um etwas zu sagen, das sie nicht hören wollte. Dann sagte er es. Ohne Einleitung. So brutal, wie es nun einmal war: »Wir müssen uns trennen, Emma.«

Ihr war, als würde ihr Körper augenblicklich zu Staub zerfallen. Sie konnte nicht glauben, dass er das gesagt hatte. Und wenn doch, dass er es auch meinte.

»Nein!«, sagte sie, so wie man unwillkürlich Nein sagte, wenn jemand mit einem Messer auf einen zukam und man genau wusste, dass einen dieses Messer in der nächsten Sekunde durchbohren würde.

»Doch!«, erwiderte er, ohne sie anzusehen. »Es geht nicht anders.«

Sie atmete tief durch, nahm allen Mut zusammen und stand auf.

»Ich will mich aber nicht von dir trennen, Fritz. Und ich weiß, dass du das auch nicht willst. Wir werden eine Lösung finden. Gemeinsam. Aber ich lasse nicht zu, dass …«

»Du verstehst gar nichts, oder?«, unterbrach er sie schroff. »Ich könnte es nicht ertragen, wenn ich dir etwas antun würde. Und sag jetzt nicht, dass das nicht passieren wird. Du hast es gestern Abend doch gesehen. Ich kann das nicht. Ich habe schon zu viel ertragen. Lieber verliere ich dich und weiß, dass es dir gut geht, als dass ich mit dir zusammen bin und immer befürchten muss, dass ich dich eines Nachts umbringe, weil ich wieder glaube, ich bin noch im Krieg.«

Emma starrte ihn sprachlos an. Er meinte es ernst. Und wenn Fritz etwas ernst meinte, dann gab es kein Zurück. Er war keiner, der nur redete.

»Du willst unsere Verlobung lösen?«

»Ja. Das will ich.«

Er sah ihr offen in die Augen. Da war kein Zögern, kein kleiner Rest Unsicherheit, der ihr noch Hoffnung gegeben hätte.

Der Schock war so groß, dass ihr nicht einmal die Tränen kamen. Sie wandte sich ab und lief ohne ein weiteres Wort die Treppe hinunter, lief auf der Straße an Auguste und Herrmann vorbei, an Klara und ihrem Franzosen, an Margareta und Rudolf, an all den glücklichen Paaren, die in der Frühlingssonne spazieren gingen. Emma wollte nur noch weg. Weit, weit weg. Irgendwohin, wo sie Fritz nicht mehr sehen musste.

Ende Mai 2019

Marie und Jakob hatten Streit. Zum allerersten Mal überhaupt. Es ging mit einer Bemerkung los, die er machte, nachdem sie wieder zu Hause waren.

»Übrigens, mein Schatz, du solltest dich zusammenreißen.« Er grinste ein bisschen dazu, als meinte er es eigentlich nicht ganz ernst, und wahrscheinlich war das auch so. Er hatte sie auch früher schon wegen ihres impulsiven Wesens geneckt. Aber früher war früher. Und Oberkirchbach war Oberkirchbach. Marie glaubte manchmal, in diesem Nest zu ersticken, und nachdem sie heute die Festhalle gesehen hatte – mit Liebe und Hingabe erbaut und durch Gleichgültigkeit und Antriebslosigkeit heruntergekommen – erst recht. Das Gebäude war wie ein Symbol für alles, was Marie an diesem Ort verabscheute. Ja, verabscheute! Zum ersten Mal schreckte sie nicht davor zurück, so etwas auch nur zu denken. Sie dachte es, und sie empfand es. Und da sagte Jakob zu ihr, sie sollte sich zusammenreißen? Eingeleitet mit einem beiläufigen »Übrigens« und mit einem ironischen »mein Schatz« garniert.

»Ich reiße mich seit fünf Wochen zusammen! Mein Schatz!«, brüllte sie Jakob an, ohne ihn auch nur zu fragen, was genau er überhaupt meinte. Jakob war wie vor den Kopf geschlagen.

»Und wo bitte habe ich mich denn heute nicht zusammengerissen?«, fragte sie, um alle Unklarheiten zu beseitigen, obwohl es keine Rolle spielte.

»Ich hab das doch nicht so gemeint«, wollte Jakob die Wogen glätten.

»Egal! Wovon hast du gerade geredet? Wo hab ich mich danebenbenommen?«

»Also schön«, erwiderte Jakob und ging gleichfalls zum Angriff über, auch wenn er Marie darin hoffnungslos unterlegen war. »In der Festhalle. Du hast lauthals über das Dorf hergezogen. Das macht man nicht. Das ist peinlich.«

»Es war keiner dabei.«

»Fritz Draudt!«

»Er hat mir recht gegeben.«

»Vielleicht ist dir schon mal aufgefallen, dass er nicht gerade der beliebteste oder umgänglichste Bürger in Oberkirchbach ist und seine eigene Haltung zum Dorf hat.«

»Die ich nur teilen kann. Und außerdem ist er mir heute sehr umgänglich vorgekommen. Ich weiß nicht, von wem du deine Weisheiten hast.«

»Ich rede ein bisschen mehr und ein bisschen öfter mit den Leuten aus dem Dorf. Ich interessiere mich für sie, was man von dir nicht behaupten kann.«

»Nein, ich bin nur dafür zuständig, alte, weinende Witwen in den Arm zu nehmen, wenn du dir nicht mehr zu helfen weißt.«

Wütend standen sie einander gegenüber. Wütend und bestürzt. Noch nie hatten sie einander angeschrien. Marie hatte gar nicht gewusst, dass Jakob das überhaupt konnte: schreien. Er konnte es nicht so gut wie sie, aber immerhin. Sicher hatte man es durch die Mauern des Pfarrhauses gehört. Dann wussten die Leute jetzt, dass der Pfarrer auch nur ein Mensch war. Aber es ging nicht darum, dass Jakob der Pfarrer war, das war egal, Jakob war Jakob, der Mann, den Marie liebte. Und sie schrie ihn an.

»Tut mir leid!«, sagte sie.

»Mir auch«, sagte er. Was genau ihnen leidtat, sagten sie nicht. Der Streit wahrscheinlich. Sie fielen einander in die Arme, ohne weiter darüber zu reden, was zu diesem Streit geführt hatte. Vielleicht wäre er dann neu entfacht worden.

Sie redeten überhaupt nicht mehr über den Tag oder über Fritz Draudt. Was schade war, denn Marie fand, da gab es einiges, worüber sie hätten reden können, nicht nur über die verkommene Festhalle und das schlafende Dorf. Doch sie ließen es bleiben und schwiegen.

Ein paar Tage später rief überraschend Maries jüngere Schwester Sarah an.

»Hör mal, ich mache ein paar Tage Urlaub im Schwarzwald …«, fing sie an.

»Im Schwarzwald?«, wunderte sich Marie. Der Schwarzwald war schön, aber Sarah eher der Typ für abenteuerliche Weltreisen.

»Wellnesshotel!«, gab Sarah ein wenig verlegen zu. »Gehört einem Kunden, dem Neumeier, der hat darauf bestanden, mich einzuladen, als Dankeschön quasi. Jedenfalls dachte ich mir, das wäre doch die perfekte Gelegenheit, vorher mal bei euch hereinzuschneien. Mal sehen, wo ihr gelandet seid. So für zwei Tage, wäre das okay?«

»Machst du Witze? Natürlich wäre das okay«, freute sich Marie. »Bleib, solange du willst.« Fahr am besten gar nicht mehr fort, hätte sie am liebsten hinzugefügt. Die Aussicht darauf, ihre Schwester ein paar Tage lang bei sich zu haben, war wie der ersehnte Regen nach einer langen Dürreperiode.

Auch Jakob freute sich. »Kommt sie über Sonntag?«, fragte

er. »Dann könnte sie mit in die Kirche gehen.« Eine Person mehr im Publikum, das würde schon einen Unterschied machen, denn natürlich hatten sich die Osterurlauber nicht im Gottesdienst eingefunden. Doch Sarah kam an einem Mittwoch mit dem Zug und plante schon am Freitag weiterzufahren.

»Weißt du eigentlich, was das für eine Odyssee ist, bis man mal in diesem Umwegen ankommt?«, waren die ersten Worte, mit denen sie ihre Schwester begrüßte. »Weißt du, wie oft ich umgestiegen bin? Zweimal! Und du kennst ja die Bahn. Zweimal zittern, ob man den Anschluss kriegt, ich hab direkt ein paar graue Haare mehr. Siehst du das?« Sie beugte den Kopf vor und platzierte den ausgestreckten Zeigefinger auf ihrem durchgehend kastanienbraunen Schopf. Statt nach grauen Haaren zu suchen, fiel Marie ihrer Schwester lachend um den Hals.

»Tja, leider müssen wir jetzt bis nach Oberkirchbach laufen, der Bus fährt erst in einer Stunde«, erklärte sie.

Sarah riss die Augen auf: »Wie bitte? Laufen? Mit dem ganzen Gepäck?«

»So ist das auf dem Land«, behauptete Marie. »Aber mit der Abkürzung am Kirchbach entlang sind das höchstens anderthalb Kilometer.«

»Nicht dein Ernst!«

»Doch, natürlich. Der Bus fährt alle Schaltjahre mal, und ohne Auto muss man eben laufen. Man hat immer Bewegung und rostet nicht ein.«

Sarahs ohnehin schon große Augen wurden so riesig, als würden sie jeden Moment aus ihren Höhlen springen, deshalb quälte Marie sie nicht länger. »Aber zum Glück hab ich heute das Auto.«

Sarah schleuderte die Handtasche gegen ihre Schwester. »Blöde Kuh!«

Marie lachte und schnappte sich als Wiedergutmachung Koffer und Reisetasche. »Willkommen auf dem Dorf!«

Mit der Ankunft ihrer Schwester fiel eine so große Last von Maries Schultern, dass sie sich selbst darüber wunderte, wie sehr sie die Veränderung spürte. Als könnte sie plötzlich aufatmen und wieder sie selbst sein. Natürlich konnte sie das mit Jakob auch, aber sie erinnerte sich noch gut an seine Bemerkung von neulich: »Du solltest dich zusammenreißen.« Mit anderen Worten, sie selbst sollte sie am besten nur hinter verschlossenen Türen sein.

»Was wollen wir heute Abend unternehmen, so zur Feier des Tages?«, fragte Sarah gut aufgelegt, als sie im Pfarrhaus alle zusammen Kaffee tranken. »Wollen wir schick essen gehen?«

»Für ›schick essen‹ müssten wir wahrscheinlich bis nach Kaiserslautern fahren«, meinte Marie. »Für normal essen auch schon ein gutes Stück. Hier im Dorf gibt es nämlich gar nichts.«

»Wie bitte? Keine Kneipe?«

»Jedenfalls nicht das, was du dir unter Kneipe vorstellst«, erwiderte Marie. Sie war ein einziges Mal nach einer Beerdigung in *Michels Einkehr* gewesen, einem traurigen Kellerlokal, das sich nur füllte, wenn jemand gestorben war, nicht einmal zur Kerwe war da viel los, wie man ihr damals erzählt hatte. An allen anderen Tagen war die Gaststätte leer bis auf ein paar Stammgäste, immer dieselben Männer, die an der Theke ihr Bier tranken. Oder zwei. Oder drei.

»Ganz früher gab es mal drei Wirtshäuser, und jedes davon war gut besucht«, erklärte Jakob.

Marie sah ihn erstaunt an. »Woher weißt du das denn?«

»Wie gesagt, ich unterhalte mich mit den Leuten, hauptsächlich mit den älteren.«

Richtig, dachte Marie, er redet mit Leuten, er interessiert sich für sie. Sie ja nicht. Wollte er ihr das damit schon wieder unterschwellig sagen? Dabei stimmte es gar nicht. Sie interessierte sich für Leute. Für Fritz Draudt und Emma Hilles zum Beispiel. Emma Jung vielmehr.

Sie bemerkte, wie Sarah sie aufmerksam und mit gerunzelter Stirn beobachtete.

»Wir kochen hier zusammen etwas, okay? Ich hab eingekauft«, sagte Marie.

»Klar!«, stimmte Sarah ihr zu. »Wie in alten Zeiten!«

Nach dem Essen verzog sich Jakob zum Arbeiten in sein Büro im Erdgeschoss, damit die beiden Schwestern unter sich sein konnten.

»Na, dann erzähl mal. Wie ist es so auf dem Land?«, fing Sarah an. Sie ähnelte Marie nicht nur äußerlich, sie hatte auch eine ähnlich direkte Art, allerdings gelegentlich in einer etwas übersteigerten Form. Sie überlegte nicht lange, sie machte und schaute sich dann an, was passierte. Sarah überrumpelte Leute gern, was nicht jeder vertrug. Marie schon, und so jemanden wie ihre Schwester hätte sie in letzter Zeit gut brauchen können.

Wie es so auf dem Land war? Was sollte sie sagen? Schrecklich?

»Es ist ... anders, als ich es mir vorgestellt habe«, gab sie zu. Sarah sagte nichts. Das war es, was Marie an ihrer Schwester vielleicht am meisten liebte: Obwohl sie so lebhaft war, wusste sie immer, wann es wichtig war, einfach nur zuzuhören.

»Auf dem Land zu leben, bedeutet ... sich alle Namen zu merken«, fing Marie an. Sie wunderte sich selbst, dass es das Erste war, was ihr einfiel. »Alle. Du begegnest Menschen und weißt, du musst dir diesen Menschen jetzt merken, du musst seinen Namen behalten, denn er wird dir wieder begegnen. In der Stadt ist das anders, da ist die Wahrscheinlichkeit nicht so groß, dass du jemandem ein zweites Mal begegnen wirst. In der Stadt gibt es viel mehr Menschen, aber auf dem Land gibt es viel mehr Namen. In der Stadt darfst du vergessen, auf dem Land nicht, denn wenn du es tust, bist du entweder arrogant oder dement. Demenz wird entschuldigt, aber Arroganz niemals. Nichts ist in einem Dorf schlimmer, als arrogant zu sein.«

Sarah lachte, Marie grinste und fuhr fort. »Es ist schwierig. Hier jedenfalls. Wenn man etwas braucht, ist es schwierig, wenn man irgendwohin will, ist es schwierig, wenn man etwas erreichen will, ist es schwierig. Im Nachbarort ist eine Poststelle. Und ein Bahnhof. Aber selbst von dort fährt nur alle paar Stunden ein Zug. Mit Bussen ist es das Gleiche. Weißt du noch, wie ich mich in München immer aufgeregt habe, wenn ich eine U-Bahn knapp verpasst habe? Das war lächerlich, zehn Minuten später kam ja die nächste. Hier bist du ohne Auto am Arsch, dann kannst du dich in dem Kaff einmauern lassen. Wir haben zwar eins, aber das braucht Jakob ständig, und dann sitze ich hier und mache genau nichts, weil es keinen Job für mich gibt.«

»Ich dachte, du hilfst Jakob?«, warf Sarah ein.

»Ja, ich helfe ihm ein bisschen. Er will demnächst wieder ein Kirchenblatt rausbringen, im Moment gibt es keins, dabei werde ich ihm helfen. Allerdings umsonst, denn für eine Sekretärin ist kein Geld da. Aber zum Glück ist der Herr Pfarrer ja verheiratet, die Frau Pfarrer kann das dann machen.«

Unten klingelte es an der Tür.

»Und ständig kommen Leute am Abend und belästigen Jakob mit ihrem Kram. Ohne Rücksicht. Aber zum Gottesdienst kommen sie nicht, da bleibt die Kirche leer.«

Marie öffnete ihr Herz immer mehr, und sie war selbst entsetzt darüber, wie viel da zum Vorschein kam. »Und Jakob scheint das alles gar nichts auszumachen.«

»Jakob ist so«, versuchte Sarah sie zu trösten.

»Ja, Jakob ist so. Ich hätte wissen sollen, worauf ich mich einlasse, wenn ich jemanden heirate, der sich mit Haut und Haaren der Kirche hingibt. Der an diesem blöden Gott und seiner blöden Institution im Zweifelsfall mehr hängt als an mir.«

»Marie!«

Marie presste sich die Hand auf den Mund. Die Worte waren einfach so aus ihr herausgeschlüpft. Wenn Jakob das gehört hätte. In Gedanken entschuldigte sie sich bei diesem Gott, an den sie nicht glauben konnte. »Ich weiß nicht, ob ich das hier aushalte, Sarah«, flüsterte sie hinter ihrer vorgehaltenen Hand. »Und ich weiß nicht, was Jakob dann macht.«

Ihre Augen wurden feucht. Sarah setzte sich neben sie und legte ihr den Arm um die Schulter.

»Hast du mit Jakob schon mal darüber geredet?«, fragte sie.

Marie schüttelte den Kopf. »Er würde wahrscheinlich sagen, dass wir ja noch nicht so lange hier sind und dass es eben Zeit braucht, sich einzugewöhnen, aber ich weiß gar nicht, ob ich das will. Ich fühle mich so allein hier, so eingesperrt und nutzlos. Und das wird sich auch nicht ändern. Er hat seine Bestimmung, ich hab gar keine.« Ein paar Tränen lösten sich aus ihren Augen, hastig wischte sie sie weg.

»Gibt es denn hier gar nichts, das dir irgendwie Freude bereitet oder womit du dich beschäftigen kannst?«, fragte Sarah.

»Na ja, die Natur ist schön«, sagte Marie schniefend. »Die Lage am Hang mit dem vielen Wald und den Wiesen, da kann man wunderbar spazieren gehen, aber wer will schon sein ganzes Leben lang spazieren gehen? Internet ist auch nicht gut.«

»Okay, okay, dann eben kein Facebook«, fegte Sarah das Internet-Argument vom Tisch. »Bleiben wir mal bei den angenehmen Sachen. Wie sind die Leute denn so?«

Marie seufzte. »So wie überall, manche so und manche so. Sie reden komisch, manchmal verstehe ich sie gar nicht mit ihrem seltsamen Dialekt, aber bei mir geben sie sich Mühe und sprechen Hochdeutsch. Oder so was Ähnliches.« Marie lächelte. »Das ist eigentlich sehr nett von ihnen, oder?«

»Das stimmt«, sagte Sarah und lächelte ebenfalls. »Weiter«, sagte sie. »Kommen wir mal zu den Dingen, die du hier tun kannst. Gibt es denn da gar nichts?«

»Nicht viel. Hier gibt es ja keine Jobs, jedenfalls nicht für mich. Ich helfe Jakob ein wenig und ... ach ja ... ich bin im sogenannten Festkomitee für die 750-Jahr-Feier.« Marie verdrehte die Augen.

»Was?«, fragte Sarah verblüfft, und Marie erzählte.

»Zuerst dachte ich, das könnte interessant werden, mal was anderes. Etwas, das mal ein bisschen Schwung in die Bude bringt, weißt du, was ich meine?«

»Klar, verstehe.«

»Aber das kannst du vergessen. Die meisten Leute im Dorf interessieren sich eigentlich gar nicht dafür. Außerdem ist kein Geld da, um irgendwas auf die Beine zu stellen. Und keine Ideen. Im Grunde ist gar nichts da. Ich frage mich inzwischen, was das soll. Abgesehen davon habe ich neulich die Festhalle gesehen. Der Wahnsinn! Eine wunderschöne große alte Festhalle – aber total runtergekommen. Und keiner stört sich daran.«

»Du störst dich daran«, bemerkte Sarah.

»Und?«

»Hast du nicht gesagt, du bist in diesem Festkomitee?«

Marie nickte.

»Und? Was machst du da? Überlässt du alles den anderen?«

Der vorwurfsvolle Unterton in der Frage war kaum zu überhören, und Marie brachte vor lauter Verblüffung nicht mehr heraus als ein lahmes »Ähm …«.

»Denn wenn du das tust«, fuhr Sarah fort, »bist du ehrlich gesagt auch nicht besser. Dann hast du dich mit dem dörflichen Phlegma schon infiziert.«

Marie stand der Mund offen, und Sarah nutzte ihre Sprachlosigkeit. »Mach halt was! Nimm das Ganze in die Hand. Hör auf zu jammern und bring das Dorf auf Vordermann. Und die tolle Festhalle am besten auch gleich.«

Marie schnaubte. »Als wenn das so einfach wäre.«

»Hat doch keiner gesagt, dass es das ist. Das ist ja genau der Grund, warum niemand was macht. Es ist nicht einfach. Die haben sich wahrscheinlich schon daran gewöhnt, dass alles so ist, wie es ist. Aber du nicht, und du willst dich auch nicht daran gewöhnen, hast du selbst gesagt, also mach was. Jakob tut, was er kann, jetzt solltest du tun, was du kannst. Und gleich morgen fangen wir an.«

»Bitte?«, fragte Marie.

»Du brauchst ein bisschen schwesterlichen Anschub, das seh ich doch«, antwortete Sarah.

»Ich dachte, du machst in zwei Tagen deinen Wellnessurlaub.«

»Ach was, das kann ich verschieben. Ich sag dem Neumeier einfach, dass mich meine Schwester gerade dringend braucht. Familiärer Notfall, das versteht der schon.«

Marie konnte ihr Glück kaum fassen.

»Ehrlich?«, vergewisserte sie sich noch einmal.

»Klar! Außerdem hab ich hier mehr als genug Wellness.«

1949

Emma war weg. Sie hatte vor zwei Monaten die Koffer gepackt und war zu ihrer Patentante nach Bremen gefahren. So viel wusste Fritz, mehr nicht.

Diese Patentante, Tante Rosemarie, war eigentlich eine Tante von Emmas Mutter, die kurz nach dem Ersten Weltkrieg der Liebe wegen in den Norden gezogen war. Emma hatte immer von ihr geschwärmt, weil sie so unkonventionell war, eine Künstlerin, Malerin und Fotografin. Sie war mittlerweile Witwe und hatte ihr Patenkind schon vor langer Zeit eingeladen, sie in der Stadt zu besuchen, doch bisher hatte Emma immer abgelehnt. In den ersten Jahren nach dem Krieg war es schwierig, und seit Fritz wieder zu Hause war, wollte sie nicht fort. »Wir waren lange genug getrennt«, hatte sie immer zu ihm gesagt. »Da will ich dich nicht schon wieder verlassen.«

Jetzt war sie gefahren.

Es ist besser so, sagte sich Fritz, doch er vermisste Emma so sehr, dass es sich anfühlte, als würde alles Leben aus ihm herauslaufen. Jeder Handgriff, jeder Schritt, selbst das Atmen strengte ihn an. Aber es war besser so. Und Hauptsache, es ging ihr gut.

Emma hatte zu Hause nicht erzählt, was zwischen ihnen

geschehen war. Und Emmas Eltern nahmen es hin, so wie sie vertrauensvoll alles hinnahmen, was Emma tat. Doch nach einer Woche tauchte ihre Mutter bei Fritz auf, als er gerade dabei war, die Innenwände seines Hauses zu verputzen.

»Bald ist das Haus fertig«, sagte sie anerkennend. »Das hast du gut gemacht, Fritz, deine Eltern wären sehr stolz auf dich.«

»Danke!«, sagte er und wagte kaum, sie anzusehen.

Sie trat auf ihn zu und flüsterte beinahe, als sie fragte: »Was ist denn mit dir und Emma los, Fritz? Kannst du mir das nicht sagen? Sie sagt nichts.«

»Wir haben die Verlobung gelöst.«

Irma erschrak. »Was? Das kann doch nicht sein!«

»Doch«, sagte Fritz. »Das ist so.«

»Aber …« Sie hielt inne. Sie musste gespürt haben, dass es keinen Sinn hatte weiterzufragen und dass es ihn nur unnötig verletzen würde. Emma hatte ihr Feingefühl von ihrer Mutter geerbt. Irma drang nicht weiter in ihn.

»Aber wir sind doch noch gut, Fritz, oder?«, sagte sie sanft. Er nickte. Wenn sie noch etwas länger geblieben wäre, wäre er in Tränen ausgebrochen. Er wandte sich ab und arbeitete weiter.

Zwei Monate war Emma fort. Und dann stand sie plötzlich wieder vor ihm.

Es war Mitte Juni, und es war heiß. Er würde den Tag nie im Leben vergessen. Sie trug ein blaues Kleid, und ihr Haar war an den Seiten zurückgesteckt, sodass es ihr in Wellen den Rücken hinabfiel. Wann immer er in späteren Jahren die Augen schloss, sah er sie so vor sich. Dazu mit diesem glühenden Blick, der irgendetwas bedeutete, er wusste damals nur noch nicht, was.

Sie kam geradewegs auf ihn zu.

»Emma!«

»Komm mit«, sagte sie nur.

Sie ging voraus, und er folgte ihr. Diesmal schritt sie die Stufen zur Kirche als Erste hoch. Rasch und zielstrebig, sodass sie ein wenig außer Atem war, als sie oben ankam. Ihre Wangen waren gerötet, und ihre Augen glänzten nach der Anstrengung noch mehr. So schön sah sie aus. Er wollte sie so gern in seine Arme schließen, sie spüren, aber das erlaubte er sich nicht.

»Seit wann bist du zurück?«, fragte er, als wäre sie nur eine flüchtige Bekannte, mit der man Höflichkeiten austauschte.

»Seit heute«, sagte sie. »Seit eben.«

»Geht es dir gut?«, fragte er.

Sie biss sich auf die Lippen und antwortete nicht auf seine Frage.

»Ich muss dir etwas sagen«, begann sie.

»Es hat sich nichts geändert, Emma«, wollte er ihr rasch zuvorkommen.

»Es hat sich alles geändert«, fiel sie ihm ins Wort. »Alles, Fritz.«

Er schüttelte den Kopf. Erst letzte Nacht war er wieder schreiend aufgewacht, nachdem er einen feindlichen Soldaten mit einem Messer erstochen hatte. Immer wieder passierte das. Es hatte sich nichts geändert.

Sie trat näher auf ihn zu. »Ich bin schwanger, Fritz«, sagte sie. »Wir bekommen ein Kind.«

Es war, als hätte sie in einer anderen Sprache gesprochen. Er hörte, was sie sagte, er verstand es und verstand es doch nicht. Auf das ungläubig gehauchte »Was?«, das ihm ungewollt über die Lippen kam, folgte ein gemurmeltes »Wie kann das denn sein?«.

»Wie das sein kann?«, erwiderte Emma. »Wir haben miteinander geschlafen und nicht aufgepasst.« Und trocken fügte sie noch hinzu: »Wir hätten überhaupt nicht gewusst, wie man das macht: aufpassen.«

»Weil du es wolltest«, erinnerte Fritz sie, doch im nächsten Moment schämte er sich dafür.

»Und du nicht?«, empörte sie sich.

»Doch«, lenkte er ein. »Doch, natürlich wollte ich es auch.«

»Und jetzt?«, fragte sie.

Und jetzt? Was um Himmels willen sollten sie jetzt tun?

»Willst du, dass ich ein uneheliches Kind zur Welt bringe?«, fragte Emma direkt.

Er wollte, dass sie gar kein Kind zur Welt brachte. Das wollte er. Aber natürlich wollte er auch das genaue Gegenteil. Das war immer ihr Traum gewesen. Heiraten, Kinder haben, Enkel irgendwann, miteinander alt werden. Aber das war, bevor er aus dem Krieg zurückgekehrt war und bevor er festgestellt hatte, dass es für Emma lebensgefährlich wäre, mit ihm zusammen zu sein.

»Willst du das?«, fragte Emma noch einmal.

Er schüttelte den Kopf, doch er sah ihr nicht in die Augen.

Sie setzte sich auf die Mauer, und er setzte sich neben sie.

»Tante Rosemarie kennt jemanden«, sagte Emma zögernd. »Ich habe ihr von uns erzählt, und sie hat mir angeboten ... mir zu helfen«, ihre Stimme wurde leiser, »falls ich das Kind nicht will.« Sie berührte seinen Arm. Ganz leicht, schüchtern beinahe, die erste Berührung, seit sie sich getrennt hatten. »Aber ich will das Kind. Es ist unser Kind, Fritz, wie könnte ich das nicht wollen?«

»Es wäre aber besser für das Kind«, presste er gequält hervor.

Emma zog ihre Hand zurück. »Das kannst du nicht so meinen.«

»Doch, das meine ich«, erwiderte Fritz. »Ich habe noch

immer diese Albträume. Was, wenn eines Tages unser Kind ins Schlafzimmer kommt und zu uns ins Bett kriechen will, ich habe das bei meinen Eltern immer gemacht, als ich klein war. Was, denkst du, passiert, wenn ich nachts plötzlich einen Körper auf mir spüre? Du hast es doch erlebt. Es wäre besser, dieses Kind würde sterben, bevor es auf die Welt kommt.«

Emma sprang auf. Das blanke Entsetzen stand ihr ins Gesicht geschrieben. Er konnte buchstäblich lesen, was sie dachte und was sie am liebsten alles gesagt hätte, doch sie sagte nur eins: »Heiratest du mich oder nicht?«

Wenn ihm doch jemand hätte versichern können, dass alles gut werden würde, dass er die Albträume überwinden könnte und dass er mit der Zeit ganz normal leben und eine Familie haben könnte wie jeder andere, dann hätte er ihr seine Antwort mit mehr Überzeugung geben können.

»Ja, Emma, ich werde dich heiraten.«

Emma informierte ihre Eltern darüber, dass die Hochzeit nun doch stattfinden würde, zwar nicht am 9. Juli, wie ursprünglich geplant, denn das war zu kurzfristig, aber nur wenig später. Sie konnten schließlich nicht allzu lange warten.

Ihre Mutter war der einzige Mensch, dem sich Emma vollständig anvertraute. Sie erzählte ihr von der Nacht im April und was dort in der Hütte geschehen war. Und sie erzählte, dass Fritz nur aus Angst, es könnte wieder passieren, Schluss gemacht hatte, dass er aber bereit sei, sie jetzt zu heiraten. Nur was er über ihr gemeinsames Kind gesagt hatte, das erzählte sie ihr nicht. Darüber wollte Emma nicht reden, nicht einmal nachdenken. Es war zu schrecklich gewesen, und etwas in ihr war dabei zerbrochen, sie wollte nicht, dass noch mehr kaputtging. Wenn sie nie mehr darüber redete, konnte sie vielleicht vergessen, dass er das gesagt hatte.

Es wäre besser, dieses Kind würde sterben, bevor es auf die Welt kommt.

Emma wusste, dass Fritz sie liebte, und sie liebte ihn. Das war doch letztlich alles, was zählte. Ihre Liebe würde alles überwinden, daran glaubte sie mit ganzer Kraft.

Doch es war nicht so. Es wurde nicht besser, nachdem sie beschlossen hatten, trotz allem und des Kindes wegen zu heiraten. Nur mühsam näherten sie sich einander wieder an, verhalten waren ihre Berührungen, vorsichtig ihre Worte. Und wenn sie mit anderen zusammen waren, kam es Emma so vor, als spielte Fritz nur eine Rolle. Wenn er die anderen sah, wie sie unbefangen miteinander umgingen, einander küssten, miteinander lachten, dann wusste sie, dass es ihm wehtat.

Sie versuchte, mit ihm darüber zu reden, ihm Mut zu machen, sie wünschte sich nichts sehnlicher, als dass er sich wieder wie früher auf ihre Hochzeit freuen könnte. Und auf ihr Kind. Wenn es einmal da war, dachte Emma, wenn es auf der Welt war, dann würde er vielleicht wieder so werden wie früher. Früher ... Wann war das eigentlich? Vor dem Krieg. Nein, niemals würde er wieder so werden wie vor dem Krieg.

»Wir brauchen getrennte Schlafzimmer«, teilte er ihr eines Tages mit. »Ich werde oben noch eine Wand einziehen, damit wir ein weiteres Zimmer haben.«

»Getrennte Schlafzimmer?«, fragte Emma.

Er nickte. »Ja, auf jeden Fall.« Er sah sie nicht an, wie gewöhnlich in letzter Zeit.

»Fritz?«

»Ja?«

»Liebst du mich eigentlich noch?«

Endlich wandte er ihr den Blick zu, keinen liebevollen Blick, sondern verletzt, wütend und verzweifelt. »Wie kannst du das fragen? Ich mache das alles nur, *weil* ich dich liebe.«

»Es fühlt sich nicht so an«, sagte Emma.

»Dafür kann ich aber nichts.«

»Nein? Wenn du mich liebst, wie du sagst, warum kannst du mir das nicht mehr zeigen? Warum ist da so eine Mauer zwischen uns? Immer. Auch dann, wenn wir nicht mehr schlafend nebeneinanderliegen, was wir sowieso nie mehr tun.«

Sein Kinn bebte. »Ich weiß nicht, was ich machen soll, Emma. Ich kann nicht mit dir zusammen sein, und ohne dich kann ich auch nicht sein.«

»Hast du denn kein Vertrauen in uns?«

Er gab ihr keine Antwort.

Emma ging nach Hause, verzweifelter als je zuvor. Ohne am Abendessen teilzunehmen, begab sie sich in ihr Zimmer unterm Dach. Wie viel Zeit hatten sie hier verbracht. Wie glücklich waren sie gewesen. Das konnte doch nicht vorbei sein, es musste einen Weg geben. Wenn man sich liebte, dann gab es doch immer einen Weg, dachte Emma.

In der Nacht wachte sie auf, von unerträglichen Schmerzen geplagt, als wollte etwas in ihrem Unterleib sie in Stücke reißen. Es war das Kind, das sich gegen das Leben wehrte.

»Nein«, wimmerte Emma, sie presste die Hände auf ihren Bauch, als könnte sie es damit festhalten. »Nein, bitte nicht. Bleib bei mir! Bitte, bleib bei mir!« Sie flehte ihr Kind an, und sie flehte den lieben Gott an. »Bitte, lieber Gott. Er hat es doch nicht so gemeint. Bitte! Bitte!«

Sie wand sich und stöhnte und flehte immer wieder. Als es nicht aufhörte, schrie sie in ihrer Not nach ihrer Mutter. Irma stürmte ins Zimmer, erkannte, was gerade mit ihrer Tochter passierte und schickte ihren Mann, um den Doktor zu holen. Doch als dieser eintraf, waren die Schmerzen vorbei. Alles war vorbei. Emma lag in einer Lache aus Blut, atmete, war am Leben, aber das Kind war tot. Ihr Kind. Fritz' Kind.

Der Doktor versorgte sie, sie ließ alles geschehen und lag in den Armen ihrer lautlos weinenden Mutter. Emma weinte nicht. Sie fühlte nichts mehr. Ihr war, als wäre sie gar nicht mehr da.

»Ein paar Tage Bettruhe«, empfahl der Doktor und meinte tröstend, sie könne sicher wieder ein Kind haben. Später einmal. Später …

»Soll ich Fritz rufen?« Irma stand im Türrahmen, nachdem der Doktor gegangen war, als wäre sie bereits auf dem Sprung. Fritz würde sofort kommen, Emma wusste das, aber sie schüttelte den Kopf. Sie starrte vor sich hin, ohne etwas zu sehen, und fühlte die Leere da, wo vorher das Kind gewesen war.

Es wäre besser, dieses Kind würde sterben, bevor es auf die Welt kommt.

Das Kind war tot. Und ihre Liebe zu Fritz war mit ihm gestorben.

Er kam nicht, er wusste es ja nicht, und keiner sagte es ihm.

Nach drei Tagen ging sie zu ihm. Ohne ein Lächeln trat sie ihm gegenüber. Sie hatte ihn immer angelächelt, wenn sie ihn gesehen hatte, das hatte ihre Liebe zu ihm gemacht. Aber die war weg, und das Lächeln war auch weg.

»Unser Kind ist gestorben«, sagte sie. »So wie du es dir gewünscht hast.«

Sie gab sich keine Mühe, die Gefühle in seinem Gesicht zu lesen, es mochte Schreck oder Entsetzen sein, aber das spielte keine Rolle. Als er einen Schritt auf sie zutrat, wich sie zurück.

»Emma!«, sagte er und streckte die Hand nach ihr aus. Sie wich noch weiter zurück.

»Ich will nie wieder etwas mit dir zu tun haben, Fritz. Nie mehr.«

Sie sah ihm ein letztes Mal in die Augen, sah den Schmerz in seinem Gesicht, und für einen winzigen Moment empfand sie noch einmal, was sie früher für ihn empfunden hatte, und sie wünschte sich, er würde etwas sagen, sie festhalten, sie nicht gehen lassen. Aber das tat er nicht. Er presste die Lippen zusammen und nickte.

Und dann drehte sie sich um und ging.

Ende Mai 2019

»Also, wo fangen wir an?«

Sarah saß mit ihrer Schwester und ihrem Schwager am Frühstückstisch und biss herzhaft in ein Brötchen. »Wow! Das ist die beste Semmel, die ich je gegessen habe.«

»Brötchen«, verbesserte sie Marie.

»Weck!«, fügte Jakob schmunzelnd hinzu. »So heißt das hier.«

»Was meinst du mit ›Wo fangen wir an?‹? Sollte es nicht besser heißen ›Wie fangen wir an?‹«, ließ Marie das Brötchenthema fallen.

»Nein, ich meine, wo«, beharrte Sarah. »Ich will erst mal sehen, womit wir es hier zu tun haben. Man muss wissen, wie krank ein Patient ist und was ihm fehlt, bevor man ihn behandeln kann.«

»Multiorganversagen!«, diagnostizierte Marie nüchtern.

Sarah prustete heraus, und selbst Jakob musste lachen.

»Also, ich für meinen Teil verlasse jetzt den Emergency Room hier und begebe mich zu meiner pubertierenden achten Klasse, die mit Religion ungefähr so viel am Hut hat wie August Mewes mit Free Jazz.« Jakob gab seiner Frau einen Kuss auf den Mund und seiner Schwägerin einen auf die Wange. »Schön, dass du hier bist.«

»Wer ist August Mewes?«, fragte Sarah, als Jakob gegangen war.

»Erster Vorstand des Gesangvereins«, erklärte Marie.

»Einer der Namen, die man sich merken muss, was?«

»Genau!«

Wenig später machten sich die beiden auf einen Spaziergang durchs Dorf. Ab und zu beobachtete Marie die Miene ihrer Schwester und verfolgte ihre Reaktion auf die Häuser an der Hauptstraße, von denen eins trauriger aussah als das andere. Die ehemals schönen Fassaden der meist älteren Gebäude waren ergraut wie ihre Bewohner. Selten machte ein Haus einen gepflegten Eindruck.

»Da wohnen meistens ältere Leute«, erklärte Marie. »Die können sich halt nicht mehr so drum kümmern. Und ein paar der Häuser stehen leer, weil die Besitzer entweder verstorben oder irgendwann ins Heim gekommen sind.«

»Und waren die alle kinderlos?«, wunderte sich Sarah. »Oder waren sie als Eltern so garstig?«

»Quatsch!« Marie grinste. »Viele junge Leute sind einfach weggezogen, eben dahin, wo es Arbeit für sie gibt. Andere haben gebaut. Hier in der Gegend baut man, das ist einfach so: Familie gründen, Haus bauen. Da oben im Neubaugebiet. Oder noch weiter oben im neuen Neubaugebiet. Das Dorf schiebt sich allmählich den Hang hinauf und stirbt in seinem ehemaligen Ortskern aus. Das hat mir alles die Liesel erklärt.«

»Und wer ist die Liesel?«

»Liesel Hilles, Vorsitzende der Landfrauen. Auch im Festkomitee. Sehr nett.«

»Ich muss sagen, du machst das ganz gut mit den Namen. Ist das hier der Bäcker?«

Sie kamen am Laden vorbei, den man kaum wahrgenommen hätte, wäre da nicht das große, niedrige Fenster gewesen, in dem ein paar Körbe mit Backwaren und ein schöner Kuchen präsentiert wurden, sehr schnörkellos zwar, aber wenigstens entstand dadurch eine entfernte Ähnlichkeit mit einem Schaufenster. Es war nicht nötig aufzufallen, die Einheimischen wussten, wo der Bäcker zu finden war.

»Ja, das ist der Bäcker«, sagte Marie. »Gut beobach…«

Sarah wartete nicht ab, sondern stürmte in den Laden. Marie folgte ihr rasch, denn sie kannte Sarahs überschäumende Spontanität, die nicht immer zu etwas Gutem führte.

»Guten Morgen«, sagte Sarah zu der Frau hinter dem kleinen Glastresen. »Ich wollte Ihnen nur schnell sagen, dass ich in meinem ganzen Leben nie bessere Semmeln gegessen habe als Ihre.« Die Frau starrte Sarah entgeistert an und wusste nichts zu erwidern.

»Brötchen«, half Marie.

»Genau, Ihre Brötchen«, wiederholte Sarah strahlend.

»Unser Weck?«, fragte die Frau und lachte.

»Stimmt. Weck heißt das ja bei Ihnen, hat mir mein Schwager vorhin gesagt. Ich bin nämlich die Schwägerin vom Pfarrer und gerade zu Besuch«, erklärte Sarah mit dieser entwaffnenden Ungezwungenheit, für die Marie sie zeitlebens bewundert hatte.

»Ach Gott!«, rief die Frau hinter dem Tresen und klatschte so erfreut in die Hände, als hätte sie sich das schon ihr ganzes Leben lang gewünscht: einmal die Schwägerin des Pfarrers kennenlernen.

»Guten Morgen, Frau Wiegand«, sagte Marie. »Meine Schwester war einfach nicht zu bremsen.«

»Dann ruf ich mal meinen Mann, dem gebührt ja schließlich das Lob«, meinte Frau Wiegand, und weg war sie. Kurz darauf kehrte sie mit einem großen, dickbäuchigen, rotwangigen und überrascht lächelnden Mann in Bäckermontur zurück.

»Sarah Schäfer«, sagte Sarah und streckte ihm die Hand entgegen. »Ihre Weck sind toll!«

Der Bäcker putzte sich hastig seine Pranke an der Schürze ab und schüttelte die Hand der ihm unbekannten jungen und energiesprühenden Frau. Anschließend wandte sich Sarah der Auslage hinter der Theke zu. Kaffee- und Plunderstückchen: 1 Euro; Hefekuchen: 1,20 Euro; Bundkuchen: 1,50 Euro.

»Was ist denn Bundkuchen?«, erkundigte sie sich. Frau Wiegand schnitt ihr zur Beantwortung ihrer Frage eine Scheibe Marmorkuchen runter und erklärte, dass dies eben ein Bundkuchen sei. *Gold und Silber* hieß ein anderer, ähnlich aussehender Kuchen gleich daneben. Es komme auf die Backform an, erklärte sie. Sarah führte sich auf wie bei einem Orgasmus, als sie den Kuchen probierte. Inzwischen hatten zwei weitere Kundinnen den Laden betreten, und Frau Wiegand war so großzügig, auch ihnen ein schmales Stück Marmorkuchen anzubieten.

»Sie sind ein Genie, Herr Wiegand«, schwärmte Sarah. »Sie müssten unbedingt ein Café hier im Laden aufmachen, die Leute würden von überallher kommen. Stimmt's, Marie?«

Wiegand winkte nur ab, und seine Frau lachte. »Ach was!«, sagte sie. »Das lohnt sich nicht. Wir backen auch fast nur auf Bestellung, sonst müssten wir viel zu viel wegwerfen.«

Sarah blieb der Bissen buchstäblich im Hals stecken. »Im Ernst?« Sie schluckte und hustete ein bisschen. »Aber das ist doch nicht zu fassen.« Sie schaute sich im Laden um. Entlang der Wand standen Regale mit dem Nötigsten: Mehl, Eier, H-Milch, Zucker, Kaffee, Puddingpulver, Tütensuppen, ein bisschen Schokolade. Dann noch Filterpapier, Frischhaltefolie, Toilettenpapier im Doppelpack und Tempotaschentücher, viel mehr gab es nicht. In der Mitte des Ladens befand sich eine große freie Fläche.

»Früher war der Laden besser bestückt«, sagte Frau Wiegand, die Sarahs Blick gefolgt war. »Da wurde mehr gekauft, und wir haben auch mehr gebacken, aber das lohnt sich alles nicht mehr.«

»Früher war überhaupt mehr los hier in Oberkirchbach«, meldete sich eine der Kundinnen im Laden. »Aber mit den ganzen Zugezogenen da oben im Neubaugebiet ... Die sieht man den ganzen Tag nicht. Die machen ihr eigenes Ding.«

Marie versuchte krampfhaft, sich daran zu erinnern, ob sie die Frau schon einmal gesehen hatte.

»Vielleicht müsste man die Leute dort mehr einbeziehen«, entgegnete sie ihr. »Zum Beispiel, wenn im Spätsommer der Dorfgeburtstag gefeiert wird. Das wäre so eine Gelegenheit. Da könnten sich doch alle beteiligen.«

»Ach ...«, sagte die Frau, biss ein letztes Mal in ihren Kuchen, winkte ab und bestellte bei Frau Wiegand drei Brötchen und zwei Plunderteilchen mit Aprikosenmarmelade.

Sarah beugte sich über den Tresen und raunte Herrn Wiegand zu: »Jedenfalls sollten Sie ein Café eröffnen. Einfach ein paar Tische aufstellen, Stühle, eine Kaffeemaschine. Den besten Kuchen der Welt haben Sie sowieso schon. Ganz zu schweigen von den besten Wecken.«

Wiegand schmunzelte, als hätte sie ihm vorgeschlagen, eine halbjährige Weltreise anzutreten.

»Lachen Sie nicht, Herr Wiegand«, legte Sarah nach. »Einfach mal probieren und gucken, was passiert. Sie riskieren ja nichts, oder?« Sie zwinkerte ihm zu, hakte Marie unter und rief: »Bis morgen!«

»Bis morgen?«, fragte Marie, als sie draußen waren.

»Klar, warum nicht? Man muss am Ball bleiben, wenn man mal was angestoßen hat.«

Ihre kleine Schwester, das Energiebündel, schon als Kind

eine Art Flummi, den man nicht zu fassen bekam, mit immer neuem Unfug im Kopf. Doch überall hinterließ sie schmunzelnde Menschen. So wie eben beim Bäcker.

Auf einmal hatte Marie eine Idee. Sie spazierte mit Sarah bis zum Ortsausgang. Dort stellten sie sich ans Geländer der Brücke über den Kirchbach und sahen zu, wie der Bach, an dieser Stelle kaum einen Meter tief, wild über sein unebenes Bett hüpfte, als würde er sich darüber aufregen, dass man ihm nicht mehr Platz verschaffte. Das Grün am Ufer beugte sich über das Gewässer wie ein lichtes Gewölbe. Kaum fünfzig Meter weiter, parallel zum Bach, verliefen die Eisenbahnschienen. Ein Zug fuhr in den Bahnhof von Umwegen. »Ein einfahrender Zug in Umwegen ist ungefähr so selten wie ein Sechser im Lotto«, witzelte Marie. Sie drehte sich um und schielte heimlich hinüber zum Haus von Fritz Draudt, aber da regte sich nichts. Vielleicht wackelte er wieder durch die Gegend, einsam und mürrisch auf den Weg vor seinen Füßen starrend. Dabei war er doch gar nicht so, wie sie inzwischen wusste, nicht immer jedenfalls. Sicher hätte Sarah auch ihn aufgemuntert, ihn vielleicht sogar zum Reden gebracht über all die Dinge, das spürte Marie, die da verschlossen in seiner Seele tobten und aus ihm den Menschen gemacht hatten, der er war. Jemand wie Sarah hätte vielleicht einen Zugang zu ihm gefunden. Aber ohne Grund an der Tür klingeln, das wagte Marie dann doch nicht.

»Na komm, dann schauen wir uns mal das böse Neubaugebiet an«, schlug sie vor.

»Das alte oder das neue Neubaugebiet?«

»Beide! Ich war bis jetzt weder im einen noch im anderen.«

Sie kamen an *Michels Einkehr* vorbei, an den Treppen zur Kirche, der Straße zum Friedhof und am Marktplatz mit der Festhalle. Gleich hinter einem alten, brachliegenden Bauernhof, bei dem man wenigstens das Wohnhaus renoviert hatte, bogen sie in eine holprige Seitenstraße ein. Der Weg führte leicht bergan und war wie eine kleine Zeitreise. Weiter unten, nahe dem Ortskern, waren die Gebäude alt, eher robust als elegant. Viele der Fassaden hätten einen neuen Anstrich vertragen, aber dann gab es auch wieder ein paar hübsche architektonische Details, die ahnen ließen, wie schön die Gebäude einmal waren. Als sie an einem Haus vorbeikamen, das einen ähnlich auffällig konstruierten Dachgiebel besaß wie das Pfarrhaus, und sich Sarah interessiert danach erkundigte, konnte Marie mit ihrem Wissen glänzen.

»Musikantenland!«, wiederholte Sarah bewundernd. »Nicht schlecht! Und ist davon noch was übrig?«

»Die Giebel«, erwiderte Marie trocken. Sarah lachte.

Einige der Häuser waren renoviert oder mit einem Anbau vergrößert worden, hatten neue Fenster, neu gepflasterte Höfe und Einfahrten, gepflegte Vorgärten. An anderen hatte der Zahn der Zeit deutliche Spuren hinterlassen.

Je weiter Sarah und Marie nach oben kamen, desto hübscher und ordentlicher wurde es. Ganz oben schließlich standen die Häuser links und rechts einer sauber geteerten Straße wie kleine Schmuckkästchen, von denen jedes das prachtvollste sein wollte, hier glänzte Oberkirchbach.

Sarah schaute sich mit weit aufgerissenen Augen um. »Das sieht ja aus wie in Grünwald.«

»Übertreib nicht!«, meinte Marie grinsend.

»Aber fast«, beharrte Sarah. »Sind das alles Millionäre?«

»Die Bauplätze hier sind nicht annähernd so teuer wie anderswo, nicht zu vergleichen mit München. Oder Köln. Ein Haus zu bauen ist hier viel, viel günstiger.«

»Das kann sich also jeder leisten?«, fragte Sarah skeptisch.

»Keine Ahnung, offenbar tun es die meisten, oder sie bauen zumindest an ihr Elternhaus an, wenn sie in der Gegend bleiben. Mir ist hier jedenfalls noch niemand begegnet, der zur Miete wohnt. Aber hier oben wohnen sowieso vor allem Zugezogene, glaube ich.«

Eine Straße zweigte ab und führte noch ein Stückchen weiter nach oben. Die Häuser wurden immer größer und schöner, der Vergleich mit Grünwald hinkte auf einmal gar nicht mehr so sehr. In einem weitläufigen Vorgarten, der mit einer Schlossparkanlage hätte mithalten können, werkelte emsig eine junge Frau.

»Guten Tag«, sagte Marie. Die junge Frau sah auf und wischte sich mit der Hand eine Strähne aus dem Gesicht, was einen braunen Erdstreifen auf ihrer Stirn hinterließ.

»Guten Tag«, sagte sie. Es klang zögernd und sehr viel weniger herzlich, als es Marie bisher von den Oberkirchbachern gewohnt war.

»Sie haben einen traumhaften Garten«, sagte Marie.

»Danke«, antwortete die Frau. Die Unsicherheit darüber, ob sie nun einfach mit ihrer Arbeit fortfahren oder sich auf ein Gespräch einlassen sollte, stand ihr auf die verschmutzte Stirn geschrieben. Sie schien in Maries Alter zu sein, Anfang bis Mitte dreißig etwa. Hübsch war sie, ein wenig korpulent, die Kleidung weit und bequem, aber geschmackvoll.

»Entschuldigen Sie«, sagte Marie. »Ich sollte mich vielleicht mal vorstellen, ich bin Marie Eichendorf, mein Mann ist der neue Pfarrer in Oberkirchbach. Das hier ist meine Schwester Sarah.«

»Freut mich«, sagte die Frau und entschied sich, ihre Arbeit ruhen zu lassen. Sie sprang über die kleine Mauer, die das Beet eingrenzte und kam zu ihnen.

»Ich bin Anja Calderini.«

»Freut mich auch«, sagte Marie.

»Sind Sie auch neu zugezogen?«, fragte Sarah freundlich, aber direkt. »So wie meine Schwester?«

Frau Calderini zögerte. »Ja. Na ja, wir wohnen jetzt schon seit zwei Jahren hier. Also, ganz neu ist das eigentlich nicht mehr.« Sie schlang die Arme um ihren Oberkörper. »Aber es fühlt sich immer noch so an«, setzte sie verlegen hinzu und lachte ein bisschen. Im Haus schrie ein Baby. »Oh, der Kleine ist wach. Ich muss rasch …« Sie wurde nervös.

»Natürlich«, sagte Marie. »Kein Problem!« Anja Calderini rannte ins Haus, Marie und Sarah spazierten gemächlich weiter.

»Frau … Frau Pfarrer!«, rief es plötzlich hinter ihnen her. Marie drehte sich um. Anja Calderini stand mit dem Baby auf dem Arm in der Tür. »Hätten Sie Lust, ein bisschen hereinzukommen? Auf einen … Kaffee oder so?«

Zwei Minuten später saßen Marie und Sarah in dem lichten und atemberaubend schönen Wohnzimmer der Calderinis, während die junge Frau nebenan in der Hightech-Küche die bombastische Kaffeemaschine anwarf. Marie hielt derweil das Baby.

»Steht dir gut«, meinte Sarah grinsend. Marie antwortete nicht, sondern genoss die Wärme, die von dem kleinen weichen Körper ausging. Fasziniert stellte sie fest, welche Ruhe sie mit dem Baby auf dem Arm empfand, und war beinahe enttäuscht, als seine Mutter mit einem Tablett mit drei Tassen Cappuccino darauf zurückkam.

»Entschuldigen Sie«, sagte Anja Calderini. »Ich finde Frau Pfarrer klingt ein wenig … altertümlich, das sagt man ja nicht. Nur weil Ihr Mann der Pfarrer ist, sind Sie ja nicht Frau Pfarrer, aber ich habe, ehrlich gesagt, Ihren Namen vergessen.«

»Eichendorf, aber Marie genügt.«

»Sarah«, schloss sich Sarah an.

»Anja«, erwiderte die junge Frau lächelnd. »Und gerne per Du. Wir könnten etwa im selben Alter sein, oder?«

»Vierunddreißig?«, fragte Marie.

»Genau«, sagte Anja. Sie hoben die Tassen und prosteten sich damit zu.

»Und der kleine Mann hier?«

»Das ist Fritz«, sagte Anja.

Marie klappte der Mund auf. »Im Ernst?«

»Ja, im Ernst.« Anja lachte. »Ich mag den Namen. Ich mag allgemein alte Namen. Viele sind ja auch wieder modern: Philipp, Ludwig, Richard oder bei den Mädchen Anna, Katharina ...«

»Emma ...«, ergänzte Marie.

»Genau. Außerdem heißt mein Großvater so, aber nach dem haben wir den Kleinen nicht benannt.« Sie verdrehte die Augen, als wäre das vollkommen abwegig.

»Ihr Großvater?«

»Ja. Der wohnt hier im Dorf, aber wir haben praktisch gar keinen Kontakt zu ihm.«

Marie starrte sie einen Moment lang sprachlos an. »Fritz Draudt ist dein Großvater?«, vergewisserte sie sich dann.

»Genau der. Kennst du den etwa?«

»Oh ja!«, erwiderte Marie.

Anja lachte. »Nicht gerade der umgänglichste Mensch. Sogar meine Mutter und meine Tante haben nur wenig Kontakt zu ihm.«

»Hat es euch deswegen nach Oberkirchbach verschlagen?«, wollte Marie wissen.

»Ach du liebe Zeit, nein. Das war reiner Zufall. Mein Mann ist Architekt, er hat einige Häuser hier entworfen, und irgendwann hat er gemeint, das sei so eine schöne Gegend und so günstig. Mit Auto auch kein Problem, damit kommt man ja überallhin. Dass meine Familie ursprünglich von hier stammt, war zwar auch ein Argument, hat aber keine entscheidende Rolle gespielt. Außerdem sind alle schon lange weggezogen. Gleich nach dem Abitur, auf und davon und nie mehr zurück. Nur mein Onkel ist hiergeblieben, aber der ist ja dann gestorben, und ich kann mich gar nicht mehr an ihn erinnern, weil ich damals noch ganz klein war.«

Es war unschwer erkennbar, wie sehr Anja es genoss, mit ihnen Kaffee zu trinken und sich zu unterhalten. Marie fragte sich, ob sie denn sonst niemanden hatte, keine gleichaltrigen Freundinnen im Dorf.

»Und hast du es nie bereut, hierhergezogen zu sein?« Sarah stellte die Frage, die Marie im Kopf herumspukte. Anja verzog das Gesicht und seufzte tief. Die Antwort kam nicht gleich, sie dachte nach und mochte dabei an all die Dinge denken, die sie vermisste. Ebenso wie es auch Marie erging.

»Na ja, schaut euch um«, sagte sie schließlich schulterzuckend. »Das Haus ist ein Traum, mein Mann ist wirklich ein Künstler. Er ist ein bisschen älter als ich, also, eigentlich … ziemlich viel. Fast zwanzig Jahre. Er hat sein Büro in der Kreisstadt.«

»Und du bist jetzt zu Hause mit dem kleinen Spatz hier«, meinte Marie und schaukelte den Kleinen auf ihren Knien, dass er erheitert auflachte mit seinem zahnlosen Mund.

»Ja«, sagte Anja. »Vorher habe ich im Krankenhaus gearbeitet. Ich bin gelernte Krankenschwester.«

Sie beobachtete ihren Sohn auf Maries Schoß und lächelte, aber es wirkte gezwungen.

»Wisst ihr, die Familie und ein Haus und die Arbeit, das ist ja nicht alles. Und die schöne Umgebung ist auch nicht alles.«

»Das stimmt.«

»Meine Mutter ist zwar von hier fortgezogen, aber sie hat immer von ihrer Kindheit auf dem Dorf erzählt und davon geschwärmt, wie es früher war. Wie alle Kinder zusammen gespielt und Unsinn angestellt haben, wie alle zusammengehalten und sich getroffen und Feste organisiert haben. An Weihnachten ist die Kirche aus allen Nähten geplatzt, und man hat zusammen den Marktplatz renoviert, und die Rheinland-Pfalz-Rundfahrt ging durch den Ort, und alle waren auf den Beinen …« Sie blickte Marie in die Augen.

»Wisst ihr, warum ich so viel im Garten arbeite? Damit ich mal Leute sehe. Nachbarn. Damit vielleicht mal die Gelegenheit entsteht, dass jemand vorbeigeht und nett grüßt und man ins Reden kommt und ich sagen kann: Komm doch rein, auf einen Kaffee oder so.« Sie biss sich auf die Lippen und wurde rot. »Das war heute das erste Mal.«

Der kleine Fritz auf Maries Schoß fing an zu quengeln. Anja streckte die Arme nach ihrem Sohn aus.

»Hier oben gibt es ein paar jüngere Familien, man grüßt sich, das schon, aber man versteht sich ja nicht automatisch, nur weil man im gleichen Alter ist oder nebeneinander wohnt. Außerdem gehen alle auf die Arbeit und die Kinder in die Schule, und wenn man heimkommt, sitzt man vor der Glotze oder dem Computer. Um was zu unternehmen, fährt man in die nächste Stadt, weil es hier nichts gibt, nicht mal ein Café, wo man sich mal hinsetzen kann und Leute treffen.«

»Doch, es gibt eins«, warf Sarah ein. »Unten im Laden.«

»Was? Wirklich? Seit wann denn das?«

»Seit morgen«, sagte Sarah. Anja grinste. »Komm einfach morgen früh hin, dann siehst du es. Wir werden auch da sein.«

»Was ist mit der Feier zum Dorfgeburtstag?«, erinnerte Marie Anja. »Hast du bei der Umfrage zugestimmt?«

Anja schnaubte. »Das war wieder so typisch. Man wird angerufen und soll seine Meinung zu etwas äußern, wozu man überhaupt keine Meinung haben kann.«

»Wieso das denn nicht? Ich bin übrigens im Festkomitee, und wir, Liesel Hilles und ich, sind durch den ganzen Ort gegangen und haben die Leute persönlich gefragt.«

»Hier wart ihr nicht.«

»Nein, hier nicht«, bestätigte Marie peinlich berührt. »Liesel meinte, hier im Neubaugebiet würde man wahrscheinlich eh niemanden antreffen, weil die meisten arbeiten, und das könne man auch per Telefon erledigen.«

»Und schon wieder wird eingeteilt«, echauffierte sich Anja. »Es gibt das Oberdorf und das Unterdorf. Es gibt das alte Dorf mit dem Dorfkern, und es gibt das Neubaugebiet. Es gibt die Alteingesessenen und die Zugezogenen. Es gibt die vielen Alten und die wenigen Jungen. Und es gibt die, die man besucht, und die, die man mit einem Anruf abspeist. Es gibt keine echte Gemeinschaft, und weil es keine Gemeinschaft gibt, gibt es auch sonst nichts hier in diesem Kaff.«

Das Baby war empört über den emotionalen Ausbruch seiner Mutter und beschwerte sich prompt.

»Tut mir leid«, sagte Anja. »Ich bin nur manchmal frustriert, wie das hier so läuft, und weil das Leben hier nicht im Mindesten den Geschichten meiner Mutter ähnelt.«

Marie nickte. »Kein Problem. Ehrlich gesagt kann ich dich gut verstehen.« Sie stand auf. »Wäre schön, wenn wir uns wiedersehen. Komm doch mal im Pfarrhaus vorbei.«

»Und komm morgen Vormittag in das neue Dorfcafé«, fügte Sarah hinzu.

»Übrigens«, sagte Marie, kurz bevor sie sich verabschiedeten, »wie hast du eigentlich abgestimmt? Warst du für die Feier oder dagegen?«

»Dafür!«, sagte Anja. »Und zwar aus dem gleichen Grund,

aus dem ich in meinem Vorgarten buddele und darauf warte, dass mal jemand Nettes vorbeikommt.«

Marie lächelte Anja an. »Bis morgen!«

1953

»Na, Fritz, bist du stolz?« Herrmann brachte zwei Gläser Bier mit an den Tisch und stellte eins davon vor seinem alten Freund ab.

Fritz zuckte die Achseln und trank einen Schluck.

»Na, komm schon«, sagte Herrmann, legte seinen Arm um Fritz' Schulter und schüttelte ihn so heftig, als wollte er ihn aufwecken. »Das ist dein Werk, das hast du geschaffen.«

Er meinte die neue Festhalle von Oberkirchbach, an deren Bau und Gestaltung Fritz wesentlich beteiligt war und deren Einweihung man mit einem großen Dorffest feierte. Die Besucher kamen sogar aus den umliegenden Ortschaften, um sich das beeindruckende Gebäude anzusehen. So was hatte nicht jedes Dorf, mit einer Bühne und gegenüber einer kleinen Empore, die man auf verschiedene Weise nutzen konnte. Die Oberkirchbacher hatten genügend Ideen dafür. »Der Gesangverein kann von dort oben singen«, schlug der Chorleiter vor. »Das trägt wunderbar durch den Saal.«

»Ach was, da kommen die Ehrengäste hin«, widersprach Bürgermeister Renner.

Die Empore der Festhalle erfüllte die Leute im Dorf mit dem größten Stolz. Eine Empore! Und Fritz war ihr Baumeister.

Und doch saß er wie gewöhnlich allein an einem Tisch,

während die anderen tanzten und fröhlich das neue Aushängeschild des Ortes feierten. Fritz hatte keine Lust zu tanzen, mit wem auch? Er lachte selten und redete nur das Nötigste. Nur ein paar alte Freunde ließen sich von seiner wenig geselligen Art nicht abschrecken. Herrmann natürlich oder Kurt Hilles, ein entfernter Verwandter von Emma, der Ende 1949 nach über vier Jahren aus der Kriegsgefangenschaft gekommen war, oder Jules, der schließlich doch in der Pfalz bei seiner Klara geblieben war. Auch nicht Margareta Wozniak, die mittlerweile Wiegand hieß, oder die Pavelkas, zu denen Fritz immer ein herzliches Verhältnis gehabt und denen er oft geholfen hatte. Einer ihrer Söhne, Georg, lebte inzwischen ebenfalls im Dorf. Er hatte seine Eltern nach Jahren wiedergefunden, der zweite Sohn war im Krieg gefallen. Das waren die überschaubaren freundschaftlichen Kontakte, die Fritz Draudt pflegte.

»Übrigens«, sagte Herrmann und senkte ein wenig die Stimme. »Die Emma ist wieder da.«

Fritz umklammerte sein Glas fester, erwiderte jedoch nichts.

»Die Auguste hat es mir erzählt, die zwei haben sich immer noch Briefe geschrieben, weißt du ja.«

Fritz starrte stur geradeaus, als wären Herrmanns Worte lediglich Geräusch ohne Inhalt. Doch er hörte sie genau, und sie bohrten sich tief in sein Innerstes. Allein ihr Name versetzte ihm einen Stich. Emma!

Sie war damals weggegangen aus Oberkirchbach, richtig weg, zurück nach Bremen zu ihrer Patentante. Dort hatte sie gewohnt und, wie er gehört hatte, sich zur Fotografin ausbilden lassen. So konnte er sich Emma gut vorstellen: als moderne, unabhängige Frau. Genau so. Sie hatte natürlich ab und zu ihre Familie besucht, aber auf Augustes und Herrmanns Hochzeit war sie nicht gewesen. Er nahm an, weil sie nicht Gefahr laufen wollte, ihm dort zu begegnen.

Sie hatte es wahr gemacht: Fritz und sie hatten nichts mehr miteinander zu tun. Gar nichts. Er hatte anfangs nicht gewusst, wie er weiterleben sollte mit der tiefen Schuld, die er empfand – und ohne Emma. Und doch war er davon überzeugt, dass es so besser war.

Das Seltsame war nur, dass er seit diesem Zeitpunkt kaum mehr Albträume vom Krieg gehabt hatte. Ganz selten nur noch, und selbst dann wurde er wach, ohne dass sich die Grenzen zwischen Traum und Realität verwischten so wie früher. Aber oft, ganz oft träumte er von Emma. Schöne Träume, und jedes Mal, wenn er erwachte, wünschte er sich, es wäre alles wahr oder der Traum würde einfach nie enden.

»Jedenfalls«, fuhr Herrmann fort. »Ich dachte, ich erzähle es dir, damit du nicht überrascht bist, falls du sie siehst. Auguste meinte, sie kommt morgen Abend zum Festprogramm, weil ja ihre Brüder in der Kapelle spielen, und im Gesangverein singen ihre Mutter und …«

»Ich weiß!«, unterbrach ihn Fritz barsch. Sofort tat es ihm leid, wie so oft, wenn er ungehalten reagierte und Leute damit erschreckte. Herrmann war sein bester Freund und meinte es nur gut. »Danke, dass du es mir gesagt hast, Herrmann«, fügte er versöhnlich hinzu.

»Schon gut!«, murmelte Herrmann und trank sein Bier. Nach einer Weile kam Auguste und verlangte von ihm, endlich mit ihr zu tanzen. Fritz zwang sich zu einem schiefen Grinsen, als Herrmann das Gesicht verzog und sich humpelnd von seiner Frau zur Tanzfläche bugsieren ließ.

Am liebsten wäre Fritz am nächsten Tag dem Festakt ferngeblieben, doch das ging nicht. Man wollte ihn bei dieser Gelegenheit für seine Verdienste um den Bau und um das Dorf ehren. Eine Medaille würde es geben, extra für ihn angefertigt, die wollte man ihm umhängen, und dann würden alle applaudieren, und Emma müsste zusehen. Am liebsten hätte er es sich und ihr erspart. Nach vier Jahren!

»Eigentlich weiß ich nicht, ob ich da heute Abend hingehen soll«, sagte Emma. Frieda kniete zu ihren Füßen und legte letzte Hand an das Kleid, das sie ihrer Freundin genäht hatte. Extra für den großen Abend. Sie nahm die Stecknadeln aus ihrem Mund und schaute empört zu Emma auf.

»Kannst du nicht wie andere Leute auch ein Nadelkissen benutzen«, fragte Emma, noch bevor Frieda irgendeine wütende Bemerkung machen konnte. »Eines Tages verschluckst du dich noch daran.«

»Ich kenne keine Schneiderin, die sich je an den Nadeln in ihrem Mund verschluckt hätte. Nicht mal, wenn ihre Kundinnen so saublöd daherreden wie du gerade. Natürlich gehst du da hin. Du musst doch mein Kleid vorführen.«

Als ob es Frieda darum gegangen wäre. Emma wusste genau, woran ihre Freundin dachte. Oder an wen. Und genau aus diesem Grund wollte sie da nicht hin. Es hatte ihr schon gereicht, auf dem Weg vom Bahnhof an seinem Haus vorbeizufahren, an dem Haus, das er einmal für sie beide hatte bauen wollen. Zu sehen, dass es endlich fertig war. Es hatte lange gedauert. Ein ganzes Jahr lang hatte er nichts daran gemacht, es hatte dagestanden wie eine Ruine. Dann, ein Jahr später, als sie wieder in Oberkirchbach zu Besuch war, da war die Fassade plötzlich verputzt und gestrichen. Das hatte ihr die Tränen in die Augen getrieben, sie wusste nicht, warum. Und jetzt nach vier Jahren war es fertig. Scheiben in den Fenstern, Vorhänge, Blumen im Vorgarten, ein kleiner hölzerner Gartenzaun. Auguste hatte ihr geschrieben, dass es innen sehr schön sein solle. Viele der Möbel hatte Fritz selbst gebaut. Das wusste sie von Herrmann. Und auch, dass sich Fritz bald selbstständig machen wollte. Es war noch Platz für eine kleine Werkstatt hinterm Haus. Auguste versorgte sie mit diesem Wissen, obwohl Emma es nicht wollte, nie danach fragte und nie darauf einging.

Vier Jahre lang hatte sie ihn nicht gesehen, doch es wäre eine Lüge gewesen, hätte sie behauptet, dass sie nicht an ihn gedacht hatte.

»So, geh mal ein paar Schritte!«, kommandierte Frieda und blieb selbst am Boden sitzen, damit sie auf Höhe des Rocksaums war. »Dreh dich! Langsam, nicht so schnell!«

Emma breitete ihre Arme aus und drehte sich stocksteif, das Kinn in die Luft gereckt.

»Du würdest dich prima als Schaufensterpuppe machen«, meinte Frieda. Emma lachte.

»Da nehme ich lieber die Stelle als Fotografin in Kaiserslautern beim *Wochenblatt*«, erwiderte sie.

»Versteh ich!« Frieda betrachtete ihre Freundin voller Bewunderung. »Was du alles erreicht hast! Das hättest du nicht, wenn du in Oberkirchbach geblieben wärst. Fotografin geworden, sogar den Führerschein hast du, wer hat den schon hier auf dem Land? Nur ein paar Männer, aber keine einzige Frau, die ich kenne.«

»Jetzt kennst du eine«, meinte Emma nüchtern.

»Seid ihr so weit?« Irma steckte ihren Kopf durch die Tür.

»Ja, wir sind so weit. Passt, wackelt und hat Luft«, rief Frieda und rappelte sich vom Boden auf.

»So schön siehst du aus, Emma!«, sagte Irma und betrachtete ihre Tochter mit einem andächtigen Lächeln und vor der Brust gefalteten Händen. »Das Kleid ist …«

»… wie auf den Leib geschneidert«, vollendete Frieda den Satz. »Jetzt muss ich mich aber mal um mich selbst kümmern, damit Kurt sich nicht mit mir schämen muss.« Sie zwinkerte Emma zu und verschwand.

»Frieda ist wirklich eine Künstlerin«, meinte Irma. »Alle Leute werden sich heute Abend nach dir umdrehen.«

»Ich hoffe nicht, Mama. Ich möchte kein Aufsehen.«

»Dann hättest du nicht so hübsch werden dürfen«, meinte Irma und kniff ihre Tochter sanft in die Wange. »Und dann auch noch diese moderne Frisur, so kurz, aber deine Locken kommen auf diese Weise besser zur Geltung. Andere Mädchen lassen sich für viel Geld Dauerwellen machen, und dir hat der liebe Gott die Locken geschenkt.«

»Eigentlich hast du sie mir geschenkt!«, erwiderte Emma und küsste ihre Mutter auf die Wange.

Am Abend gingen sie frühzeitig los, um gute Plätze zu erwischen. Der ganze Saal war voll, und auf der Empore saßen tatsächlich ein paar »Ehrengäste«, Bürgermeister aus umliegenden Gemeinden, von denen keine einen vergleichbaren Saal vorweisen konnte. Bürgermeister Renner platzte schier vor Stolz auf Oberkirchbach und darauf, wie sich die kleine Gemeinde nach dem Krieg entwickelt hatte.

Während ihre Mutter sich zum Gesangverein gesellte und ihre beiden Brüder zur Kapelle, setzten sich Emma und ihr Vater in die dritte Reihe.

»Das ist ja eine seltsame Bestuhlung«, lachte sie, als sie all die unterschiedlichen Sitzgelegenheiten und Stühle sah.

»Da hat fast jedes Haus in Oberkirchbach einen gespendet«, erklärte ihr Vater.

»Was? Wirklich?«

Ihr Vater nickte. »Es war kein Geld mehr da für die Stühle, und da hatte … Jemand hatte die Idee.« Er lächelte verlegen, und Emma lächelte ebenso verlegen zurück.

Jemand. Mit Sicherheit Fritz. Sie wagten nicht einmal mehr,

seinen Namen in ihrer Gegenwart auszusprechen. So unauffällig wie möglich schaute sie sich um, aber sie konnte ihn nirgends entdecken.

Friedas Freund Kurt, der eine besondere Begabung dafür hatte, gab den Conférencier, begrüßte das Publikum und ganz besonders die Ehrengäste von außerhalb – dabei machte er eine kleine Verbeugung zur Empore hin – und eröffnete die Veranstaltung. Dann ging es los. Die Kapelle, die aus lauter Oberkirchbacher Musikanten bestand, spielte schmissige Melodien aus bekannten deutschen Musikfilmen, und Karl, Emmas jüngster Bruder, beeindruckte mit einem Trompetensolo. Der Gesangverein hatte sich Unterstützung von einem eigens gegründeten Kinderchor geholt, der Tanzkreis des Sportvereins gab eine beeindruckende Tanzeinlage zum Besten, und die Theatergruppe erheiterte alle mit selbst verfassten kleinen Sketchen, die Szenen aus dem Dorfleben karikierten. Georg Pavelka, der ein ausgezeichneter Pianist war, brachte das Publikum zum Dahinschmelzen und seine Mutter zum Weinen. Es war ein bunter und rundum erfolgreicher Abend.

Am Ende betrat Bürgermeister Renner die Bühne, aufgeregt strahlend, mit Schweißtropfen auf der Halbglatze und glänzenden Augen. Ein bisschen unbeholfen, aber mit stolzgeschwellter Brust stand er dort oben, schielte nach den Ehrengästen auf der Empore und bedankte sich bei allen Mitwirkenden. »Und bevor wir am Schluss alle gemeinsam in unsere eigens komponierte Dorfhymne einstimmen wollen …« Er lachte. »Jawohl, wir haben eine Dorfhymne. Den Text dazu teilen wir gleich aus, damit alle mitsingen können.« Er lachte wieder und wartete das Raunen und verhaltene Kichern aus dem Publikum ab. »Bevor wir also dazu kommen, möchte ich mich im Namen der ganzen Gemeinde bei einem Mann bedanken, ohne den es diese wunderschöne Festhalle nicht gäbe.

Er hat alles geplant und organisiert und das meiste mit eigenen Händen gebaut: unser Schreiner, bald Schreinermeister übrigens, Fritz Draudt. Lieber Fritz, komm bitte rauf auf die Bühne und hol dir deine hochverdiente Ehrenmedaille ab.«

Der Bürgermeister sagte noch dies und das, machte ein paar Späßchen, aber Emma hörte nicht hin. Aus dem Augenwinkel heraus nahm sie wahr, wie ein schlanker junger Mann von ganz hinten nach vorn ging, und als er die drei Stufen zur Bühne erklomm, senkte sie den Blick. Sie konnte es nicht ertragen, ihn zu sehen. Es tat so weh. Wie konnte eine vier Jahre alte Wunde noch immer so unbeschreiblich wehtun? Und warum sehnte sie sich trotz allem danach, den Blick zu heben, um wenigstens zu sehen, ob und wie sehr er sich verändert hatte?

Sie tat es mit klopfendem Herzen.

Gut sah er aus, männlicher als früher, seine Schultern waren breiter, und er kam ihr noch größer vor, aber das konnte nicht sein. Ernst blickte er drein. Er schüttelte die Hand des Bürgermeisters, nahm die Medaille entgegen und verzog seinen Mund zu einer Art Lächeln, aber Emma hatte schon immer gewusst, wann sein Lächeln echt war und wann nur aufgesetzt.

Alle klatschten, sie auch. Er wandte sich dankend Richtung Publikum. Emma wollte den Blick senken, doch sie konnte nicht. Sie wollte sich auflösen, unsichtbar werden. Er würde sie sehen, seine Augen würden sie finden. Wenn sie eins ganz sicher wusste, dann das.

Dann sah er sie. Und sie senkte den Blick.

Ende Mai 2019

Am folgenden Morgen verließ Sarah schon gegen sieben Uhr das Haus. Eine gute Stunde später kehrte sie zurück. Marie räumte gerade das Badezimmer, und Jakob wollte eben das Kaffeewasser aufsetzen.

»Lass das mal bleiben«, bremste ihn Sarah. »Heute frühstücken wir im *Café Wiegand!*«

Kurz darauf betrat der Herr Pfarrer samt Ehefrau und Schwägerin den Laden. Marie traute ihren Augen nicht. Da standen mitten im Raum zwischen der Theke und den beiden Regalwänden drei unterschiedliche Tische mit jeweils drei unterschiedlichen Stühlen.

»Mehr hatten wir nicht«, sagte Frau Wiegand, als müsste sie sich dafür entschuldigen. »Den alten Holztisch da, den wollten wir schon zum Sperrmüll geben, und die beiden alten Stühle auch, obwohl die noch tadellos sind. Und der runde Tisch, der stand bei unserer Tochter im Zimmer, aber die ist ja ausgezogen. Daher stammen auch die beiden kleinen Sessel. Den Rest hat die Gerlinde gebracht.«

Wer auch immer diese Gerlinde war, sie war ein Goldstück, fand Marie. Frau Wiegand hatte Deckchen auf die Tische gelegt und hübsche Servietten in Serviettenständern platziert. Es war komplett improvisiert, aber urgemütlich.

»Das ist ja großartig«, sagte Marie. »Es sieht einfach wahnsinnig schön aus.«

»Ja?«, freute sich Frau Wiegand. Ihr Mann kam aus der Backstube nach vorn. »Und? Haben wir das gut gemacht?« Er schaute Sarah an, und die reckte beide Daumen in die Höhe.

»Können wir dann hier frühstücken?«, fragte Jakob.

»Aber das ist ja genau der Sinn der Sache«, erwiderte Frau Wiegand freudig. »Was möchten Sie denn haben? Ich kann auch Eier machen. Wir haben ja alles da.« Sie lachte aufgeregt, rote Flecken breiteten sich auf ihren Wangen aus. »Das ist jetzt mal so ein ... wie sagt man? Versuchsballon. Und weil Sie unsere ersten Gäste sind«, lachte sie fröhlich und ein kleines bisschen überdreht, »ist der Kaffee für Sie umsonst.«

»Wir wissen auch noch gar nicht, was wir dafür verlangen sollen«, warf ihr Mann feixend ein. »Das müssen wir uns alles noch überlegen.« Er lachte mit seiner Frau im Duett, und Jakob, Marie und Sarah lachten mit. Sie bestellten Brötchen mit Marmelade, Eier und Kaffee, und Frau Wiegand machte sich geschäftig an die Arbeit.

Die Ladenglocke klingelte, und eine der alten Frauen, die Marie aus der Kirche kannte, kam zur Tür herein. Mit vor Staunen aufgerissenen Augen blickte sie sich um. »Was ist denn hier los?«

»Wir haben jetzt ein Café, Hilde«, rief Frau Wiegand, während sie ihren drei Gästen den fertigen Kaffee brachte. Die bunten Sammeltassen passten in ihrer Unterschiedlichkeit zu den Stühlen und Tischen. »Ich hab die schönste«, stellte Sarah fest und hielt eine hübsche Rosentasse in die Höhe. Die alte Frau stand reglos vor ihnen und staunte immer noch.

»Setzen Sie sich doch zu uns, Frau Jörges«, sagte Jakob und zog einladend einen Stuhl unter einem der Tische hervor.

Frau Jörges, stimmt, dachte Marie, Hilde Jörges, muss ich mir merken.

»Ich wollte mir gerade meine Wecken holen fürs Frühstück. Ich komme ja jeden Morgen hierher«, erklärte Frau Jörges. »Das gönn ich mir noch, zwei Wecken am Morgen, wissen Sie, Herr Pfarrer. Mit Sesam.«

»Die kannst du doch jetzt hier essen, Hilde, in Gesellschaft«, meinte Frau Wiegand. »Kaffee gibt's heute umsonst. Ab morgen haben wir dann eine Preisliste, gell, Rudi?« Sie stieß ihren Mann mit dem Ellbogen in die Seite, der nickte eifrig. »Aber teuer wird's nicht«, versprach Frau Wiegand mit dem üblichen Abwinken.

Frau Jörges setzte sich an den zweiten Tisch, den von Gerlinde gespendeten, und sah aus, als wüsste sie gar nicht, wie ihr geschah. Erst als Frau Wiegand die beiden Brötchen samt Kaffee, Butter und Marmelade vor sie hinstellte, lächelte sie in die Runde. »Das ist ja wirklich mal schön«, meinte sie. »Schöner als allein daheim.«

Sie kamen ins Gespräch über den verstorbenen Herrn Jörges und die Kinder, die wie so viele von Oberkirchbach weggezogen waren. »Meine Enkel sehe ich so gut wie nie. Nicht mal an Weihnachten«, sagte Frau Jörges und bestrich mit viel Liebe ihr zweites Brötchen. »Die sind jetzt auch schon so groß.«

Die Glocke klingelte erneut. Zwei jüngere Frauen kamen herein, um Brot zu kaufen und ein paar Stück Kuchen für den Nachmittag. Direkt hinter ihnen schlüpfte eine Frau durch die Tür, die sich erstens als die mehrfach erwähnte Gerlinde und zweitens als Alois Lämmers Frau entpuppte. Sie wirkte sehr burschikos, war etwa Mitte fünfzig, trug eine wilde blond gefärbte Dauerwellenfrisur und unter einer Kittelschürze Jeans und Sneakers. »Ich wollte mir das doch mal ansehen«, meinte sie. »Läuft's?«

»Setz dich, Gerlinde«, wies Frau Wiegand sie an. »Was möchtest du denn haben?«

»Ein Stück Käsekuchen und einen Kaffee.« Gerlinde setzte sich zu der alten Frau Jörges an den Tisch. Die lachte sie freudig an. Die beiden jüngeren Frauen sahen aus, als hätten sie sich am liebsten dazugesellt, doch anscheinend trauten sie sich nicht recht. Sicher waren sie aus dem Neubaugebiet, vermutete Marie. Aber dann kam noch jemand anders aus dem Neubaugebiet.

»Anja!«, rief Sarah. »Komm rein! Siehst du, wir haben es dir ja gesagt: Es gibt ein Café in Oberkirchbach.«

Anja hatte ihren kleinen Fritz dabei und kam sofort rüber zu den beiden Frauen, die sie bereits kannte. Sie wurde Jakob vorgestellt, der seinerseits Anja mit Frau Jörges und Gerlinde Lämmer bekannt machte.

»Ich bin leider keine große Kirchgängerin, Herr Pfarrer«, gab Anja zu, woraufhin Frau Jörges knochentrocken ausrief: »Das sind die hier auch nicht!« Dabei zeigte sie auf Gerlinde und die Wiegands. Allgemeines Gelächter war die Antwort.

Im Verlauf des Vormittags kamen noch einige Kunden, die zunächst überrascht waren, sich dann jedoch häufig zum Kaffee einladen ließen und ein Stück Kuchen im Sitzen verspeisten. Jakob musste nach einer Stunde gemütlichen Beisammenseins gehen, doch Marie, Sarah und Anja mit dem inzwischen schlafenden Fritzchen blieben und berieten zusammen mit den anderen, welche Preise man verlangen könne. Frau Wiegand war in ihrem Element, ihr Mann kam immer mal wieder aus der Backstube nach vorn und schaute sich das Treiben in seinem Laden an.

»Na ja«, sagte Frau Wiegand, als sich schließlich auch Marie und Sarah verabschiedeten. »Das war jetzt heute mal schön, aber ob das so bleibt?« Hoffnung schwang in ihrer

Stimme mit, aber auch die Angst, sie könnte das Schöne, das sie an diesem Vormittag erlebt hatte, wieder verlieren.

»Warum denn nicht?«, meinte Sarah. »Tische und Stühle stehen da, und die Leute kommen und freuen sich über Gesellschaft. Und wenn mal keiner da am Tisch sitzt, dann sitzt da eben keiner. Aber es gibt die Möglichkeit. Und die Leute werden sie auch nutzen. Sie werden sehen.«

Spontan nahm Frau Wiegand Sarah in den Arm. »Sie sind ein Engel. Hoffentlich kommen Sie Ihre Schwester oft besuchen.«

»Vielleicht finde ich hier ja einen Mann, dann komme ich ganz hierher«, scherzte Sarah, und Frau Wiegand versprach lachend, sich nach einem umzusehen.

Einen Mann. Den hatte Sarah nicht. Alles andere hatte sie: eine hohe Position in ihrem Beruf als Unternehmensberaterin, erst in München, später in Köln, einen riesigen Freundeskreis in beiden Städten, ein Loft in einem topsanierten Altbau in Köln-Sülz, Geld für die tollsten Reisen, eine Ausstrahlung, die jeden sofort bezauberte, tolle Beine – aber Marie wusste, das alles hätte sie, ohne mit der Wimper zu zucken, hergegeben, wenn ihr eine Fee dafür endlich die große Liebe besorgt hätte. Lediglich um die Beine hätte sie vielleicht ein bisschen gefeilscht. In regelmäßigen Abständen flachste Sarah über ihren Singlestatus, aber in Wahrheit litt sie darunter, niemanden in ihrem schicken Loft zu haben, zu dem sie nach Hause kommen konnte. »Ein Hausmann wäre was für mich«, sagte sie manchmal. »Einer, der die Kinder versorgt, während ich die Kohle verdiene. Oder ein Künstler. Der ebenfalls die Kinder versorgt.« Sie konnte die Erfüllung ihrer tiefsten Wünsche nicht beeinflussen, also scherzte sie darüber. So war Sarah.

»Wer weiß«, meinte Marie auf dem Nachhauseweg. »Vielleicht findest du ja tatsächlich jemanden hier auf dem Dorf, dann bleibst du hier, und wir zwei machen aus dem verschlafenen Nest ein kleines Paradies.«

»Ja, genau«, stimmte Sarah schmunzelnd zu. »Dann lass uns mal den Rest des künftigen Paradieses besichtigen.«

Das sogenannte Oberdorf hatten sie am Tag zuvor ausgelassen.

Es besaß kein Neubaugebiet, die jüngsten Häuser dort waren bereits über vierzig Jahre alt, und die ältesten standen seit Menschengedenken. Hier wirkte der Ort ebenso ausgestorben wie im Unterdorf oder in den Neubaugebieten, aber ab und zu sah man am Fenster jemanden sitzen, der nach draußen schaute, ältere Leute meistens. Sobald jemand vorbeiging, beugte man sich nach vorn, setzte die Brille auf und verfolgte ganz genau, was da auf der Straße los war. Als die Schwestern den Waldhüttenweg erreichten, entdeckte Marie die alte Lore hinterm Fenster. Sie verzog keine Miene, während sie die beiden Frauen mit den Augen verfolgte, aber als Marie ihr zulächelte und winkte, strahlte sie mit gebisslosem Mund und winkte zurück. Unwahrscheinlich, dass sie die junge Frau Pfarrer wiedererkannt hatte, aber sie freute sich über die Aufmerksamkeit und Freundlichkeit. Grazina tauchte im Hintergrund auf, schaute der alten Frau über die Schulter und lächelte ebenfalls, als sie Marie erkannte. Auch Auguste Klein saß am Fenster, aber sie schien mit irgendetwas beschäftigt zu sein, einer Handarbeit vielleicht, denn sie blickte konzentriert auf ihren Schoß.

Und dann erreichten sie Emmas Haus. Sie saß nicht am Fenster, aber das mochte daran liegen, dass ihre große Wohnküche zur Rückseite hinaus lag. Im Hof stand ein Auto mit Bremer Nummernschild.

Unwillkürlich verlangsamte Marie ihre Schritte. Sie war

Emma erst ein einziges Mal begegnet, aber neben Fritz Draudt hatte sie den stärksten Eindruck bei ihr hinterlassen. Mit ihrem Carokaffee, dem alten Radio und ihrem plötzlichen Ausbruch, als Fritz erwähnt wurde. Marie hätte sich gern noch einmal mit Emma unterhalten, aber sie konnte nicht einfach an der Tür klingeln. Oder doch? Machte man das auf dem Land? In der Stadt eher nicht, da kündigte man sich an und hatte einen Grund, einander zu besuchen. Da traf man Verabredungen, alles andere war undenkbar, ein Einbruch in die Privatsphäre, zumindest wenn man nicht sehr, sehr gut befreundet war. Marie hatte keine Ahnung, wie man das hier handhabte, deshalb spazierte sie weiter mit Sarah den Weg bergan in den Wald hinein.

»Ist das schön hier«, seufzte Sarah und sog tief die frische, saubere Luft ein. Marie konnte ihr nur zustimmen. Das hier war ein Ort, um durchzuatmen und die Gedanken baumeln zu lassen, und sie fragte sich, warum sie ihn bislang nicht entdeckt hatte. Höher und höher führte der Weg, der sich in Serpentinen durch den Wald schlängelte. Nach zehn Minuten Aufstieg wurde der Weg breiter, und plötzlich tat sich vor ihnen eine Lichtung auf, an deren Rand sich die Waldhütte befand, die der Straße einst ihren Namen gegeben hatte. Rückseitig schmiegte sie sich an eine Felswand, davor standen zwei lange massive Holztische mit jeweils zwei Bänken. Am Hang neben der Hütte plätscherte eine kleine Quelle zwischen den Felsen hervor, ein Stück weiter hatte sich früher offenbar eine Feuerstelle befunden. Es wäre ein überaus idyllisches Fleckchen gewesen, hätte nicht alles so vernachlässigt ausgesehen, der Boden überwuchert von Gestrüpp, das Holz der Bänke größtenteils morsch, nur die Hütte selbst machte noch immer einen soliden Eindruck. Stolz hatte sie der Vergänglichkeit getrotzt. Und dennoch fand Marie den Anblick traurig.

Sie dachte wieder an die Festhalle, an die lebensgefährlichen Stufen zur Kirche, an *Michels Einkehr.* Und nun das. »Herrgott, was machen denn die Leute bloß!? Warum kümmert sich denn keiner um diesen Ort, verdammt noch mal!«, brach es aus ihr heraus.

»Lass das Fluchen, Marie. Wenn das Jakob hören würde«, erwiderte Sarah gelassen und ging auf die Hütte zu. Nachdem sie versucht hatte, durch die trüben Fenster etwas zu erkennen, drückte sie probeweise die Türklinke herunter – und die Tür sprang auf. Überrascht und begeistert zugleich wandte sie sich zu Marie, doch die zögerte.

»Womöglich sind da irgendwelche Viecher drin«, warnte sie. »Mäuse oder Schlangen oder …«

»… Füchse oder Wölfe oder Bären. Komm schon! Wo bleibt dein Abenteuergeist?«, neckte Sarah ihre Schwester. Schließlich überwog auch bei Marie die Neugier, und sie betraten gemeinsam die Hütte.

»Schau dir das an«, rief Sarah perplex. »Alles da, was man braucht.« Vorsichtig ging sie über die knarrenden Dielen in den zweiten Raum. »Schau mal, da kann sogar jemand übernachten!«

»Na, viel Spaß!«, entgegnete Marie mit einem Blick auf die vermoderten Decken. Sie schritt langsam um das Bett herum, berührte mit den Fingerspitzen das Holz und setzte sich schließlich auf die Bettkante. Sarah stand in der Tür und lächelte. »Was spinnst du in deinem Kopf wieder für Geschichten, Marie?«

Marie zuckte mit den Schultern und erhob sich. Nüchtern erklärte sie: »Ich spinne keine Geschichten. Das hab ich aufgegeben.«

»Quatsch!«, widersprach Sarah. »Du warst immer die Träumerin, ich war die Pragmatische und Anna …«

»… die Weise!«, ergänzte Marie.

»Ja, genau«, sagte Sarah lachend. »Anna, die Weise.«

»Und Anna, die Übermutter«, fügte Marie noch hinzu. »Zum Glück kann sie ihre Weisheiten jetzt an ihre Kinder weitergeben, und wir bleiben verschont.«

»Richtig!«, meinte Sarah und wurde auf einmal ernst. »Es hat nicht gestimmt, was sie uns über die Liebe erzählt hat.« War es der einsame, traurige Ort, der Sarah diese Wehmut entlockte? Oder das Bett mit den vermoderten Decken? Die Stille?

»Nein«, sagte Marie. »Es hat nicht gestimmt. Nicht ganz. Es läuft eben bei jedem anders.«

Sarah verzog das Gesicht, stieß sich vom Türrahmen ab und setzte sich auf das Bett.

»Weißt du, es geht mir gar nicht darum, dass ich mich ohne Mann unvollständig fühle oder so. Das ist kompletter Blödsinn, so emanzipiert bin ich schon lange, dass ich das weiß. Ich hab keine Komplexe.« Mit einem eindringlichen Blick zu Marie stellte sie sicher, dass ihre Schwester ihr glaubte.

»Weiß ich doch. Wenn jemand keine Komplexe hat, dann du«, erwiderte Marie grinsend.

Sarah nickte zufrieden. »Es ist nur so«, fuhr sie fort. »Ich hätte gern ein … richtiges Zuhause. Eine Wohnung ist eine Wohnung, aber eine Wohnung, in der man mit Menschen zusammenlebt, die man liebt, das ist ein Zuhause. Verstehst du?«

»Ja, versteh ich«, sagte Marie und setzte sich neben Sarah.

»Verrat bloß keinem, was ich im Wald für Zeug rede«, sagte Sarah halb beschämt und halb im Scherz.

»Mach ich nicht«, versprach Marie. »Ich bin sicher, du findest noch dein Zuhause, Sarah.« Sie drückte ihre Schwester kurz an sich und stand auf.

Sarah nickte und zeigte auf das Bett. »Das hier sieht jedenfalls aus, als könnte es einmal ein Zuhause gewesen sein, vor vielen, vielen Jahren. Wer weiß das schon!«

»Ja, wer weiß das schon.«

Sie verließen die Hütte und schlossen die Tür.

»Wir gehen am besten wieder zurück«, meinte Sarah. »Ich muss bald mal Pipi, und im Wald will ich nicht unbedingt.«

»Geht mir auch so.«

»Wir verwöhnten Großstadtpflanzen!« Sarah lachte.

Sie beeilten sich und kamen nach kurzer Zeit wieder am Haus der Familie Hilles vorbei. Marie hielt plötzlich inne und blieb stehen. Sie wusste zwar nicht, ob man auf dem Dorf unangemeldet bei Leuten vorbeischauen konnte, aber sie wusste, dass praktisch alle Leute sehr hilfsbereit waren. Manchmal kam es nur darauf an, eine Gelegenheit beim Schopf zu fassen, genau wie Sarah es den Wiegands gezeigt hatte.

»Sarah!«, rief sie. »Moment! Ich kann nicht weiter. Ich frag mal, ob ich schnell hier aufs Klo gehen kann.«

Und noch ehe Sarah einen witzigen Spruch über die schwächliche Blase ihrer Schwester machen konnte, hatte Marie auch schon an der Haustür geklingelt.

Eine Frau, die nicht mehr ganz jung war, öffnete die Tür, lächelte freundlich und sagte: »Guten Tag!«

Erschrocken zuckte Marie zurück. Die ganze rechte Gesichtshälfte der Frau war von schrecklichen Brandnarben entstellt.

1957

Emma hatte 1955 geheiratet. Einen Bankbeamten, den sie im Rahmen ihrer Arbeit beim *Wochenblatt* kennengelernt hatte und der ihr anschließend so lange den Hof gemacht hatte, bis sie irgendwann Ja sagte. Die Hochzeit wurde groß gefeiert, wie es eben so üblich war auf dem Dorf, mit Polterabend und allem Drum und Dran. Fritz konnte von seinem Haus aus die Kirchenglocken hören, als die Trauung vollzogen wurde. Wäre er vor die Tür getreten und ein paar Schritte vor bis zur Straße gegangen, dann hätte er sehen können, wie der Hochzeitszug die Stufen der Kirchentreppe hinabschritt. Emma und ihr Mann vorneweg, sie in einem weißen Kleid, das Frieda ihr genäht hatte. Fritz hätte zusehen können, aber er verbarg sich im Schlafzimmer, hinter zugezogenen Vorhängen. Für ihn war die Welt untergegangen. Schon viele Jahre zuvor, aber mit Emmas Hochzeit war es sozusagen offiziell. Nichts war für ihn noch von Bedeutung. Sein Haus, seine Werkstatt, sein Betrieb, den er inzwischen eigenständig führte, das alles war ursprünglich für Emma gedacht gewesen, doch die hatte jetzt einen Bankbeamten. Heiner hieß er, und ihr Nachname war jetzt nicht mehr Hilles, sondern Jung. Sie wohnten im Haus ihrer Eltern, da war Platz, denn die beiden jüngeren Brüder waren ausgezogen.

Ein paar Monate nach der Hochzeit hatte Emma eine Fehlgeburt. Noch eine, dachte Fritz, der ahnte, wie fürchterlich sie darunter litt. Er wünschte, sie in die Arme nehmen zu können, um ihr Halt zu geben, aber das tat jetzt hoffentlich ein anderer. Heiner.

Das alles hatte er von Herrmann erfahren, der seine Auguste ausquetschte wie eine Zitrone, weil er sich denken konnte, dass es Fritz nie gleichgültig sein würde, was mit Emma geschah, auch wenn er so tat. Herrmann war der beste Freund, den man sich wünschen konnte.

»Heiner ist ein anständiger Kerl, aber nichts für Emma«, sagte Herrmann manchmal. »Viel zu ernst. Der geht zum Lachen in den Keller.«

Außerdem hatte Heiner etwas dagegen, dass seine Ehefrau arbeitete, Emma kündigte auf seinen Wunsch hin ihre Stelle. »Ich glaube, er gibt ihr die Schuld an der Fehlgeburt, weil sie noch gearbeitet hat«, erzählte Herrmann. Fritz schnaubte wütend. Auch wenn er sich sonst zurückhielt und nichts kommentierte, was ihm Herrmann über Emma zukommen ließ, diesmal konnte er nicht anders. Emma schuld am Tod ihres Kindes, das war ja wohl das Ungeheuerlichste, was er je gehört hatte. Dann hatte sie also mit ihrem Schmerz allein fertigwerden müssen, wo ihr Mann nichts als Anklage für sie übrig hatte. Allerdings hatte sie auch beim ersten Mal allein damit fertigwerden müssen, und da war es Fritz' Schuld gewesen.

Und eines Tages hieß es, Emma sei wieder schwanger. Da war sie schon fast dreißig. Das Kind kam im Juli 1957 zur Welt, fast auf den Tag genau zehn Jahre nachdem Fritz aus dem Krieg zurückgekehrt war. Er konnte nicht anders, er musste daran denken. Wie glücklich sie damals gewesen waren, einander wiederzuhaben. Nichts würde sie je wieder voneinander trennen, hatten sie gedacht, und sie hatten es einander versprochen. Jetzt hatte sie ein Kind mit einem anderen, und Emma und Fritz sahen einander so gut wie nie, obwohl sie im selben Dorf wohnten. Sie lebten weit genug auseinander und gingen sich aus dem Weg. Und wenn sie sich doch einmal begegneten, wichen sie aus oder schauten weg. Das waren die schlimmsten Momente: wenn er Emma zufällig auf der Straße sah und dann die Richtung wechselte, weg von ihr, obwohl ihn alles zu ihr hinzog. Manchmal dachte er daran, ihr einen Brief zu schreiben, dann müsste er ihr nicht ins Gesicht sehen. Einmal tat er es sogar, aber dann landete der Brief im Feuer. Es hatte keinen Sinn. Sie konnte ihm nicht vergeben, und er konnte nichts ungeschehen machen. Das Einzige, was er für sie tun konnte, war, sie in Ruhe zu lassen. Emma hatte nun ein Kind, einen Sohn namens Paul. Paulchen. Sie hatte jetzt eine Familie. Und endlich, acht Jahre nach ihrer Trennung, beschloss auch Fritz weiterzumachen.

»Fritz Draudt hat eine Freundin«, erzählte Auguste. Sie flüsterte, weil Heiner mit im Zimmer war. Der Freundeskreis hatte sich während der Kerwe zum Nachmittagskaffee bei Frieda und Kurt eingefunden. Emma wiegte Baby Paul, die Kinder der anderen spielten auf dem Teppich.

»Herrmann hat es mir erzählt«, flüsterte Auguste weiter. Frieda kam hinzu und lauschte ebenfalls. Emma reagierte nicht. Paulchen gluckste vergnügt, er war ein fröhliches Kind, das immerzu lachte und kaum schrie. Emma überlegte manchmal, wie ihre beiden anderen Kinder wohl geworden wären. Wie hätte Fritz' Sohn ausgesehen? So wie er? Paul sah aus wie Heiner, nur die Locken, das zeichnete sich jetzt schon ab, die hatte er von ihr.

Fritz hatte also endlich eine Freundin. Die ganzen Jahre

über hatte sie sich gefragt, ob er ihr nachtrauerte, und sie war sich nie sicher gewesen, ob sie das gewollt hätte. Seit sie wieder in Oberkirchbach lebte, seit wieder die Möglichkeit bestand, ihm zu begegnen oder ihn auch nur von Weitem zu sehen, war sie in Unruhe. Sie konnte nicht vergessen, weshalb sie sich getrennt hatten, sie konnte über ihr totes gemeinsames Kind nicht hinwegkommen, aber sie erinnerte sich auch wieder daran, wie glücklich sie einmal miteinander gewesen waren und wie sehr sie einander geliebt hatten. Und seit Heiner in ihr Leben getreten war, erinnerte sie sich seltsamerweise noch deutlicher daran.

Vermutlich wäre ihr Heiner nicht einmal groß aufgefallen, hätte er nicht angefangen, sie zu umwerben, auf eine nette, zurückhaltende, aber doch hartnäckige Weise, die ihr imponierte. Sie kannte das nicht: umworben werden. Zwischen Fritz und ihr war so ein Gehabe nie nötig gewesen. Emma mochte Heiner, auch wenn er ein wenig spröde war. Niemals konnte sie mit ihm so lachen oder gar herumblödeln wie mit Fritz. Aber das war ja nicht so wichtig, dachte sie, wichtig war, dass Heiner ein anständiger Kerl war, fleißig, verlässlich, gebildet noch dazu. Er schien ihr der Richtige zu sein, um mit ihm den notwendigen Schlussstrich unter Fritz zu ziehen. Und dann kam der Tag der Hochzeit. Und die Kirchentreppen, die sie erst hinauf- und dann hinuntersteigen musste. Bei jedem Schritt dachte sie an Fritz und daran, was damals dort oben bei der Kirche passiert war. Jeder einzelne Schritt war eine Qual, sie schwor sich, nie wieder dort hinaufzugehen.

Heiner trug sie auf Händen, doch er war ein traditionsbewusster Ehemann, der nicht wollte, dass seine Frau arbeitete. Sie sollte zu Hause sein und Kinder kriegen, und als sie das erste verlor, machte er sie dafür verantwortlich. Wenigstens hatte er zugestimmt, mit ihr in ihr Elternhaus zu ziehen. Sie hatte ihn darum gebeten, weil sie sich als Tochter verpflichtet fühlte, sich später einmal um ihre Eltern zu kümmern, wie sie sagte, doch in Wahrheit wollte sie nicht allein sein mit Heiner. Die Ehe mit ihm war nicht, was sie sich erhofft hatte, nicht annähernd. Wann immer sie Heiner ansah, tauchte das Bild von Fritz in ihrem Kopf auf. Wie anders hatte sie für ihn empfunden. Es war kein Vergleich.

Nun hatte Fritz also eine Freundin.

»Wer ist es denn?«, fragte Frieda.

»Die Tochter des Schreiners aus Umwegen«, sagte Auguste.

»Ach die? Die kenne ich«, meinte Frieda. »Ich glaube, die ist schon ganz lange in Fritz verschossen.« Mit einem schuldbewussten Seitenblick, als wäre ihr gerade wieder eingefallen, warum dieses Thema so heikel war, streifte sie Emma.

»Seit etwa neun Jahren«, erklärte diese. Sie erinnerte sich, wie Fritz ihr damals erzählt hatte, dass der Schreiner eine Tochter habe, die immer in der Werkstatt herumschlich und ihm glühende Blicke schenkte. Emma sah noch immer sein freches Grinsen vor sich und seine provozierend blitzenden Augen. Hörte seine Stimme: »Ich glaube, die ist in mich verliebt.«

»Na, dann nimm sie doch«, hatte Emma ungerührt geantwortet. »So eine gute Partie würde ich mir nicht entgehen lassen.« Und als er sie in den Arm nehmen wollte, hatte sie ihn weggeschubst, aber nicht, weil sie tatsächlich eifersüchtig gewesen wäre. Es war ein Spiel. Sie hatten miteinander gerangelt, und am Schluss hatte Fritz gewonnen.

»Die ist zu jung für mich«, hatte er ganz nah an ihrem Mund geflüstert, so nah, dass ihre Lippen sich bereits berührten. »Fünfzehn, das ist ja noch ein halbes Kind.«

»Die wird älter«, hatte Emma zwischen den Küssen gemurmelt. »Dann sprechen wir uns in ein paar Jahren wieder«, hatte er entgegnet. Im Scherz. Alles nur im Scherz. Während sie einander küssten.

Wie hieß sie noch gleich?

»Selma heißt sie«, sagte Auguste.

Richtig, Selma. Selma Draudt. Aber noch waren sie ja nicht verheiratet.

»Was wispert ihr drei denn so?« Kurt kam zu den drei Frauen und setzte sich dazu.

»Frauenthemen«, erklärte Frieda. »Oh nein, Liesel, hör auf, Henry an den Haaren zu ziehen. Entschuldige, Klara, an dem Mädchen ist ein Junge verloren gegangen, die ist so wild.« Sie sprang auf und zog ihre kleine Tochter von ihrem gepeinigten Spielgefährten weg. Die kleine Liesel schrie wie am Spieß und wehrte sich. Sie hatte offenbar großen Spaß am Haareziehen und am anschließenden Geschrei der anderen Kinder. »Das macht man nicht, hörst du?«, schimpfte Frieda das Kind.

»Gib ihr einen ordentlichen Klaps auf den Po, dann versteht sie es schon«, meinte Heiner und setzte sich neben Kurt an den Tisch. Damit war das Thema Fritz erledigt, und das war gut so.

»Ich finde es nicht in Ordnung, seine Kinder zu schlagen«, bemerkte Emma.

»Ich auch nicht«, rief Frieda über das Geschrei ihrer Tochter hinweg.

»Wer redet denn von Schlagen? Ein Klaps ist nicht schlagen«, erklärte Heiner.

»Nein? Was ist das dann?«, diskutierte Emma weiter mit ihm. »Die handfestere Variante von Streicheln oder was?«

Frieda und Auguste lachten, Kurt schmunzelte, aber Heiner verzog keine Miene. »Jedenfalls wird unser Paul lernen, dass er gefälligst auf seine Eltern zu hören hat«, erwiderte er kühl. Der kleine Paul lachte seine Mutter an und patschte mit seinen Babyhänden in ihr Gesicht. Sie schnappte sanft mit dem Mund nach seinen Fingern und pustete. Das Kind fing laut an zu gackern, wiederholte das Spiel und legte sein Händchen in Emmas Mund. Emma pustete erneut dagegen, und der Kleine gackerte noch mehr. Liesel wurde aufmerksam, hörte auf zu schreien und schaute wie alle anderen zu. »Siehst du!«, sagte Emma mit grimmigem Triumph in der Stimme zu Heiner. »Es geht auch ohne Klaps.«

»Ich sag's dir: Bei Emma und Heiner, da hängt der Haussegen schief«, informierte Herrmann Fritz ungefragt, als sie wieder einmal miteinander in *Michels Einkehr* saßen.

Fritz war bestürzt. Am liebsten hätte er nachgefragt, was genau Herrmann meinte, aber er blieb stumm, wie immer, wenn von Emma die Rede war.

»Na ja, hab ich ja von Anfang an gesagt, dass der nichts ist für die Emma. Die sagt, was sie denkt, und lässt sich keine Vorschriften machen. So eine Frau hält nicht jeder Mann aus.« Als Fritz immer noch nicht reagierte, wechselte Herrmann das Thema. »Und wie sieht's bei dir aus? Mit Selma, meine ich.«

»Gut«, war die knappe Antwort. Über Selma gab es nicht mehr zu sagen und über seine Beziehung zu ihr auch nicht. Sie sahen sich, gingen Hand in Hand oder Arm in Arm, saßen zusammen in Umwegen in der Wirtschaft oder züchtig in ihrem Elternhaus auf dem Sofa und küssten sich keusch beim Abschied. Er küsste sie nie so, wie er Emma geküsst hatte. Wenn er ihre Lippen berührte, schloss er die Augen und dachte, es wären Emmas Lippen, nur für den Bruchteil einer Sekunde, dann war die Illusion vorbei, und es war doch nur Selma. Sie himmelte ihn an, so wie sie es schon als Fünfzehnjährige getan hatte. Jetzt war sie vierundzwanzig und immer noch zu jung für ihn, immer noch die Falsche. Es hätte nur eine Richtige gegeben.

»Gut!«, sagte Herrmann. »Und … wird das dann was Festes?«

Fritz trank sein Bier aus. »Ja«, sagte er. »Sieht so aus.«

Ende Mai 2019

»Guten Tag!«, keuchte Marie. Sie konnte nicht verhindern, dass sie beim Anblick der Frau die Fassung verlor, aber es war ihr unendlich peinlich. »Ich … ähm, also …«

Die Frau blieb gelassen und wartete. Vermutlich war sie Reaktionen dieser Art auf ihr Äußeres bereits gewohnt.

»Ich wollte … das ist mir ein bisschen unangenehm«, stotterte Marie. »Meine Schwester und ich, wir haben einen Spaziergang gemacht, und jetzt müsste ich dringend auf die Toilette. Könnte ich eventuell …?«

Ohne Maries letzten Satz ganz abzuwarten, trat die Frau beiseite und machte eine einladende Geste. »Kommen Sie ruhig rein«, sagte sie freundlich. »Meine Mutter hat zufällig eine Toilette im Haus.«

»Zufällig? Was heißt denn hier zufällig?«, tönte es empört aus der Küche. Emma hatte offenbar noch gute Ohren. Die Frau, die sich gerade als ihre Tochter entpuppt hatte, beachtete sie nicht weiter und deutete auf eine Tür neben dem Eingang. Mit einem betretenen Lächeln schob sich Marie in den kleinen Raum, der ziemlich neu wirkte. Es gab neben einer Toilette und einem Waschbecken eine große ebenerdige Dusche, ideal für alte Menschen. Anscheinend hatte man vor nicht allzu langer Zeit hier eine Renovierung vorgenommen.

Marie setzte sich aufs Klo und schämte sich. Wie hatte sie sich nur so gehen lassen können? Sicher, der Anblick hatte sie im ersten Moment erschreckt, die rechte Gesichtshälfte der Frau zeigte unverkennbar die Spuren einer schweren Verbrennung, auch ein Teil der Kopfhaut war in Mitleidenschaft gezogen, auf einer handtellergroßen Fläche über dem rechten Ohr wuchsen keine Haare mehr. Auch wenn ein Chirurg offensichtlich sein Bestes getan hatte, um dem Gesicht sein ursprüngliches Aussehen wiederzugeben, war es eine deutliche Entstellung. Trotzdem hätte sie sich zusammenreißen müssen. Wenn nun auch noch herauskam, dass Marie die Frau des Pfarrers war, dann fiel das wieder auf Jakob zurück.

Jemand klopfte an die Tür. »Bist du ins Klo gefallen, Marie?« Es war Sarah.

Du lieber Himmel! Jetzt vergaß sie auch noch die Zeit und besetzte ewig das Klo fremder Leute. Konnte man sich noch mehr danebenbenehmen?

Sie beeilte sich, wusch sich rasch die Hände und öffnete die Tür.

»Endlich!«, sagte Sarah und drückte sich an ihr vorbei. »Ich gehe auch gleich.«

Marie wollte auf Sarah warten und dann in die Küche gehen, um sich zu bedanken, auch wenn sie am liebsten klammheimlich wieder aus dem Haus geschlüpft wäre. Aber damit hätte sie sich vollends unmöglich gemacht.

»Möchten Sie vielleicht einen Kaffee?«, fragte Emmas Tochter und spitzte durch die halb offene Küchentür. »Meine Mutter freut sich immer über Besuch.«

Oje! Erstens war es Marie peinlich, und einen Carokaffee mochte sie eigentlich auch nicht.

»Keinen Carokaffee!«, erklärte die Frau lächelnd, als könnte sie Gedanken lesen. »Richtigen. Guten!«

»Äh …«, setzte Marie an. Die Badezimmertür knallte ihr in den Rücken. »Aua!«

»Bleib doch nicht genau davor stehen!«, verteidigte Sarah ihre schwungvolle Art, Türen zu öffnen.

»Also? Kaffee?«, fragte die Frau.

»Gern. Aber ich sollte mich erst mal vorstellen«, erinnerte sich Marie an ihre Erziehung. »Ich heiße Marie Eichendorf, mein Mann ist der neue Pfarrer. Das ist meine Schwester Sarah. Ich habe Ihre Mutter vor ein paar Wochen schon mal kennengelernt, im Rahmen einer Umfrage, bei der es um die Feier des Dorfgeburtstags ging.«

»Oh!«, wunderte sich die Frau. »Eine Feier in Oberkirchbach? Wie soll das denn zustande kommen?« Sie verzog das Gesicht, jedoch nur die linke Hälfte, die rechte blieb unbewegt.

»Ich bin übrigens Irma Jung, normalerweise lebe ich in Bremen. Kommen Sie rein, meine Mutter wird schon ganz zappelig.« Sie lachte, mit der linken Seite des Mundes etwas mehr, rechts etwas weniger.

Emma saß in einer Ecke des Sofas, eine Decke über den Knien, und las im Licht einer Leselampe und mit einer Lupe den *Spiegel*.

»Guten Tag, Frau Jung!«, sagte Marie und reichte der alten Frau die Hand. »Das ist …«

»… Ihre Schwester. Hab schon gehört. Meine Ohren funktionieren noch, nur die Augen machen nicht mehr so mit.«

Wie beim letzten Mal kniff sie die Augen hinter ihrer Nickelbrille zusammen, um die Gesichter der beiden Besucherinnen schärfer zu sehen.

»Wir waren gerade spazieren«, erklärte Marie, immer noch reichlich verlegen. Emma klopfte mit der Hand neben sich aufs Sofa, und Marie kam der stummen Einladung gehorsam nach.

»Oben im Wald«, fuhr Marie fort. »Es ist einfach wunderschön dort«, fügte sie hinzu, nur um etwas Nettes zu sagen. Oder um überhaupt etwas zu sagen.

»Die Hütte da oben, wissen Sie, wem die gehört?«, fragte Sarah, die am Tisch Platz genommen hatte.

»Der Gemeinde«, sagte Irma, während sie Kaffee aufgoss.

Marie fiel auf, dass sich Emmas Miene augenblicklich verändert hatte, als von der Hütte die Rede war.

»Waren Sie da schon mal, Frau Jung?«, fragte sie. »Früher?«

»Schon lange nicht mehr«, sagte Emma mit rauer Stimme. »Das letzte Mal im Frühjahr 1949.«

Ihre Tochter drehte sich verwundert zu ihr um. »Also sag mal! Dass du das noch so genau weißt!« Und dann erklärte sie: »Wenn wir früher dort oben im Wald spazieren gegangen sind, haben wir immer einen Bogen um die Hütte gemacht. Du hast behauptet, dass es da spukt, weißt du das noch, Mama? Mit Paul bin ich aber mal hin, da wollten wir den Geist suchen, der dort spuken soll.« Sie lachte wieder ihr schiefes Lachen. »Haben ihn aber nicht gefunden.«

Die Art, wie Emma daraufhin lächelte, hätte man fast als verschlagen bezeichnen können. »Wahrscheinlich wollte er nicht gefunden werden«, sagte sie leise.

Irma stellte vier Tassen auf den Tisch und schenkte Kaffee ein, dann wollte sie ihrer Mutter beim Aufstehen helfen, doch die wedelte ungeduldig mit der Hand und schaffte es ohne Hilfe, sich von dem niedrigen Sofa hochzuhieven.

»Wenn du nicht da bist, muss es doch auch gehen. Oder denkst du, ich warte, bis Andrea zu Hause ist und mir aus dem Sofa hilft?«

»Andrea ist meine Nichte«, erklärte Irma. »Sie und ihr Mann bewohnen die oberen Etagen und kümmern sich um meine Mutter.«

»Um mich muss sich keiner kümmern, ich kümmere mich um mich selbst«, murrte Emma und schlurfte vom Sofa zum Tisch. Doch heimlich zwinkerte sie Marie zu und grinste verschmitzt

»Und mein Bruder und seine Frau kümmern sich ebenfalls«, erklärte Irma und beachtete den Einwurf ihrer Mutter überhaupt nicht. »Die wohnen gleich da vorn im Oberen Weg, in der Straße, die vom Waldhüttenweg abbiegt, wissen Sie, in einem der ersten Häuser.«

»Und die müssen sich auch nicht kümmern«, beharrte Emma und ließ sich mit einem Ächzen auf ihrem Stuhl nieder. Sie gab drei gehäufte Löffel Zucker in ihren Kaffee, goss die halbe Tasse mit Milch auf und trank. »Mmmmh, guter Kaffee!«, schwärmte sie und erklärte: »Wenn ich alleine bin, dann trink ich meistens Caro, da bin ich sparsam.«

»Und mit der Kücheneinrichtung ist sie auch sparsam, wie man sieht«, meinte Irma. »Die ganze Familie sagt ihr seit Jahren, ach was, seit Jahrzehnten, sie soll sich doch mal andere Möbel kaufen, aber nein: Das sind immer noch die Sachen von meiner Großmutter. Und im Schlafzimmer sieht's genauso aus. Als wäre die Zeit stehen geblieben.«

Emma rührte gemächlich in ihrer Tasse. »Die Zeit bleibt nicht stehen«, sagte sie. »Das sieht man ja an mir. Und mir gefällt es hier, so wie es ist, das ist doch die Hauptsache, oder nicht?«, richtete sie sich fragend an ihre Besucherinnen, die zustimmend lächelten.

»Sie wohnen in Bremen, sagten Sie?«, fragte Marie.

»Ja«, sagte Irma und deutete auf ihre Mutter. »Daran ist sie schuld. Sie hat immer so geschwärmt von Bremen. Dort hat sie als junge Frau eine Zeit lang gelebt.«

Emma rührte und rührte, und zwischendurch seufzte sie leise.

»Sie haben in Bremen gelebt? Wann denn?«, fragte Sarah.

»Nach dem Krieg«, antwortete Irma anstelle ihrer Mutter.

»1949«, murmelte Emma.

Dieselbe Jahreszahl wie vorhin, fiel Marie auf. War das ein Zufall? Oder war die alte Frau doch schon ein bisschen dement und glaubte, alles in der Vergangenheit hätte sich im Jahr 1949 zugetragen?

»Wie sind Sie denn dorthin gekommen?«, fragte Sarah interessiert weiter. »So weit weg.«

»Mit dem Zug. Damals gab es schon Züge«, antwortete Emma trocken. Ihre Tochter schüttelte lachend den Kopf, und auch die beiden Schwestern amüsierten sich über die Schlagfertigkeit der alten Frau. Emma lächelte wieder auf ihre eigentümliche Art, als würde sie ein Geheimnis verbergen.

»Ich hatte eine Patentante dort, bei der hab ich gewohnt. Erst nur kurz«, sie machte eine kleine Pause, in der sie einen Schluck Kaffee trank, »dann bin ich aber für länger dorthin gezogen.«

»Haben Sie dort gearbeitet?«, fragte Marie.

»Oh ja, ich war Fotografin von Beruf, und zwar eine sehr gute«, erklärte Emma voller Stolz. »Ich hab später, als ich wieder zurückgekommen bin, bei der Zeitung gearbeitet, aber nur bis zu meiner Heirat. Mein Mann, der wollte das nicht. Das war damals so. Da hat man das nicht gern gesehen, wenn die Ehefrauen gearbeitet haben.«

»Du meinst, unser Vater hat es nicht gern gesehen«, betonte Irma. »Damals gab es nämlich auch schon andere Beispiele. Die Tante Frieda hat ihr Leben lang in ihrem Beruf gearbeitet, und die hatte auch Kinder.«

»Die Frieda ist auch vor ihrer Zeit gestorben.«

»Ja, und Papa hätte gesagt, das lag an der Arbeit«, ereiferte sich Irma. Etwas lag plötzlich in der Luft. Emma hörte auf zu rühren und legte ihre Hände zusammengefaltet vor sich auf den Tisch, so wie sie es auch damals bei Maries erstem Besuch getan hatte. Wieder zitterte sie mit beiden Armen. Irma legte ihre Hand über die Hände ihrer Mutter. »Mama!«, sagte sie zärtlich.

Marie kam sich plötzlich wie ein Eindringling vor.

»Ich hätte gern gearbeitet«, sagte Emma leichthin, als wäre es ein teures Kleid, dessen Anschaffung sie sich versagt hatte. »Ich hatte eine Fehlgeburt im ersten Jahr nach unserer Hochzeit, und mein Mann war der Meinung …« Sie brach ab.

»Sag ruhig, was er gesagt hat«, forderte Irma sie auf. »Was du mir erzählt hast.«

»Man redet nicht schlecht über Tote«, wiegelte Emma ab. Ihre Arme zitterten unentwegt.

»›Das hast du jetzt davon‹, hat er gesagt«, sagte Irma. »Das war sein Lieblingsspruch, den haben wir alle zu hören bekommen.« Ihre Stimme bebte, und jetzt war es Emma, die ihre Hand auf den Arm ihrer Tochter legte.

Marie fühlte sich zunehmend unwohl, und auch die sonst so lebhafte Sarah schwieg.

»Entschuldigen Sie bitte diesen kleinen innerfamiliären Exkurs«, sagte Irma dann auch prompt. Sie musste Maries Unbehagen gespürt haben. »Kennen Sie das? Es fällt ein Reizwort, und man kann sich nicht mehr zurückhalten. Bei uns heißt das Reizwort Vater.«

Emma machte eine Grimasse. »Jetzt reden wir aber mal von was anderem«, beschloss sie resolut. »Was macht denn nun diese Feier?«

»Oh, die … ja, also …«, wand sich Marie.

»Da geht wohl nix voran«, meinte Emma feixend.

»Das werden wir noch sehen«, entgegnete Marie sachlich. »Ich habe mir neulich mal die Festhalle zeigen lassen, die ist ja ein wahres Prachtstück. Man müsste die nur ein bisschen auf Vordermann bringen, dann könnte dort das schönste Fest stattfinden.«

Emmas Arme wackelten wieder. »Wer hat sie Ihnen denn gezeigt? Der Filser?«

»Nein«, sagte Marie. »Nicht der Filser, der Erbauer persönlich, Fritz Draudt.«

Marie beobachtete Emma, die schwieg. So sehr schwieg sie, dass sie die Lippen dabei fest zusammenpresste. »Er war übrigens sehr nett zu meinem Mann und mir«, sprach Marie vorsichtig weiter. »Hat uns Schnaps angeboten. Mirabellenschnaps.«

»Mirabellenschnaps«, wiederholte Emma und lächelte.

1965

Anfang des Jahres stürzte Irma Hilles beim Fensterputzen von der Leiter. So unglücklich, dass sie sich das Genick brach und auf der Stelle tot war. Sie war gerade mal neunundfünfzig Jahre alt geworden.

»Jetzt ist sie wieder mit Draudte Elsa zusammen«, hörte man die Leute im Dorf sagen. »Dann geht's im Himmel mal ein bisschen munterer zu.« Es war der vergebliche Versuch, den Schock angesichts des plötzlichen und viel zu frühen Todes dieser liebenswerten und großherzigen Frau zu verkraften.

Fritz Draudt war wie betäubt, als er es hörte. Sein erster Impuls trieb ihn hinaus auf die Straße. Erst als er bereits einen Fuß vor den anderen Richtung Oberdorf setzte, erinnerte er sich daran, dass er dort nichts mehr zu suchen hatte. Irma war einmal wie eine Mutter für ihn gewesen, doch nachdem Fritz und Emma sich getrennt hatten, war auch der Kontakt zur Familie, zu Emmas Eltern und Brüdern, weitgehend abgerissen. Man grüßte sich zwar auf der Straße, doch mehr nicht. Irma hatte immer gewinkt, wenn sie ihn gesehen hatte, und auch mal das ein oder andere Wort mit ihm gewechselt, doch nie allzu persönlich, nie wurde die unsichtbare Grenze, die der Bruch zwischen Fritz und Emma gezogen hatte, überschritten.

»Wo gehst du denn hin?«, rief Selma und watschelte ihm

hinterher. Sie war wieder schwanger, schon mit ihrem dritten Kind. Das erste war gleich im Jahr nach ihrer Heirat gekommen, ein Mädchen namens Elisabeth. Selma setzte den Rufnamen Lisa durch, obwohl Fritz es lieber nach seiner Mutter Elsa genannt hätte. Doch das Kind kam sowieso ganz nach der Mutter und hatte nicht die leiseste Ähnlichkeit mit Fritz. Das zweite Kind war wieder ein Mädchen. Das nannten sie Rosa. »Ich wollte schon immer ein Mädchen, das Rosa heißt«, sagte Selma. »Und bei Lisa hast du dich ja durchgesetzt, also bestimme ich diesmal den Namen.«

Fritz war es gleich; solange sie das Kind nicht Emma nannte, war ihm alles recht. Auch die kleine Rosa, die jetzt am Rockzipfel ihrer schwangeren Mutter hing, war eine zweite Selma.

»Was musst du immer so genau wissen, wo ich hingehe?«, schnauzte er seine Frau an und lief zum Haus zurück, an ihr und dem kleinen Mädchen vorbei zur Werkstatt.

Irma war tot. Er wollte allein sein, wenn er schon nicht zu Emma gehen konnte, um ihr zu sagen, wie sehr er um ihre Mutter trauerte.

»Kanntest du die Frau, die gestorben ist, gut?«, fragte Selma, die ihm erneut gefolgt war. Sie stand in der Tür und starrte ihn an, so ahnungslos und naiv wie immer. Fritz liebte sie nicht, er ertrug sie. In seltenen Momenten hatte er sie wenigstens gern. Er hätte es schlechter treffen können, aber sie war nicht Emma, und das war Makel genug.

»Ja, ich kannte die Frau gut«, erwiderte er schroff. »Kann ich jetzt ungestört meine Arbeit erledigen?«

»Aber das ist doch gar nicht deine Arbeit, das ist doch die Sache vom Wilhelm oder vom Werner. Darum müssen die sich doch kümmern«, sagte sie, als sie sah, dass er nichts weiter tat, als Bretter abzuschleifen.

»Seit wann weißt du denn, was meine Sache ist oder was die meines Gesellen oder meines Lehrlings?«, schrie er Selma an. »Misch dich nicht ein! Du hast keine Ahnung, und jetzt lass mir meine Ruhe.«

Rosa begann zu weinen. Ihre Mutter nahm sie auf den Arm und verließ wortlos die Werkstatt.

Fritz setzte sich an die Werkbank, legte den Kopf auf die Arme und weinte ebenfalls. Er weinte um Irma. Und er weinte vor Sehnsucht nach Emma. Und nicht zuletzt weinte er mit seiner Kleinen, die er mit seiner unmöglichen Art verstört hatte, weil er ihre Mutter nicht lieben konnte. Er war ein schrecklicher Mensch geworden, das wusste er nur allzu gut. Das hatte er nie gewollt. Früher war er einmal anders gewesen. Wenn der Krieg nicht gewesen wäre, dachte er oft, dann wäre alles anders gekommen, dann würde seine Familie noch leben, dann wäre er mit Emma zusammen. Aber so war es eben nicht. Und dass alles anders gekommen war, war kein Grund, anständige Menschen wie Dreck zu behandeln.

Fritz wischte sich die Augen ab und ging hinüber ins Haus.

Selma saß mit Rosa auf dem Schoß in der Küche bei der fast sechsjährigen Lisa, die am Tisch malte.

Selma blickte nicht auf, doch er konnte erkennen, dass ihre Augen gerötet waren.

»Die Mama hat geweint«, sagte Lisa.

»Lisa!«, mahnte Selma das Mädchen leise.

Fritz berührte seine Frau sachte an der Schulter. »Es tut mir leid«, sagte er. Sie legte ihre Hand auf seine und nickte. Er setzte sich zu seiner Familie an den Tisch.

»Es hat mich sehr schockiert, von Irmas Tod zu hören, sie war eine gute Freundin meiner Mutter und später …« Er schluckte alles hinunter, was sie später für ihn gewesen war. »Sie war ein wichtiger Mensch in meinem Leben.«

Selma sah ihn bedauernd an. »Das tut mir leid. Das wusste ich nicht. Ich hab es bei Bäcker Müller aufgeschnappt und dachte …«

»Schon gut!«, sagte Fritz.

»Dann gehst du sicher zur Beerdigung«, sagte Selma.

Fritz erstarrte. Die Beerdigung! Da würde er nicht nur Irmas Mann und ihre Söhne treffen, sondern auch Emma. Er würde kondolieren müssen, ihr die Hand geben. Das war unmöglich. Doch es war genauso unmöglich, es nicht zu tun.

»Ich komme natürlich mit dir, meine Mutter kann auf die Kinder aufpassen«, erklärte Selma.

Er hörte sie kaum.

Die Beerdigung war ein großes Ereignis. Irma war beliebt gewesen, sie hatte viele Freunde und ebenso viele Verwandte gehabt, und der Rest hatte sie wegen ihrer Herzlichkeit und Hilfsbereitschaft gemocht. Das halbe Dorf versammelte sich in der Aussegnungshalle des Friedhofs und hörte Pfarrer Birkenfelder bei seiner Predigt zu. Er sprach mit deutlich mehr Empathie, als es sein langjähriger Vorgänger Wiesner getan hatte. Die Leute um Fritz herum schluchzten. Durch die Menge hindurch sah Fritz Irmas Familie vorn neben dem Sarg sitzen. Hinter Emma saß ihr Mann Heiner, auf ihrem Schoß der sechsjährige Paul. Emma weinte nicht, aber ihr Gesicht war grau. Von einem Tag auf den anderen wirkte sie deutlich älter. Als Fritz sie das letzte Mal gesehen hatte, hatte sie noch immer ausgesehen wie die junge Emma, jugendlich und frisch, doch mit einem Mal war das vorbei.

Nach der Predigt setzte sich die Schar der Trauernden in Bewegung, um den Sarg zum Friedhof zu begleiten, wo er in die Erde gelassen würde. Im Anschluss war es üblich zu kondolieren. Wenigstens die Menschen, die der Verstorbenen nahegestanden hatten, gingen ans Grab und warfen Blumen und Erde hinein, zuerst die Familie, dann alle anderen. Fritz musste allen Mut zusammennehmen, um sich nicht auf dem Weg zum Grab davonzustehlen. Es ging hier nicht um ihn und Emma, es ging um Irma und darum, Abschied von ihr zu nehmen.

Emma stand neben ihrem Vater und stützte ihn, an der Hand hielt sie ihren Sohn, der weinte. Danach kamen ihre Brüder mit ihren Frauen und am Ende der Reihe Heiner, der keine Miene verzog.

»Fritz!«, sagte eine Frau, die neben ihm auftauchte. Es war Frieda. Sie sah ihm ernst und tief in die Augen, und dann drückte sie ihn kurz. Er biss sich auf die Lippen und schluckte. Er wusste ganz genau, was sie ihm sagen wollte. Frieda gab Selma die Hand und reihte sich in die Schlange der Kondolierenden ein.

»Warte ruhig hier!«, sagte Fritz zu Selma und stellte sich hinter Frieda an. Näher und näher rückte er vor bis zum Grab. Jetzt war Frieda an der Reihe. Jetzt er.

Er ergriff die Schaufel und kippte Erde in das Loch. Ein paar Sekunden blieb er davor stehen und konnte es nicht fassen, dass Emmas Mutter da unten in der Kiste lag.

Emmas Vater, der sich die ganze Zeit über zusammengerissen hatte, schluchzte zum ersten Mal auf. Fritz wandte sich ihm zu und ergriff stumm seine beiden Hände, und ebenso stumm und dankbar schüttelte Emmas Vater seine.

Und schließlich, als ihr Vater ihn losließ, blickte Fritz zum allerersten Mal seit damals Emma in die Augen.

Er ergriff ihre Hand. Sie wollte nicht zittern, aber sie konnte es nicht verhindern. Es war ihre erste Berührung seit damals, und es war nicht darauf zu hoffen, dass noch eine weitere folgen würde. Wie gern hätte sie sich ihm um den Hals geworfen, sich in seinen Armen ausgeweint, weil sie es nicht ertragen konnte, dass ihre Mutter tot war, und weil sie mit niemandem ihre Wut über diese namenlose Ungerechtigkeit, dass ein Mensch wie Irma Hilles so früh gehen musste, teilen konnte. Mit Fritz hätte sie es gekonnt. Aber alles, was ihr von ihm geblieben war, war ein Händedruck an Irmas Grab, eine letzte Berührung.

Sie wollte ihn festhalten, aber da war es auch schon vorbei.

Für Emma war der Moment wie ein letztes Geschenk ihrer Mutter, als würde sie sagen: An meiner Beerdigung dürft ihr euch noch einmal berühren und in die Augen sehen.

War es schlimm, dass sie so etwas dachte? Aus dem Augenwinkel verfolgte sie Fritz. Er schüttelte ihren Brüdern die Hand, deren Frauen und schließlich Heiner.

Heiner schaute ernst, aber das tat er ja immer. Er hatte kein besonders inniges Verhältnis zu Irma gehabt, im Gegenteil, er hatte zuletzt sogar angeregt, doch lieber ein eigenes Haus zu bauen. Das Geld dazu hatte er. In den Oberen Weg wollte er ziehen, da wurden jetzt viele neue Häuser gebaut. Die Wirtschaft boomte, und sogar ein kleiner Ort wie Oberkirchbach im pfälzischen Hinterland bekam etwas davon mit. Man sei ja nicht aus der Welt, hatte er gemeint, vom Oberen Weg aus habe Emma es ja nicht weit, wenn die Eltern einmal pflegebedürftig werden und sie brauchen sollten. Emma hatte das kategorisch abgelehnt. Da könne er schön allein einziehen, in das neue Haus, hatte sie erwidert, woraufhin es zum Streit gekommen war. Wieder einmal.

Sie führten keine gute Ehe, Heiner und sie. Das Hofieren und Auf-Händen-Tragen hatte schon lange aufgehört, und Emma war zu unabhängig und zu stur, als dass sie sich von ihm behandeln lassen wollte wie seine Untergebene. Und sie hasste es, wie er mit Paul umging. Als Paul vom Tod seiner

Oma erfahren hatte und in Tränen ausgebrochen war, da hatte Heiner nichts Besseres zu tun gehabt, als dem Sechsjährigen zu sagen: »Na, na! Paul! Ein Junge weint aber nicht.«

Am liebsten wäre sie Heiner ins Gesicht gesprungen. Stattdessen hatte sie Paul in den Arm genommen und ihm versichert, dass jeder, absolut jeder, der ein Herz im Leib hatte, beim Tod eines geliebten Menschen weinte, egal ob Junge oder Mädchen, Mann oder Frau.

Emma war sicher, dass auch Fritz geweint hatte, als er vom Tod ihrer Mutter erfahren hatte. Da standen sie einander gegenüber: Fritz und Heiner. Der Mann, den sie geliebt hatte, und der Mann, den sie geheiratet hatte. Heiner nickte Fritz kurz und gleichgültig zu und ließ seine Hand los. Er wusste nicht, was dieser Mann seiner Frau einmal bedeutet hatte. Was er ihr, wenn sie ganz ehrlich zu sich selbst war, immer noch bedeutete.

Fritz ging zurück zu seiner Frau. Zu Selma. Emma kannte Selma nicht, die nur wenige Kontakte im Ort hatte und sich lieber an ihre alten Freunde in Umwegen hielt. Sie war wieder schwanger, wo sie doch schon zwei Kinder hatten. Ob er sie liebte? Auguste hatte gemeint, nein, aber wenn sie so viele Kinder zusammen hatten …

Sie und Heiner hatten nur Paul, und wenn es nach Emma ging, mussten es auch nicht mehr werden. Wo auch immer Heiner sich seine Befriedigung verschaffte, es geschah selten in Emmas Bett. Doch in dieser Nacht nach der Beerdigung, aus welchem Grund auch immer, da sehnte sie sich danach. War es, weil sie Fritz gesehen hatte, weil sie ihn berührt hatte, weil der Schmerz darüber, ihn wieder loslassen zu müssen, fast ebenso groß war wie der Schmerz, ihre Mutter verloren zu haben? Sie schmiegte sich eng an Heiner, und er ging sofort auf die Einladung ein.

Emma schloss die Augen und dachte an die Nacht in der Waldhütte, als sie mit Fritz geschlafen hatte, als sie so glücklich war. Tränen liefen ihr aus den Augen, während Heiner sich an ihr abarbeitete. Als er fertig war, stöhnte er wohlig und rollte sich zur Seite.

Emma wusste schon im ersten Moment, dass sie jetzt wieder schwanger war. Und so war es auch. Im Dezember, sieben Monate nachdem Fritz seinen ersten Sohn bekommen hatte, bekam sie ihre Tochter. Und sie nannte sie Irma.

Ende Mai 2019

An diesem Sonntag war die Kirche besser besucht als gewöhnlich. Neben den drei alten Damen und den Presbytern hatten sich einige weitere Dorfbewohner eingefunden, die man nicht jede Woche dort antraf. Sarah war natürlich dabei und saß neben Marie in der letzten Reihe. Helga Börtzler hatte ihre Ankündigung, den Gottesdienst irgendwann einmal zu besuchen, tatsächlich wahr gemacht und sich zusammen mit ihrer gleichfalls verwitweten Nachbarin Gisela Leipolt die Stufen der Kirchentreppe hinaufgequält. Schnaufend und schwitzend saßen sie nebeneinander in einer Bank weiter vorne. Auch Wiegands waren da, sie führten eine alte Dame in ihrer Mitte, die sich sichtlich fein gemacht hatte, extra für die Kirche. Liesel Hilles hatte ebenso aufs Ausschlafen am Sonntag verzichtet wie Gerlinde und Alois Lämmer sowie Bürgermeister Filser und seine Frau. Filser grüßte wie ein König dahin und dorthin, wenn auch wie ein müder König, der noch nicht ganz wach war. Marie musste sich das Lachen verkneifen, als sie ihn beobachtete. Zu ihrer großen Überraschung betraten kurz vor Beginn des Gottesdienstes auch Anja Calderini und Irma Jung die Kirche. Anja nahm bei Marie und Sarah Platz, und Irma Jung gesellte sich zu Liesel. Die beiden schlossen einander so herzlich in die Arme wie alte Freundinnen, obwohl Liesel schätzungsweise zehn Jahre älter war als Irma. Marie erinnerte sich daran, dass die beiden über mehrere Ecken miteinander verwandt waren, aber das war mehr als eine Begrüßung unter entfernten Verwandten.

Am meisten fiel an diesem Morgen auf, dass die Reihe der künftigen Konfirmanden besser gefüllt war als sonst. Zwei Jungs und drei Mädchen, sämtliche Konfirmanden des nächsten Jahres, saßen auf ihren Plätzen in der zweiten Bank und unterhielten sich kichernd.

Marie wusste, warum sie alle gekommen waren: Jakob hatte sie bestochen. Allerdings hatte sie nicht damit gerechnet, dass seine Art der Bestechung ausreichen würde. Er hatte versprochen, mit ihnen zu einem der Volksparkkonzerte in Kaiserslautern zu fahren, sofern sie an den nächsten beiden Sonntagen zum Gottesdienst kämen.

Marie hatte mitleidig gelacht: »Volksparkkonzerte? Wer spielt denn da? Ed Sheeran? Die Toten Hosen? Grönemeyer? Nein, keiner von denen?« Natürlich keiner von denen. Bei den Volksparkkonzerten spielten hauptsächlich heimische Musikgruppen, das hatte Marie genau gewusst. »Und mit wem willst du sie dann locken?«, hatte sie ironisch gefragt.

»Mit mir«, hatte Jakob selbstbewusst geantwortet.

Als die Kirchenglocken verklangen, setzte Frau Wehmeiers Orgelvorspiel ein, und Jakob betrat aus der Sakristei kommend den Raum. Bevor er sich zu den drei Presbytern in die Kirchenbank begab, warf er seinen fünf Konfirmanden ein zufriedenes kleines Lächeln zu. Die drei Mädchen kicherten hinter vorgehaltenen Händen, eine von ihnen wurde knallrot. Natürlich, wie konnte Marie das vergessen: Sie sahen in Jakob nicht nur den Pfarrer, sondern einen jungen Mann, der gut aussah, locker war und noch dazu ausgesprochen nett. Sie in dem Alter der Mädchen hätte auch für ihn geschwärmt. Still lächelte sie in sich hinein.

»Was ist?«, fragte Sarah, doch Marie schüttelte den Kopf und legte den Finger auf ihre Lippen, denn nun ging Jakob nach vorn und eröffnete den Gottesdienst.

Es war seltsam, je mehr Leute in der Kirche waren, umso mehr sah Marie in ihrem Mann den Pfarrer. Wenn sie praktisch unter sich waren, so wie sonst, dann war er Jakob, Jakob im Talar, aber immer noch Jakob. Der Jakob, der mit dem Rücken zu ihr an seinem Schreibtisch saß und sich beim Nachdenken so süß die Haare raufte. Der Jakob, der Tom Waits mochte und verrückt zu seinen Songs tanzte, obwohl es bei Tom Waits meistens nicht viel zu tanzen gab. Der Jakob, der nachts den Arm um Marie schlang und sie liebte, zärtlich, leidenschaftlich.

Jetzt stand er da vorn und war der Herr Pfarrer. Und die Leute hörten ihm andächtig zu.

Zusammenhalt war diesmal das Thema seiner Predigt. Zusammenhalt in der Familie, unter Freunden, in einer Gemeinde, und auch der Zusammenhalt, der für die gesamte Menschheit so notwendig wäre, so überlebenswichtig geradezu.

Marie kannte die Predigt bereits, wie immer, doch als Jakob dort oben stand und sprach, war ihr auf einmal, als hörte sie die Worte zum allerersten Mal, als hätte sie sie vorher gar nicht richtig verstanden.

Plötzlich war ihr, als spräche Jakob über sie, seine eigene Frau. Hatte er Angst, dass sie nicht zu ihm halten würde? Spürte er, was in ihr vorging? Oder interpretierte sie zu viel hinein, weil in dieser gut besuchten Kirche die Grenze zwischen ihrem Mann und dem Pfarrer verwischte?

Marie blickte zur Seite. Sarah hatte ein Lächeln im Gesicht. Anja hörte gebannt zu. Filser links vor ihnen wirkte betreten, auch Liesel machte eine betroffene Miene. Eigentlich jeder, wenn sich Marie so umschaute. Zusammenhalt. Das fehlte dem Dorf. Es war nicht das Einzige, das fehlte, aber es war etwas, das man herstellen konnte, wenn man sich Mühe gab. Dass es möglich war, hatte Sarah bei den Wiegands gezeigt, man musste die Leute nur für etwas begeistern, sie zusammenbringen. Wachrütteln.

Jakob sprach mit Hingabe, und die Gemeinde hing an seinen Lippen. Er hatte eine Aufgabe übernommen und nahm sie ernst. Er wollte im Leben der Menschen hier auf dem Dorf einen Unterschied machen.

Und was wollte sie, Marie? Wollte sie das Gleiche wie er? Das war die Frage, an der letztlich ihre Ehe hing.

Natürlich, dachte Marie, natürlich will ich das. Ich will mit ihm zusammen glücklich sein, und wenn er hier glücklich ist, dann bin ich es eben auch. Ich halte zu ihm, und ich gebe mir Mühe.

Aber was ist, wenn alle Mühe nichts bringt, fragte eine heimtückische Stimme in ihrem Inneren. Wenn sich nichts ändert und dieses verschlafene Nest hinterm Mond genauso verschlafen bleibt, wie es ist? Was dann? Willst du hier versauern?

»Denn wo zwei oder drei versammelt sind in meinem Namen, da bin ich mitten unter ihnen.« Damit beendete Jakob seine Predigt. Er ließ seinen Blick durch den Kirchenraum schweifen, kratzte sich verlegen am Kopf und meinte: »Also, auch wenn das stimmt, bin ich sehr froh, dass es heute mal mehr als nur zwei oder drei sind.«

Alle lachten.

»Allein meine Konfirmanden sind mehr als zwei oder drei. Ich zähle fünf: Robin, Mathilde, Johanna, Jens und Isabelle. Wenn das keinen Applaus wert ist!« Er fing an zu klatschen, Sarah fiel sofort ein, und nach einem kurzen Moment der Irritation klatschen alle. Einer der Jungs stand auf und verbeugte sich unter allgemeinem Gelächter.

»Und weil wir diesmal so viele sind«, sagte Jakob, »möchte ich Sie alle bitten, laut mitzusingen, wenn Frau Wehmeier in die Tasten haut. Auch einen Applaus für Frau Wehmeier, bitte!« Die Organistin strahlte von einem Ohr zum anderen. Und dann sangen alle laut und vernehmlich Lied 334, *Danke für diesen guten Morgen.* Frau Wehmeier, beflügelt von dem unverhofften Beifall, spielte noch dynamischer als sonst. Die Konfirmanden sangen aus voller Kehle, weil es ein Lied war, das sie zur Abwechslung mal kannten. Filser und Alois Lämmer merkte man ihre Mitgliedschaft im Gesangverein an, und auch alle anderen sangen fröhlich mit, sogar Marie, nicht zuletzt, um die zweifelnde Stimme in ihrem Kopf zum Verstummen zu bringen. Nachdem die Gemeinde mit ihrem Gesang etwa drei Sekunden nach Frau Wehmeier die Ziellinie überschritten hatte, lag eine seltene Freude und Eintracht in der Luft. Es war ein besonderer Moment, den Jakob geschaffen hatte. Und es hatte nicht viel dazugehört. Ganz mühelos, dachte Marie und war stolz auf ihn.

Als Marie, Sarah und Anja nach dem Gottesdienst als Letzte die Kirche verließen, wunderten sie sich, denn draußen hatte sich eine Traube um die Familie Wiegand gebildet, in deren Mitte die alte Frau stand. Strahlend schüttelte sie die Hände von Bürgermeister Filser und seiner Frau, die der Lämmers und der Presbyter, und sie drückte Irma Jung ganz besonders liebevoll an sich. »Das ist aber schön, dass du mal wieder da bist, mein Kind«, sagte sie zu der Frau, die bereits Mitte fünfzig war. »Da freut sich die Mama, gell?« Die Stimme der alten Dame war ein wenig heiser, sie tätschelte Irma sanft die gesunde linke Wange.

Filser drängte sich dazu und winkte Marie heran. »Darf ich vorstellen: Das ist Margret Wiegand, die älteste Bürgerin in unserer Gemeinde, sechsundneunzig Jahre alt! Da sagst du nix mehr, oder?« Er lachte, und die alte Margret strahlte und hielt Marie die Hand hin.

»Der Filser Lothar hat mir gesagt, ich werde beim Fest geehrt, weil ich die älteste Bürgerin bin«, krächzte sie. Es klang, als hätte sie einen leichten Akzent, aber das konnte auch am Gebiss liegen. »Und Sie sind also die Frau Pfarrer?«

»Nennen Sie mich einfach Marie«, sagte Marie und nahm die Hand der alten Dame in ihre. Sie wunderte sich, dass sie die Frau bei der Dorfbefragung mit Liesel nicht kennengelernt hatte, und erfuhr, dass sie zu der Zeit wegen eines Sturzes im Krankenhaus gelegen hatte.

»Jetzt ist aber alles wieder gut«, erzählte sie lachend. »Da wollte ich gleich in die Kirche, um mich beim lieben Gott zu bedanken. Und deshalb hab ich auch beim Lied ganz laut mitgesungen. Ich hab früher viel gesungen, ich war auch im Gesangverein, aber da ist ja jetzt gar nichts mehr los. Ich glaube, der löst sich bald auf.«

»Ach was«, widersprach Filser etwas zu hastig. »Nein, der löst sich doch nicht auf.« Sicher lag Margret mit ihrem Verdacht gar nicht so falsch.

»Besuchen Sie mich doch mal«, sagte sie zu Marie. »Sie natürlich auch, Herr Pfarrer«, sagte sie zu Jakob, der in diesem Moment dazukam. »Schön haben Sie gepredigt. Endlich haben wir mal wieder einen hübschen Pfarrer«, fügte sie hinzu. »Da kommen auch die Jungen. Denn das Auge isst ja mit, nicht wahr?« Sie lachte fröhlich, und alle Umstehenden stimmten ein, teils aus Höflichkeit, teils aus Amüsement. Nur Jakob errötete ein bisschen.

»Wir besuchen Sie ganz bestimmt, Frau Wiegand«, versprach Marie.

»Margret!«, verbesserte sie die alte Frau. »Sonst komme ich mir so alt vor.« Ihr Sohn, der Bäcker, und ihre Schwiegertochter führten sie zum Auto hinter der Kirche. »Sag deiner Mutter einen schönen Gruß«, wandte sich Margret vorher noch einmal an Irma. »Und sie soll mich mal wieder besuchen, wenn sie es den Berg runter schafft. Der Fritz war gestern schon bei mir, dem läuft sie also nicht übern Weg. Sag's ihr.«

Irma nickte. »Mach ich. Zur Not bringe ich sie zu dir, Tante Margret.«

Die Wiegands gingen im Schneckentempo davon.

»Die Margret freut sich richtig auf das Fest. Die dürfen wir jetzt nicht enttäuschen«, meinte Liesel.

»Machen wir nicht«, sagte Marie, schaute rüber zu dem Grüppchen der Konfirmanden und hatte plötzlich eine Idee.

Gleich am nächsten Tag besuchten Marie, Jakob und Sarah die alte Frau Wiegand in ihrer Doppelhaushälfte neben dem Laden.

»Das ist die Zofia«, stellte sie ihnen die jüngere Frau vor, die die Tür geöffnet hatte und nur wenig Deutsch sprach, was auch gar nicht nötig war, denn wie sich herausstellte, sprach Margret fließend Polnisch. Als Marie vor Staunen der Mund offen stand, lachte die alte Frau.

»Polnisch ist doch meine Muttersprache«, erklärte sie. »Ich bin nach dem Krieg als Flüchtling aus Polen hierhergekommen, damals hieß ich noch Margareta Wozniak. Mein Mann war tot, und ich hatte keinen Menschen mehr.« Sie seufzte schwer. »Das war anfangs nicht leicht, man hatte Vorbehalte gegen Flüchtlinge, wissen Sie, das ist ja heute nicht anders, aber ein paar liebe Menschen haben mir geholfen. Der Fritz und die Emma vor allem, kennen Sie die?« Marie nickte. »Der Fritz ist nach der Gefangenschaft genau wie ich eine Zeit lang im Pfarrhaus untergekommen. Und die Mutter von der Liesel, die Frieda, die war auch oft dabei. Die haben mich ins Kino in Umwegen mitgenommen oder in die Wirtschaft oder haben mich eingeladen, so habe ich nach und nach Freunde gefunden. Und meinen zweiten Mann vor allem. Viele davon sind heute schon tot, fast alle.«

»Aber Fritz Draudt und Emma Jung, die leben noch«, warf Marie ein.

»Ja«, erwiderte Margret. »Die leben noch.«

»Sie reden nur nicht mehr miteinander«, fuhr Marie fort.

»Nein.« Margrets beinahe immerwährendes Lächeln erlosch.

»Dabei waren sie früher einmal ein Paar, nicht wahr, das hab ich jedenfalls gehört.«

Margret nickte bedächtig, ihr Kopf schaukelte sanft vor und zurück. »Sie waren mehr als das«, murmelte sie und schien die drei Besucher um sich herum zu vergessen.

Jakob setzte an, die entstandene Pause zu füllen, aber Marie legte ihre Hand auf seinen Arm. Margret war die älteste Frau im Dorf, sie konnte vielleicht erzählen, was mit Fritz Draudt und Emma Hilles damals passiert war, und Marie brannte darauf, es zu erfahren. In ihrem Kopf stellte sie sich die beiden zusammen vor, und das Bild stimmte, nichts daran war falsch. Was musste geschehen, um zwei Menschen, die so eng verbunden waren, so weit auseinanderzutreiben? Das war die Frage, die Marie nicht losließ.

»Was waren sie, Margret?«, fragte Marie leise.

»Sie waren eins«, sagte Margret, ohne nachdenken zu müssen. »Sie waren eins«, wiederholte sie, nickte, wie zu ihrer eigenen Bestätigung und sagte noch einmal: »Eins!« Sie hörte auf zu nicken und schüttelte den Kopf. »Und dann, von einem Tag auf den anderen …« Sie verstummte, während sie weiter den Kopf schüttelte. »Nichts mehr«, sagte sie nach einer Weile.

»Von einem Tag auf den anderen? Wie kann das denn sein?«, forschte Marie weiter.

Bevor Margret antworten konnte, brachte Zofia auf einem Tablett vier Tassen, eine Schüssel mit Keksen und eine Kanne Kaffee mit Zucker und Milch. Ein hübsches blau-weiß gemustertes Service, das gute für besondere Anlässe wahrscheinlich. Zofia stellte alles mit großer Sorgfalt auf den Tisch und schenkte mit ebenso großer Sorgfalt ein. Dann ging sie zu Margrets Sessel, der gleich neben dem Tisch stand, und schüttelte das Kissen in ihrem Rücken zurecht, sodass sie aufrechter sitzen konnte. Am Schluss streichelte sie ihr kurz und zart über die Wange und ging nach draußen. Margret schickte ihr einen liebevollen Blick hinterher.

»Greifen Sie zu«, sagte sie zu ihren Gästen, und Marie befürchtete schon, damit wäre ihre Frage vergessen. Margret gab Milch in ihren Kaffee, so viel, dass er nicht mehr heiß war, genau wie Emma es gemacht hatte, wie Marie auffiel. Die alte Frau trank einen großen Schluck und stellte die Tasse umsichtig wieder auf ihrer Untertasse ab.

»Eigentlich«, sagte sie unvermittelt und nachdenklich, »war es nicht ganz von einem Tag auf den anderen. Also später schon, aber erst ...« Sie unterbrach sich selbst und sammelte in ihrem Kopf die Bruchstücke, an die sie sich noch erinnern konnte. »Wie war das noch gleich?«, murmelte sie für sich. »Wissen Sie, die Frieda, die Mutter von der Liesel, die hätte Ihnen vielleicht mehr erzählen können, das war die beste Freundin von der Emma, aber die ist schon lange tot. Und die Auguste ...« Sie machte ein trauriges Gesicht. »Die ist nicht mehr ganz bei sich, seit der Herrmann gestorben ist.«

»Aber Sie sind jedenfalls noch topfit, Frau Wiegand«, sagte Jakob.

Margret schmunzelte. »Ja, da oben.« Sie tippte sich an die

Stirn. »Da stimmt noch alles, aber sonst …« Sie winkte ab. »Alt werden ist nicht schön, Herr Pfarrer. Mir wär's recht, wenn ich so langsam abtreten dürfte.« Dann lächelte sie wieder. »Aber die Ehrung auf dem Fest, die will ich noch erleben.«

»Aber das ist doch selbstverständlich«, stimmte Jakob zu. »Ich hoffe, Sie haben sich den Termin fest vorgemerkt. Vorher ist nämlich nichts mit Sterben und so.«

Margret lachte hell, und wieder befürchtete Marie, sie hätte den Faden verloren, doch sie fuhr fort.

»Bei der Emma und dem Fritz denkt manch einer, dass sie nur so alt geworden sind, weil keiner vor dem anderen sterben will. Böse Zungen sagen, da gibt sich jeder Mühe, den anderen zu überleben.« Sie schnaubte. »So ein Quatsch! Aber die Leute wissen halt alle nicht mehr, wie das früher mal war. Die haben beide schon viel durchgemacht, der Fritz und die Emma.«

»Sie wollten erzählen, wie es auseinanderging«, erinnerte sie Marie.

»Ja«, sagte Margret. »Es ging auseinander von einem Tag auf den nächsten, und die Emma ist nach Bremen gefahren zu ihrer Tante. Aber nach ein paar Monaten ist sie zurückgekommen. Dann waren sie auf einmal wieder zusammen und wollten auch wieder heiraten, und dann ist es wieder auseinandergegangen, genauso plötzlich. Ich weiß noch, wie die Emma von der Kirche runterkam und an uns vorbei ist, an mir und meinem Rudolf, ganz weiß war sie im Gesicht, und später sind wir dem Fritz begegnet, der hat genauso ausgesehen. War das beim ersten Mal oder beim zweiten Mal?«, überlegte sie für sich. »Egal. Jedenfalls, keiner weiß, was zwischen den beiden geschehen ist. Die Emma ist dann ganz nach Bremen gezogen, und erst nach Jahren ist sie wiedergekommen. Und seit der Zeit haben sie kein Wort mehr miteinander gewechselt und gehen sich stur aus dem Weg. Da wo die Emma ist, da ist der Fritz garantiert nicht, und umgekehrt.«

Sie trank einen Schluck Kaffee, seufzte und sagte abschließend: »Das ist jetzt so lange her, das ist schon gar nicht mehr wahr.«

1972

In Wiegands Laden war mal wieder die Hölle los, wie jeden Samstag, aber diesmal war es besonders schlimm, denn es war der Tag vor der Bundestagswahl. Vor der Theke mit den Backwaren war die Schlange genauso lang wie vor der Kasse, und immer wieder drängten sich Leute hindurch, um an die Regale zu gelangen. Es wurde auffallend mehr Sekt gekauft als sonst, auch Kuchen, Süßigkeiten und Chips, all die Sachen, von denen die Leute sonst sagten: »Das kommt mir nicht ins Haus!«, landeten in den Körben, als wäre es Silvester. Man erwartete, dass es am Sonntagabend in der SPD-Hochburg etwas zu feiern gäbe: den Wahlsieg von Willy Brandt. Den wenigen, die noch unentschlossen waren oder sich gar überlegten, ob sie überhaupt zur Wahl gehen sollten, blinkte an jeder zweiten Jacke ein runder roter Anstecker mit der Aufschrift »Willy wählen« entgegen. Emma, die in der Schlange vor der Kasse stand, trug einen, und auch die kleine Irma hatte einen an ihrem Mantelkragen. Sie war überhaupt nur deshalb mit zum Einkaufen gekommen, damit sie ihren Anstecker ausführen konnte. Sie war eine glühende Verehrerin von Willy Brandt, sie wusste zwar nicht, wieso, aber ihre Mutter mochte ihn und ihr Opa und ihr großer Bruder Paul.

»Warum darf ich nicht auch wählen?«, fragte sie hartnäckig. »Ich kann doch schon ein Kreuz malen! Das ist doch nicht schwer.« Heiner verdrehte bei solchen Fragen die Augen und befahl dem Kind, die blöde Fragerei zu unterlassen. Es war nun mal so. Aus. Emma dagegen versuchte, ihr die Gründe geduldig zu erklären, doch erst als Paul seiner kleinen Schwester verriet, dass auch er nicht zur Wahl gehen durfte, und das, wo er doch, aus Irmas Sicht, mit seinen fünfzehn Jahren schon fast erwachsen war, da gab sie sich zufrieden.

Auf einmal klingelte die Ladenglocke über der Tür besonders laut und schrill, weil jemand sie mit größerer Heftigkeit aufgestoßen hatte als notwendig. Herein stürmte ein kleiner, drahtiger Junge mit strubbeligem dunkelblondem Haar, Sommersprossen, gekleidet in einer blauen Latzhose, an der ebenfalls ein »Willy wählen«-Anstecker prangte.

»Tante Margret, Tante Margret«, rief er aufgeregt und wandte sich, ohne die Schlange zu beachten, direkt an Frau Wiegand hinter der Kasse. »Habt ihr noch ein Dreipfünder-Brot?«

»Matthias!«, rief Margret Wiegand energisch, der polnische Akzent kam auch nach so vielen Jahren noch leicht durch. »Geh nach hinten zur Theke und stell dich an. Und wieso kommst du eigentlich hierher und gehst nicht zum Bäcker im Unterdorf?«

»Müllers haben keinen Dreipfünder mehr, da ist schon alles weg.« Er runzelte seine glatte Kinderstirn in gut gespielter größter Not.

»Drei Einpfünder sind auch ein Dreipfünder«, meldete sich Irma und grinste Matthias an. »Und man hat sogar mehr Kruste.«

Matthias grinste zurück, man sah eine Zahnlücke in der Mitte. »Ja, aber der Papa will nicht so viel Kruste«, erwiderte er.

Der Papa, das war Fritz. Und selbst wenn Emma es nicht gewusst hätte, hätte sie den Jungen sofort als Fritz' Sohn erkannt. Sogar die Art, wie er in den Laden stürmte und wie er grinste, glich der seines Vaters aufs Haar. Matthias, genannt Matz, und Irma gingen zusammen in die erste Klasse und waren eng befreundet. Jedes Mal, wenn Emma die beiden Kinder zusammen sah, war es, als sähe sie sich selbst und Fritz als Kinder. Auch Irma sah genauso aus wie sie damals und hatte viele ihrer Eigenschaften geerbt, genau wie ihr Bruder, der nur äußerlich Heiner ähnelte. Und Emma war dankbar dafür.

»Rudi!«, rief Margret ihrem Sohn durch den Laden zu. »Gib mir mal schnell ein Dreipfünder-Brot für den Schlingel vom Fritz.«

Der junge Rudi Wiegand packte das Brot in Papier ein und reichte es nach vorn. Von Hand zu Hand ging es, bis es vorn bei Margret ankam. »So!«, sagte Margret. »Das kostet zwei Mark zehn!« Der Junge legte das Geld passend auf die Theke und nahm das Brot. »Sag deinem Papa einen schönen Gruß, und weil er es ist.« Der Junge runzelte fragend die Stirn, aber Margret winkte ab und reichte ihm wie jedem Kind, das in ihren Laden kam, noch einen kleinen roten Kirschlutscher über die Theke. »Der versteht das schon. Jetzt hau ab, und nächstes Mal kommst du normal in den Laden und reißt mir nicht die Tür aus den Angeln.« Matz machte sich davon, und Margrets Mund verzog sich zu einem Schmunzeln.

»Der Matz ist lustig, gell, Mama?«, sagte Irma und schaute strahlend zu ihrer Mutter auf.

So lustig wie sein Vater damals war, dachte Emma, nickte und strich ihrer Tochter liebevoll über den Lockenkopf.

Matz rannte die Hauptstraße entlang durchs ganze Dorf zurück. Er rannte nicht, weil er es eilig hatte oder weil er fürchtete, die Eltern würden schimpfen, wenn er zu spät käme, er rannte einfach, weil er kaum etwas langsam oder mit Bedacht tun konnte. Matz rannte durch sein junges Leben, als hätte er es eilig damit, alles in sich aufzusaugen und ja nichts zu verpassen. Kein Wunder, dass er ständig irgendwo ein Pflaster kleben hatte oder ein Verband Knie oder Ellbogen bedeckte.

Er stürmte durch das Gartentor, durch den Garten und dann durch die Seitentür, die nie abgeschlossen war, direkt ins Haus.

»Schuhe aus!«, brüllte ihn seine Mutter an. »Schau dir die Dielen an, die hab ich gerade erst gebohnert.« Sie holte aus, um ihm zur Strafe einen kräftigen Klaps hinter die Ohren zu verpassen, doch Matz wich blitzschnell aus, sodass ihre Finger lediglich seine verstrubbelten Haare streiften.

»Hey!« Fritz' Stimme zerschnitt messerscharf die Luft. Er war aus dem Wohnzimmer getreten und stand breitbeinig im Rahmen der Küchentür. Selma zuckte zusammen, doch sie drehte sich nicht zu ihm um, sondern riss Matz das Brot aus den Händen und packte es in den Brotkasten.

»Dann bring du ihm halt mal Disziplin bei«, knurrte sie Fritz an, doch der beachtete sie nicht.

»Na?«, sagte er zu seinem Sohn. »Noch einen Dreipfünder erwischt?«

Matz nickte stolz. »Und ich musste gar nicht warten, Papa. Da war so eine lange Schlange, das kannst du dir nicht vorstellen, so viele Leute haben da angestanden, die Irma mit ihrer Mutter war auch dabei, aber die Tante Margret hat mir das Brot zuerst gegeben und hat gesagt, weil du das bist.« Er zeigte mit dem Finger auf seinen Vater und erklärte noch einmal: »Also: du! Was meint die denn, Papa?«

»Die sieht deinen Vater gern«, sagte Selma.

»Was heißt das denn, Papa?«, fragte Matz grinsend.

»Ach, die Mama redet Quatsch«, sagte Fritz, und als Selma in ihrer Arbeit innehielt und ihm einen erbosten Blick entgegenschleuderte, hob er warnend den Finger. »Lass es einfach, Selma.«

Er legte die Hand auf Matz' Schulter und zog ihn mit sich. »Und übrigens«, sagte er, bevor er mit dem Jungen nach draußen ging. »Ich will nicht sehen, dass du noch einmal gegen das Kind die Hand erhebst. Ist das klar?«

Fritz Draudt machte keinen Hehl daraus, dass Matz sein Liebling war. Zu seinen beiden Töchtern hatte er nie einen richtigen Zugang gefunden, obwohl er sie ehrlich liebte, vielleicht, weil Selma sie ganz vereinnahmt hatte, vielleicht aber auch, weil er in den Mädchen kleinere Ausgaben ihrer Mutter sah. Die Ehe mit Selma war mit den Jahren immer schwieriger geworden. Sie spürte, dass er sie nicht liebte. Nach Matthias' Geburt hatte sie stark zugenommen. Auf diese Tatsache schob sie Fritz' mangelndes Interesse an ihr, und immer häufiger äußerte sie den Verdacht, dass es da andere Frauen gab. Doch ihre Eifersucht trug wesentlich mehr dazu bei, ihr Fritz zu entfremden, als ihr Gewicht. Als er sie geheiratet hatte, hatte er sie zwar nicht geliebt, aber er hatte sie doch gern und er hatte ihr freundliches Wesen geschätzt. Doch das hatte sie längst verloren. Das Schlimme war, dass sie ihrem kleinen Sohn die Schuld an ihrer Ehemisere gab. Weil er da war, hatte sie zugenommen, weil er da war, interessierte sich ihr Mann nicht mehr für sie. Weil er da war, hatte sie ein trauriges Leben. Sie behandelte den Jungen deutlich härter als ihre Töchter. Zwischen Vater und Sohn dagegen bestand eine innige Nähe. Für Fritz war Matz einer der wenigen Lichtblicke in seinem Leben. Er erkannte sich selbst in ihm wieder, und manchmal war ihm, als könnte er durch seinen Sohn noch einmal von vorn anfangen. Die unendliche Liebe zu spüren, die wiederum der Junge für seinen Vater empfand, und zu wissen, dass er für ihn der wichtigste Mensch auf der ganzen Welt war, das war Balsam auf Fritz' geschundener Seele.

Ein anderer wichtiger Mensch in Matz' jungem Leben war seine neue Freundin, die kleine Irma. Weil ihre Eltern keinen Kontakt zueinander hatten und weil sie weit voneinander entfernt wohnten, hatten sich die beiden Kinder erst in der Schule kennengelernt, doch schon am ersten Tag hatten sie Freundschaft geschlossen. Fritz sah es mit gemischten Gefühlen und fragte sich manchmal, wie Emma dazu stand. Doch er liebte seinen Sohn viel zu sehr, um ihm den Umgang mit Emmas Tochter zu verbieten. Was konnten die Kinder dafür, dass ihre Eltern nicht miteinander redeten?

»Die Irma hat auch einen ›Willy wählen‹-Anstecker, Papa, und ihre Mama auch. Die tun den auch wählen, gell?«

»Sieht so aus«, sagte Fritz schmunzelnd.

Sie gingen gemeinsam über den Hof in die Werkstatt, wie so oft, wenn sie sich in Ruhe unterhalten wollten. Fritz ließ seinen Sohn dort etwas »arbeiten«, schleifen oder hämmern oder schrauben. Er hatte ihm sogar beigebracht, wie man mit einer Säge umging. So ungestüm Matz sonst auch war, in der Werkstatt beachtete er alle Anweisungen seines Vaters. Und in der Werkstatt fragte er ihm Löcher in den Bauch über Gott und die Welt, er lernte dort mehr als in der Schule.

»Warum wählen den alle, Papa?«, begann Matz die Fragestunde und setzte sich auf den Hocker vor der großen Werkbank, da wo sich der Schraubstock befand, an dessen Kurbel er gern herumspielte.

»Na ja, alle sicher nicht«, meinte Fritz. »Aber hier in der Gegend tun es viele, die meisten.«

»Warum denn?«, wollte Matz wissen und drehte die Kurbel.

»Weil sie ihn gut finden.«

»Was macht der denn?« Die Kurbel ging in die andere Richtung.

»Er regiert unser Land und setzt sich dafür ein, dass es keinen Krieg mehr gibt. Zum Beispiel. Dafür hat er sogar einen Preis gekriegt«, erklärte Fritz so simpel wie möglich, was er an Willy Brandt schätzte. »Und er hat sich …«, er zögerte, »er hat sich entschuldigt … für etwas … das die Deutschen vor vielen Jahren angerichtet haben.«

»Was hat er denn angerichtet?«, fragte Matz nach.

»Nein, nicht er, er war an diesen Verbrechen nicht beteiligt.«

Matz runzelte die Stirn und schien zu überlegen, welche von den vielen Fragen, die sich aus dieser Auskunft ergaben, er als nächste stellen sollte.

»Warum entschuldigt er sich dann?«, fragte er schließlich.

»Weil er jetzt unser Land regiert und weil es vor ihm noch keiner getan hat. Weil er anständig ist.«

Wie sollte man einem Siebenjährigen den Kniefall von Warschau erklären, und wie sollte er, Fritz, ihm klarmachen, was dieser Moment ihm selbst bedeutet hatte?

»Wofür hat er sich denn entschuldigt?«, fragte Matz wissbegierig weiter und setzte dabei sein Spiel an der Kurbel fort.

»Für den Krieg«, sagte Fritz allgemein. »Aber jetzt lass uns über etwas anderes reden.«

»Was ist denn Krieg?«, fragte Matz.

»Das ist das Schlimmste, was es gibt«, antwortete Fritz. »Und etwas, das du hoffentlich nie erleben wirst. Hoffentlich!«, setzte er noch einmal hinzu.

Matz' Finger drehten die Kurbel unablässig hin und her, und man sah ihm an, wie er nachdachte.

»Hast du es erlebt?«, wollte er schließlich wissen.

»Ja«, sagte Fritz. »Aber jetzt müssen wir mal etwas arbeiten. Ein andermal reden wir weiter darüber, ja?«

Ein andermal. Wann denn? Wenn Matz älter war? Wenn er alt genug war? Und was würde er ihm dann sagen? Es hatte ihn schon lange niemand mehr danach gefragt, nach seinen Erlebnissen im Krieg. Emma war die Letzte gewesen, und er hatte geglaubt, dass es besser war, nicht darüber zu reden. Wie hätte er all das Unaussprechliche je in Worte fassen können? Aber wenn er es versucht hätte, wenn er sich Emma anvertraut hätte, dann wäre vielleicht alles anders gekommen, dann wäre er vielleicht seine Albträume losgeworden, dann wäre er vielleicht jetzt noch mit Emma zusammen, und sie hätten gemeinsame Kinder statt jeder eigene.

Matz lachte seinen Vater an, die Zahnlücke blitzte frech.

Dann hätte es auch Matz nicht gegeben, dachte Fritz und verstrubbelte seinem Sohn das Haar. Sagte man nicht, dass alles auch sein Gutes hatte? Matz war das Gute, und das würde er keinen einzigen Tag lang bereuen. Nie.

Anfang Juni 2019

Eine Woche später verabschiedete sich Sarah. Marie brachte sie mit dem Auto nach Kaiserslautern zum Bahnhof, damit sie nicht gefühlt fünfzehnmal umsteigen musste. Am Bahnsteig lagen sich die Schwestern in den Armen, als würde Sarah nach Australien auswandern und nicht lediglich zurück nach Köln fahren.

»Du kommst aber wieder, ja?«, verlangte Marie.

»Versprochen! Spätestens wenn das große Dorffest steigt, stehe ich auf der Matte. Und dann will ich eine Show sehen, die die Reise wert ist, okay?«

»Ich geb mir Mühe!«, versprach Marie ihrerseits. »Aber mehr als das kann ich auch nicht tun.«

»Mühe lohnt sich«, meinte Sarah zuversichtlich. »Außerdem hast du ja jetzt Anja im Boot, und Jakobs Konfirmanden sind auch keine trüben Tassen.«

»Ja, das stimmt.«

Sich mit Anja anzufreunden, war nicht schwer gewesen, sie hatten sich fast jeden Morgen in Wiegands Laden zum Frühstück getroffen, und sie waren nicht die Einzigen geblieben. Nachdem sich erst mal herumgesprochen hatte, dass man bei Wiegands für wenig Geld frühstücken konnte, und das in netter Runde und bei einem gemütlichen Plausch, waren immer mehr Leute gekommen. Frau Jörges aus der Kirche war ebenso zum Stammgast geworden wie ihre Nachbarin Therese Kreuz, die sich, seit sie in Rente war, über Langeweile beschwerte. Nach ein paar Tagen hatte die Therese ihren Mann, den Walter, im Schlepptau. Auch Anja hatte die Nachricht weitergetragen und brachte eine weitere junge Frau aus ihrer Nachbarschaft mit, die sich ebenfalls in Elternzeit befand. Morgen für Morgen füllte sich der Laden, und Rudi Wiegand fing schon an, sich zu beklagen, dass er es ohne Hilfe in der Backstube bald nicht mehr schaffen würde. Zum ersten Mal seit Jahren überlegte er wieder, einen Lehrling anzustellen oder zumindest eine Aushilfe. Seine Frau jedoch war in ihrem Element, geschäftig wirbelte sie von Tisch zu Tisch, goss Kaffee ein und schenkte nach, es kam nicht so darauf an, ratschte, nahm Anregungen auf und begrüßte jeden neuen Gast so herzlich, dass es unmöglich war, danach nicht mehr wiederzukommen.

»Ein Tisch mehr wäre gut«, sagte sie in regelmäßigen Abständen, und bald, daran zweifelte Marie nicht im Geringsten, würde ein vierter Tisch im Laden stehen.

Auch Jakob hatte mit seiner Konzertfahrt etwas ausgelöst. Waren die fünf Jugendlichen anfangs mehr der Gaudi wegen mitgekommen und weil der junge Pfarrer so ein cooler Typ war, so redeten sie auf der Heimfahrt begeistert von der Big Band, die sie auf der Konzertbühne erlebt hatten. Die Band stammte aus einem kleinen Ort, nur unwesentlich größer als Oberkirchbach, und setzte sich fast ausschließlich aus Bewohnern des Ortes zusammen. Im Anschluss an das Konzert hatten Jakob und die Jugendlichen Gelegenheit gehabt, sich mit dem Bandleader zu unterhalten, und dabei erfahren, dass ihnen lediglich ein Schlagzeuger gefehlt hatte. »Den mussten wir als Einzigen importieren«, meinte der Mann lachend.

»Warum gibt es so was bei uns nicht?«, maulte Robin später. »In Oberkirchbach ist überhaupt nichts los.«

»Genau!« – »Tote Hose!« – »Ich freue mich schon darauf, wenn ich nach dem Abi da rauskomme.«

Das waren die Meinungen der anderen.

»Dann macht halt selber mal was los«, antwortete Jakob.

Die ganze Fahrt über wurde diskutiert und geflachst und Ideen ausgetauscht. Etwas hatte gezündet auf dieser Fahrt, jetzt ging es nur noch darum, das Feuer zu schüren.

»Du machst das schon!«, meinte Sarah zuversichtlich.

Der Zug fuhr in den Bahnhof. Eine letzte lange schwesterliche Umarmung, ein letztes ungestümes Winken, bevor sich die Türen schlossen, dann war es vorbei – und Marie wieder allein.

Das Lachen in ihrem Gesicht verschwand mit dem in der Ferne immer kleiner werdenden Zug.

In seinem Büro im Erdgeschoss hörte Jakob, wie der Wagen in der Einfahrt parkte. Das Geräusch des Motors erstarb, doch als keine Wagentür zuschlug, ging Jakob ans Fenster und sah nach draußen. Marie saß noch immer im Auto und starrte geradeaus. Die Hände umklammerten das Lenkrad, so als wollte sie gleich wieder wegfahren. Sie war traurig, weil Sarah nicht mehr da war, redete sich Jakob ein, aber sein klopfendes Herz sagte ihm etwas anderes.

Er kannte Marie gut. Sie hatte kein Talent, sich zu verstellen, auch wenn sie es manchmal versuchte, etwa wenn sie Angst hatte, jemanden mit der Wahrheit zu verletzen. Dann versteckte sie sich hinter einem Lächeln oder hinter albernen Scherzen.

Sie hob den Kopf, sah Jakob am Fenster und lächelte. Endlich lösten sich ihre Hände vom Lenkrad, und sie stieg aus.

»Wie geht's dir?«, fragte er, als sie das Haus betrat.

»Wieso?«, fragte sie zurück, ohne stehen zu bleiben.

»Ich meine, weil Sarah wieder weg ist. Bist du traurig?«

»Sie ist ja nicht aus der Welt«, erwiderte sie leichthin und machte sich augenblicklich daran, alles für die abendliche Versammlung vorzubereiten, obwohl es bis dahin noch etliche Stunden waren. Sie lief hierhin und dorthin, arrangierte die Stühle um den Tisch, klapperte in der Küche mit Geschirr. Sie sah ihn kein einziges Mal an.

Jakob schaute ihr eine Weile zu. Er hätte nach oben gehen können, weiterarbeiten, so tun, als fiele ihm ihre mühsam überspielte Niedergeschlagenheit nicht auf. Er hätte den Kopf in den Sand stecken können. So wie neulich, nach diesem Streit. Marie und er hatten sich vorher noch nie richtig gestritten. Etwas stimmte nicht, er spürte es immer häufiger.

Marie durchwühlte Schubladen, holte etwas heraus, legte etwas hinein, in sinnlosem Aktionismus. Dann ging sie zum CD-Player und drückte auf die Play-Taste. Tom Waits sang *Martha*, ein Lied voller Melancholie. Mehrere Sekunden lang stand sie vor dem Gerät und starrte es an, als fühlte sie sich um eine Aufmunterung betrogen.

»Marie!« Jakob ging auf sie zu.

»Was denn?« Sie wich ihm aus. Tom Waits sang weiter.

»Was ist los?«

»Nichts, Jakob, was soll denn los sein?«

And those were the days of roses …

Sie wollte an ihm vorbei zur Treppe, als gäbe es nun dort oben etwas Wichtiges zu erledigen. Er hielt sie auf.

»Marie!«

»Lass mich, ich muss …«

Was auch immer sie sagen wollte, sie brachte es nicht über

die Lippen. Ihre Stimme brach ab, sie drehte das Gesicht von ihm weg und atmete hektisch ein.

»Marie …«

»Lass mich, Jakob!«, schluchzte sie, doch als er sie in die Arme nahm, ließ sie es geschehen. Der Kummer wollte aus ihr heraus.

»Ich liebe dich, Jakob«, flüsterte sie zwischen all den Tränen, die in seinem T-Shirt versickerten.

»Ich dich doch auch, Marie. Was ist? Was bedrückt dich denn so?«

Sie weinte still.

»Es ist nicht nur, dass Sarah weg ist, nicht wahr?«, sagte er vorsichtig. Sie schüttelte den Kopf. »Was dann?«

Eigentlich kannte er die Antwort schon lange, aber er musste sie von ihr hören. Minutenlang sagte sie nichts, minutenlang hoffte er, dass es doch bloß das Abschiedsweh war, doch dann sprach sie es aus.

»Ich will hier weg, Jakob.«

Ganz leise, aber ganz deutlich: Ich will hier weg.

Weg von dem Ort, der dabei war, ihm eine Heimat zu werden. Er hatte sich in Oberkirchbach vom ersten Tag an wohlgefühlt. Er hatte die alte Kirche gesehen und sich sofort in diesen Anblick verliebt. Wie sie auf das Dorf herabsah, als würde sie darüber wachen. Dieses rohe Gemäuer mit dem seltsamen Glockenturm an einer Ecke, der so aussah, als hätte man ihn beim Bau zuerst vergessen. So eine Kirche hatte er sich als Pfarrer gewünscht. Und so eine Gemeinde, eine, die ihn wirklich brauchte, auch wenn das bedeutete, dass ihn die Leute mit ihren kleinen und größeren Sorgen manchmal auch am Abend überfielen. Dazu die wundervolle Umgebung, die Ruhe, diese friedliche Stille in der Nacht. Er war im Grunde kein Stadtmensch. Hier im Westrich war er zur Welt gekommen, und nun war er zurückgekehrt. Hier will mich Gott haben, hatte er gedacht, als er die Anfrage erhielt. Es war für ihn ein Zeichen gewesen.

Marie schluchzte in seinen Armen.

Er hatte gespürt, dass sie nicht so glücklich war wie er. Sie musste ihm noch nicht einmal erklären, wieso nicht, denn das war sonnenklar, und er verstand sie vollkommen. Aber er hätte sich so sehr gewünscht, dass sie sich trotz allem eingewöhnen würde. Mit Sarah hatte er Hoffnung geschöpft. Aber Sarah war weg. Und jetzt wollte Marie auch weg.

»Vorhin am Bahnhof, als der Zug mit Sarah losgefahren ist, da dachte ich, ich ertrag das nicht. Zurückzufahren, ohne sie, in dieses Dorf.« Sie blickte fragend zu ihm auf. Er nickte.

»Komm«, sagte er und nahm sie mit zu dem alten, abgewetzten Sofa. Dort saßen sie dann, nebeneinander, Hand in Hand. Sie redete, er hörte zu.

»Alles, was ich unterdrückt habe, ist auf einmal hochgekommen«, sagte sie und erzählte ihm, was alles: wie einsam sie sich fühlte, wie nutzlos, ja bedeutungslos. Dass sie sich zusammenriss und nach jedem Strohhalm griff, der Veränderung in diesem Stillstand verheißen konnte. Dass sie dankbar war für jede Ablenkung, für jedes bisschen Farbe in diesem Grau. Ein Café mit drei Tischen zum Beispiel. Aber das war nicht genug.

»Ich bin kein Landmensch, Jakob, ich kann hier nicht leben. Ich hab's versucht, aber wenn ich an die Zukunft hier denke, wird mir schlecht«, schloss sie. »Wenn ich deinen Glauben hätte, dann könnte ich mich vielleicht an dem Gedanken festhalten, dass sich das ändern wird und dass es einen Sinn hat, hier zu sein. Aber diesen Glauben habe ich nicht.«

Der Glaube. Der eine grundlegende Unterschied zwischen ihnen. Bisher hatte das nie eine Rolle gespielt.

»Ich weiß«, flüsterte Jakob. Er konnte seine Erschütterung nicht verbergen. »Und was heißt das jetzt?«

Als wüsste er das nicht selbst. Es hieß, dass das ganze Gerüst ihrer Beziehung auf einen Schlag ins Wanken geraten war.

»Ich weiß es nicht«, sagte Marie wieder so leise, dass es kaum zu hören war. Sie sah ihn nicht an.

Es gab nur einen einzigen Weg.

»Ich könnte mich versetzen lassen.«

Marie hob den Blick. »Das würdest du tun?«

Was blieb ihm denn übrig? Er liebte Marie mehr als alles andere auf der Welt.

»Das kann ich nicht von dir verlangen, Jakob, dass du meinetwegen alles aufgibst«, sagte sie.

»Und ich kann nicht von dir verlangen, irgendwo zu leben, wo du unglücklich bist«, erwiderte er.

Sie schwieg.

»Oder sollen wir uns trennen?«, fügte er hinzu.

Sie riss die Augen auf. »Nein!«, rief sie. »Nein! Natürlich nicht! Ich will nur nicht, dass *du* dann unglücklich bist. Du bist doch gern hier.«

Zärtlich strich er über ihr Gesicht.

»Du bist das Wichtigste auf der ganzen Welt für mich, Marie.«

»Und du für mich.«

»Ich werde so bald wie möglich um eine Versetzung bitten.«

Das auszusprechen tat weh, aber noch viel mehr würde es wehtun, Marie zu verlieren. »Du findest hier keinen Job, das ist ein guter Grund.« Jedes seiner eigenen Worte versetzte ihm einen Stich. »Das geht dann sicher schnell.« Viel zu schnell. »Und Pfarrer werden überall gebraucht.« Eine Tatsache, aber kein Trost. »Du könntest dich jetzt schon nach Jobangeboten umsehen«, fügte er sogar noch hinzu. »Das würde unser Anliegen untermauern.«

»In der Nähe von Köln vielleicht, wo Sarah wohnt«, ging Marie sofort auf seinen Vorschlag ein. »Dann käme das Familienargument noch dazu.«

»Ja, zum Beispiel«, stimmte Jakob zu. »Oder näher bei den Eltern, bei deinen oder meinen.« Es war ihm im Grunde egal, wo.

Marie lächelte, als wäre ihr gerade ein Felsbrocken vom Herzen gefallen. Ihre große Erleichterung zu sehen, machte es auch für Jakob erträglich. Er würde darüber hinwegkommen, redete er sich ein. Wenn sie nur zusammen waren.

Auf einmal erlosch das Lächeln in Maries Gesicht wieder.

»Was ist?«, fragte er.

»Ich habe gerade gedacht: Wir sollten auf jeden Fall die 750-Jahr-Feier abwarten«, erwiderte sie ernst. »Das haben wir jetzt in Gang gesetzt, die ganzen Vorbereitungen, und wir haben so viel geplant. Ich kann Anja und die anderen jetzt nicht hängen lassen. Und Margret vor allem.«

»Dann soll ich den Versetzungsantrag noch nicht gleich stellen?«, vergewisserte sich Jakob.

Marie zögerte. »Wie lange könnte das denn dauern bis zur Bewilligung?«

»Unterschiedlich. Das kann schnell gehen.«

»Ja, dann wäre es besser, wenn du warten würdest. Bis nach dem Fest«, schlug Marie vor. »Es sei denn«, sie lachte verzagt, »wir beißen mit unseren Ideen wieder auf Granit, und das wird alles nichts.«

»Okay!«, sagte Jakob und atmete innerlich auf. »So machen wir das.«

Ein paar Stunden später trafen die Teilnehmer der Versammlung ein. Auch diesmal gab es Häppchen, Bier und Wein. Bürgermeister Filser hatte eine dicke Mappe dabei, und Marie fragte sich, was da wohl drin sein konnte – seine Ideensammlung für die Veranstaltung wohl kaum, schließlich hatte er sich bisher nicht gerade durch überbordende Kreativität hervorgetan.

»Also, dann ... wollen wir mal loslegen«, sagte Filser.

»Wir sind noch nicht vollzählig«, erklärte Jakob, und bevor Filser, der sich verwirrt in der Runde umblickte, nachfragen konnte, klingelte es. Marie öffnete und kam mit zwei Teenagern zurück.

»Das sind Robin und Mathilde, sie sind sozusagen die Vertreter der Jugend. Setzt euch, ihr zwei. Cola? Saft? Wasser?«

Robin und Mathilde grüßten schüchtern und setzten sich auf die beiden freien Plätze.

»Cola, bitte«, sagte Robin. Mathilde, ein ätherisch blasses und zartes Mädchen, wollte nur ein Wasser.

»Die Vertreter der Jugend?«, wiederholte Filser milde belustigt. »Kommt ihr beiden denn aus Oberkirchbach? Ich glaube, ich habe euch noch nie gesehen.«

Marie fand das einigermaßen unverschämt und biss sich auf die Zunge.

»Wir wohnen im Neubaugebiet«, sagte Robin. »Ich im Langen Weg, und Tilli, also Mathilde, wohnt in der Neuen Straße.«

»Aha!«, sagte Filser und beäugte die beiden immer noch so, als könnte er das gar nicht glauben.

»Und eure Eltern sind wer?«, fragte er nach.

»Sag mal, Lothar, sollen dir die zwei nicht am besten eine Abstammungsurkunde zukommen lassen?«, mischte sich Liesel ein. Da war Filser still.

Marie versorgte Robin und Mathilde mit Getränken und stellte noch eine Schüssel mit Chips auf den Tisch.

Jakob ergriff das Wort. »Ich glaube, das eben hat ganz gut gezeigt, wo das Problem liegt. So klein Oberkirchbach auch ist, es ist keine Einheit mehr, es zerfällt in lauter Grüppchen, und untereinander kennt man sich kaum noch. Man hat nichts mehr gemeinsam. Es fängt doch schon damit an, dass komisch geschaut wird, wenn hier plötzlich zwei Jugendliche auftauchen. Aber warum? Oberkirchbach besteht nicht nur aus Alten oder Alteingesessenen, es besteht auch aus Jungen, aus Kindern, aus Zugezogenen. Sie alle sollten mit entscheiden, was auf einem Dorfgeburtstag passiert und wie man ihn gestalten kann, denn sie gehören zum Dorf dazu und zu seiner jüngsten Geschichte.«

Bevor irgendein anderer das Wort ergreifen konnte, übernahm Marie.

»Hat sich inzwischen jemand von euch Gedanken gemacht, auf welche Weise wir das anstehende große Ereignis begehen wollen?«

August Mewes räusperte sich und meinte, der Gesangverein sei selbstverständlich bereit und verfüge über ein großes Repertoire.

»Das ist gut zu hören«, meinte Marie. »Aber aus wie vielen Mitgliedern besteht der Chor denn momentan?« Natürlich kannte Marie die Antwort längst, in Wiegands Café wurden immer wieder Witze darüber gerissen. Gerlinde Lämmer, die über Insiderwissen verfügte, behauptete, es sei absehbar, wann die letzte Probe über die Bühne gehen werde. Die Mitglieder stürben nach und nach weg, und Nachwuchs sei nicht in Sicht. Auf Maries Frage, weshalb sie selbst denn nicht im Chor sei, hatte sie nur geantwortet, wenn sie mitsingen würde, dann ginge es nur noch rasanter bergab. Bei dem anschließenden brüllenden Gelächter hatte das Glas der Theke gescheppert.

Alois Lämmer und Lothar Filser, beide Sänger, senkten ihre Häupter.

»Also, wenn alle singen«, wand sich August Mewes. »Also, wenn wir vollzählig sind, dann …« Er benutzte die Finger, was kein gutes Zeichen sein konnte. »Also …«

»Zweiundzwanzig«, kam ihm Alois zuvor. »Sieben Soprane, neun Altistinnen und der Rest Männer, fast alle Bass.«

»Wollte ich gerade sagen«, behauptete August.

»Altersdurchschnitt?«, fragte Marie weiter.

»Etwa siebzig!« Wieder war es Alois, der antwortete. »Die Tochter vom Lothar senkt den Schnitt, die ist dreißig, aber die kriegt ja jetzt ein Baby und hört erst mal auf.«

»Okay!«, sagte Marie. »Das wollte ich nur wissen. Sonst noch jemand mit Vorschlägen?«

Liesel schmunzelte. »Nein, aber ich glaube, du und deine Schwester, ihr habt da einiges ausgeheckt, und das möchtest du uns mitteilen, wenn ich mich nicht irre.«

»Meine Schwester und ich und Anja Calderini«, sagte Marie. »Die wohnt übrigens auch im Neubaugebiet.«

»Und ich bin auch ein bisschen beteiligt«, meldete sich Jakob. »Aber das nur, falls ihr später über meine Frau herfallen wollt. Dann müsst ihr nämlich auch über mich herfallen.«

Die Gesichter der Männer wurden immer argwöhnischer, Liesels Schmunzeln immer amüsierter. Robin und Mathilde verfolgten das Geschehen wie einen Film und aßen Chips dazu.

»Also«, legte Marie los. »Anja Calderinis Mann ist Architekt, ein richtig guter, er hat viele Häuser im Neubaugebiet entworfen und gebaut. Er würde sich um die Festhalle kümmern, sich anschauen, was bautechnisch gemacht werden müsste, abgesehen vom Putzen und Entstauben. Die Veranstaltung findet nämlich in der Festhalle statt und nirgendwo sonst. Und sie wird groß. Nicht irgendeine popelige Feierstunde, sondern etwas richtig Großes, bei dem der ganze Ort mitmacht und Spaß hat. Jeder! Das und nicht weniger hat Margret verdient. Du, Lothar, hast ihr versprochen, dass sie groß geehrt wird, und sie freut sich darauf. Es ist richtig, den ältesten Bürger zu ehren, aber dann soll es auch eine Ehre sein und nicht etwas, das man beiläufig abhandelt und womöglich noch im Sportheim.« Dieter Spengler schaute ein wenig beleidigt bei der abfälligen Erwähnung seiner Wirkungsstätte.

»Wie hast du dir das denn alles vorgestellt?«, fragte Filser herausfordernd und verschränkte die Arme vor der Brust. »Und was heißt das denn: Alle machen mit? Man kann die Leute ja nicht zwingen.«

»Doch«, behauptete Marie ungerührt. »Man kann. Man kann sie bei der Ehre packen, man kann sie neugierig machen, und vor allem kann man sie überhaupt erst mal dazu auffordern mitzumachen.«

»Und wie?«, versuchte Dieter Spengler einen Einwurf zu landen.

»Wir machen eine Bürgerversammlung«, unterbrach ihn Marie direkt. »Wir laden alle in die Festhalle ein und besprechen die Veranstaltung im großen Kreis.«

»Bürgerversammlung?« Filser, Mewes und Spengler brachen in hysterisches Gelächter aus. »821 Leute?« Lachend schüttelten sie die Köpfe. Marie ließ sich nicht beirren.

»Es werden nicht alle kommen, schon klar, aber viele. Genügend Leute, um es publik zu machen und an die weiterzugeben, die nicht gekommen sind. Ich rechne mit ein paar Hundert Teilnehmern.«

Sie war in Fahrt. Sie spürte eine Energie in sich, die keiner der versammelten Vorstände aufhalten konnte, und eine Sicherheit, die durch nichts zu erschüttern war. Kam es daher, dass sie sich plötzlich so frei fühlte, dass sie wusste, dass es das

Letzte war, was sie in diesem Ort tun würde? Sie würde das durchziehen, so, wie sie es mit Sarah und Anja an endlosen Abenden bei unzähligen Gläsern Wein ausgetüftelt hatte.

Das Lachen verebbte.

»Wir werden herausfinden, was die Leute beitragen können, welche Talente da im Verborgenen blühen. Oberkirchbach hat doch einmal zum Musikantenland gehört, nicht wahr? Vielleicht ist davon ja noch etwas übrig, vielleicht finden sich da ja noch ein paar Musiker. Oder Tänzer, Sänger, Artisten, Schauspieler, keine Ahnung. Jeder kann etwas, es muss gar nichts Großartiges sein, aber wir werden es nie erfahren, wenn wir hier unter uns in diesem Zimmer bei unseren Schnittchen bleiben und uns leidtun. Ein Chor ...«, wandte sie sich an August, »mit nur sieben Sopranen reicht nicht. Ein Chor mit einem Altersdurchschnitt von siebzig Jahren ist zu alt. Wir brauchen junge Stimmen, mehr Stimmen, und um die zu finden, gründen wir in *Michels Einkehr* einen Kneipenchor.«

»Einen Kneipenchor?«, rief August aus.

»Einen Chor, bei dem alle mitmachen dürfen, egal ob sie singen können oder nicht. Man singt einfach drauflos. Und trinkt nebenbei ein Bier oder eine Cola. Da freut sich *Michels Einkehr*, und die Wirtschaft wird im wahrsten Sinne des Wortes angekurbelt.«

Liesel klatschte in die Hände: »Da bin ich dabei. Großartig!«

»Ich finde die Idee auch gut«, stimmte Alois zu.

»Coole Sache«, strahlte Robin, und Mathilde meinte: »Da kenne ich schon ein paar, die bestimmt mitmachen.«

»Und dann«, sagte Marie zu Alois, »dann will ich, dass die Chronik nicht irgendwann im Jahr 2000 endet, sondern im Jahr 2019. Mit diesem Fest und mit dem Eintrag, dass Oberkirchbach nach 750 Jahren und nach allen Höhen und Tiefen wieder ein Ort ist, in dem es Spaß macht zu leben.«

1982

»Matz hat mich gefragt, ob ich seine Partnerin beim Abschlussball sein will!« Irma grinste so breit, dass nahezu sämtliche ihrer zweiunddreißig makellosen Zähne zu sehen waren. Heiner schnaubte hinter seiner Feierabend-Zeitungslektüre hervor, doch davon ließ sich das Mädchen nicht die gute Laune verderben.

»Ich dachte, Matthias hat eine Freundin?«, warf Emma ein. Sie war gerade dabei, für Paul die Wäsche zu bügeln. Ihr Sohn studierte inzwischen in Kaiserslautern und bewohnte dort ein Zimmer, aber er fuhr noch immer jedes Wochenende nach Hause, weniger zu seinem Vater als zu seiner Schwester und seiner Mutter.

»Die hat er nicht mehr«, erklärte Irma leichthin. »Ich glaube, er hat Schluss gemacht.« Sie versuchte erfolglos, ihr glückliches Grinsen in den Griff zu bekommen.

»Matthias ist kein guter Umgang für dich«, bemerkte Heiner, ohne den Blick von seiner Zeitung zu nehmen.

»Und warum nicht?«, fragte Emma. Heiner antwortete nicht. Das tat er oft: einfach nicht antworten. Er wollte damit zum Ausdruck bringen: *Du bist mir keine Antwort wert.* Oder auch: *Die Antwort darauf versteht sich ja wohl von selbst.* Irgendeinen überheblichen Grund hatte es jedes Mal. Emma verabscheute es, so wie sie im Laufe der Zeit vieles gelernt hatte zu verabscheuen, was Heiner betraf.

Irma tauschte einen Blick mit ihrer Mutter und sagte laut: »Ich hab zugesagt. Der Matz kann nämlich gut tanzen, und ich will nicht, dass mir auf dem Abschlussball irgendein Dödel auf die Füße tritt.«

»Versteh ich!«, sagte Emma lachend.

Heiner faltete die Zeitung geräuschvoll zusammen und knallte sie auf den Tisch neben dem Sofa. »Ich gehe nach oben.« Mit drohend ausgestrecktem Finger zeigte er auf seine Tochter. »Ob du unter diesen Umständen überhaupt zum Abschlussball gehen darfst, das überlege ich mir noch. Aber auf mich müsst ihr dann auf alle Fälle verzichten.« Wütend marschierte er auf die Tür zu, doch noch bevor er sie erreicht hatte, rief Emma: »Red nicht so einen Unsinn, natürlich darf sie gehen. Und wenn du nicht mitkommen willst, dann geht eben der Paul an deiner Stelle.«

Heiner knallte die Tür zu.

Irma umarmte ihre Mutter von hinten und drückte ihr einen dicken Kuss auf die Wange: »Danke, Mama, du bist die Beste.«

»Lass mich los, du wilde Hummel, sonst brenn ich deinem Bruder noch ein Loch ins Hemd.«

Emma hatte sich schon lange abgewöhnt, sich von Heiner bevormunden zu lassen, diese Zeiten waren vorüber. Frauen und Männer waren gleichberechtigt, er hatte ihr nichts mehr vorzuschreiben und nichts zu befehlen. Wären die neuen Gesetze nur ein paar Jahre früher gekommen, hätte sich Emma sogar überlegt, wieder in ihrem Beruf zu arbeiten, doch dazu war es 1977 schon zu spät gewesen. Mit damals fünfzig Jahren hätte sie keiner mehr genommen, und die Entwicklung in der Fotografie hatte sie zwar am Rande verfolgt, aber das genügte nicht, um wieder als Fotografin zu arbeiten. Doch in allen anderen Bereichen setzte sie sich von da an durch. Insgeheim hoffte sie, dass Heiner seine Drohung wahr machen und auf Irmas Abschlussball verzichten würde. Der Abend würde ohne Heiner und mit Paul sehr viel schöner werden.

Und Matz? Wen würde der mitbringen? Zu seiner Mutter hatte er ja kein sehr gutes Verhältnis, wie man hörte, aber dafür ein umso besseres zu seinem Vater. Was, wenn sie und Fritz sich auf dem Ball über den Weg liefen? Normalerweise konnten sie es vermeiden, einander zu begegnen, es waren schon ganze Jahre ins Land gezogen, in denen sie nichts vom anderen gesehen hatten, absolut nichts. Es war gut, dass sie so weit auseinander wohnten. Und es war gut, dass ihre Freunde ihnen immer rechtzeitig Bescheid sagten, auf welcher Festlichkeit wer auftauchen würde. Wenn Auguste Geburtstag hatte, dann kam gewöhnlich Emma, und wenn Herrmann Geburtstag hatte, dann war es Fritz, der wieder einmal zu seinem alten Freundeskreis stieß. Nur Frieda hatte stur darauf bestanden, sie zu ihrem Fünfzigsten beide einzuladen, mit Ehepartnern natürlich, und sie wäre ernsthaft verletzt gewesen, wenn einer von ihnen nicht erschienen wäre. Ausnahmsweise hatten sie sich gefügt, aber es war keine gute Idee gewesen. Emma war die ganze Zeit damit beschäftigt gewesen, Fritz aus dem Weg zu gehen, und Heiner hatte sich irgendwann mit ihm in die Wolle gekriegt. Es war der sogenannte Deutsche Herbst 1977 gewesen. Die RAF, ihre Verbrechen und wie der Staat damit umging, wurden sogar auf dem Geburtstag diskutiert, und Heiner verstieg sich zu der Aussage, für die Terroristen solle man am besten die Todesstrafe wieder einführen, so wie früher: Kopf ab und fertig. Manch einer der Anwesenden nickte verstohlen, doch Fritz stürzte sich sofort auf Heiner. Was für ein Idiot er sei und ob er nicht gleich das ganze Naziregime wiederaufleben lassen wolle, von wegen *so wie früher.* Er regte sich fürchterlich auf, und Emma sah, wie Herrmann sich schon bereit machte dazwischenzugehen, falls Heiner nicht klug genug war, seine Ansichten ab sofort für sich zu behalten. Zum Glück merkte Heiner, was los war. Er zog ins Lächerliche, wie Fritz sich aufregte, und ließ ihn links liegen. Seitdem war Fritz für Heiner ein rotes Tuch, und das war der eigentliche Grund, weshalb ihm die Freundschaft zwischen Irma und Matz ein Dorn im Auge war. Emma dagegen war wie immer voll und ganz auf Fritz' Seite gewesen, aber nur ganz heimlich.

»Wieso findet dieser Abschlussball eigentlich in unserer Festhalle statt?«, fragte Selma missmutig beim Abendessen. »Mein Gott, Junge, stopf dir den Mund doch nicht so voll«, nörgelte sie im nächsten Atemzug, als Matz wie immer mit sichtbarem Appetit aß.

Matz schluckte und wischte sich den Mund ab, wobei er den Kartoffelbrei aus seinem Mundwinkel quer über seiner Backe verteilte. Er bemerkte es nicht.

»Weil aus Oberkirchbach die meisten Tanzschüler kommen und weil wir nun mal die größte und schönste Festhalle im Umkreis haben. Und weil die Turnhalle in der Kreisstadt nicht so schön ist«, erklärte Matz.

»Und weil es hier billiger ist«, fügte seine Mutter hinzu. »Dieser überflüssige Kasten!«

»Also hör mal!«, maulte Matz. »Die Festhalle hat Papa gebaut!«

»Zum Teil«, korrigierte ihn Selma.

»Er ist dafür sogar geehrt worden, gell, Papa?«

Fritz sagte nichts. Er beherrschte sich, wie so oft, denn wenn er sich nicht beherrschte, was vorkam, dann wurde es laut und unschön.

Selma ließ keine Gelegenheit aus, ihn zu provozieren, und sie benutzte besonders gern Matz dazu, ihren Mann zu reizen.

Wenn der Abschlussball in der Festhalle von Oberkirchbach stattfand, mit anderen Worten gleich um die Ecke, dann hatte sie keinen Grund, dort nicht hinzugehen. Seit die beiden Töchter aus dem Haus waren, war Selma noch griesgrämiger geworden. Er war sich darüber im Klaren, dass er eine große Mitschuld an ihrer Verbitterung trug. Er hätte über seinen Schatten springen und sie lieben sollen. Genauer gesagt, er hätte über Emmas Schatten springen sollen, doch der war viel zu groß. Auch nach all den Jahren.

»Mit wem gehst du zum Ball?«, fragte Fritz seinen Sohn. »Mit Monika?«

Matz schaute verlegen unter sich und grinste schief. »Nein, nicht mit Moni. Mit Irma.«

»Mit dieser frechen Göre, mit der du früher schon um die Häuser gezogen bist?«, fragte Selma sofort.

»Irma ist nicht frech, bloß witzig, und sie ist nicht so eine Tussi. Außerdem kann sie gut tanzen. Und ich hab keine Lust, über die zwei linken Füße meiner Tanzpartnerin zu stolpern.«

»Bist du jetzt mit Irma zusammen«, fragte Fritz, seine Stimme klang diesmal ein wenig angespannt, obwohl er versuchte, es zu unterdrücken. Er mochte Irma, wie hätte er sie nicht mögen können, sie war praktisch das Abbild ihrer Mutter in jungen Jahren, aber wenn Matz mit ihr zusammen war, konnte das nur Scherereien bringen. Mit dem Vater, den sie hatte – und mit der Mutter.

»Also …« Matz zögerte und malte mit der Gabel in den Resten auf seinem Teller herum. »Also … ja … schon … so ein bisschen.«

Auch wenn ihm die Antwort nicht gefiel, musste Fritz schmunzeln. Matz war der einzige Mensch, der ihn regelmäßig zum Lachen oder zum Lächeln brachte, sogar mit seinen Dummheiten, sogar mit einem Kartoffelpüree-Streifen quer über der Wange.

»Dann solltest du ab jetzt anfangen, deine Tischmanieren zu überdenken«, meinte Fritz und reichte seinem Sohn eine Serviette. »So kannst du dich jedenfalls keinem Mädchen präsentieren, egal wie sie heißt.«

Selma warf den beiden einen bitterbösen Blick zu, stand wortlos auf und begann den Tisch abzuräumen.

Die Festhalle war dem Anlass entsprechend wunderschön geschmückt. In der Mitte des Saals hatte man für eine große Tanzfläche Platz gelassen, um sie herum waren die Tische für die Familien und Gäste der Tanzschüler angeordnet, für die ihrerseits die Empore reserviert war. Auf der Bühne spielte eine kleine Kapelle. Die Wirtsleute der verbliebenen beiden Wirtschaften in Oberkirchbach sorgten für die Verköstigung, auch die beiden Bäcker halfen mit, und die Landfrauen übernahmen ehrenamtlich die Bedienung. Es gab nicht mehr so viele Gelegenheiten wie früher, die Halle zu nutzen, deshalb waren die Oberkirchbacher stolz und glücklich, dass die Betreiber der Tanzschule sich für diesen Veranstaltungsort entschieden hatten.

Heiner machte seine Drohung wahr und blieb zu Hause. Er könne dieser Tanzerei sowieso nichts abgewinnen, sagte er abfällig. Paul, der ein enges Verhältnis zu seiner kleinen Schwester hatte, war dafür umso lieber mitgekommen.

Emma drängte darauf, früh aufzubrechen. »Damit wir schöne Plätze erwischen, von wo man gut sehen kann«, erklärte sie, obwohl man von jedem Punkt in der Halle gleich gut sehen konnte. In Wahrheit wollte sie nicht das Risiko eingehen, an einem Tisch neben Fritz und seiner Familie sitzen zu müssen.

Allerdings hatte dieser offenbar die gleiche Idee gehabt, und so kam es, dass sich Emma und Fritz unter den ersten Gästen befanden. Emma zog ihre Kinder auf die rechte Seite der Halle, Fritz steuerte die linke an. Matz und Irma stürmten aufeinander zu, küssten sich kurz und verstohlen und bewunderten einander gebührend. Matz sah in seinem dunklen Anzug umwerfend aus, und Irmas Schönheit kam in ihrem langen schulterfreien Kleid noch mehr zur Geltung.

»Sie sind das hübscheste Paar von allen«, flüsterte Emma Paul zu.

»Das denken wahrscheinlich alle Eltern hier von ihren Kindern«, flüsterte er grinsend zurück.

»Aber bei Irma stimmt es«, beharrte Emma. »Und Matthias ist ein ganz Hübscher geworden.« Dann sah sie ihren Sohn an, kniff ihn in die Wange und meinte: »Und du bist auch ein ganz Hübscher, warum hast du eigentlich noch keine Freundin, hm? Die Mädchen an der Uni müssen doch verrückt werden, wenn du vorbeigehst.«

»Mama!«, schimpfte Paul nicht ganz ernst mit ihr. »Du bist unmöglich. Kein Wunder, dass Papa zu Hause geblieben ist. Zum Glück!«, fügte er augenrollend hinzu.

Sie lachten herzlich, doch dann widmeten sie ihre Aufmerksamkeit den zur Musik einziehenden jungen Tanzpaaren. Es war sehr feierlich und hatte etwas vom Opernball. Opernball in Oberkirchbach. Nach dem ersten gemeinsamen Tanz begrüßte die stark geschminkte Tanzlehrerin die Gäste mit salbungsvollen Worten. Das Mikrofon, das sie benutzte, war schlecht ausgesteuert, und das Ganze minderte den Opernball-Eindruck deutlich.

»Kommen wir jetzt zum ersten offiziellen Programmpunkt«, rief sie euphorisch und meinte damit den Tanz der Tanzschüler mit ihren Eltern. Daraufhin begaben sich die

Jungs zu ihren Müttern und die Mädchen zu ihren Vätern, um sie artig, wie sie es gelernt hatten, zum Tanz aufzufordern. In Irmas Fall ersetzte Paul den Vater. Kichernd knickste Irma vor ihrem amüsierten Bruder, und gleich darauf sah Emma zu, wie ihre beiden Kinder fröhlich lachend über die Tanzfläche schwebten. Matz dagegen hatte seine Mutter im Arm, die keine Miene verzog. Immer wenn die beiden an Irma und Paul vorbeitanzten, zwinkerte Matz oder machte eine Grimasse in Irmas Richtung. Kaum war der Tanz vorbei, eilte Selma auch schon wieder zu ihrem Tisch. Mit Fritz redete sie kein Wort.

Er ist genauso unglücklich verheiratet wie ich, dachte Emma, die nicht umhinkonnte, ab und zu durch die tanzenden Paare hindurch einen Blick zu den Tischen auf der anderen Seite zu werfen. Als sie sich damals getrennt hatten, hatte Emma geahnt, dass sie niemals einen anderen Mann so würde lieben können, wie sie Fritz geliebt hatte. Aber so, wie sich ihr Leben mit Heiner entwickelt hatte, hatte sie es sich nicht vorgestellt. Ganz ähnlich schien es Fritz mit Selma zu gehen. Aber war das ein Wunder? Die Menschen, die Emma und Fritz in ihr Leben gelassen hatten, hatten nie die Chance gehabt, mehr zu werden als ein Ersatz. Sowohl Heiner als auch Selma mussten das spüren. Man spürte, wenn man nicht genug war.

Erneut erklang scheppernd die Stimme der Tanzlehrerin von der Bühne und riss Emma aus ihren Gedanken. Dieses Mal wies die Dame ihre Schüler an, die Eltern ihrer Tanzpartner zum Tanz aufzufordern, die Mädchen die Väter, die Jungs die Mütter. Verlegenes Tuscheln und verhaltenes Kichern erfüllte den Saal. Irma war bei den Ersten, die an den Tisch ihres Tanzpartners Matz herantrat. Emma verfolgte, wie ihre Tochter einen Knicks vor Fritz machte und ihn mit schief gelegtem Kopf aufforderte.

»Darf ich um den nächsten Tanz bitten, Frau Jung?« Matz

stand in seinem Anzug vor ihr und vollführte einen angedeuteten Diener. Er verhielt sich sehr gesittet, doch in seinen Augen saß der pure Schalk.

Emma hätte am liebsten Nein gesagt, viel zu ähnlich war er seinem Vater in diesem Moment, aber natürlich konnte sie das nicht tun. Sie sah Fritz mit Irma auf der Tanzfläche. Er machte ein versteinertes Gesicht und hielt sie auf Abstand. Emma lächelte Matz an und ergriff seine ihr entgegengestreckte Hand. Wenn Fritz das konnte, dann konnte sie es auch.

Wiener Walzer tanzten sie. Die Welt drehte sich und drehte sich. So hatte Fritz mit ihr auf der Kerwe getanzt, nur nicht so sorglos, schon mit dem Krieg im Gepäck seiner Vergangenheit. So hätte er also ausgesehen, wenn es den Krieg nicht gegeben hätte, so wie Matz. So unbekümmert und frei hätte er sie angelacht, wie Matz jetzt ihre Tochter anlachte, wenn sie in Fritz' Armen vorbeischwebte. Emma und Fritz dagegen sahen jedes Mal in die andere Richtung. Ein einziges Mal begegneten sich aus Versehen ihre Blicke. Für den Bruchteil einer Sekunde sahen Emma und Fritz einander in die Augen. Und gleich wieder weg. Die Welt drehte sich weiter.

Mitte Juni 2019

Marie fühlte sich wie erlöst, seit sie mit Jakob gesprochen hatte und seit sie wusste, dass sie beide Oberkirchbach wieder verlassen würden. Nicht in den nächsten Tagen oder Wochen schon, aber das Ende ihres Aufenthalts war absehbar, und mit der Aussicht darauf konnte sie wieder durchatmen. Gleich nach der 750-Jahr-Feier wollte Jakob den Antrag stellen, Gründe gab es genügend: Ihre Familien lebten weit weg, das war ein Argument, ein noch stärkeres war die Tatsache, dass Marie hier auf dem Land keine Beschäftigung in ihrem Beruf finden konnte. Ein engagierter Artikel über das Sterben des Einzelhandels in der Region, den sie unlängst geschrieben und an die Zeitung geschickt hatte, wurde abgelehnt, mit der Bemerkung, sie dürfe es gern noch einmal versuchen, wenn sie einen Lösungsansatz für die bereits bekannte Misere anzubieten habe. Aber schreiben, das bescheinigte man ihr gnädig, konnte sie. Immerhin, dachte Marie grimmig. Sie war weder besonders überrascht noch traurig. Sie wollte das ihr bescheinigte Talent sowieso lieber woanders zum Einsatz bringen. Und auch Jakob war nicht auf die Pfalz angewiesen. Es wurden auch andernorts Pfarrer gesucht. Das konnte nicht so schwer sein. Und zur Not, so hatte er ihr versprochen, würde er eben ausschließlich an einer Schule unterrichten. Er hatte ihr mehrfach versichert, dass das okay war für ihn. Unterrichten machte ihm großen Spaß, er hatte einen guten Draht zu Jugendlichen, das sah man allein an seinen Konfirmanden, die sich mit Feuereifer daranmachten, alle Ideen in die Tat umzusetzen. Sie hatten Freunde und Geschwister mobilisiert, die wiederum andere Jugendliche zur Besprechung mit Jakob im Pfarrhaus mitgebracht hatten.

Allerdings konnte Jakob nicht nur mit Kindern und Jugendlichen gut umgehen. Er hatte für jeden ein offenes Ohr, er hatte immer Verständnis, und es gab keinen einzigen Menschen, mit dem er nicht irgendwie zurechtkam. Es war Marie oft ein Rätsel, wie jemand so sein konnte wie ihr Mann.

In der Kirche jedoch war er in seinem eigentlichen Element. Er blühte immer mehr auf, ging immer mehr aus sich heraus. Seine Gottesdienste wurden von Sonntag zu Sonntag bunter und unterhaltsamer. Manchmal betrat er gar nicht erst die Kanzel, sondern lief während seiner Predigt durch den Kirchenraum, bezog die Leute mit ein und machte auch mal Scherze. Es sprach sich herum, dass Oberkirchbach einen Pfarrer hatte, der anders war und anders predigte. Marie glaubte zwar nicht an Gott, aber sie glaubte an Jakob und daran, dass er Gutes bewirken konnte. Doch das konnte er schließlich überall, sagte sie sich. Sie würden dieses kleine Nest verlassen, bald, und dieser Gedanke verlieh auch Marie Flügel.

Sie hatte die Organisation der Feier in die Hand genommen, und nichts konnte sie mehr aufhalten. Es würde großartig werden, es würde ihr Abschiedsgeschenk an Oberkirchbach sein.

Morgen für Morgen saßen sie und Anja in Wiegands Laden und planten, und alle, die da waren, durften ihren Senf dazugeben. Allein schon aus diesem Grund ging es beim Frühstück immer hoch her. Manchmal saß auch die alte Margret dabei. Man hatte ihr eigens einen Sessel in den Laden gestellt, damit sie es bequem hatte. So war sie nicht nur unter Leuten, sondern an dem Ort, an dem sie früher gewirkt hatte. Sie erzählte oft von alten Zeiten, und Marie hörte ihr dann aufmerksam zu. Wie es früher in Oberkirchbach gewesen war und wie es mit dem Dorf langsam, aber sicher bergab gegangen war.

»Ganz früher hatten wir drei Wirtschaften, zwei Lebensmittelläden mit Bäckereien dabei, eine Metzgerei, eine Post, das Elektrogeschäft, den Gemischtwarenladen«, zählte sie auf. »Was noch?«

»Einen Doktor«, fiel Gisela Leipolt ein.

»Wir hatten alles«, meinte Gerlinde der Einfachheit halber. »Als ich ein Kind war, hatten wir alles. Dass der Bus nicht oft gefahren ist, war gar nicht schlimm, oder wenn man kein Auto hatte, es gab ja alles, was man brauchte, hier. Und heute … nix!«

Margret nickte. Alle Älteren nickten, und zum Trost schenkte Frau Wiegand Kaffee nach.

»Vielleicht wird es wieder«, meinte Anja. »Jetzt wird erst mal die Festhalle wieder flottgemacht, und das Café hier brummt. Das ist ein Anfang.«

»Ich glaube, wir brauchen einen Tisch mehr«, sagte Frau Wiegand wieder einmal.

»Na, dann stell doch einen hin«, meinte die alte Margret umstandslos. »Und wenn ich mal nicht mehr bin, könnt ihr das Café nach drüben verlegen, in mein Wohnzimmer.«

»Daran wollen wir jetzt aber nicht denken, Mutter«, wies ihre Schwiegertochter die Idee entsetzt von sich. »Du bist noch lange da, und nächste Woche stellen wir endlich einen Tisch mehr in den Laden, die Therese kann uns einen geben.«

Marie hatte auch schon mit den Wirtsleuten von *Michels*

Einkehr geredet. Die beiden hießen mit Nachnamen eigentlich Brettschneider, aber nach wie vor war überall von Michels die Rede, Michels Hannelore und Michels Günter. »Das ist einfacher, daran sind die Leute gewöhnt«, meinte der Wirt, der genauso aussah, wie man sich einen Wirt in einer nicht sehr gut gehenden Dorfkneipe vorstellte. Marie jedenfalls hätte ihn sich so vorgestellt – ein bisschen grobschlächtig, ein bisschen trübsinnig, die Nase mit Äderchen durchzogen und immer ein bisschen rot. Wer sollte auch das ganze Bier trinken? Ab und zu leisteten ihm ein paar Männer aus dem Dorf Gesellschaft dabei, nach dem Fußball, wenn im Sportheim nichts mehr geboten war und man sich über die Niederlage der eigenen Mannschaft hinwegtrösten musste. Das wusste Marie natürlich von Liesel, die fast alles von allen wusste. Draudte Fritz komme auch manchmal vorbei, erzählte die Liesel, dann sitze er alleine in der Ecke, in der er immer mit seinem Freund Herrmann gesessen habe, und rede mit niemandem.

»Sind alle schon tot, die alten Freunde vom Fritz, die paar, die er zuletzt noch gehabt hat«, erzählte Liesel.

Liesel begleitete Marie zu *Michels Einkehr*, unter anderem deshalb, weil man den Wirt manchmal ganz schlecht verstand, wenn er gepichelt hatte.

Ganz so schlimm war es dann nicht, Günter war einigermaßen nüchtern und gab sich Mühe mit dem deutlichen Reden und mit dem Hochdeutschen, und seine Frau war ja auch dabei.

»Kneipenchor!«, sagte er, runzelte die Stirn und wiederholte das Wort ein paarmal. »Kneipenchor, Kneipenchor. Wo hab ich das denn schon mal gehört?«

»Im Fernsehen wahrscheinlich«, meinte Marie. »Das ist zur Zeit total in Mode, vor allem in größeren Städten. Berlin. Hamburg …«

»So, so!« Er rieb sich das Kinn.

»Die Leute treffen sich in der Kneipe und singen zusammen. Einfach so.«

»Aha!« Seine Hand wanderte zur Seite und zog das ohnehin schon recht fleischige Ohrläppchen in die Länge.

»Zur Begleitung kann entweder jemand Gitarre spielen oder Klavier, wenn eins da ist, oder man nimmt die Musik von Playbacks. Und zur Not a cappella oder zur CD. Ganz unkompliziert.«

»Mhm!« Auch das Kratzen am Hinterkopf zeigte keine Wirkung. Die Zündung des Gehirns versagte.

Marie und Liesel sahen einander ratlos an.

»Ja, und wir sollen den Raum dafür zur Verfügung stellen, oder wie haben Sie sich das gedacht?«, fragte Michels Hannelore, die eigentlich Hannelore Brettschneider hieß. Es war schon ein Kreuz mit diesen Namensregeln auf dem Dorf.

»Sozusagen«, antwortete Marie. Sie wusste nicht, wo das Problem war. Warum schauten die beiden Michels so sorgenvoll aus der Wäsche?

Auf einmal zog Günter Michel-Brettschneider tief die Luft ein, kreuzte die Arme vor der breiten Brust und fragte: »Ja, aber trinken die dann auch was?«

Jetzt begriff Marie. »Ja, natürlich! Das ist doch der ganze Punkt. Man geht in die Kneipe, um zu singen, weil man da auch was trinken und essen kann. Alles zusammen, verstehen Sie?«

»Ja, wie?«, hakte Hannelore nach. »Da kommen dann so … wie viel ungefähr?«

»Also für den Anfang mal so fünfundzwanzig bis dreißig, würde ich schätzen, können aber auch mehr werden, so nach und nach.«

»Mehr?« Hannelore riss die Augen auf, und Günter fielen

die gekreuzten Arme runter. »Mehr als fünfundzwanzig? Wie oft denn?«

»Na, mindestens einmal pro Woche, kann aber auch zweimal sein, wir müssen ja auch proben. Für die Feier.«

Die beiden Michels bekamen ihre Münder gar nicht mehr zu.

»Und das gibt es in Großstädten?«

Marie grinste. »Und wenn Sie mitmachen, auch in Oberkirchbach.«

»Ei allemol!«, rief Hannelore begeistert, und Liesel übersetzte: »Na, und ob!«

Danach gab es noch einen Schnaps, der verdächtig so schmeckte wie der von Fritz Draudt.

Man bot sich gegenseitig das Du an, und als Marie den ersten Termin vereinbaren wollte, meinten die beiden Michels, die Leute sollten ruhig einfach kommen.

Als Marie am Abend im Wohnzimmer saß, Ordner wälzte und sich Notizen dazu machte, was als Nächstes an organisatorischen Aufgaben anstand, erhielt sie einen Anruf von Irma, die wieder in Bremen war, aber während der Schulferien zurückkommen wollte. Sie habe sich mit ihrem alten Freund Emil Pavelka in Verbindung gesetzt, der wiederum seinem Sohn Stefan Bescheid geben wolle. Lang und breit erklärte sie die Familiengeschichte der Pavelkas, angefangen bei den Großeltern. Marie hörte sich das geduldig an, obwohl sie sich eigentlich nur für Stefan, den Musiker, interessierte. Erst als in diesem Zusammenhang plötzlich der Name Margret Wiegand fiel und auch Fritz Draudt erwähnt wurde, wurde Marie wieder hellhörig.

»Also, Stefan meldet sich bei Ihnen, gell?«, schloss Irma.

»Super! Vielen Dank!«

Marie legte auf und ließ ihren Stift fallen.

Irgendwie schien früher jeder mit jedem verbunden gewesen zu sein auf dem Dorf. Immer wieder begegnete man denselben Namen, Leuten, die miteinander befreundet waren oder einander gut kannten oder aber die einander überhaupt nicht leiden konnten. Ob im Guten oder im Schlechten, man hatte immer irgendein Verhältnis zueinander. Man war ein Teil eines Ganzen. Doch von Generation zu Generation war das alles immer mehr auseinandergefallen, und inzwischen glich das Dorf einem Puzzle aus 821 Teilen, die keiner mehr zusammenfügte, weil es zu schwierig war.

821 Menschen, die keine Geschichten zu erzählen hatten und die keine neuen Geschichten beitragen würden.

Lohnte sich das alles denn überhaupt, was sie da tat? Das Dorf wieder zusammenbringen. Wozu eigentlich? Sie selbst und Jakob waren doch das beste Beispiel dafür, dass es sich nicht lohnte. Sie würden wieder weggehen und alles hinter sich lassen. So wie Irma alles hinter sich gelassen hatte, so wie Anjas Eltern alles hinter sich gelassen hatten und so viele andere.

Marie saß am Wohnzimmertisch mit ihren Papieren und ihrem Notizbuch und zweifelte mit einem Mal wieder an allem. Im Grunde war es doch nur ihr schlechtes Gewissen, das sie antrieb.

Der Klingelton ihres Handys riss sie aus ihren Gedanken. Die sympathische Stimme am anderen Ende der Leitung gehörte einem jungen Korrepetitor am Pfalztheater in Kaiserslautern, Stefan Pavelka. Sein Vater habe ihn angerufen, selbstverständlich habe er noch eine Beziehung zu Oberkirchbach, er habe als Kind seine Ferien dort verbracht und besuche häufig seine Großmutter.

»Kaiserslautern ist ja schließlich nicht so weit weg«, meinte er lachend.

Umso besser, dachte Marie, erklärte ihm, was sie vorhatte, und fragte, ob er Zeit und Lust habe, sich ein bisschen einzubringen.

»Lust ja, Zeit nicht ganz so viel«, war die Antwort, doch Stefan Pavelka versprach, auf alle Fälle zur Bürgerversammlung zu kommen.

»Finde ich aber toll, was Sie da tun«, sagte Stefan Pavelka abschließend. »Wurde Zeit, dass da mal jemand die Initiative ergreift und die Leute ein bisschen wachrüttelt.«

»Ja«, sagte Marie. »Mach ich gern.« Mit einem Seufzer legte sie auf und machte sich wieder an die Arbeit.

Die Flyer mit der Einladung zur Bürgerversammlung waren entworfen, gedruckt und an alle Haushalte verteilt. Jetzt blieb nur noch die Frage, ob die Leute auch neugierig genug waren und kommen würden.

Oberkirchbach geht uns alle an, hieß es in der Überschrift. Marie hatte einen Text verfasst, der sie selbst davon hätte überzeugen können, dass sich das Leben auf dem Dorf lohnen konnte, sogar in diesem vergessenen Hinterland. Ein flammender Appell an das Gemeinschaftsgefühl und die persönliche Verantwortung eines jeden Einwohners für den Ort. *Es liegt in unseren Händen, es liegt an unserem Willen*, stand da am Schluss.

»Zu pathetisch?«, hatte sie Anja gefragt.

Ein lang gezogenes »Ähhhhhm …« war Antwort genug gewesen.

»Das lassen wir so«, beschloss Marie, und Anja bat lediglich darum, nicht mit der Formulierung in Verbindung gebracht zu werden.

Jakob war begeistert, und was man so hörte, war die Resonanz auf den Flyer nicht schlecht. Als Marie in den darauffolgenden Tagen durchs Dorf ging, traf sie immer wieder auf Leute, die sie ansprachen und sich näher erkundigten, worum es denn da genau gehe und worauf man sich einstellen müsse. Die Neugier war geweckt, und viele kündigten an, zu kommen und sich das mal anzuhören. Eine Bürgerversammlung in Oberkirchbach, das gab es ja nicht alle Tage. Genau genommen hatte es das noch nie gegeben. Marie war hochzufrieden. Es lief alles viel besser, als sie es sich vorgestellt hatte.

Vier Tage vor der Versammlung kam sie bei Wiegands vorbei. Die alte Margret saß hinter dem großen Fenster ihrer Doppelhaushälfte neben dem Laden und schaute auf die Straße. Als sie Marie sah, lachte sie und winkte. Glücklich. Marie winkte ebenso glücklich zurück, einen Moment lang überlegte sie, ob sie kurz zu ihr hineingehen sollte, aber sie hatte es eilig, es gab noch so viel zu tun, also hob sie lediglich beide Daumen in die Höhe. Die alte Frau lachte noch mehr und hob ebenfalls ihre Daumen.

Am nächsten Tag war Margret Wiegand tot.

Marie erfuhr es, als sie morgens zum Frühstück gehen wollte und vor dem geschlossenen Laden stand. Verwundert und mit einer unguten Vorahnung klingelte sie. Frau Wiegand öffnete, in Tränen aufgelöst. Da war keine große Erklärung mehr nötig.

»Ganz friedlich. Im Schlaf«, schluchzte Frau Wiegand. »Sie lächelt sogar. Genau wie sie im Leben gelächelt hat.«

Jakob kam, von Marie verständigt, noch vor dem Arzt, der den Totenschein ausstellen musste. Betroffen standen sie um das Totenbett herum, wo Margret noch immer glücklich lächelnd lag, so als ob sie nur schliefe. Marie hielt die weinende Frau Wiegand im Arm, der Bäcker lehnte im Türrahmen und riss sich zusammen, wie er es gelernt hatte.

»Sie hat sich so auf die Feier gefreut und auf ihre Ehrung«, jammerte Frau Wiegand. »Und jetzt erlebt sie das gar nicht mehr.«

Marie drückte die Frau noch ein bisschen fester, doch mit einem Mal wurde ihr die ganze Tragweite des Todes der liebenswerten alten Frau bewusst.

Wie gut, dass wir die Margret noch haben, klangen ihr Liesel Hilles' Worte im Ohr.

Jetzt waren Emma und Fritz die Ältesten.

1988

Irma und Matz waren ein Paar. Lediglich der Anfang war ein bisschen holprig gewesen, da beide über ein gewisses Temperament verfügten und keinem Streit aus dem Weg gingen. Mal waren sie zusammen, und mal waren sie getrennt, dann gingen sie vorübergehend mit anderen. Aber im Grunde wusste jeder in Oberkirchbach und jeder in ihrem Freundeskreis, dass Irma und Matz zusammengehörten. Sie liebten einander, und sie passten zueinander, und je älter sie wurden, desto enger wurde ihre Beziehung. Daran änderte auch die Tatsache nichts, dass sie nach dem Abitur unterschiedliche Wege gingen. Irma wollte Lehrerin werden und zog zum Studium nach Trier, Matz dagegen ging bei seinem Vater in die Lehre. Von Kindesbeinen an hatte er sich für dessen Arbeit interessiert, und die Werkstatt war immer sein liebster Aufenthaltsort gewesen. Fritz wollte ihn zwar dazu überreden, zu studieren und damit das zu tun, was ihm selbst versagt geblieben war, doch Matz war nicht der Typ, der sich auf den Hosenboden setzte und lernte, die Schule hatte ihm schon gereicht. Letztlich jedoch freute sich Fritz darüber, dass er seinem Sohn die Werkstatt einmal würde übergeben können, und mit Matz zusammenzuarbeiten war für ihn das größte Glück. Manchmal, wenn sie in Oberkirchbach war, kam Irma vorbei und schaute ihnen zu. Fritz mochte das Mädchen sehr, aber wenn Matz eine andere Freundin gehabt hätte, wäre es ihm mehr als recht gewesen, und auch Emma hätte nichts dagegen gehabt, wenn die Beziehung der beiden endgültig auseinandergegangen wäre, doch das war nicht der Fall. Auch als Irma unter der Woche ihre Zeit in Trier verbrachte und die beiden sich seltener sahen, brachte sie das nicht auseinander, ganz im Gegenteil.

Heiner war der Einzige, der die Beziehung nicht akzeptierte, er ließ Matz nicht einmal ins Haus, doch den störte das nicht, er mochte Irmas Mutter und ihren Bruder, ihr Vater war ihm egal.

Manchmal fragte sich Emma, wie es wohl werden würde, wenn Matz und Irma eines Tages heiraten wollten oder womöglich Kinder hätten. Heiraten war ja immer weniger ein Thema unter den jungen Leuten. Man lebte gut und gern ohne Trauschein zusammen, trotzdem waren diese Beziehungen nicht weniger ernst, und wenn Kinder da waren, dann waren auch die Familien involviert und konnten sich nicht mehr aus allem heraushalten. Vielleicht, überlegte Emma manchmal, würden Fritz und sie eines Tages ein gemeinsames Enkelkind haben. Was dann?

Aber dazu sollte es nie kommen.

»Tschüss, Papa, nicht so viel arbeiten«, sagte Matz zu seinem Vater, der in der Werkstatt an der Restaurierung eines aufwendig gestalteten alten Schranks arbeitete. »Schon gar nicht am heiligen Sonntag!«

Fritz würde den Anblick nie vergessen: Matz mit seinen dunkelblonden Haaren, die immer so aussahen, als wüssten sie nicht, was ein Kamm war, die Türklinke in der Hand, halb in den Raum gelehnt und auf einem Fuß balancierend, während der andere in der Luft hing. Eilig wie immer und mit einer Neckerei auf den Lippen. Und diese frech funkelnden, lebendigen Augen … Irma winkte hinter Matz durch die Tür. »Hallo, Herr Draudt!«

»Wo geht ihr denn hin?«, fragte Fritz.

»Wir fahren mit Emil und Gaby zur Flugschau.«

»Zur Flugschau?« Fritz runzelte grimmig die Stirn. Er hatte nichts übrig dafür. Jedes Jahr dieses pseudomilitärische Tamtam, und jedes Jahr pilgerten Horden nach Ramstein zur Air Base, um sich die tollkühnen Kunststücke der Flieger in der Luft anzusehen und um sich zu amüsieren, denn das Ganze glich eher einem Volksfest. Viele Leute aus Oberkirchbach und der ganzen Umgebung gingen dorthin.

»Was macht ihr denn bei der Flugschau?«, fragte Fritz.

Matz zuckte die Achseln. »Wir waren da noch nie. Die Irma nicht und der Emil auch nicht, und die Gaby hat gemeint, das muss man mal gesehen haben.«

»Und das Eis nicht zu vergessen«, rief Irma lachend und umarmte Matz von hinten.

»Genau, das Eis«, sagte Matz, drehte den Kopf und küsste Irma. »Das sollte man unbedingt mal probiert haben, meint sie.«

»Na dann, viel Spaß«, sagte Fritz missbilligend, aber nicht zu grantig.

»Danke! Tschüss!«, rief Matz, und weg war er.

Das waren seine letzten Worte, das war das Letzte, das Fritz Draudt von seinem Sohn sah.

Am Nachmittag hörte man in Oberkirchbach ein seltsames Geräusch, einen Knall, weit weg, nicht laut, aber gut hörbar.

Man wunderte sich und ging weiter dem nach, was man gerade tat. Fritz saß auf der Bank vor der Werkstatt, ruhte sich gerade aus und antwortete nicht, als seine Frau ihn fragte: »Was war das denn? Hast du das auch gehört?«

Was sollte es schon gewesen sein?

Auch Emma, die mit Auguste zusammen auf der Terrasse Kaffee trank und die Sonne genoss, hob nur kurz den Kopf, dann unterhielten sie sich weiter. Über Augustes vierzehnjährige Nichte, die schwanger war und nun die Schule abbrechen musste. Was für ein Unglück! Mit vierzehn! Und der Junge nicht viel älter. Was machte man da als Eltern?

Auch alle anderen wussten später noch, wo sie an diesem Nachmittag, als es so seltsam geknallt hatte, gerade gewesen waren. Doch wem nützte das etwas, wenn man das wusste, und was änderte es daran, dass sich an diesem Nachmittag das schrecklichste Unglück zutrug, das die Westpfalz je erlebt hatte?

Kurz darauf kam die Nachricht im Radio. Und bald auch im Fernsehen. Wer wollte, konnte sich ansehen, was sich dort in Ramstein ereignet hatte. Konnte mitverfolgen, wie die Kunstflieger diese besondere Figur in die Luft malten: das durchstoßene Herz. Wie sie tollkühn aufeinander zurasten, wie sie nicht weit über dem Boden zusammenknallten, wie einer der Jets explodierte und als Feuerball mitten in die Menge der Zuschauer geschleudert wurde.

Selma brach bei der Nachricht in ihrer Küche zusammen und schrie ohrenbetäubend laut nach ihrem Sohn. Fritz musste sie förmlich aufsammeln. Selmas Zusammenbruch verhinderte, dass er seiner eigenen Angst Raum geben konnte. Er redete ihr gut zu, machte ihr Hoffnung, glaubte fest daran, dass es nicht ihren Matz getroffen hatte. Vielleicht seien die vier schon weg gewesen, er kenne doch Matz und Irma, denen sei so etwas doch viel zu langweilig. Fritz hielt die schreiende Selma in seinen Armen und überlegte verzweifelt, was nun zu tun sei. Man musste doch etwas tun. Aber was nur? Seine verzweifelte Frau zu halten, war das Einzige, das Sinn zu ergeben schien. Matz würde bald in der Tür stehen und berichten. Von dem Unglück und allem. Er wäre sicher mitgenommen und schockiert, das schon, aber er würde sich an den Küchentisch setzen und erzählen.

»Mach dir keine Sorgen«, flüsterte er Selma ins Ohr, damit sie durch ihre Schreie hindurch überhaupt etwas verstehen konnte. Auf einmal rannen ihm die Tränen hinunter, als hätte jemand heimlich eine Schleuse geöffnet. Er sank auf den Boden mit Selma im Arm, sie krallte sich an ihm fest, dass es wehtat. Doch die Angst tat noch mehr weh.

Heiner schimpfte. Emma saß wie betäubt am Tisch. Das Radio lief, in den Nachrichten war gerade die Meldung von der Katastrophe gekommen – und Heiner schimpfte. Auf seine Tochter, die nicht hören wollte, auf Matz, der sie mitgeschleift hatte zu so einer gefährlichen Veranstaltung, auf Fritz mal wieder, auf die Nachrichtensprecher, die nichts Genaueres wussten, auf die Amis, auf die Welt.

Emma erhob sich, stellte sich direkt vor ihn und schrie ihm aus Leibeskräften ins Gesicht: »Halt den Mund! Halt endlich deinen verdammten Mund, du Scheusal!« Dann fing sie an zu zittern und brach in Tränen aus. Bevor Heiner noch ein Wort sagen konnte, wankte sie aus dem Haus und lief nach nebenan zu Auguste und Herrmann. Dort war sie oft, seit im vergangenen Jahr auch Emmas Vater gestorben und die Kinder zum Studieren weggezogen waren. Sie hielt es mit Heiner alleine nicht aus. Aber sie hätte ihm doch wenigstens zugetraut, dass er bei einer so entsetzlichen Nachricht um sein Kind fürchten würde, dass er wenigstens in einem solchen Moment zeigen könnte, dass er seine Familie liebte.

»Was soll ich denn jetzt tun?«, fragte Emma verzweifelt.

»Warten. Irma meldet sich sicher bald. Ganz bestimmt«, trösteten sie Auguste und Herrmann.

Sie warteten.

Und Fritz und Selma warteten. Sie hatten Lisa und Rosa verständigt, die beide bereits eigene Familien hatten, Lisa eine kleine Tochter, die Fritz noch keine dreimal in ihrem Leben gesehen hatte.

»Kommt her, bitte!«, bat er am Telefon. Sie kamen.

Auch Paul kam zu seiner Mutter. Arm in Arm saßen sie bei Auguste und Herrmann auf dem Sofa. Irma würde sich melden, sie konnte sich denken, wo ihre Mutter steckte, wenn sie nicht zu Hause war. Oder Heiner würde ihr Bescheid geben. »Irma hat gerade angerufen, es geht ihr gut«, würde er sagen. Und sich vielleicht entschuldigen, ihr versichern, wie glücklich er darüber sei, dass ihr nichts passiert war.

So würde es sein.

Es war nicht so.

Keiner der vier Freunde meldete sich.

Am nächsten Tag gab es eine Nachricht von Gaby, die traumatisiert und leicht verletzt in einem Krankenhaus in Ludwigshafen gelandet war. Im selben Krankenhaus lag zufällig auch, aber mit schlimmeren Verletzungen, ihr Freund Emil Pavelka. Andere Verletzte waren wahllos auf andere Krankenhäuser verteilt worden. Nach zwei Tagen kam die Nachricht, dass Irma in Kaiserslautern lag. Nur Matz war nicht auffindbar. Er war nicht bei den Überlebenden und nicht bei den Verletzten in den Krankenhäusern.

Selmas Haare verloren über Nacht ihre Farbe, sie hatte keine Kraft mehr zu schreien, und Fritz hatte keine Kraft mehr, sie zu halten. Zitternd und apathisch lag sie auf ihrem Ehebett, das Zimmer verdunkelt, als wäre es Nacht und sollte nie mehr Tag werden. Fritz konnte weder diese Dunkelheit ertragen noch das Licht, er konnte gar nichts mehr ertragen.

Er hatte in seinem Leben schon viele schlimme Tage erlebt, er hatte viele Verluste erlitten, doch kein Tag war so schlimm wie der 28. August 1988, und kein Verlust war so groß wie der seines Sohnes. An diesem Tag war es sein Herz, das durchstoßen wurde, nur dass er nicht daran starb, obwohl er es sich wünschte.

Er ließ Selma zurück und suchte Matz, irgendwo im Haus musste er doch noch sein, ein kleiner Rest Leben, an dem Fritz sich festhalten konnte. Fritz berührte die Türklinke seines Zimmers, doch er zog seine Hand gleich wieder zurück. Matz' Zimmer war leer, und in dieser Leere war kein Leben. Er ging weiter, die Treppe hinunter, in die Küche, ins Wohnzimmer. Überall sah und hörte er Matz. Er folgte ihm nach draußen, hinüber in die Werkstatt.

»Na, wie findest du die, Paps?«, hörte er die Stimme seines toten Sohnes, sah seine leuchtenden Augen, als er ihm die kleine Kommode zeigte, die er gerade fertiggestellt hatte. Unendlich stolz und ein bisschen provokant, als wollte er seinem alten Herrn zeigen, dass er ihm an Können in nichts nachstand. Da war sie, die Kommode, auf dem breiten Regal am Ende der Werkstatt. Fritz wollte hingehen, das kostbare Stück berühren. Er torkelte ein bisschen und blieb an etwas hängen. Es war die Kurbel des Schraubstocks.

»Was ist denn Krieg«, hörte er den kleinen Matz, und: »Hast du es erlebt?« Die kleinen Finger drehten die Kurbel hin und her, hin und her. Der Junge strahlte ihn an, und Fritz brach weinend neben dem Schraubstock zusammen.

Emma besuchte ihre Tochter. Ihr halbes Gesicht war verbrannt und die rechte Seite ihres Kopfes. Ihre rechte Schulter, ihre rechte Brust und ihr rechtes Bein.

»Matz ist tot!«, war das Erste, das Irma sagte, als sie ihre Mutter sah. Sie murmelte es, weil sie ihren Mund nicht bewegen konnte. »Matz ist tot.« Es blieb das Einzige, das sie sagte.

In dieser Nacht setzte sich Emma hin und schrieb einen Brief an Fritz. Sie musste es einfach tun, sie hätte sich selbst nicht mehr ertragen, wenn sie es ignoriert hätte, dass sein über alles geliebter Sohn ums Leben gekommen war. Hingehen und mit ihm reden konnte sie nicht, aber schreiben, das wollte sie wenigstens, das musste sie.

Sie gab den Brief Herrmann, der ihr versprach, ihn Fritz persönlich zu übergeben. Am nächsten Tag klingelte Herrmann an Emmas Haustür. Verlegen griff er in die Tasche und reichte ihr den Brief – noch im Umschlag, einmal in der Mitte durchgerissen.

»Tut mir leid, Emma. Der Fritz …« Herrmann suchte nach den richtigen Worten, doch Emma sagte nur: »Ich versteh schon.« Sie nahm den zerrissenen Brief entgegen und dankte Herrmann für seine Mühe und für seine Freundschaft.

»Ich weiß nicht, ob er das überlebt«, meinte Herrmann noch beim Abschied.

»Der Fritz, der ist doch schon lange tot«, erwiderte Emma und schloss die Tür.

Sie wollte den Brief im alten Küchenofen ihrer Mutter verbrennen, doch dann behielt sie ihn und steckte ihn in eine Holzkiste, in der sie alte Fotografien aufbewahrte und lauter Dinge, bei denen sie es nicht übers Herz brachte, sie wegzuwerfen.

Fritz sah man lange nicht mehr im Dorf, und Selma wurde immer weniger.

Heiner besuchte seine Tochter selten im Krankenhaus. Er schob es auf seine Arbeit, wo er gerade viel zu tun habe, aber eines Tages stellte Emma ihn zur Rede und fragte, weshalb er sich so verhielt.

»Ich kann ihr Gesicht nicht sehen«, platzte es aus ihm heraus. »Sie war so hübsch, und jetzt ist sie völlig entstellt. Nur weil sie sich an diesen Jungen gehängt hat. Ich hab sie immer gewarnt. Das hat sie jetzt davon.«

Diesmal schrie Emma nicht. Sie war völlig ruhig, als sie sagte: »Weißt du was, Heiner, und ich kann *dein* Gesicht nicht mehr sehen. Pack deine Sachen und verschwinde!«

Und das war es. Emma blieb dabei. Sie warf ihn aus dem Haus und reichte kurz darauf die Scheidung ein.

Mitte November kam Irma aus dem Krankenhaus und bestand darauf, Matz' Eltern aufzusuchen. Emma konnte sagen, was sie wollte, Irma ließ sich nicht davon abbringen.

»Das hätte Matz so gewollt«, sagte sie und marschierte los. Vorsichtig wegen ihres Beins und mit einem dicken Tuch über dem Kopf, das ihr Gesicht großflächig verhüllte und ihre Verbrennungen verbarg.

Als sie lange wegblieb, machte sich Emma Sorgen, doch dann kam Irma zurück. Ohne den Schal über ihrem Gesicht.

»Wie war es?«, fragte Emma gespannt.

Irma lächelte. Lächeln, das war bei Irma etwas anderes geworden als bei anderen Menschen. Da war kein Strahlen in den Augen, der Mund wurde kaum verzogen. Lächeln, das war in Irmas neuer Lebenswirklichkeit, in ihrer neuen Welt ohne Matz, die kurzzeitige Abwesenheit von Leid, ein verschwindend kurzer Moment von Entspannung und Frieden in ihrem verunstalteten Gesicht.

»Ich bin froh, dass ich dort war«, sagte sie. »Ich habe lange mit den beiden gesprochen, auch mit Frau Draudt. Ich habe ihnen alles erzählt, was ich weiß, darum haben sie mich gebeten. Ich glaube, Matz hat nicht lange gelitten, er war auf der Stelle tot. Das hab ich ihnen gesagt, und das hat sie ein bisschen …« Das Wort *getröstet* wollte nicht über ihre Lippen. Sie senkte den Kopf und fuhr fort: »Es war gut, dass ich dort war. Herr Draudt ist so …« Ihre Stimme schwankte. »Er ist so liebenswert.« Sie schluckte die Tränen in ihrer Kehle hinunter und erzählte mit festerer Stimme weiter. »Als ich gehen wollte, da hab ich wieder mein Gesicht … ich wollte meine Narben … ich wollte verstecken, wie hässlich ich jetzt bin.« Ihre Lippen zitterten. »Matz' Vater hat das Tuch zur Seite geschoben und gesagt: Versteck dich nicht, Irma. Matz hat dich geliebt, so wie du bist. Und er würde dich noch immer lieben, egal wie du aussiehst. Denk daran und versteck dich nicht.«

Mitte Juni 2019

»Wir lassen die Ehrung ganz einfach ausfallen! Oder glaubt von euch irgendwer, dass sich die beiden zusammen auf eine Bühne stellen?« Mit fest vor der Brust verschränkten Armen saß Liesel Hilles am Tisch des Gemeindesaals.

»Auf gar keinen Fall lassen wir die Ehrung ausfallen«, widersprach Marie. »Margret würde das auch nicht wollen.« Das war eine reine Behauptung, aber erstens war Marie von deren Richtigkeit überzeugt und zweitens wollte sie Emma und Fritz »zusammenzwingen«, wie Jakob es nannte. Wenigstens einmal sollte es ihnen nicht möglich sein, einander aus dem Weg zu gehen.

»Das wird in einem Fiasko enden«, prophezeite Filser.

»Aber wieso denn?«, beharrte Marie. »Ja, schon gut, ich kenne die Geschichte von damals, die Margret hat sie mir selbst erzählt. Dass sie ein Paar waren, dass sie sich getrennt haben – keiner weiß, warum – und dass sie einander seitdem aus dem Weg gehen. Aber das ist wie lange her? Siebzig Jahre?«

Anja, die an diesem Abend mit von der Partie war und die Geschichte nicht kannte, riss erstaunt die Augen auf. Liesel, Filser und Alois tauschten betretene Blicke.

»Ja, das stimmt«, sagte Liesel. »Dass sie sich getrennt

haben, das ist ewig her, aber der Tod vom Matthias«, fügte sie hinzu, »der ist noch nicht so lange her. Das war 1988 im Sommer, und für den Fritz ist das, als wäre es gestern gewesen. Seitdem ist er auch so grantig die meiste Zeit und hat sich von allen zurückgezogen.«

»Mein Onkel Matthias?« Anja richtete sich auf. Filser, Liesel und Alois sahen sie überrascht an und schienen erst jetzt zu realisieren, dass die Enkelin von Fritz Draudt mit am Tisch saß.

»Fritz hatte ein ganz besonderes Verhältnis zu seinem Sohn, nicht nur, weil er einmal den Betrieb übernehmen sollte. Das war etwas Einmaliges zwischen den beiden«, erklärte Liesel.

»Ja, meine Mutter hat das auch immer gesagt«, bestätigte Anja und lachte bitter. »Aber sie hat auch gesagt, dass Matthias für ihren Vater sozusagen das einzige Kind von Bedeutung war. Immer schon. Und als mein Onkel tot war, wurde es noch schlimmer. Deswegen habe ich wohl auch keinen Kontakt zu meinem Großvater.«

»Woran ist sein Sohn denn gestorben?«, fragte Marie. »Er muss doch noch ganz jung gewesen sein.«

»Dreiundzwanzig«, erwiderte Liesel. »Schon mal von Ramstein gehört? Vor dem Sommer 1988 war es immer ein bisschen schwierig zu erklären, wo Oberkirchbach liegt. Es ist ja nichts in der Nähe, was irgendwie berühmt ist. Kaiserslautern kennen allenfalls die Fußballverrückten. Aber nach dem Sommer 1988 konnte man sagen: Oberkirchbach, das liegt in der Nähe von Ramstein. Damit wusste jeder was anzufangen. Inzwischen haben viele schon wieder vergessen, was damals passiert ist.«

»Meinst du etwa dieses Unglück bei der Flugschau?«, fragte Marie. Erst im Jahr zuvor hatte sie eine Dokumentation darüber gesehen, bei der haarklein über die schrecklichen Ereignisse berichtet worden war.

Liesel nickte ernst.

»Und dabei ist Fritz' Sohn ums Leben gekommen?« Marie war entsetzt. Sie erinnerte sich daran, wie schockiert sie die Bilder im Fernsehen verfolgt hatte, und auf einmal bedeuteten diese Bilder so viel mehr.

»Viele Leute aus der Gegend sind jedes Jahr dorthin gefahren«, erklärte Liesel. »Ich selbst war auch mal dort, fast jeder hier im Dorf. Die jährliche Flugschau in Ramstein war ein Ereignis.«

»Wir sind wegen des amerikanischen Eis hin«, erinnerte sich Filser schmunzelnd. »Nur wegen des blöden Eis.«

»Ja, das blöde Eis«, sagte Liesel ohne die Spur eines Lächelns. »Jedenfalls sind Matz, also Matthias, und Irma und Emil und Gaby …«

»Wer?«, hakte Marie ein. »Irma?«

»Ja. Irma. Sie war Matthias' Freundin.«

Fritz' Sohn und Emmas Tochter waren ein Paar gewesen? Marie fehlten die Worte. Und daher kam also die Entstellung in Irmas Gesicht. Marie hatte bisher nie zu fragen gewagt.

»Die vier waren dort, als das Unglück geschah. Emil und Irma erlitten schwere Brandverletzungen, Gaby leichtere und Matz …« Liesel stockte, dann holte sie tief Luft. »Matz war nicht bei den anderen. Er wollte noch rasch für alle Eis besorgen. Er lief geradewegs in seinen Tod.«

Nach Liesels letzten Worten herrschte bedrücktes Schweigen. Marie war schockiert. Fritz' Sohn und Emmas Tochter. Immer wieder Fritz und Emma!

»Vielleicht sollten wir die ganze Feier abblasen«, meinte Alois Lämmer. Traurig dreinblickend saß er auf seinem Stuhl. Er war meistens still, aber Marie wusste, wie klug und belesen er war. Sie hatte sich die Chronik ansehen dürfen, an der er seit mehr als zehn Jahren arbeitete. Er hatte alles über Oberkirchbach zusammengetragen, was es nur gab, angefangen bei dem Tag, den man als Gründungstag betrachtete, die erste nachvollziehbare geschichtliche Erwähnung. Er hatte die Geschichte der Region und des Ortes aufgesaugt, wo immer er etwas darüber finden konnte, und zusammengetragen, was es an Dokumenten und Überlieferungen gab. Ein Hobby, das er mit Sorgfalt und Hingabe betrieb und das aus tiefer Liebe zu seiner Heimat entstanden war. Allein die Zeit des Dritten Reichs und des Zweiten Weltkriegs wurde in dem Manuskript reichlich oberflächlich behandelt, war Marie aufgefallen. Darauf angesprochen, hatte er verlegen mit den Schultern gezuckt und gemeint, das sei nicht einfach. Was sollte er darüber schreiben? Wer ein Nazi war und wer nicht? Wer sich schuldig gemacht hatte und wer nicht? Wer von damals noch am Leben war, hatte seine eigene Chronik, und die musste nicht Allgemeingut werden, das jedenfalls war Alois' Einstellung. Er gab zu, dass er sich um die brisanten Themen dieser Zeit gedrückt hatte, und alles das, was er vielleicht erfahren hatte und was unveröffentlicht blieb, entschuldigte er mit diesem Schulterzucken. Marie verstand ihn, ein bisschen zumindest, sie machte ihm keinen Vorwurf. Sie hatte ihn für seine Chronik gelobt und ihm versprochen, dass das letzte Kapitel darin zu einem Happy End werden würde. Oder besser noch: zu einem neuen Anfang. Und jetzt saß er da und sagte mit traurigem Gesicht, man solle es doch sein lassen. Margret war tot und mit ihr wahrscheinlich der einzige Mensch, der sich ehrlich auf das Ereignis gefreut hatte. Alles schien so sinnlos. Wieder einmal.

Das war das Schlimme am Leben in Oberkirchbach: dass mit der Zeit alles sinnlos erschien, was man tat. Es war wie eine ansteckende Krankheit. Liesel hatte sie und Alois und Filser, und auch Marie spürte die Symptome überdeutlich, aber im Gegensatz zu den anderen hatte sie beschlossen, sich dagegen zu wehren.

»Nein«, sagte sie, wütender als beabsichtigt, und sprang auf. »Wir werden gar nichts abblasen. Das wäre das Letzte, was Margret gewollt hätte. Die Feier findet statt. Und Fritz und Emma werden auf der Bühne stehen und als die ältesten Bürger geehrt werden, und wenn ich die beiden persönlich da hinaufzerren muss.«

Das gesamte Festkomitee sah zu Marie auf, als hätte sie sich plötzlich in Moses verwandelt und die Wellen des Meeres geteilt. Ein Wunder dieser Größenordnung würde auch für Oberkirchbach benötigt, um die Einwohner aus ihrer Lethargie zu führen.

»Jetzt findet zuerst einmal die Bürgerversammlung statt, genau wie geplant. Dann werden wir ja sehen, wie viele bereit sind, sich für das Dorf einzusetzen.«

Am Samstagnachmittag gegen vier Uhr schloss Lothar Filser die Festhalle auf, damit das Komitee Vorbereitungen für die abendliche Versammlung treffen konnte. Unterstützt wurden sie dabei von Jakobs Konfirmanden sowie von Marco Calderini, Anjas Ehemann.

Als Marie dieses heruntergekommene Gebäude wieder betrat, war sie wie schon beim ersten Mal gleichermaßen beeindruckt und frustriert. Einen Moment lang fühlte sie sich völlig verzagt und dachte: *Das schaffen wir nie*. Doch dann hörte sie Robin neben sich. »Wow!«, sagte er, und Mathilde bemerkte staunend: »Das ist ja der Hammer!«

Die fünf Jugendlichen sahen nicht den Dreck und den Zerfall, sie sahen nur den großen Saal, die Empore, die Bühne. Sie sahen die Möglichkeiten, die man hier hatte. Hier, mitten in

Oberkirchbach, und durch ihre begeisterten Augen sah auch Marie diese Möglichkeiten wieder.

»Dann mal los!« Filser klatschte in die Hände und durchquerte zielstrebig den Raum. Am Erscheinungsbild der Halle ließ sich auf die Schnelle nicht viel ändern. Lediglich für Sitzplätze konnten sie sorgen, sodass die Älteren nicht die ganze Zeit stehen mussten. In einem Zimmer unter der Empore befand sich ein ganzer Haufen alter Stühle, die man dort deponiert hatte, alle völlig unterschiedlich. Sie rochen ein bisschen muffig und waren so verstaubt, dass Marie sofort einen Niesanfall bekam. Marco Calderini schritt den ganzen Saal ab, während die anderen die Stühle vor die Bühne trugen und so weit säuberten, dass man sie benutzen konnte, ohne anschließend die Kleider in die Reinigung geben zu müssen. Die Stirn des Architekten war permanent gerunzelt. Umso verwunderlicher, dass sein abschließendes Urteil nicht niederschmetternder ausfiel. »Hier und da eine Reparatur, dann geht das schon, keine große Sache. Ein paar Leute, die etwas vom Schreinern verstehen, wären gut.«

Natürlich dachte Marie augenblicklich an Fritz.

»Und auch um die sanitären Anlagen müsste man sich kümmern«, fuhr Marco Calderini fort.

»Kein Problem«, rief Dieter Spengler. »Ich bin Installateur und übernehme das. Umsonst«, fügte er großzügig hinzu.

»Die Landfrauen putzen!«, verkündete Liesel.

»Und die Landmänner können helfen«, warf Anja trotzig ein. »Na ja, ist doch so. Wieso sollen immer die Frauen putzen?«

Sie verteilten die Stühle im Saal und fanden die Anzahl reichlich optimistisch. Wenn so viele Leute kamen, wie es Sitzgelegenheiten gab, dann konnte man schon froh sein.

Doch es kamen mehr. Viel mehr.

Gegen siebzehn Uhr strömten die Ersten in den Saal und blickten sich staunend um. Die meisten von ihnen hatten die Festhalle noch nie von innen gesehen. Wie auch? Es fand ja dort nichts statt, und die einzigen Schlüssel besaßen Fritz Draudt und Lothar Filser.

Es kamen alte und junge Dorfbewohner, es kamen Leute, die man aus Wiegands Café oder aus der Kirche kannte, es kamen aber auch Leute, die man niemals zu sehen bekam. Leute aus dem Oberdorf und dem Unterdorf. Alteingesessene und Zugezogene. Kinder waren darunter und eroberten die Bühne.

»Kann man da hoch?«, rief eine Frau, die etwa Mitte vierzig war und für dörfliche Verhältnisse ziemlich schick aussah. Sie stand vor der Treppe zur Empore und zeigte mit dem Finger nach oben. Marco Calderini nickte. »Ja, es knarzt ein wenig, ist aber stabil. Hervorragende Schreinerarbeit!«

Die Frau ging hinauf und schaute von oben auf die Menge der Oberkirchbacher hinab. »Das ist ja fantastisch!«, rief sie. Jetzt wollte jeder hoch. Eigentlich wurde es Zeit, mit der Versammlung zu beginnen, doch man ließ die Leute noch einen Blick von der Empore hinunterwerfen. Ihre Begeisterung für den Veranstaltungsort konnte nicht schaden. Marie stand auf der Bühne und war überwältigt von der großen Resonanz, mit der sie nie gerechnet hätte. Sie ließ ihren Blick durch den Saal gleiten und entdeckte auf einmal Fritz Draudt auf einem Stuhl nahe dem Eingang. Seine Miene war reglos, doch Marie glaubte in seinen Augen so etwas wie Stolz zu entdecken. Zweifellos hatte er gehört, wie sich Anjas Mann über seine Arbeit geäußert hatte, und er sah, wie die Leute staunten.

Marie wollte sich gerade auf den Weg zu ihm machen, da betrat Emma am Arm ihrer Enkelin den Saal. Marie hatte nicht zu hoffen gewagt, dass sie ebenfalls kommen würde, doch da war sie. Emma hob den Kopf und sah sich langsam um, so langsam wie jemand, der nicht nur den Raum betrachtete, sondern ihn mit all den Erinnerungen füllte, die hier entstanden waren. Als ihr Blick dem von Fritz begegnete, fuhr sie leicht zusammen und zog Andrea energisch fort, aber wenigstens ging sie weiter in die Halle hinein und nicht auf direktem Weg wieder hinaus. Fritz blieb sitzen. Er folgte Emma mit den Augen, bis sie sich weit weg von ihm auf der anderen Seite auf einen Stuhl mit gepolstertem Sitz niederließ.

Es war nicht möglich, die Leute zu zählen, es sah aus, als wäre das halbe Dorf versammelt. Sogar die Wiegands waren gekommen, in Trauerkleidung und sicher in der Überzeugung, dass Margret es gewollt hätte. Ein junger Mann mit zu einem Pferdeschwanz zusammengebundenem Haar trat durch die Tür und sah sich suchend um.

»Stefan!«, rief eine alte Frau mit schriller Stimme und heftig winkend. Der junge Mann lief zu ihr und umarmte sie liebevoll, dann kam er zur Bühne und sprach Anja an. »Sind Sie zufällig Marie Eichendorf?« Anja zeigte auf Marie.

»Hallo! Ich bin Stefan Pavelka, wir haben telefoniert.«

»Freut mich, dass Sie kommen konnten«, sagte Marie.

»Tja, dann fangen wir mal an, was?«, meinte Filser, klatschte in die Hände und rief laut: »Darf ich um Ruhe bitten?«

Im Saal wurde es still. Spannung machte sich breit. Marie hatte recht gehabt, die Leute waren neugierig, und sie sehnten sich danach, dass endlich einmal etwas in dem Dorf, in dem sie lebten, passierte. Fernsehen und Facebook waren letztlich nicht genug. Menschen sehnten sich nach Gemeinschaft, nicht virtuell, sondern richtig.

»Erst mal freue ich mich, dass so viele gekommen sind«, sagte Filser, »aber ich halte mich nicht lange mit unnötigem Geschwätz auf, sondern übergebe gleich an unsere Hauptorganisatorin Marie Eichendorf oder, wie sie vielen besser bekannt ist, die Frau Pfarrer.« Er schmunzelte und gab Marie mit einem Winken das Zeichen, sie solle nach vorn treten. Mit einem Mal wurde sie nervös vor den vielen Leuten. Das konnte sie doch gar nicht – Reden schwingen, Dinge erklären, Menschen begeistern. Jakob konnte das, sie nicht. Sie suchte seinen Blick und sah ihn klatschen. Da erst realisierte sie, dass alle klatschten, der ganze Saal. Auch Fritz. Und Emma auf der anderen Seite. Was erwarteten sie denn von ihr? Ein Wunder? Es war doch nur eine vage Idee, die sie hatte, eine vage Vorstellung dessen, was sein könnte und was möglich wäre. Wenn alle mitmachten und guten Willen zeigten, wenn alle über ihren Schatten sprangen.

»Zunächst einmal«, fing sie mit vor lauter Nervosität zitternder und belegter Stimme an zu sprechen, »also, zunächst mal möchte ich mich Lothar Filser anschließen und euch sagen, wie sehr ich mich darüber freue, dass so viele gekommen sind. Das zeigt mir, dass euch allen Oberkirchbach etwas bedeutet.« Sie zögerte, weil es sie irritierte, wie still es plötzlich war und wie aufmerksam und gespannt man ihr zuhörte. »Ich selbst lebe noch nicht lange hier«, fuhr sie fort, »aber mir bedeutet das Dorf auch etwas. Viel!«

Hatte sie das wirklich gerade gesagt? Die Worte waren ihr so herausgerutscht. Doch plötzlich spürte sie es: Es waren nicht nur Worte. Sie meinte, was sie sagte. Von da an zitterte ihre Stimme nicht mehr. Marie redete und redete. Sie erklärte, was sie vorhatte und wie sie sich alles vorstellte, und halb Oberkirchbach hing an ihren Lippen.

1998

Zehn Jahre waren seit dem Unglück vergangen. Schon zehn Jahre. Erst zehn Jahre. Paul hatte inzwischen geheiratet und eine Tochter bekommen, Andrea, die nun schon fast acht Jahre alt war. An ihrer Enkelin konnte Emma deutlich sehen, wie die Zeit verging. Und dann wieder kam es ihr vor, als wäre es erst gestern gewesen, dass sie ihre Tochter im Krankenhaus gesehen und mit aller Kraft einen Schrei unterdrückt hatte. Dass ihr der schreckliche Gedanke gekommen war, ob es das Schicksal nicht doch besser mit Matthias gemeint habe als mit Irma. Besser als mit Emil, mit all den Überlebenden, die von nun an mit diesem Trauma zu kämpfen hatten. Und mit Verlusten. Irma hatte nicht nur ihre Gesundheit verloren und ihre Schönheit, sondern auch den Menschen, den sie liebte. Emma wusste, was das hieß. Nur dass Fritz noch am Leben war. Noch.

Mit einundsiebzig gehörten sie zu der Generation, die als nächste abtreten würde. Spätestens seit dem Tod ihrer besten Freundin wusste sie das. Gerade mal in Rente war Frieda vom Schlag getroffen worden. Keine Rettung. Der Doktor kam zu spät, der Krankenwagen kam noch später, und im Krankenhaus war Frieda schon tot. So war das auf dem Land. Alles kam ein bisschen zu spät.

Es gab keinen Arzt mehr in Oberkirchbach, schon lange nicht mehr, hier wollte keiner leben. Der in Umwegen war mit Patienten überlastet, viele mussten noch ein paar Ortschaften weiter zum Hausarzt gehen. Zum Einkaufen fuhr man auch nach Umwegen, denn seit es dort den Supermarkt gab, hatte auch die Metzgerei in Oberkirchbach dichtgemacht. Die jungen Wiegands betrieben lediglich noch die Bäckerei und hatten darüber hinaus kaum etwas im Laden. Es rentierte sich ja nicht. Emma besaß wenigstens den Führerschein und ein Auto, aber viele hatten das nicht und waren auf das Milchauto angewiesen, das jeden Morgen durch die Straßen fuhr, auf den Eiermann, der genau wie der Getränkewagen einmal die Woche kam, und auf ihre Kinder oder die Nachbarn. Man half sich gegenseitig, solange es möglich war, aber die Kinder zogen fort und die Nachbarn wurden älter.

Es hatte sich viel verändert in diesen zehn Jahren auf dem Dorf – im ganzen Land natürlich, mit der Wiedervereinigung und allem, aber davon bekam man in Oberkirchbach gar nicht viel mit, das war weit weg. Alles war irgendwie weit weg. Man sah es im Fernsehen und hatte oft das Gefühl, man gehöre gar nicht dazu. Kein Wunder, dass die Kinder fortgingen, wenn sie die Möglichkeit dazu hatten. Man wollte doch dazugehören, teilhaben.

»Es ist, als würde man in Oberkirchbach langsam das Licht ausdrehen, es wird immer dunkler«, hatte Auguste einmal gesagt.

Irma war auch weggegangen. Emma hatte ihr dazu geraten. Sie hatte noch immer Kontakt nach Bremen und Freunde, die Irma beim Start in ein neues Leben halfen. Es war die richtige Entscheidung gewesen, zumal es dort bessere Ärzte gab als auf dem Land, und Irma brauchte die besten. Zahllose Operationen hatten ihr Gesicht nach und nach wieder so hergestellt, dass es erträglich war, sie anzusehen, und man die Verbrennungen nach einer Weile gar nicht mehr wahrnahm. Irma arbeitete in Bremen als Gymnasiallehrerin, hatte ab und zu einen Freund, aber es war nie etwas Festes. Sie besuchte regelmäßig ihre Mutter und ihren Bruder mit seiner Familie. Auch Emil und Gaby, die inzwischen in Kaiserslautern wohnten und ein Jahr nach Ramstein ein Kind bekommen hatten. *Damit das Leben wieder lebenswert wird*, wie sie sagten.

Wann immer Irma in der Pfalz war, schaute sie auch bei Fritz vorbei. Er lebte nun ganz allein, Selma war drei Jahre nach Matz gestorben. Der Krebs hatte sie aufgefressen, und sie hatte sich nicht groß dagegen gewehrt. Sie hatte sich Matz gegenüber nie als liebende Mutter gezeigt, und die Schuldgefühle deswegen nährten ihre Trauer und machten sie zu groß und zu schwer, um sie zu tragen. Die Krankheit verlief rasch, nur wenige Wochen nach der Diagnose wurde sie auf dem Friedhof in der Nähe ihres Sohnes beigesetzt, in einem Einzelgrab. Fritz wollte es so.

Irma besuchte Matz' Grab, und sie besuchte Fritz. Er zeigte keine Anzeichen übermäßiger Freude, wenn sie kam, aber er bot ihr Kaffee an oder einen Mirabellenschnaps, und gemeinsam saßen sie dann da und schwiegen meistens. Manchmal sagte sie einen Satz, manchmal er. Nur zum Abschied, da nahm er immer ihre Hand in seine beiden, drückte sie, ohne ihr ins Gesicht zu sehen, und sagte: »Pass gut auf dich auf, Irma!« Er sagte es jedes Mal so eindringlich, als wäre es ein Auftrag. Und sie versprach es.

Wenn sie hinterher zu ihrer Mutter nach Hause kam, erzählte sie wenig von dem Besuch. Manchmal hätte Emma gern gefragt, wie es Fritz ging, aber sie tat es nicht, denn sie hatte den zerrissenen Brief nicht vergessen, seine Art, ihr zu sagen, dass sie sich auch weiterhin aus seinem Leben heraushalten solle. Es war gut so, wie es war. Sie am einen Ende des Dorfes, er am anderen Ende und dazwischen eine ganze Welt.

Fritz saß am späten Freitagnachmittag auf der Bank vor seinem Haus und lauschte den Geräuschen aus der Werkstatt. Er hatte sie seit Jahren an seinen früheren Gesellen Wilhelm verpachtet, Helgas Mann. Die kleine Helga, die sich früher so vor Fritz' nächtlichem Geschrei im Hause seines Onkels Ernst gefürchtet hatte, hatte inzwischen Enkelkinder. Manchmal schaute sie bei ihrem Mann in der Werkstatt vorbei, und wenn Fritz dann so wie jetzt auf der Bank saß, dann setzte sie sich zu ihm und erzählte von den lieben Kleinen und was sie schon alles konnten. Selbstständig aufs Töpfchen gehen und lauter Dinge, die Fritz nicht wissen wollte. Doch Helga, in der Fritz immer noch das verängstigte kleine Mädchen von früher sah, durfte fünf Minuten sitzen und erzählen, bevor sie ihrem Willi die Brotzeit brachte.

Aus der Werkstatt ertönte das laute metallische Surren der Säge, immer wenn es stoppte, hörte man Wilhelm pfeifen. Er konnte es nicht richtig, es war immer zu viel Luft dabei, und so war sein Pfeifen eher ein melodisches stimmhaftes Pusten. Er pustete die neuesten Lieder während seiner Arbeit, unablässig.

Manchmal gefiel es Fritz, manchmal ging es ihm auf die Nerven. An diesem Tag ging es ihm auf die Nerven, deshalb stand er auf und machte sich auf den Weg zum Friedhof. Er hielt den Kopf gesenkt, weil der Weg an der Kirchentreppe vorbeiführte, deren Anblick er mied, um nicht an damals erinnert zu werden. In die Kirche zu gehen, wäre ihm im Leben nicht eingefallen. Ein winzig kleiner Trost und ein letzter Rest Verbundenheit mit Emma war die Tatsache, dass auch sie niemals in der Kirche anzutreffen war. Wegen Selma hatte Fritz in

Umwegen geheiratet, und dort waren auch die Kinder getauft worden. Die Kirche in Oberkirchbach war tabu. Sie war ein Unglücksort, der Ort, der sie auseinandergebracht hatte.

Fritz ging zügig an der Kirchentreppe vorbei und schlug kurz darauf den Weg zum Friedhof ein. Die Straße führte hinauf nach Niederkirchbach, das paradoxerweise oben auf dem Berg lag. Nicht einmal der Volkschullehrer Alois Lämmer, der alles über die Geschichte seines Heimatorts wusste, hatte je in Erfahrung gebracht, woher diese Namensgebung der beiden Orte stammte. Fritz war es auch egal, er fluchte nur leise über den mühsamen Anstieg, der ab dem Friedhof noch steiler wurde und in Serpentinen kilometerweit bis nach oben führte. Dann machte die Straße einen Buckel und führte wieder bergab, durch Niederkirchbach hindurch. Früher war die Strecke Teil der Rheinland-Pfalz-Rundfahrt gewesen, eine anspruchsvolle Bergetappe. Ganz Oberkirchbach hatte sich am Streckenrand versammelt, in den Wiesen und Feldern, und hatte zugesehen. Fritz hatte immer seinen Sohn mitgenommen. Ganz bis nach oben waren sie geklettert, Matz immer voraus. »Schneller, Papa, die ersten Radfahrer kommen gleich. Schau, da seh ich sie schon.«

Jetzt lag Matz auf halber Strecke auf dem Friedhof. Das, was von ihm übrig war oder was man für das gehalten hatte, was von ihm übrig war.

Fritz ging oft auf den Friedhof, es war überhaupt der einzige Ort, an dem er gern war, abgesehen von seinem Haus.

Dann saß er auf einer Mauer gegenüber dem Grab seines Sohnes, manchmal eine ganze Stunde lang. Friedhofsbesucher kamen und gingen und sahen ihn dort sitzen.

Und manchmal kam Emma.

Sie ging zum Grab ihrer Eltern, goss die Blumen, wischte den Grabstein ab, hackte die Erde auf, pflanzte und werkelte.

Sie tat so, als würde sie Fritz nicht sehen, aber er wusste, dass sie ihn sah. Und er sah sie.

Sie war alt geworden, wie er ja auch. Sie ging noch gebückter als er, ihre Haare waren grau geworden und zu einem Dutt zusammengeknotet.

Sie war damals zu Matz' Beerdigung gekommen, aber sie hatte nicht kondoliert. Kein Wunder! Sie hatte sicher gedacht, er würde sie von sich weisen, nachdem er ihren Brief zerrissen hatte. Dabei hätte er ihn so gern gelesen, diesen Brief. Zu jeder anderen Zeit. Ein Brief von Emma wäre für ihn das höchste Glück gewesen, aber nicht in jenem Moment. Dann wäre er endgültig zusammengebrochen, und das ging nicht. Selma brauchte ihn. Hätte er den Brief nicht zerrissen und Herrmann zurückgegeben, dann hätte er ihn irgendwann gelesen – und das hätte ihn umgebracht.

Fritz schob das knarzende schmiedeeiserne Tor zum Friedhof auf, nahm sich am Eingang eine Gießkanne, füllte sie mit Wasser und ging zu der Reihe mit Matthias' Grab.

Da stand Irma und neben ihr Emma.

Er hatte vergessen, dass Ferien waren. Da besuchte Irma ihre Mutter. Und ihn. Fritz hielt inne. Sie hatten ihn noch nicht gesehen, er hätte noch umdrehen können, doch er ging langsam weiter und wunderte sich, dass sein Herz beim Anblick dieser alten, grauhaarigen, gebückten Frau noch immer genauso heftig klopfte wie damals, als sie vor dem Fenster seines Zimmers bei Pfarrer Wiesner gehockt und mit schräg gehaltenem Kopf und einem Lächeln zu ihm hereingespitzt hatte.

»Herr Draudt«, sagte Irma, die ihn als Erste sah. Emma, eingehängt am Arm ihrer Tochter, zuckte zurück. Sie sah ihn nicht an, sondern auf die Erde neben seinen Schuhen. Einen Moment lang dachte Fritz absurderweise darüber nach, ob seine Schuhe geputzt waren. »Fritz!«, berichtigte er Irma in seinem üblichen barschen Ton. Er hatte es ihr schon ein paarmal gesagt, dass sie ihn nicht immer mit Herr Draudt ansprechen sollte. Wenn Matz noch leben würde, dann wären sie noch immer zusammen, und dann würde sie ihn auch mit Vornamen ansprechen.

Fritz ging auf das Grab zu, Emma wich zurück. Er beachtete sie nicht. Scheinbar. In Wirklichkeit klopfte sein Herz so heftig, dass er fast befürchtete, hier mitten auf dem Friedhof und vor Emma einen Infarkt zu erleiden. Würde sie dann über ihren Schatten springen? Würde sie sich zu ihm herabbeugen? Mit ihm sprechen? Vielleicht wäre ein Herzinfarkt ja gut.

»Wie geht es Ihnen?«, fragte Irma freundlich.

»Dir!«, korrigierte er sie erneut, während er die Blumen goss. Emma stand kaum zwei Meter von ihm entfernt.

»Also schön.« Irma lachte. »Wie geht es *dir*, *Fritz*?« Sie betonte beides. »So recht?«

Sie war genau wie ihre Mutter früher, unerschrocken und liebenswert, dachte Fritz.

»Gut!«, sagte er einsilbig, doch er schenkte Irma die Andeutung eines Lächelns, damit sie wusste, dass er es nicht böse meinte.

»Wir müssen los«, murmelte Emma, deren Blick noch immer über den Boden wanderte, immer an Fritz vorbei.

»Ich komme dich in den nächsten Tagen mal besuchen, wenn ich darf«, sagte Irma zu Fritz. Er nickte.

Mutter und Tochter gingen davon. Weiter hinten machten sie noch einmal Station beim Grab von Emmas Eltern.

Wenn ich nur den Brief nicht zerrissen hätte, dachte Fritz, *wenn ich doch bloß die Kraft gehabt hätte, ihn zu lesen.*

Sie hatte sich von ihrem Mann getrennt, von Heiner, diesem Mistkerl. Es war ihm zu Ohren gekommen, aus welchem

Grund, und Irma hatte es ihm später bestätigt. Wie er Emma bewunderte! Und wie er sie vermisste. Schon sein ganzes Leben lang.

»Warum redet ihr nie miteinander?«, fragte Irma ihre Mutter, als sie vor dem Grab ihrer Großeltern standen. »Ich weiß, ihr versteht euch nicht und ihr hattet in eurer Jugend mal einen Streit, aber das ist doch längst Schnee von gestern.«

»Ist es nicht«, sagte Emma mit solcher Heftigkeit, dass Irma sie erschrocken ansah. »Ist es nicht«, wiederholte Emma noch einmal leise. Sie blickte verstohlen zurück zu dem Grab, an dem Fritz sich zu schaffen machte. Er war deutlich gealtert, aber er hatte noch immer diese Energie in sich. Diese Energie hätte er damals haben müssen, sie hätten alles überwinden können, seine Albträume, alles. Vielleicht hätten sie sogar den Tod ihres gemeinsamen Kindes überwinden können, aber er hatte nicht um sie gekämpft. Warum nicht? War sie denn so unversöhnlich gewesen? Ja, vermutlich schon, aber er hätte es versuchen können. Er hätte ihr wenigstens einmal nach Bremen schreiben können, sie um Verzeihung bitten. Oder er hätte sich in den Zug setzen und zu ihr fahren können. Sie hatte darauf gewartet. Wenn sie ehrlich mit sich selbst war, hatte sie darauf gewartet, jeden Tag, aber er war nie gekommen, hatte nie geschrieben. War sie es etwa, die um Verzeihung bitten musste? Nach all den Jahren wusste sie nicht mehr, wer was hätte tun müssen, aber sie dachte noch immer darüber nach. Es würde nie Schnee von gestern sein.

Ende Juni 2019

Seit ewigen Zeiten waren nicht mehr so viele Gäste in *Michels Einkehr* gewesen wie an diesem Abend, nicht einmal nach einer Beerdigung.

»Früher, als ich ein Kind war und meine Großeltern und später meine Eltern die Wirtschaft hatten, da war noch was los, aber in den letzten Jahren …«, erzählte Hannelore Brettschneider atemlos, während sie hektisch Cola in Gläser füllte und Apfelschorlen mixte. Von einem der Jugendlichen, der ein Bier bestellte, verlangte sie den Ausweis. »Du bist doch noch keine sechzehn!«, sagte sie zu dem Jungen, der keinerlei beweiskräftige Papiere dabeihatte. »Nie im Leben!« Er wurde von seinen Freunden ausgelacht.

»Doch, doch, das passt«, mischte sich Jakob ein. »Der Lars ist schon über sechzehn, den hab ich in der Schule.«

»Herr Pfarrer, Sie schwindeln doch nicht, oder?« Michels Hannelore sah ihn mahnend an.

»Was glauben Sie wohl, würde mit mir passieren, wenn ich als Pfarrer lüge?«, entgegnete Jakob mit Unschuldsmiene.

Das Bier für Lars kam, und der Junge nahm es grinsend entgegen.

»Was würde denn passieren?«, fragte Marie Jakob leise.

»Weiß ich auch nicht, aber Hannelore scheint es zu wissen«, erwiderte Jakob. Marie kicherte hinter vorgehaltenen Händen. Sie war überwältigt vom Erfolg des Projekts, zumal nicht nur die Jüngeren gekommen waren. Schon während der Versammlung hatten auch ältere Leute nachgefragt, wer denn bei diesem Kneipenchor alles mitmachen könne. »Jeder, der Lust hat«, hatte Marie geantwortet.

Auch August Mewes, der Gesangvereinsvorsitzende, und sein Chorleiter Karl Liebelt waren da und beäugten die Vorbereitungen mit einer Mischung aus Interesse und Skepsis.

Stefan Pavelka baute sein E-Piano auf und zeigte Frau Wehmeier, was es alles konnte, denn wenn Stefan nicht da war, sollte sie die Begleitung übernehmen.

»Wir könnten das Ganze mit einem Gewinnspiel verknüpfen«, flüsterte Jakob Marie ins Ohr. »Jeder darf schätzen, um wie viele Sekunden Frau Wehmeier am Ende schneller ist als die Sänger, und wer am nächsten dran ist, gewinnt ein Abendessen mit Fritz Draudt.«

Marie prustete. »Du bist ganz schön gemein, Herr Pfarrer. Fritz Draudt ist doch momentan ziemlich gesellig.«

Marco hatte sich auf Maries Anregung hin noch am Abend der Bürgerversammlung an Fritz gewandt und ihn um seinen Rat gebeten, was die Renovierung der Halle betraf.

»Wenn man das Glück hat, den Erbauer selbst mit einbeziehen zu können, wäre es töricht, das nicht zu tun«, hatte er zu Fritz gesagt.

Fritz hatte die Augen zusammengekniffen und ihn lange angesehen. »Du bist doch mit meiner Enkelin verheiratet«, hatte er völlig am Thema vorbei entgegnet.

»Ähm, ja, ich glaube, das bin ich«, hatte Marco zugegeben.

»Dann kommt ihr morgen Nachmittag zu mir zum Kaffee«, hatte Fritz den Schwiegerenkel angewiesen, hatte sich abgewandt und war gegangen.

Von diesem gemeinsamen Kaffeetrinken hatte Anja später Marie berichtet. Es sei etwas »strange« gewesen, meinte sie, aber im Grunde ganz okay. Vor allem, nachdem sie ihrem Großvater den kleinen Fritz vorgestellt hatte. Seit diesem Tag, mit anderen Worten, seit einer Woche gingen der alte Fritz, Marco, der eigens dafür Zeit freigeschaufelt hatte, und etliche Freiwillige in der Festhalle ein und aus und werkelten, reparierten, richteten, hämmerten, befestigten, leimten, malten und taten, was nötig war, um der verstaubten Halle zu neuem Glanz zu verhelfen. Fritz, so berichtete Marco, führte ein strenges Regiment. Oft nahm er den Jüngeren knurrend den Hammer aus der Hand und ging selbst zu Werke. Oder er schimpfte vor sich hin und fuchtelte mit erhobenem Zeigefinger in der Luft herum. Oft stand er oben auf der Empore, betrachtete das Treiben und sah dabei zu, wie der Raum allmählich seine ursprüngliche Schönheit zurückgewann.

»So, dann lasst uns loslegen«, rief Stefan durch Michels Gaststube. Aus dem lauten Geschnatter wurde ein aufgeregtes Getuschel.

»Wir fangen mit einem Lied an, das bestimmt jeder von euch kennt. Der Text wird vom Beamer dort an die Wand geworfen. Singt einfach mit«, sagte Stefan und begann zu spielen. Bereits nach den ersten Tönen des Klaviers brachen einige in Jubel aus, und dann sangen alle gemeinsam die *Bohemian Rhapsody*. »Mamaaaa!«, dröhnte es laut und inbrünstig bis hinaus auf die Straße. Anja, die den Beamer betätigte, hielt sich grinsend die Ohren zu. Am Ende klatschten und johlten alle vor Begeisterung. Die beiden Michels strahlten hinter ihrem Tresen.

»Was singen wir als Nächstes?«, kam sofort die Frage.

Stefan hatte Popsongs ausgesucht, die jeder kannte, ältere und neuere, und alle sangen mit, so gut sie konnten. Falls man nur den Refrain kannte, ließ man die Strophe aus und stieg danach wieder ein. Die Idee vom Kneipenchor war ein voller Erfolg. Nach einer Stunde Singen machte Stefan eine Pause. Sofort wurde der Tresen belagert, denn natürlich verlangten die geschundenen Kehlen nach Flüssigkeit.

Marie nutzte die Gelegenheit, das Wort zu ergreifen, und fragte, wer in der Runde dafür sei, dass der Kneipenchor zu einer regelmäßigen Einrichtung werden solle. Alle Hände schnellten in die Höhe!

»Und wer hat Lust, nicht nur in der Kneipe zu singen, sondern auch auf dem Dorfgeburtstag aufzutreten?«

Diesmal kam die Reaktion zögernder, doch nach und nach gingen immer mehr Hände nach oben. Schließlich meldeten sich fast alle, bis auf ein paar, die traurig versicherten, dass ihr Talent tatsächlich nur für die Kneipe ausreiche. Das war okay.

»Die schlechte Nachricht ist«, erklärte Marie mit bedauernd verzogener Miene, »das Ganze muss dann ein bisschen geordneter zugehen als hier in der Kneipe.« Alle lachten.

»Die Proben können hier stattfinden, Michels sind einverstanden, aber weil Stefan nicht so viel Zeit hat, wird dann vielleicht Herr Liebelt, der Leiter unseres Gesangvereins, die Proben übernehmen, wenn wir ihn nett darum bitten.«

Das war nicht abgesprochen. Karl Liebelt wirkte überrumpelt und tauschte einen unsicheren Blick mit August Mewes, doch er hatte kaum Zeit, Nein zu sagen, denn alle klatschten und riefen: »Bitte!« Die Jüngeren wie die Älteren. Liebelt wirkte geschmeichelt, wiegte sich ein bisschen hin und her, als müsste er die Entscheidung noch abwägen, und sagte schließlich: »Also gut! Wenn Frau Wehmeier begleiten kann?«

Frau Wehmeier nickte eifrig, und Jakob, Marie und Anja grinsten von einem Ohr bis zum andern. Es ging voran.

Als Nächstes stand das sogenannte Casting an. Bei der Versammlung hatte Marie mit dieser Ankündigung alle zunächst ein wenig irritiert. Ein Casting? Wie beim Theater, beim Film, beim Fernsehen? Als ihr zur Beschreibung dessen, was sie plante, lediglich die RTL-Show *Das Supertalent* als Beispiel einfiel, machte sie es damit nicht besser. Nasen wurden gerümpft, und Köpfe geschüttelt. Was war das denn für ein Vorschlag?

Es war der Moment, in dem das ganze Vorhaben zu kippen drohte, denn alles hing vom guten Willen und der Mitmachbereitschaft der Leute ab.

»Natürlich muss man sich das Ganze ohne Dieter Bohlen vorstellen und ohne diese anderen ... keine Ahnung, wer da noch in der Jury sitzt«, erklärte sie hastig.

»Motsi Mabuse«, warf die Frau im schicken Hosenanzug ein. »Nein, die war früher mal dabei, jetzt ist es die ... wie heißt sie noch gleich?«, überlegte eine andere.

»War da nicht mal Thomas Gottschalk?«, rief eine weitere Stimme von weiter hinten.

»Der Gottschalk? Unsinn, der hat doch *Wetten, dass..?* gemacht.«

»Das meine ich doch nicht. *Wetten, dass..?* ist doch schon ewig her, das gibt's doch schon lange nicht mehr.«

»Was macht denn der jetzt, der Gottschalk?«

»Früher hab ich immer *Am laufenden Band* gesehen«, krähte Stefan Pavelkas Oma mit ihrer schrillen Stimme dazwischen.

»Ich auch«, riefen gleich mehrere Leute. »Immer samstags nach dem Baden!« Großes Gelächter.

Mit Fernsehsendungen kannten sie sich aus. Die Stirnen und Nasen hatten sich inzwischen entspannt, alle warteten neugierig auf Maries Erklärung.

»Es geht im Grunde nur darum: Jeder hier kann etwas. Irgendetwas«, sagte Marie. »Es ist doch so, dass wir oft gar nicht wissen, was alles in den Leuten steckt, welche Talente da schlummern, welche Hobbys unsere Nachbarn haben, womit sie sich beschäftigen. Künstlerische Sachen, besondere Sachen. Manch einer spielt vielleicht ganz toll ein Instrument, jemand anderes tanzt Ballett oder macht Akrobatik, singt, Gott weiß was …«

»Poetry-Slam«, rief eins der jüngeren Mädchen und deutete auf seine Freundin, die gleich abwinkte, rot wurde und sich hinter dem Rücken ihres Vordermanns versteckte.

»Ja, zum Beispiel«, erwiderte Marie erleichtert darüber, dass man sie allmählich verstand. »Irgendetwas. Nichts davon muss perfekt sein, und natürlich wird niemand gezwungen, aber bitte traut euch einfach. Es wäre schön, wenn möglichst viele einen Beitrag leisten würden. Es geht immerhin um den Geburtstag von Oberkirchbach. Und Oberkirchbach …«, sie hielt inne, ehe sie weitersprach, »Oberkirchbach, das seid ihr, das sind nicht eure Häuser, nicht die Straßen, die Wiesen, der Wald, *ihr* seid Oberkirchbach. *Ihr* habt Geburtstag. Manche von euch leben erst seit Kurzem hier, manche zwanzig Jahre und noch länger, manche zweiundneunzig, aber egal, wie viele dieser siebenhundertfünfzig Jahre ihr persönlich in diesem Dorf erlebt habt, und egal, von wo ihr gekommen seid, ihr gehört dazu. Das soll *euer* Fest werden.«

Sie erntete Kopfnicken und Lächeln, und Liesel Hilles hatte sich eine Träne aus dem Augenwinkel gewischt.

»Wir haben noch knapp drei Monate Zeit. Anfang September wird das Fest stattfinden. Drei Tage lang, so wie es sich für einen solchen Anlass gehört.«

Sie hatten geklatscht und waren auseinandergegangen in dem Bewusstsein, dass sich etwas Großes ereignen würde.

Nicht groß gemessen am Weltgeschehen, aber groß für ein kleines Dorf in der Westpfalz, das dabei war, aus dem Tiefschlaf zu erwachen.

Das sogenannte Casting fand in der frisch renovierten Festhalle statt. Im Grunde ging es nur darum herauszufinden, wer was anzubieten hatte, und daraus ein Veranstaltungsprogramm zu basteln. Diese Aufgabe übernahm das Festkomitee, das sich mittlerweile um Robin, Mathilde und Anja erweitert hatte.

Zunächst sah es so aus, als ob keiner käme. Die Leute vom Team saßen einsam und zunehmend betreten auf ihren Stühlen vor der Bühne herum. Marie kaute an ihren Fingern vor Nervosität. Vielleicht war ja alles umsonst gewesen. Sicher, zur Versammlung kam man schon mal aus Neugier, und so ein Kneipenchor versprach Kurzweil und Unterhaltung, aber wenn man sich konkret engagieren sollte, sich womöglich allein auf eine Bühne stellen sollte, dann sah das schon anders aus. Dann war es schwerer, den Hintern hochzukriegen. Und wofür? Auch wenn sie einen flammenden Appell gehalten hatte, was bedeutete den meisten Leuten schon Oberkirchbach? Nicht mehr als ihr selbst.

Marie riss mit den Zähnen ein Stück Nagelhaut heraus, so weit, dass es brannte. Peinlich berührt betrachtete sie die Bescherung, die rote Stelle neben dem Nagelbett, als die Tür aufging und Robin und Mathilde in lautes Hallo ausbrachen.

»Na endlich! Habt ihr euch nicht getraut, oder was?«, rief Robin. Drei Jungs traten durch die Tür. Zwei etwa in Robins Alter und ein jüngerer von vielleicht zwölf oder dreizehn.

Hinter ihnen drückten sich zwei Mädchen in den Saal, eine zog die andere hinter sich her. Das waren die beiden mit dem Poetry-Slam.

Kaum fiel die Tür ins Schloss, ging sie auch wieder auf, und Frau Jörges schaute herein. »Bin ich zu spät?«, fragte sie.

»Nein, natürlich nicht, genau richtig!«, rief Marie hocherfreut, wickelte ihren massakrierten Finger in ein Papiertaschentuch und fragte auch gleich die Jungs, was sie machen wollten.

»Rappen!«, sagten die Jungs, ein bisschen verlegen. Die Mädchen kicherten.

»Na dann los!«

Die Jungs erklommen die Bühne, und kurz darauf waren alle Zuhörer von den Socken. Der jüngste rappte, die anderen beatboxten hauptsächlich. Als sie fertig waren, standen sie da, als wollten sie sich entschuldigen. Mittlerweile waren noch mehr Leute in die Halle gekommen und belohnten die drei mit begeistertem Applaus.

Als Nächstes trug das schüchterne Mädchen nach gutem Zureden ein selbst verfasstes Gedicht vor und erntete den gleichen Beifall. Nach ihr betrat die alte Frau Jörges die Bühne und meinte, so was Ähnliches wie das Mädchen würde sie auch machen. Sie stellte sich sehr aufrecht hin, die Arme an der Seite, den Kopf in die Höhe gereckt. Dann rezitierte sie mit lauter Stimme Schillers *Glocke*. Während ihres Vortrags betraten immer mehr Menschen die Halle, leise und auf Zehenspitzen, um ja nicht zu stören, und als Frau Jörges endete, brach die Menge in stürmischen Jubel aus. Frau Jörges lächelte und meinte, sie kenne auch noch andere Balladen auswendig: *Die Bürgschaft*, *John Maynard* und noch mehr, ob so was denn auch gewünscht sei?

Marie wäre ihr am liebsten um den Hals gefallen. Alles war gewünscht, einfach alles.

Danach betrat einer nach dem anderen die Bühne. Einige hatten ein Instrument dabei, und häufig fanden diese Instrumentalisten hinterher zusammen, tauschten sich aus und gründeten spontan ein Trio oder ein Quartett für die Feier. Gerlinde Lämmer erklomm die Stufen zur Bühne, stellte sich hin und tat eine ganze Weile erst einmal gar nichts, doch sie machte einen äußerst konzentrierten Eindruck dabei. Schließlich spreizte sie die Arme leicht zur Seite und begann zu steppen.

»Ich hab vor Jahren … mal ein paar Kurse … an der Kreis-Volkshochschule besucht«, keuchte sie am Ende außer Atem in den Beifall hinein.

Dieter Spengler räusperte sich plötzlich und verließ seinen Platz in der Reihe der Organisatoren. Aus seiner Tasche holte er ein paar Bälle und betrat die Bühne. »Also«, sagte er, »ich könnte das hier.« Er kratzte sich kurz an der Nase und fing an zu jonglieren, mit drei, mit vier, mit fünf Bällen. »Also, falls das nicht zu albern ist«, meinte er am Schluss, aber das fand keiner, alle fanden es großartig.

Ein ungeheuer seriös aussehender Mann in den Vierzigern trat nach Dieter Spengler auf die Bühne und begann aus dem Stegreif prominente Politiker zu imitieren, so treffend und witzig, dass der ganze Saal grölte vor Lachen. Strahlend winkte er seine Frau heran, die etwas abseits neben der Bühne stand. »So, jetzt du aber auch«, rief er ihr zu. »Komm schon!« Sie wehrte mit beiden Händen heftig ab und schüttelte den Kopf, doch ihr Mann gab nicht nach. Alle anderen im Saal feuerten sie ebenfalls an und waren gespannt, was sie zu bieten hatte. Schließlich überwand sie sich und ging mit hochrotem Kopf nach oben. Mit geschlossenen Augen stellte sie sich an den vorderen Rand der Bühne. Ihre Hände zitterten, doch dann öffnete sie den Mund und sang. Sie sang *The Parting Glass*, das weltbekannte irische Lied, ohne Begleitung und so schön und beseelt, dass es Marie die Tränen in die Augen trieb. Sie konnte kaum glauben, was gerade passierte. Es war sehr nah an einem Wunder.

Anja notierte jeden einzelnen Beitrag und jeden, der mitmachen wollte. Das Programm würde aus allen Nähten platzen, man musste alles genau organisieren und planen, denn auf einmal versprach es eine bombastische Feier zu werden.

Einen Moment lang, mitten im Freudentaumel, dachte Marie mit Wehmut an Margret und daran, wie glücklich sie gewesen wäre, in einem solchen Rahmen die Ehrung als älteste Bürgerin zu erfahren. So hätte sie es sich gewünscht. Stattdessen würde man sie in wenigen Tagen beerdigen.

2003

Als Margret Wiegand, ehemals Margareta Wozniak, ihren achtzigsten Geburtstag feierte, war das ein Großereignis. Sie war eine Institution in Oberkirchbach. Jahrzehntelang hatte sie im Laden gestanden, Generationen von Kindern waren mit ihren Kirschlutschern aufgewachsen. Noch immer saß sie in ihrem großen Wohnzimmer am Fenster zur Straße hinaus und winkte allen Bekannten, die vorübergingen, und ab und zu tauchte sie nebenan im Laden auf und sah nach dem Rechten. In den letzten Jahren allerdings immer seltener, denn es tat ihr weh, wie es mit dem Geschäft bergab ging. Das war ja gar kein richtiger Laden mehr, die Leute kauften alles im Supermarkt in Umwegen, und auch die Bäckerei lief nicht mehr gut. Rudi hatte schon lange keinen Gesellen mehr und wollte in Zukunft sogar auf einen Lehrling verzichten. Einen Nachfolger gab es nicht, seine einzige Tochter war schon lange weggezogen. So war das nun mal. Die meisten jungen Leute zogen dorthin, wo es Arbeit gab und Unterhaltung, ein Kino oder ein Restaurant, und wo man nicht unbedingt auf das Auto angewiesen war. Aber zu ihrem Achtzigsten war ihre Enkelin mitsamt frisch angetrautem Ehemann angereist.

Das große Wohnzimmer war auf einen enormen Besucheransturm eingerichtet. In der Pfalz lud man zu Geburtstagen normalerweise nicht ein, es kam, wer kommen wollte. Familie, Verwandte, Freunde, Nachbarn, niemand brauchte eine Einladung. Nur bei Fritz hatte Margret eine Ausnahme gemacht, denn sie hatte genau gewusst, dass er sonst nicht aufgetaucht wäre. Am Tag danach vielleicht, um Emma nicht zu treffen. Wie man einen gegenseitigen Groll über so lange Zeit aufrechterhalten konnte, das war Margret schleierhaft. Oder war es gar kein Groll? War es irgendetwas anderes? Etwas, das keiner begriff? Wer konnte schon in die Menschen hineinsehen? Sie hatte das schon lange aufgegeben, schon seit ihrer Flucht aus Polen damals. Seit dem Tod ihres ersten Mannes, den die Deutschen getötet hatten. Ohne Grund. Weil Krieg war. Und weil er Pole war. War das ein Grund? Und sie, die Deutschstämmige, hatte fliehen müssen. In den Westen, nach Deutschland, ausgerechnet.

Aber das war alles vorbei und lange her. Genauso wie die Geschichte mit Fritz und Emma, und deshalb sah sie es nicht ein, immer darauf Rücksicht zu nehmen, dass die zwei nichts miteinander zu tun haben wollten. Sie hatten ihr damals alle beide geholfen, sich einzuleben in dem für sie fremden Land, in dem Dorf, in dem die Vorbehalte gegen sie und die anderen Flüchtlinge groß waren. Deshalb sollten sie gefälligst auch alle beide kommen. Ihr Wohnzimmer war geräumig genug, um sich aus dem Weg zu gehen.

Als erster Gratulant kam der neue Bürgermeister, der Filser Lothar, im Anzug kam er an und mit einem Blumenstrauß. Er erhielt einen Schnaps, meinte, so früh am Vormittag sei das etwas gewagt, kippte ihn aber dennoch runter. Dann kam der Pfarrer. Pfarrer Binder, mit dem Fritz vor etlichen Jahren mal heftig zusammengekracht war, weil er sich im Dorf aufspielte, als wäre er der Herrgott persönlich, und jedem ein schlechtes Gewissen machte, der nicht zur Kirche ging. Jetzt kam er, grinste salbungsvoll und gratulierte, weil er es musste. Ihm bot Margret keinen Schnaps an. Sie war froh, als er wieder weg war.

Am frühen Nachmittag gegen zwei Uhr kamen die ersten richtigen Gäste: Auguste und Herrmann, Klara und Jules, die jungen Pavelkas, die eigentlich gar nicht mehr jung waren, die aber so hießen, weil Georgs Eltern früher die alten Pavelkas waren. Kurt Hilles kam mit seiner Tochter Liesel, weil Frieda schon lange tot war. Alt war er geworden, aber das waren sie ja alle. Emma kam natürlich allein. Und als Fritz wenig später erschien, war fast die ganze alte Garde von früher versammelt. Kurz darauf stellte sich der Gesangverein vor ihrem Fenster auf und sang *Wir gratulieren zum Wiegenfeste* und als Zugabe *La Pastorella*, das erklärte Glanzstück des Chors. Margret lächelte auf ihre unnachahmliche freundliche Art, doch später diskutierte sie mit Herbert Mewes darüber, warum denn gar keine jungen Leute im Gesangverein seien. Aber da seien doch junge, gab Herbert zurück, sein Sohn August zum Beispiel, der sei erst Mitte vierzig. Margret sparte sich weitere Kommentare und bedankte sich sehr herzlich für das Ständchen.

Mehr und mehr Leute kamen, manche davon eigentlich nur zum Gratulieren, doch auch die wurden zum Bleiben genötigt. »Der viele Kuchen muss ja weg«, argumentierte Margret jedes Mal, wenn der eine oder andere sich verlegen zurückziehen wollte. Das große Wohnzimmer war voller Menschen, voller Leben, voller brüllendem Gelächter.

Fritz saß in der einen Ecke, Emma in der anderen, wie immer.

Herrmann war alt geworden, fand Fritz, sie alle waren alt geworden. Das Seltsame war nur, dass man das gar nicht wahrnahm. Wenn man sich nicht darauf konzentrierte, wenn man die vielen Falten, die müden Augen, den schlurfenden Gang, die fleckigen Hände und all das ausblendete, dann war es so wie früher. Wenn sich Fritz und Herrmann miteinander unterhielten, dann schien keine Zeit vergangen zu sein. Dann fühlte es sich noch genauso an wie damals, als sie jung waren. Noch immer erzählte Herrmann Fritz alles, was dieser angeblich nicht wissen wollte, nämlich alles über Emma, und noch immer hörte Fritz zu und kommentierte es mit keinem Wort.

»Sie war neulich im Krankenhaus, hast du das gewusst?«, fragte Herrmann. Fritz schüttelte den Kopf.

»Die Christa, die Frau vom Paul, hat sie gezwungen, sich mal gründlich untersuchen zu lassen, weil es der Emma manchmal so schwindlig ist«, erklärte Herrmann. »Weil, sagt die Christa, das kann auch auf einen drohenden Schlaganfall hindeuten. Die Christa als Krankenschwester kennt sich da aus, und man weiß ja, wie es der Frieda ergangen ist. Die ist nie zum Arzt gegangen.«

Fritz nickte stumm. Schwindel! Schlaganfall! Er sah verstohlen zu Emma rüber, die sich ihrerseits mit Auguste unterhielt.

»Ist aber nichts Schlimmes«, erklärte Herrmann. »Alterserscheinungen. Sie soll halt aufpassen, dass sie nicht fällt, wenn sie von so einem Schwindelanfall gepackt wird. Und eine bessere Brille soll sie sich zulegen. Sie sieht ganz schlecht in der Nähe. Wie nennt man das? Kurzsichtig oder weitsichtig?«

»Weit«, knurrte Fritz, doch seine Züge entspannten sich. Dann konnte sie ihn also immer noch gut sehen, so weit, wie sie immer voneinander entfernt waren. Aus der Nähe wäre es etwas anderes. Sie würde nicht erkennen, wie alt er geworden war. Wie es wohl wäre, mit ihr zu reden? So wie mit Herrmann? Als wäre keine Zeit vergangen? Er würde es nie herausfinden.

»Frieda müsste hier sein«, seufzte Auguste. »Kurt sieht nicht gut aus, findest du nicht?«

Emma nickte. Es waren die üblichen Themen in letzter Zeit: Wer sieht noch gut aus und wer nicht? Gut auszusehen hieß nun, gesund auszusehen. In ihrer Jugend hatte es einfach bedeutet, gut auszusehen. Im fortgeschrittenen Alter dann: Man hatte sich noch gut gehalten. Jetzt, jenseits der siebzig, hieß gut auszusehen, dass man Chancen auf ein paar Jahre mehr hatte. Oder, wie Auguste es nannte, die Verlängerung. Manchmal war Auguste witzig, oft sogar, aber sie trug diese Angst mit sich herum, dass noch mehr Freunde Frieda bald folgen würden. Und natürlich hatte sie Angst, dass es irgendwann Herrmann sein würde, der einige Jahre älter war als sie. Margrets Mann Rudolf war schon seit Längerem tot, und Auguste wunderte sich, wie Margret es ertrug. Auch das war eins ihrer Themen: Wie ertrug man es, wenn einer vorausging?

Emma dachte nicht sehr oft über diese Dinge nach, und es machte sie nervös, wenn Auguste davon anfing. Emma schob den Gedanken an den Tod lieber von sich weg. Sie hatte ein seltsames Verhältnis zum Tod. Heiner lebte noch, das wusste sie vom Hörensagen und weil sich ihre Kinder ab und zu noch nach seinem Befinden erkundigten. Aber wenn Heiner irgendwann einmal das Zeitliche segnete, dann würde Emma so gut wie nichts empfinden. Wenn Fritz hingegen … Das war etwas, das sie nicht einmal denken wollte. Sie hatten seit über fünfzig Jahren kein Wort miteinander gewechselt, sie sahen einander immer nur von Weitem, außer damals auf dem Friedhof mit Irma. Sie würde nicht einmal um ihn trauern dürfen, so wie

Auguste es bei Herrmann tun konnte, wenn es so weit war. Aber vor ihm sterben, das wollte sie auch nicht. Das wäre so, als hätte sie einfach Feierabend gemacht, obwohl es noch etwas Wichtiges zu erledigen gab. Nur wusste sie nicht, wie sie es erledigen konnte. Deshalb schob Emma all diese Gedanken weg und hörte Auguste nur unwillig zu, wenn sie vom Tod sprach und beurteilte, wer noch gut aussah und wer nicht.

»Fritz sieht wieder ein bisschen besser aus in letzter Zeit«, sagte Auguste und sah hinüber zu Herrmann und Fritz.

Emma zuckte mit ihren schmalen Schultern. Er *hatte* einmal gut ausgesehen, als er jung war. Er hatte lange gut ausgesehen. Aber in diese vergänglichen Attribute hatte sie sich nicht verliebt: Schönheit, Gesundheit. In was hatte sie sich eigentlich verliebt? Augustes Stimme vermischte sich mit dem Stimmengewirr im Raum, Emma hörte kaum noch, was sie sagte. In was hatte sie sich bei Fritz verliebt? Das musste man doch wissen. Man musste doch begründen können, warum man jemanden liebte. Sie konnte ja auch begründen, warum sie aufgehört hatte, ihn zu lieben. Sie konnte es sogar ganz genau begründen. Er hatte ihr gemeinsames Kind verwünscht, und dann war es gestorben. Das war nichts, was man vergeben konnte.

»Hörst du mir eigentlich zu, Emma?«, fragte Auguste. »Und warum machst du so ein böses Gesicht? Ich hab doch nur gesagt, dass es dir gut steht, dass du jetzt ein bisschen rundlicher geworden bist.

Emma riss die Augen auf: »Ich bin doch nicht rundlich, ich war noch nie rundlich.« Emma streckte sich und nahm eine aufrechtere Haltung ein, um ihre nach wie vor schlanke Taille zu betonen.

»Ein bisschen gepolstert«, verbesserte sich Auguste. »Ist ja auch besser, wenn man mal hinfällt.«

»Na, dann kann dir ja nichts passieren«, konterte Emma unbarmherzig. Auguste stutzte, dann warf sie den Kopf zurück und stieß den lauten Initialschrei aus, der in eine Lachsalve überging. Emma prustete los und lachte mit.

»Ihr seid noch genauso alberne Gänse wie früher«, rief Margret, woraufhin der ganze Raum in heiteres Gelächter ausbrach.

Emmas Blick, von Lachtränen getrübt, begegnete dem von Fritz. Er lächelte. Es sah so aus, als wollte er dieses Lächeln zurückhalten, aber seine Mundwinkel machten nicht mit, sodass er schließlich die Augen niederschlug.

Da fiel ihr wieder ihr gemeinsames totes Kind ein. Ihr Lachen erstarb. Nein, sie hatte ihm nicht vergeben, aber sie hatte trotzdem nie aufgehört, ihn zu lieben. Und das war schlimmer als alles andere.

Ende Juni 2019

Zur Beerdigung von Margret Wiegand kam das halbe Dorf zusammen. Es gab immer noch genügend Leute, die sich daran erinnerten, dass die Verstorbene in Oberkirchbach eine richtige Institution gewesen war. Nicht die neu Zugezogenen, die kannten sie kaum, bis auf Anja und ein paar andere, die in letzter Zeit regelmäßig ins Café Wiegand gekommen waren. Aber alle, die schon lange oder sogar ihr ganzes Leben lang im Dorf lebten. Die erinnerten sich noch an die Kirschlutscher.

Die Beerdigung fand erst ganze sechzehn Tage nach Margrets Tod statt, denn einen früheren Einäscherungstermin hatte es nicht gegeben. »Bei Bessons Klara hat es damals drei Wochen gedauert«, erzählte Frau Wiegand morgens im Café. »Das ist ganz normal.« Sie trug Schwarz, aber sie machte das Café nicht zu. »Die Mutter hat es so gemocht, da war sie zuletzt noch mal ganz glücklich«, sagte sie und wischte sich mit einem Taschentuch über die Augen.

Eine kleine Gedenkfeier hatte bereits am Sonntag nach Margrets Tod während des Gottesdienstes stattgefunden, zumindest hatte Jakob ihren Namen verlesen und ein paar Worte über sie verloren.

»Warum hast du nicht mehr gesagt? Du hast sie doch gekannt.« Marie verstand es nicht, und zum ersten Mal sagte sie

Jakob nach dem Gottesdienst nicht, wie toll er war, sondern machte ihm Vorwürfe.

Er versuchte, es ihr zu erklären, aber sie weigerte sich, diese ganzen Trauer- und Bestattungsregeln und -traditionen zu begreifen. Warum musste es da überhaupt Regeln geben? Man trauerte einfach. Ende! Marie hatte um Margret schon bei der Nachricht von ihrem Tod getrauert. Und in diesem Gottesdienst. Und jetzt nach sechzehn Tagen, nach der Euphorie über die gelungene Bürgerversammlung, der Freude über den neuen Kneipenchor und die große Resonanz des Castings, mussten sie alle ihre Trauer wieder auspacken und sich zur Aussegnungshalle oberhalb des Friedhofs begeben.

Es war ein heißer Tag, man spürte die Hitze, obwohl die Bäume des nahen Waldes Schatten spendeten. Es gab nicht viele Sitzplätze, die meisten Trauergäste mussten während Jakobs Rede stehen. Nur Wiegands und einige der Älteren saßen in der Nähe der Urne, die auf einem mit Samt verkleideten Ständer thronte. Es kam Marie so vor, als betrauerte man ein Ding und keinen Menschen.

Emma und Auguste saßen bei den Wiegands. Auch Fritz war da, die Großmutter von Stefan Pavelka schob ihm einen Stuhl heran und klopfte so lange energisch darauf, bis er sich schließlich hinsetzte. Keine drei Meter von Emma entfernt.

Hätte ihr Margret nicht in ihren letzten Lebenstagen noch erzählt, welche innige Liebe diese beiden alten Menschen einmal verbunden hatte, dann hätte dieser Anblick Marie vermutlich weniger mitgenommen.

Je häufiger sie Emma und Fritz beobachtete, je mehr sie über die beiden erfuhr, umso mehr machte es ihr aus, sie so zu sehen. Es war traurig.

Jakob vorn am Pult sprach über Margret. In einem Gespräch mit den Wiegands hatte er sich ihre ganze Lebensgeschichte erzählen lassen. Dass ihre Ehe mit dem Bäcker Rudolf Wiegand ihre zweite Ehe gewesen war und dass ihr erster Mann im Krieg getötet worden war. Jurek Wozniak, dessen Bild sie immer auf ihrem Nachttisch stehen hatte, auch als sie mit Rudolf verheiratet war. »Jurek gehört genauso zu mir wie du«, hatte sie zu ihrem Mann gesagt, und er hatte es akzeptiert. Und nachdem Rudolf gestorben war, hatte sie sein Bild neben das von Jurek gestellt.

»Margret war treu«, sagte Jakob. »Sie war den Menschen treu, die sie geliebt hat, auch den Menschen, die ihr das Leben hier im Ort am Anfang erleichterten, die sie in ihren Freundeskreis aufnahmen, obwohl sie nur gebrochen Deutsch sprach. Man hat ihr dabei geholfen, es besser zu lernen, und hat sich darüber gefreut, dass sie ihren schönen Akzent nie verloren hat. Ihre Kirschlutscher sind ebenso legendär wie die Pierogi, die sie regelmäßig ihren Gästen servierte. Margareta Wiegand hat zurückgegeben, was sie bekommen hat, hundertfach. Sie wäre zu Recht bei unserer Feier zum Dorfgeburtstag geehrt worden – nicht nur weil sie die älteste Bürgerin war. Sie war ein ganz besonderer Mensch.«

Die Stille, die auf Jakobs Worte folgte, wurde mit einem Mal durchbrochen. Ein dumpfes Geräusch, gefolgt von einem mehrstimmigen unterdrückten Aufschrei. Emma war ohnmächtig geworden und von ihrem Stuhl gerutscht. Ihre Schwiegertochter und ihre Enkelin sprangen herbei, und Margrets Enkelin half ihnen, die alte Frau vorsichtig mit dem Kopf auf eine Strickjacke zu betten.

Jakob verließ augenblicklich das Pult, um nach Emma zu sehen. Und auch Marie wollte hinzueilen, doch dann erblickte sie Fritz. Er war halb von seinem Stuhl aufgestanden, als wäre er auf dem Sprung zu Emma und als hielte ihn eine unsichtbare Fessel zurück. Das Dilemma spiegelte sich in seinem Gesicht und in seinen heftig zitternden Händen, und es schnitt Marie schier ins Herz. Sie riss sich zusammen, ging zu ihm und legte ihre Hand auf seinen Rücken.

»Setzen Sie sich, Herr Draudt«, sagte sie zu ihm. »Man kümmert sich um Frau Jung. Setzen Sie sich ruhig.«

Verschreckt und unsicher sah er sie an, doch er folgte widerspruchslos ihren Anweisungen, dankbar, dass ihn jemand aus seiner Misere befreite. Langsam sank er wieder nieder, nur seine Hände zitterten weiter wie Espenlaub. Marie setzte sich neben ihn.

»Wasser!«, rief jemand aus dem Pulk um Emma.

Liesel kam mit einer Wasserflasche. »Das ist ja kein Wunder bei der Hitze, wirklich nicht«, murmelte sie, als sie hastig an Marie und Fritz vorbeilief und die Flasche aufschraubte.

Jakob entdeckte Marie und kam zu ihr. »Sie ist schon wieder bei sich«, berichtete er. »Das war sicher die Hitze und weil sie zu wenig trinkt, sagt ihre Schwiegertochter. Es geht ihr immerhin schon wieder so gut, dass sie mir gedroht hat, falls mir einfiele, einen Krankenwagen zu rufen.« Er schmunzelte. Marie atmete erleichtert auf und beobachtete, wie Fritz die Nachricht aufnahm. Um seinen Mund herum zuckte es. Er nickte Jakob dankbar zu und richtete seinen Blick auf Emma, die sich langsam und mithilfe ihrer Schwiegertochter aufrichtete und kräftig mit ihren Händen ihren Rock entstaubte, obwohl sie noch reichlich taumelig wirkte. Auch als sie wieder auf ihrem Platz saß, fuhr sie fort, an sich herumzuputzen und ihre Frisur zu richten. Ein paar Nadeln hatten sich aus ihrem Dutt gelöst. »Lass doch, Mama, ist doch alles gut«, sagte Christa zu ihr, aber Emmas Finger suchten weiter.

Auf einmal stand Fritz auf und ging ein paar Schritte. Dann bückte er sich, mühselig und langsam, hob eine Haarnadel vom Boden auf und reichte sie Emma. Sie sah hoch und kniff ihre Augen zusammen, wie sie es tat, wenn sie etwas oder jemanden genau fixieren wollte. Einen Moment lang verharrte sie so, und Marie war sicher, dass alle, nicht nur sie selbst, in diesem Moment den Atem anhielten. Dann hob Emma ihre Hand, nahm die Nadel und sagte: »Danke, Fritz!«

Er nickte. »Gern, Emma!«

»Beinahe hätte ich der Margret die Beerdigung versaut«, meinte Emma, als sie eine Stunde später in *Michels Einkehr* beim Leichenschmaus saßen.

»Ach was, Emma, die Margret ist nicht nachtragend«, erwiderte Auguste Klein mit einem fröhlichen Lächeln.

Marie fragte sich, ob die alte Frau begriffen hatte, dass Margret tot war und gar nicht mehr nachtragend sein konnte. Aber ganz davon abgesehen, war Marie zutiefst davon überzeugt, dass nichts Margret glücklicher gemacht hätte als der kurze Wortwechsel ihrer beiden alten Freunde.

Emma erwähnte Fritz mit keinem Wort, und Fritz war nach Hause gegangen, was ihm Marie nicht verdenken konnte. Emma war zwar diejenige, die ohnmächtig geworden war, aber Fritz war derjenige, der Ängste um sie ausgestanden hatte. Und da gab es keinen Irrtum. Marie war so aufgeregt, dass sie gar nicht mehr daran dachte, um Margret zu trauern. Vielmehr musste sie sich mächtig zusammenreißen, um nicht permanent zu strahlen.

Sie beobachtete Emma und Auguste, die zusammensaßen und sich unterhielten, als hätte es den kleinen Zwischenfall nie gegeben. Emma beachtete Augustes geistige Aussetzer nicht groß, sondern ging einfach mit einem erklärenden Satz darüber hinweg. »Nein, die Klara ist nicht da, die ist ja schon eine ganze Zeit lang tot«, erklärte sie der alten Freundin etwa und unterhielt sich danach weiter mit ihr.

Emma sah nicht aus wie jemand, der vor Kurzem einen Schwächeanfall erlitten hatte, sondern viel eher, als hätte man ihr eine Energiespritze verpasst. Marie wunderte sich, dass keiner außer ihr das zu bemerken schien. Liesel zum Beispiel, die hatte unmittelbar danebengestanden, und jetzt unterhielt sie sich mit August Mewes, als wäre nichts gewesen, als hätte die Erde nicht gebebt.

Danke, Fritz! Gern, Emma!

Man hatte Marie erklärt, dass die beiden einander hassten, dass einer den anderen mit aller Macht überleben wolle und lauter scheußliches Zeug, aber das stimmte überhaupt nicht. Waren sie alle blind?

»Was ist denn mit dir los?«, fragte Jakob, nachdem er sich eine Zeit lang mit den Wiegands unterhalten hatte. »Du siehst aus, als wärst du ganz woanders.«

»Ich hab …«, setzte Marie an, doch in diesem Augenblick erhob sich Rudolf Wiegand junior und klopfte mit dem Löffel gegen seine Kaffeetasse. Alle verstummten und warteten darauf, was Margrets einziger Sohn zu sagen hatte.

Zuerst musste er sich fassen, sich durch mehrere Blicke zu seiner Frau und seiner Tochter vergewissern, dass das, was er gleich sagen würde, in Ordnung war und im Sinne seiner Mutter.

Er bedankte sich für die große und herzliche Anteilnahme und dafür, dass so viele Wegbegleiter gekommen waren. Dann schluckte er, seine Augen begannen sich zu röten, und er brachte nur noch einen Satz heraus: »Meine Mutter hat sich etwas gewünscht, und diesen Wunsch …« Weiter kam er nicht. Er musste sich setzen und verbarg das Gesicht in den Händen. Seine Frau stand auf und sprach weiter.

»Die Mutter hat sich so über das Café gefreut, nur war es ihr zu klein. Es sollte größer sein, sodass mehr Leute Platz hätten. Und sie hat gesagt … sie hat sich gewünscht, dass …«

Auch ihre Stimme versagte. Da stand ihre Tochter auf und verkündete: »Die Oma wollte, dass aus ihrem Wohnzimmer das neue Café wird, wenn sie einmal nicht mehr ist. Den Wunsch wollen ihr meine Eltern erfüllen, als Andenken: *Margrets Frühstücksstube* soll es heißen. In ihrem alten Wohnzimmer.« Ihre Lippen bebten, sie blickte zu ihren Eltern herab und fragte: »War das richtig so?« Beide nickten mit feuchten Augen, aber voller Entschlossenheit.

Marie hätte am liebsten mitgeweint, doch sie ging hinüber zur Familie Wiegand, nahm Frau Wiegand in den Arm und sagte: »Das ist wunderbar, damit setzt ihr Margret ein Denkmal, und ich bin sicher, dass ganz viele Leute das Café besuchen werden.«

»Gibt es da nur Frühstück oder auch Nachmittagskaffee?«, fragte Gerlinde Lämmer.

»Mal am Nachmittag ein Stück Kuchen wäre auch ganz schön«, meinte Frau Jörges.

»Ich finde *Margrets Frühstücksstube* spricht sich so schwer«, merkte Gerda, eine der Landfrauen, an. Liesel war der gleichen Meinung. »Einfach *Margrets Stube*, wie wär es denn damit?«, schlug sie vor.

Sie erntete viel Zustimmung und blickte stolz in die Runde.

Die Wiegands lächelten und nahmen mit Freude weitere Vorschläge und Angebote entgegen. Presbyter Wiesner bot sich an, beim Umbau zu helfen, er habe sowieso Zeit, jetzt wo er im Ruhestand sei, und seine Frau warf ein: »Dann ist er auch aus dem Haus!« Grölendes Gelächter war die Antwort, das berühmte Schreilachen aus unzähligen Kehlen. *Michels Einkehr* dröhnte, und die Trauerfeier verwandelte sich in ein fröhliches Zusammensein. Nicht anders hätte es Margret gewollt.

2009

Es wären auf den Tag genau sechzig Jahre. Wie hieß das doch gleich? Diamantene Hochzeit? Und ihr Kind wäre jetzt neunundfünfzig. Allerdings hätte es dann keinen Paul und keine Irma gegeben. Keinen Matz, keine Rosa und keine Lisa. Emma wäre nicht in Bremen gelandet, wäre keine Fotografin geworden, sondern … Sie lag in ihrem Bett und überlegte, was sie dann wohl geworden wäre.

Es war der 9. Juli, der Tag, an dem sie einmal ihre Hochzeit geplant hatten. Frieda hatte ihr damals ein Hochzeitskleid genäht. Was daraus geworden war, wusste Emma gar nicht. Sie wusste vieles nicht mehr. Als wäre alles, was auch nur am Rande mit dem unglücklichen Verlauf ihrer Beziehung zu Fritz zu tun hatte, durch den Wirbel der Geschehnisse aus ihrem Kopf herausgeschleudert worden. Emma konnte sich noch an die Hütte erinnern. Wie schön es zuerst war und wie schrecklich später. Sie konnte sich an den Schmerz erinnern, als Fritz Schluss machte, an seine Angst, er könnte ihr etwas antun. Sie konnte sich an die Kirche und an die Kirchentreppen erinnern, deshalb ging sie da nicht mehr hin. Sie konnte sich auch daran erinnern, wie sie in Bremen festgestellt hatte, dass sie schwanger war. An dieses riesige, unermessliche Glücksgefühl, ein Kind mit Fritz zu haben. Dieses Kind, hatte sie gedacht, würde alles gutmachen, würde sie wieder zusammenbringen und ihn an eine Zukunft glauben lassen, die lebenswert wäre. Doch es kam ganz anders. Das Kind war tot, und ihre Liebe war auch tot.

Sechzig Jahre ohne Fritz, gab es dafür auch eine Bezeichnung? Diamantene Unversöhnlichkeit vielleicht. Es hatte Momente in all den Jahren gegeben, da hätte der Diamant Risse bekommen können. Einzelne Momente, in denen sie einander ungewollt oder schicksalhaft, wie auch immer man es sehen wollte, über den Weg gelaufen waren. Das ließ sich in einem Dorf nicht verhindern. Eine Stadt wäre besser gewesen, ein Land, ein Kontinent, ein Ozean. Aber nein, es war nur Oberkirchbach. Sie hätten über ihren Schatten springen können, es hätte nicht viel bedurft in diesen Momenten. Am Grab ihrer Mutter zum Beispiel. Sie hätte ein Wort sagen können, ein »Danke, dass du gekommen bist«. Das hatte sie nicht getan. Sie hätte Matz, als er als Kind bei ihnen ein und aus gegangen war, wenigstens einmal schöne Grüße bestellen lassen können. Sie hätten miteinander reden können bei all den wenigen Geburtstagen, bei denen sie gemeinsam anwesend waren, bei Frieda, bei Margret. Aber er hätte auch ihren Brief lesen können, nachdem Matz gestorben war. Der Diamant ihrer Unversöhnlichkeit wurde immer härter und härter. Im Dorf waren sie verschrien als die beiden Alten, die einander seit jeher hassten und kein gutes Haar aneinander ließen. Emma wusste das nur zu gut.

»Lass mich in Ruhe mit dem«, sagte sie, wenn von Fritz die Rede war. Sie sagte es, weil ihr Leben praktisch vorbei war und weil sie nicht an ihr Unglück erinnert werden wollte. An ihr selbst gewähltes, selbst gemachtes Unglück. Sie wollte nichts mehr davon wissen, sie wollte seinen Namen nicht mehr hören, ihn nicht mehr sehen, wollte nicht, dass jemand über ihn redete. Nur manchmal, wenn sie früh aufwachte und allein in ihrem Bett lag, so wie jetzt, da erinnerte sie sich daran, wie schön es einmal gewesen war und wie schön es hätte sein können.

Fritz' Töchter hatten sich gegen ihren Vater verschworen. Ihre Ehemänner hielten sich da heraus, die waren nur froh, wenn sie mit ihrem mürrischen Schwiegervater nichts zu schaffen hatten. Gut, dass sie weit weg wohnten. Nicht so weit, dass man sich, hätte man sich gut verstanden, nicht hätte regelmäßig besuchen können. Mainz und Mannheim waren nicht weiter als jeweils eine gute Stunde Autofahrt entfernt, je nach Verkehrslage. Wenn man aber keinen regelmäßigen Kontakt wünschte, konnte man die Entfernung vorschieben. War ja doch nicht gerade um die Ecke.

Soweit Fritz wusste, hatte er mittlerweile vier Enkelkinder, doch denen war er bisher nur selten begegnet. Er konnte sie kaum auseinanderhalten, weil sie jedes Mal, wenn er sie sah, schon wieder viel größer geworden waren. Lauter Mädchen. Oder war auch ein Junge darunter? Möglich. Weder Rosa noch Lisa legten Wert darauf, dass ihr Vater seine Enkel näher kennenlernte. Worauf sie jedoch in letzter Zeit gesteigerten Wert legten, war, dass er sich eine Polin ins Haus holte, damit er versorgt war. Immerhin war er nun schon zweiundachtzig Jahre alt, und wenn mal was passierte …

»Ja, und?«, fragte Fritz in diesem provokanten und latent aggressiven Ton, in dem er oft mit seinen Töchtern sprach. »Was ist dann? Dann liege ich da und krepiere, und irgendwann wabert der Gestank auf die Straße. Dann merken es die Leute schon.«

Es war nicht in Ordnung, so zu reden und sich so zu verhalten, das wusste er selbst, aber es regte ihn auf, dass es den beiden nur um ihr gutes Gewissen ging. Sie waren weit weg, der Vater musste versorgt sein, damit es später im Dorf nicht hieß, die Töchter hätten sich nicht um ihn gekümmert.

Jetzt standen sie beide in seinem Wohnzimmer herum und suchten nach einem schlagkräftigen Argument dafür, dass er dringend eine Polin brauchte. Da konnten sie lange suchen. Seine Wohnung war picobello. Er war Schreiner, dachten sie etwa, dass bei ihm verrottete Möbel herumstanden? Dass in den Ecken der Dreck saß? Glaubten sie, dass er nicht wusste, wie man putzt? Fritz konnte alles: putzen, waschen, bügeln, kochen. Er war nach dem Krieg heimgekommen und war allein, er musste alles machen. Er musste für sich sorgen. Und wenn sein Zimmer bei Onkel Ernst oder der Keller bei Pfarrer Wiesner nicht ordentlich und sauber ausgesehen hätten, dann hätte er aber was zu hören bekommen. Außerdem hatte er Emma so einen Anblick nicht zumuten wollen. Alles hatte immer schön ausgesehen bei ihm, zeitlebens, und so würde es auch bleiben. Ihm kam niemand Fremdes ins Haus. Das war so eine Mode in letzter Zeit, die Kinder zogen in die große, weite Welt, und irgendwann kamen sie an, standen im Wohnzimmer und behaupteten, man könne nicht mehr alleine leben, man brauche jemanden, der aufpasste und half. Aber nicht mit ihm.

»Papa, sei doch vernünftig«, sagte Lisa, die Ältere, die nach seiner Mutter benannt war.

»Du musst uns doch auch verstehen«, beschwor ihn Rosa, die Jüngere, die aufs Haar aussah wie Selma. Seine arme Selma, die er nicht hatte lieben können und die ihrerseits den gemeinsamen Sohn nicht hatte lieben können. Sie hatten alles falsch gemacht, sie hätten einander nicht heiraten dürfen.

»Also, was sagst du?«, wollte Lisa wissen und klopfte mit dem Zeigefinger rhythmisch auf den Tisch. Das hatte Matz manchmal auch getan. Sie war auch ein bisschen überdreht, so wie ihr kleiner Bruder. Ein ganz kleines bisschen, nur sehr unterdrückt leuchtete Matz' Schalk auch aus ihren Augen.

»Mir kommt niemand ins Haus«, sagte Fritz. Seine Töchter stöhnten im Chor.

»Wir können es doch wenigstens mal probieren«, versuchte es Rosa. »Und wenn du nicht mit der Frau zurechtkommst, dann überlegen wir uns etwas anderes.«

»Ihr müsst euch überhaupt nichts für mich überlegen«, herrschte sie ihr Vater an. »Ihr müsst euch nicht um mich kümmern. Keine Angst, ihr erbt auch so alles.«

»Als ob es uns darum ginge«, echauffierte sich Lisa und schlug wütend mit der Hand auf den Tisch. Fritz stand auf und verließ das Haus.

Draußen setzte er sich auf die Bank und lauschte wieder einmal den Geräuschen aus der Werkstatt. Lange würde er sie nicht mehr hören. Wilhelm würde bald in Rente gehen, das war überfällig. Und nach ihm kam niemand mehr.

Unter das Hämmern und Sägen mischten sich die Stimmen seiner Töchter, die die Sturheit ihres Vaters diskutierten. Im Grunde war es schade, dass er kein besseres Verhältnis zu ihnen hatte, sie waren seine Familie, und er liebte sie. Er hatte es ihnen nur nicht zeigen können. Sie waren Selmas Kinder, und Matz war sein Kind gewesen, es hatte immer diese zwei Seiten gegeben. Nie hatte er es so empfunden, dass er und Selma gemeinsame Kinder hatten.

Mit Emma hätte er ein gemeinsames Kind gehabt, doch das war gestorben. Es war gestorben, weil er es nicht haben wollte, weil er es verwünscht hatte. Das war es, was ihm Emma immer vorgeworfen hatte. Dabei hatte er es gar nicht so gemeint. Er hatte damals nur solche Angst um Emma und um das Kind gehabt, er war krank gewesen vor lauter Angst. Er hatte nicht gewollt, dass ihr Kind sterben sollte. Nie hatte er das gewollt. Er hätte sein eigenes Leben gegeben für dieses Kind. Er wusste nicht einmal, ob es ein Junge oder ein Mädchen geworden wäre. Und er wusste auch nicht, ob Emma es wusste. Sie hätten dieses Kind haben können und vielleicht noch mehr als das eine. Sie hätten verheiratet sein können, jetzt auf den Tag genau sechzig Jahre.

Es war der 9. Juli. Ob sie auch daran dachte? Ob sie dieses Datum noch wahrnahm und so wie er Jahr für Jahr dachte: Jetzt könnten wir schon ein Jahr verheiratet sein, jetzt zehn Jahre, jetzt fünfzig Jahre. Seit sechzig Jahren dachte er daran. Seine Töchter hätten nicht ausgerechnet an diesem Tag kommen sollen und auf ihn einreden. Er wollte nichts hören, über nichts anderes nachdenken als darüber: Seit sechzig Jahren könnte er mit Emma verheiratet sein.

Anfang Juli 2019

Das Dorf begann sich zu verändern. Nicht dass plötzlich mehr Busse fuhren oder die Touristen einfielen oder Läden eröffnet wurden, wie man sie in einer Stadt fand. Neu war nur das Café, *Margrets Stube*, wie ein Schild am Eingang neben Wiegands Laden verkündete. Stammgäste, die mindestens dreimal pro Woche da waren, erhielten am vierten Tag das Frühstück umsonst. Das hatte sich Frau Wiegand ausgedacht, der es egal war, ob es wirtschaftlich war oder nicht. »So viel Rente haben die alten Leute ja nicht«, sagte sie. Und die Kinder und Jugendlichen hatten nicht so viel Taschengeld. Einige von ihnen kamen in den großen Ferien regelmäßig, darunter Robin und Mathilde, die mittlerweile fest miteinander gingen, außerdem die restlichen Konfirmanden sowie Mitwirkende des bunten Abends. Das bevorstehende Ereignis sorgte immer für Gesprächsstoff, und der Austausch darüber war rege.

Plötzlich waren die Straßen nicht mehr wie ausgestorben, Leute gingen vom Oberdorf ins Unterdorf, kamen aus dem Neubaugebiet in den Dorfkern, trafen sich in ihren Häusern, um zu proben, oder blieben auf der Straße beieinanderstehen und unterhielten sich. Das Pfarrhaus entwickelte sich tagsüber zum Dreh- und Angelpunkt, aber dafür hatten Jakob und Marie am Abend neuerdings weitgehend ihre Ruhe.

Marie hatte es geschafft, Kneipenchor und Gesangverein zusammenzubringen, und das trotz anfänglich größter Bedenken seitens August Mewes. Marie hatte einiges geschafft, worauf sie stolz sein konnte, alle sagten ihr das: Anja, Liesel, die Wiegands und nicht zuletzt Jakob, der glücklicher wirkte denn je, und das nicht nur, weil die Kirche Sonntag für Sonntag gut besucht war.

Vielleicht machte er sich heimlich Hoffnungen, sie würde sich doch noch anders entscheiden. Aber das würde nicht passieren, denn egal, wie ausgefüllt ihr Alltag momentan auch war und wie sehr sie die Leute alle mochte, es blieb dabei: Sie hatte keinen Job und würde hier auch keinen finden. Sie konnte nicht den ganzen Tag in *Margrets Stube* sitzen, mit den alten Leuten dort reden und sonst nichts tun. Deshalb hatte sie auch Jakobs Rat beherzigt und bereits einige Blindbewerbungen geschrieben. Bisher hatte sie noch keine Antwort, aber das war im Grunde gut, denn es half ihr die bitteren Gedanken daran, was nach der großen Feier kommen würde, zu verdrängen. Es gab noch so vieles, worauf sie sich konzentrieren musste, was sie noch erledigen musste. Was sie in Ordnung bringen musste.

Jakob hatte seine Aufgaben, und Marie hatte ihre.

Es gab einen großen Streitpunkt innerhalb des Organisationsteams, und der betraf die geplante Ehrung des ältesten Bürgers von Oberkirchbach. Inzwischen rieten fast alle dazu, diesen Programmpunkt wirklich unter den Tisch fallen zu lassen. Man habe genügend Beiträge für zwei bunte Abende, es würde ein Fest werden, an dem jeder Spaß habe, das solle man sich doch nicht dadurch verderben, dass man zwei sture alte Leute, die einander nicht ausstehen konnten, auf die Bühne zerrte. Das würde nur die Freude trüben. Doch davon wollte Marie nichts wissen. In ihrer Vorstellung würde es der Höhepunkt werden. Eine Haarnadel und vier Worte hatten sie davon überzeugt.

»Das war nur mal so im Moment«, erklärte Liesel wegwerfend, als Marie mit Anja zusammen bei ihr zum Essen eingeladen war und sie auf Fritz' rührende Geste bei der Beerdigung hinwies. Nur mal so im Moment! Was sollte das denn für eine Erklärung sein?

»Du kannst es den beiden ja mal vorschlagen«, sagte Liesel. »Aber ich möchte unbedingt hinter einer Hecke lauschen und mitkriegen, wie Fritz dir den Vorschlag um die Ohren haut.«

»Wird er nicht. Er ist gar nicht so verkehrt.«

»Nein, nur wenn man das Falsche sagt oder eine empfindliche Stelle drückt. Dann explodiert er.«

»Und Emma?«

»Genauso. Man könnte meinen, die beiden würden sich ihre ganze Energie für Augenblicke aufsparen, in denen sie sich über den anderen aufregen können.«

»Bei Margrets Beerdigung war das aber ganz anders«, widersprach Marie heftig. »Emma ging es schlecht, und Fritz hat sich Sorgen um sie gemacht, das hab ich doch gesehen.« Liesel schüttelte den Kopf. »Doch, Liesel, alle haben es gesehen!«

Liesel schwieg und legte bekümmert die Stirn in Falten. Marie hätte zu gern gewusst, was sie dachte.

Nach einer Weile stand Liesel auf, verließ das kleine Wohnzimmer und stieg die knarzende Treppe empor. Man hörte sie oben in einem der Zimmer über die Dielen laufen, eine Schranktür quietschte laut und verriet, dass sie nicht allzu häufig geöffnet wurde. Nach kurzer Zeit quietschte sie erneut, und dann hörte man wieder Liesels Schritte auf der Stiege.

Als sie ins Zimmer trat, holte Marie ganz tief Luft.

»Oh mein Gott!«, entfuhr es Anja. »Das ist ja ein Traum.

Wem gehört das denn?« Es war ein weißes, mittlerweile leicht vergilbtes, aber noch immer traumhaft schönes Hochzeitskleid, das Liesel mitgebracht hatte. Anjas Frage war berechtigt, denn Liesel war schließlich unverheiratet.

»Das«, sagte Liesel mit einem tiefen, traurigen Seufzer, »hat meine Mutter vor siebzig Jahren für Emma genäht.«

Maries Kehle wurde eng, als sie das hörte. Liesel hängte das Kleid mit dem Bügel sorgfältig an den Wohnzimmerschrank und setzte sich wieder hin.

»Meine Mutter war Emmas beste und älteste Freundin. Sie war Schneiderin. Ich war noch längst nicht auf der Welt, als sie das Kleid genäht hat, aber ich habe als Kind immer gern in Schränken gestöbert und Verkleiden gespielt, mit den Kleidern und Schuhen meiner Mutter, wisst ihr? Wie Mädchen das damals so machten. Dabei bin ich eines Tages an das Hochzeitskleid geraten. Es war das einzige Mal, dass mir meine Mutter einen Klaps auf den Po verpasst hat. Sie war sehr, sehr wütend. Dann hat sie geweint. Ich war damals vielleicht sechs oder sieben Jahre alt und habe nichts begriffen, natürlich nicht. Als ich auch zu weinen anfing, weil ich meine Mutter nie zuvor so erlebt hatte, da hat sie mir erklärt, dass sie das Kleid für Tante Emma genäht hatte. Ich wunderte mich, denn Emma war ja verheiratet mit diesem unsympathischen Onkel Heiner, warum hing ihr Brautkleid bei meiner Mutter im Schrank? Das sei für eine andere Hochzeit gewesen, die nie stattgefunden habe, sagte mir meine Mutter, und dann hat sie mir ein Geheimnis anvertraut.« Liesel seufzte erneut tief. »Tante Emma, sagte sie mir, wollte früher einmal den Fritz Draudt heiraten. Sie hätten einander geliebt. Sehr. Sehr. Ich weiß nicht, wie viele Male sie dieses Sehr ausgesprochen hat, um es mir begreiflich zu machen. Dabei war ich damals in einem Alter, in dem ich überhaupt nicht verstand, was sie damit meinte: Sie haben einander geliebt. Und dann sei etwas ganz Schlimmes passiert, sagte sie. Ich fragte, was denn, und sie sagte: etwas Schlimmes. Und etwas Trauriges. Das war alles.« Liesel blickte zu dem Hochzeitskleid empor. »Meine Mutter hat dieses Kleid gehütet wie einen Schatz. Und ich wäre im Leben nicht auf die Idee gekommen, es wegzugeben.«

»Aber dann …«, begann Marie stockend. »Dann verstehe ich nicht, dass …«

»Es war etwas Schlimmes«, unterbrach Liesel sie energisch. »Etwas so Schlimmes, dass es nicht mit ›Danke, Fritz‹ und ›Gern, Emma‹ aus der Welt geschafft werden kann.«

»Wer weiß das denn?«, hielt Marie ebenso vehement dagegen. »Es war ein Anfang. Ein erster Schritt. Wir können sie dazu bringen, den nächsten Schritt zu tun. Warum ist das bei euch Dörflern immer alles so kompliziert und so schwer? Warum klammert ihr euch immer so an alles, was ihr schon kennt, und könnt euch nicht vorstellen, dass Dinge auch mal anders laufen können? Und dass man etwas dafür tun kann. Ich komme mir hier manchmal so vor, als würde ich durch flüssigen Teer waten, um etwas zu erreichen. Was ist denn bloß mit euch los?«

Liesel und Anja starrten sie fassungslos an, und Marie erschrak über sich selbst. Wie hatte sie sich nur so gehen lassen können? Ihr Dörfler! Wie konnte sie nur?

Liesel stand auf und kam auf sie zu. Marie wollte sich am liebsten verkriechen, weil sie dachte, Liesel würde sie jetzt sicher aus dem Haus werfen, doch im Gegenteil: Liesel nahm sie in die Arme und drückte sie sanft. Da erst merkte Marie, dass ihr Tränen über die Wange liefen.

»Marie! Was ist denn?«, fragte Anja und legte ihre Hand auf Maries Rücken.

Gute Frage: Was war denn? Warum flippte sie denn so aus?

Sie ahnte die Antwort, und sie musste sich jemandem anvertrauen, egal, was dann passierte.

»Jakob lässt sich nach der Feier im September versetzen«, sagte Marie. »Meinetwegen. Weil ich …« Sie stockte. Weil ich es hier nicht aushalte? Sollte sie etwa so grausam ehrlich sein? Sie sagte das, was auch Jakob in seinem Antrag schreiben würde. »Ich kann nicht hierbleiben. Ich finde hier keine Arbeit.« Sie blickte zu Boden, damit die anderen nicht die ganze Wahrheit in ihren Augen lesen mussten.

»Ihr geht weg?«, fragte Anja bestürzt, und Marie fühlte, wie Liesels Arm hinter ihrem Rücken herabsank.

»Jakob würde gern bleiben, aber wenn er wählen muss zwischen mir und Oberkirchbach, dann nimmt er mich.« Sie wischte sich die Augen ab und sah mit einem Blick zur Seite, dass Anja wie ein Häufchen Elend neben ihr saß.

»Es tut mir leid«, sagte Marie zu ihr. Anja biss sich auf die Unterlippe und nickte. Als sie das sah, war Marie nahe dran, erneut in Tränen auszubrechen.

»Glaubt mir, es tut mir wirklich leid«, sagte sie, und diesmal sah sie die anderen an, weil es die Wahrheit war. »Wenn ich sehen würde, dass sich für mich irgendetwas hier auf Dauer ändern könnte, dann …« Sie brach ab und holte tief Luft. »Aber das sehe ich nicht«, fuhr sie fort. »Bitte glaubt mir, Oberkirchbach ist uns nicht egal, kein bisschen, *ihr* seid uns nicht egal. Wenn das so wäre, würde es mich nicht so belasten, dass ich derart peinliche Ausbrüche habe, wie eben. Ich möchte, dass die Feier im September etwas ganz Besonderes wird. Etwas richtig Schönes. Und das nicht aus schlechtem Gewissen, sondern weil es mir wirklich wichtig ist und ich es mir so sehr wünsche. Bitte glaubt mir das.«

»Natürlich glaube ich dir«, sagte Anja mit feuchten Augen.

»Ich auch«, sagte Liesel und drückte Marie noch mal an

sich. »Und ich kann dich auch verstehen. Es gibt hier nun mal nicht viel, das einen hält. Und wenn man keinen Job findet ... Das kann dir keiner verdenken.« Sie stand auf und schenkte in alle Gläser Wein nach. »Es ist nur schade«, sagte sie dann. »Besonders, weil du so viel bewegt hast. Es stimmt, was du vorhin gesagt hast, wir sind schwerfällig und haben uns oft an die Schrecklichkeit des Seins schon so gewöhnt, dass wir nichts mehr dagegen tun. Wir brauchen einen Schubs. Du hast uns den gegeben und Jakob auch. Und jetzt schubsen wir uns gegenseitig. Du hast viel verändert, Marie.«

Marie senkte beschämt den Kopf, sie fand nicht, dass sie das Lob verdient hatte, vor allem nicht, wenn sie Oberkirchbach verlassen würde.

»Und wer weiß«, lenkte Liesel endlich ein. »Vielleicht hast du ja recht. Vielleicht brauchen Emma und Fritz auch einen Schubs.«

Der Tisch im Pfarrhaus war hübsch gedeckt. Liesel werkelte in der Küche. Filser ging nebenan auf und ab. Alois Lämmer saß in einem Sessel und machte keinen Mucks. Neben ihm, auf dem Tisch, lag das Manuskript der Dorfchronik, das Ergebnis jahrzehntelanger Arbeit. Im Grunde war sie fertig, doch die Frau Pfarrer, die sich neuerdings in alles einmischte, fand, da fehle noch so einiges. Die Geschichte von Margareta Wozniak zum Beispiel und die der Pavelkas. Und andere Geschichten von Leuten aus dem Dorf. Und das 750. Jahr der siebenhundertfünfzig Jahre. Das war ja noch nicht vorbei.

»Ist der Tisch gedeckt?«, rief Liesel zum fünfzehnten Mal aus der Küche. »Fehlt auch nichts mehr?«

»Ja, alles fertig«, rief Marie zum fünfzehnten Mal zurück.

Nur die Gäste fehlten noch.

Sechs Uhr war abgemacht. Es war fünf vor sechs.

»Das wird was geben!«, prophezeite Filser düster und drehte seine nächste Runde um den Tisch.

Es klingelte.

»Ist gedeckt?«, rief Liesel im Reflex, doch Marie antwortete diesmal nicht, sondern blickte gespannt zur Tür. Jakob ging hin.

Es waren die klangvolle Stimme von Irma, die tiefe von Paul, die helle seiner Frau Christa und die von Emma, die leiser und brüchiger war als die der anderen.

Am Arm ihrer Schwiegertochter, der Krankenschwester, trat sie ein und staunte über den liebevoll gedeckten Tisch. »Ja, was ist denn da los?«, fragte sie. »Wie komme ich denn zu der Ehre?«

Ehre! Gutes Stichwort, dachte Marie und begrüßte die Ankömmlinge herzlich, besonders Irma.

»Wir verraten Ihnen gleich, um was es geht, Frau Jung!«, sagte Marie.

»Emma!«, verbesserte diese und lächelte Marie an. Es war dieses feinsinnige, liebenswerte Lächeln, das ab und zu in ihrem Gesicht aufblitzte. Allerdings kannte Marie auch all die anderen, weniger angenehmen Gesichtsausdrücke der alten Frau, nicht zu reden von … Es klingelte erneut an der Tür.

»Ich geh schon«, erklärte Marie rasch, während Jakob sich um die Gäste kümmerte, ihnen Platz anbot und ein Getränk.

»Trink Wasser!«, hörte Marie Christa hinter ihrem Rücken zu Emma sagen. »Nicht dass es dir wieder schwindlig wird.«

Marie hoffte, dass es Emma nicht gleich aus ganz anderen Gründen schwindlig werden würde. Vielleicht war das alles ja doch nicht so eine gute Idee gewesen.

»Sollen wir die beiden nicht erst mal getrennt voneinander darauf vorbereiten und sie fragen?«, hatte Liesel vorgeschlagen. Und Filser hatte Marie von vornherein für verrückt erklärt und gesagt, er wolle da lieber nicht anwesend sein. Musste er aber als Bürgermeister.

Marie öffnete die Tür und blickte als Erstes in die angstgeweiteten Augen von Anja. Kein Wunder, sie hatte gerade erst angefangen, eine Beziehung zu ihrem Großvater zu knüpfen, da war es gut möglich, dass der halsstarrige alte Mann ihr das ganze neu aufgebaute Vertrauen wieder entzog. Alles war möglich. Marco war dabei und hatte den kleinen Fritz auf dem Arm, der sein Händchen in der Hand des alten Fritz hatte. Die beiden machten Quatsch miteinander, so schien es, und tatsächlich lächelte Fritz den Kleinen an.

»Hallo, Marie«, sagte Anja angestrengt munter. »Wir sind nicht zu spät, oder?«

»Nein, nein! Schön, dass ihr da seid. Herr Draudt, ich freue mich sehr.«

Er setzte sofort sein mürrisches Gesicht auf und winkte ab, als hätte er Sorge, er könnte zu gut gelaunt wirken.

Vielleicht waren sie nur Sekunden von einem Eklat entfernt, einem Riesenkrach, einer Katastrophe. Es musste so kommen, wenn man den Erzählungen der Dorfbevölkerung Glauben schenkte, doch Marie dachte nur an die Haarnadel. Daran hielt sie sich fest.

»Kommt rein! Bitte!« Ein mühsames Lächeln verkrampfte ihre Mundwinkel, mit ausgestreckter Hand wies sie in den Raum, in dem sich bereits Emma befand und die beiden alten Leute gemeinsam am gedeckten Tisch sitzen sollten.

»So, jetzt sind wir alle versammelt.« Marie gebärdete sich so munter wie eine holländische Fernsehshow-Moderatorin. »Liesel hat übrigens gekocht, sie kann das wesentlich besser als ich, bei mir gehen die Leute immer mit Magenschmerzen nach Hause«, plapperte sie weiter und lachte, obwohl sie kaum genug Luft zum Sprechen hatte. Sie sah nicht hin. War

Fritz eigentlich noch da, oder hatte er bereits das Haus verlassen? Ein Türenschlagen hatte Marie jedenfalls nicht gehört.

»Bist du so weit, Liesel?«, rief sie in die Küche. Mehr fiel ihr nicht mehr ein. Es wurde totenstill im Zimmer. Liesel trat aus der Küche und machte ein Gesicht, als wäre ihr schlecht. Endlich drehte sich Marie um. Fritz verharrte wie festgefroren im Türrahmen, Anja, die mit dem kleinen Fritz auf dem Arm hinter ihm stand, kam nicht vorbei. Emma saß auf der Kante des Sofas und starrte zu ihm hin. Ihre Hände waren in ihrem Schoß gefaltet und wackelten hin und her. Es war Irma, die die Stille durchbrach.

»Fritz! Das ist aber eine schöne Überraschung«, rief sie herzlich, ging auf den alten Mann zu und ergriff seine Hände. »Ich wäre in den nächsten Tagen sowieso mal vorbeigekommen. Auf einen Mirabellenschnaps.« Sie lachte ihr etwas schiefes Lachen.

Fritz wandte seinen Blick von Emma ab und richtete ihn auf ihre Tochter, genauso ernst und mürrisch wie zuvor.

»Und jetzt kommst du nicht mehr vorbei, oder wie?«, raunzte er Irma an.

»Doch, doch. Ich komme schon«, erwiderte sie unbekümmert und ließ sich kein bisschen von seiner groben Art einschüchtern, von der Marie immer mehr annahm, dass sie eigentlich nur sein Schutzschild war.

Irma zog Fritz sanft mit sich ins Zimmer, sodass Anja eintreten konnte. Alle begrüßten einander, zumindest die Angehörigen reichten sich die Hände. Emma blieb sitzen, und Fritz stand steif an genau der Stelle, zu der ihn Irma geführt hatte. Aber immerhin liefen sie nicht davon, und als Liesel alle an den Tisch rief, kamen auch sie der Einladung nach.

Alle genossen die köstliche pfälzische Hausmannskost und unterhielten sich angeregt und freundlich. Es war fast, als wäre an diesem Sommerabend einfach eine Gruppe von Leuten versammelt, die einander sympathisch fanden, Emma und Fritz schweigsam mittendrin. Natürlich hatte Marie für Abstand bei der Sitzverteilung gesorgt, allerdings lag es in der Natur der Sache, dass sich die beiden dadurch an dem ausgezogenen ovalen Tisch gegenübersaßen. Zwischen ihnen auf der einen Seite Anja, Marco, Alois, Christa und Paul und auf der anderen Irma, Liesel, Filser, Jakob und Marie. Fritz fand Ablenkung durch seinen kleinen Urenkel. Damit Anja in Ruhe essen konnte, nahm er ihr den Kleinen ab und ließ ihn auf seinem Schoß wippen. So musste er nicht die ganze Zeit Emma ansehen. Sie dagegen beobachtete Uropa und Urenkel umso genauer. Ein Lächeln stahl sich in ihr Gesicht, unbewusst, da war sich Marie sicher.

»Ich bin gespannt, wann Andrea mal was Kleines nach Hause bringt«, sagte Emma auf einmal an ihren Sohn gewandt. »Zeit wird's, die wird ja auch nicht jünger.«

»Wie alt ist denn Andrea?«, wollte Anja wissen.

Emma machte ein ratloses Gesicht. »Wie alt ist die denn jetzt?«

»Neunundzwanzig«, antwortete Paul.

»Na, dann hat sie ja noch ein bisschen Zeit«, fand Anja.

»Du warst doch auch schon dreißig bei deinem ersten Kind, Mama«, meinte Paul lächelnd.

»Nein«, sagte Emma leise. »War ich nicht.«

»Ich bin 57 geboren, da warst du dreißig«, rechnete Paul ihr vor.

»Aber du warst nicht mein erstes Kind«, sagte Emma noch leiser.

Fritz wiegte konzentriert den kleinen Fritz auf seinem Schoß, das Kind lachte vergnügt und versuchte seinen Urgroßvater an der Lippe zu ziehen.

»Ach so, ja«, sagte Paul und wurde verlegen. »Natürlich.«

Emma tätschelte ihrem zweiundsechzigjährigen Sohn tröstend die Wange.

Nach dem Essen räumten Liesel und Marie den Tisch ab, und Jakob ließ es sich nicht nehmen zu helfen.

»Wer will einen Kaffee?«, fragte Liesel. »Es gibt Kuchen von Wiegands, mit einem schönen Gruß vom Rudi.«

Alle wollten, nur Emma und Fritz äußerten sich nicht.

Filser wurde nervös. Allmählich kam man zum eigentlichen Grund dieser Versammlung, und es war seine Aufgabe als Bürgermeister, diesen Punkt zur Sprache zu bringen.

Als Kaffee und Kuchen verteilt waren, stand er zögerlich auf und klopfte zweimal halbherzig mit der Gabel gegen seine Tasse.

Mit einem frischen »Also dann!« fing er an, wirkte jedoch eher unentschlossen und reichlich unbeholfen. Mit Margret war das alles so viel einfacher gewesen.

Anja nahm Fritz das Baby wieder ab, das herzhaft gähnte und es sich in ihrem Arm gemütlich machte, aber zum Glück konnte Fritz jetzt seine Aufmerksamkeit auf den Bürgermeister richten.

»Lieber Fritz, liebe Emma«, sagte Filser und machte eine kleine Verbeugung in jede Richtung. Emma bekam große Augen und Fritz eine tiefe Kerbe zwischen den Brauen. »Wie ihr wisst, ist unsere liebe Margret vor Kurzem von uns gegangen.«

»Gestorben«, verbesserte ihn Fritz prompt.

»Ich glaub auch nicht, dass sie wiederkommt«, fügte Emma hinzu.

»Ja. Nein«, stammelte Filser verwirrt. »Das ist es ja. Sie kommt nicht wieder. Aber … unsere Feier kommt, unser Dorfgeburtstag.«

Emma schnalzte, verdrehte die Augen zur Zimmerdecke

und rief händeringend: »Ach du liebe Zeit!« Fritz stützte die Unterarme auf den Tisch, beugte sich darüber und schüttelte den Kopf. »Ich ahne, was jetzt kommt«, knurrte er.

Das klang alles nicht gut. Filser stand bedröppelt da und wusste sich nicht zu helfen. Kurz entschlossen übernahm Marie.

»Die Margret sollte auf der Feier geehrt werden, als älteste Bürgerin von Oberkirchbach, und sie hat sich unglaublich darauf gefreut. Sie hätte sich noch viel mehr gefreut, wenn sie gewusst hätte, wie schön die Feierlichkeiten werden, wie viele Leute mitmachen, dass das ganze Dorf zusammenhält und …«

Marie redete so schnell, dass die beiden alten Leute keine Chance hatten dazwischenzufunken. Das war ihr Vorteil, sie war jung und schnell, und die waren alt und langsam, so einfach kamen die hier nicht raus, da mussten sie sich vorher noch eine Menge anhören.

Doch einer war noch schneller als Marie. Kaum stockte sie für eine Millisekunde, um Luft zu holen, da sprang Jakob ein: »… und Sie beide waren gut mit Margret befreundet. Sie hat uns erzählt, was sie Ihnen alles zu verdanken hat. Jetzt ist Margret nicht mehr da, und damit sind Sie beide die ältesten Bürger im Dorf. Deshalb möchten wir Sie gern gemeinsam auf dem großen Fest ehren. Margret hätte das so gewollt. Und wir hoffen, dass Sie damit einverstanden sind. Alle beide.«

Dreimal hintereinander Margrets Namen zu erwähnen, war keine schlechte Idee, fand Marie insgeheim. Bei Entführungen machte man das so, bei Aufrufen der Angehörigen im Fernsehen. Häufig den Namen zu nennen, appellierte an das Mitgefühl der Entführer, das hatte sie schon mal gehört.

»Wissen Sie, die Margret …«, begann Marie wieder.

»Wir haben es verstanden, Frau Pfarrer«, fuhr Fritz ihr über den Mund. »Die Margret hätte das gewollt.«

»Genau«, sagte Marie kleinlaut.

»Und wieso ausgerechnet wir *beide*?«, fragte Emma. »Ist einer nicht genug?«

»Herrgott, ihr seid nun mal am selben Tag geboren«, ließ sich Liesel vernehmen. »Wen sollten wir denn da aussuchen? Man weiß ja nicht mal, wer von euch zuerst auf der Welt war. Das hat mir meine Mutter immer erzählt«, wandte sie sich an Marie und Jakob.

»Woher will die Frieda das denn wissen, die war doch selbst noch gar nicht auf der Welt«, meinte Emma.

»Aber die Geschichte ist doch legendär, wie Querfelders Rudi die Hebamme im Dorf rauf- und runtergefahren hat mit seinem klapprigen alten Rad.« Liesel begann zu lachen. »Könnt ihr euch noch an Querfelders Rudi erinnern? Das war ein Unikum, ich hab den noch kennengelernt, der hat immer die Kinder erschreckt mit seinen dämlichen Grimassen.«

»Der war im Alter nicht mehr ganz dicht«, sagte Emma.

»Der war auch in seiner Jugend nicht ganz dicht«, meinte Fritz. Alle, die Querfelders Rudi noch gekannt hatten, lachten, auch Fritz und Emma. Es war der Einstieg zu einer lebhaften »Wisst ihr noch?«-Runde. Eine skurrile Dorfgeschichte jagte die nächste. Erinnerungen wurden ausgegraben, Anekdoten geteilt, bei denen man darüber debattierte, ob da etwas Wahres dran war oder nicht. Die meisten Geschichten erzählten Liesel und Filser, aber auch Alois, Irma und Paul hatten einiges beizutragen, und ab und zu warfen sogar Emma und Fritz die eine oder andere Bemerkung ein. Alle anderen, die zu jung waren oder zugezogen, hörten einfach zu und amüsierten sich. Der kleine Fritz schlief, ungerührt durch den Lärm, in Anjas Armen.

»Ach, ist das schön hier mit euch«, sagte Irma. »Gell, Mama, und du wolltest erst gar nicht kommen.«

Emma gab ihr einen Schubs und verzog das Gesicht.

»Was? Aber warum denn nicht?«, fragte Marie.

»Ach, nur so«, murmelte Emma und senkte den Blick. Es war rührend, wie verlegen die alte Frau auf einmal war.

»Den Opa mussten wir auch überreden, heute aus dem Haus zu gehen«, berichtete Anja grinsend. Fritz knurrte sie an, als wäre er ein Hund, den man beim Bratenklauen erwischt hatte.

»Na ja, Dienstag so mitten in der Woche ist vielleicht nicht gerade ideal«, gab Marie zu.

»Ach was, Dienstag ist so gut wie jeder andere Tag«, widersprach Irma. »Es war mehr das Datum, das ihr nicht gepasst hat.«

»Wieso? Den wievielten haben wir denn?«, fragte Filser.

»Den 9. Juli«, sagte Fritz. Emma hielt den Blick gesenkt und nickte.

8. Januar 2019

»Zweiundneunzig!«, sagte Auguste immer wieder. »So alt bist du jetzt, Emma.« Sie reckte die Hände in die Luft, als könnte sie es gar nicht glauben, dann zeigte sie auf sich: »Und ich bin auch schon so alt.« Sie überlegte. »Wie alt bin ich?«

Emma hatte keine Lust zu rechnen, obwohl sie es immer noch gut konnte. »Alt«, sagte sie. »Wir sind alle alt geworden.«

»Der Herrmann nicht«, sagte Auguste.

»Der Herrmann auch«, widersprach Emma. »Wenn man neunundachtzig Jahre alt wird, dann ist das alt. Man kann ja nicht ewig leben.«

Auguste sah so aus, als wollte sie dagegen argumentieren, aber manchmal fielen ihr die Worte nicht mehr ein. Sie hatte nach Herrmanns Tod immer mehr nachgelassen. Oder es war der normale Gang der Zeit, wer konnte das schon sagen in dem Alter, und es war ja auch egal.

Emma feierte ihren zweiundneunzigsten Geburtstag. Obwohl »feiern« ein zu großes Wort war für das, was da in ihrem Haus am Waldrand stattfand. Es kamen ein paar Leute, ihre Kinder, ihre Enkelin und ihr Schwiegerenkel, wie sie Andreas Mann Rainer nannte. Den beiden hatte sie vor Kurzem das Haus überschrieben, als Dank dafür, dass sie bei ihr eingezogen waren, und obwohl dieses liebe Mädchen sich gesträubt hatte. Dafür brauchte es doch keinen Dank, hatte Andrea gesagt, und überhaupt seien doch ihre Tante Irma und ihr Vater Paul die Erben, aber die waren einverstanden mit allem. Emma und ihre Familie waren ein Herz und eine Seele, da gab es keine Unstimmigkeiten. Bei Fritz und den Seinen war das etwas ganz anderes. Irma erzählte es ihr manchmal. Jetzt, da Fritz' bester Freund Herrmann tot war, konnte Auguste sie nicht mehr auf dem Laufenden halten. Und weil Irma nur so selten in der Pfalz war, erfuhr sie immer weniger über Fritz. Normalerweise war ihr das ganz recht, aber an ihrem Geburtstag, der ja auch sein Geburtstag war, da dachte sie an ihn – wie es ihm wohl ging, ob er Besuch bekam, ob sich jemand um ihn kümmerte. Oder ob er ganz allein war.

Es klingelte an der Tür. Andrea, die sich freigenommen hatte, machte auf.

»Oma, da ist der Herr Pfarrer«, sagte sie.

Der Herr Pfarrer! Natürlich. Wenn es am Geburtstag am Vormittag klingelte, dann war es entweder Bürgermeister Filser oder, wenn man in einem Verein war, der Vereinsvorstand. Emma war aber nie in einem Verein gewesen. Sie hatte sich auch so genug um das Dorf gekümmert. Wenn es irgendwo gefehlt hatte, war sie eingesprungen und hatte geholfen, schon immer, dazu hatte sie nie einen Verein gebraucht. Sie hatte Nachbarn im Garten geholfen, hatte Kinder gehütet, Leute zum Arzt oder ins Krankenhaus gefahren, weil sie ja einen Führerschein besaß, hatte Essen gekocht und Tiere versorgt, wenn jemand krank war. Wenn irgendwo Not am Mann war, dann half man eben aus. So hatte man es ihr beigebracht, und so kannte sie es auch von anderen. Aber in letzter Zeit war das alles nicht mehr so, wie man hörte.

Der Herr Pfarrer also. Ja, der kam jedes Jahr. Allerdings

war es jedes Jahr ein anderer, so schien es ihr. Der Filser war immer derselbe, aber der Pfarrer war immer ein anderer.

»Guten Morgen, Frau Jung«, sagte der Pfarrer – wie hieß er gleich wieder? »Ich wünsche Ihnen von Herzen alles Gute zum Geburtstag«, sagte er, gab ihr sanft die Hand, als wäre sie zerbrechlich, und beugte sich im Rhythmus seiner Worte immer wieder zu ihr herab. »Ganz viel Gesundheit, das ist das Wichtigste, und dass Sie mindestens die Hundert voll machen, nicht wahr?« Er lachte nett, aber gleichzeitig so, als wäre das mit der Hundert wohl doch eher ein Scherz und nicht sehr wahrscheinlich. Emma kniff die Augen zusammen, um ihn besser sehen zu können, und lächelte ebenfalls nett.

»Ach, gesund bin ich ja«, meinte sie selbstbewusst. »Ich höre noch gut, ich schlafe gut, alles gut, nur mit dem Sehen ist es nicht mehr so, wie es mal war, aber ...«, sie winkte ab, »... es gibt ja Brillen, und so eitel bin ich nicht mehr.« Der Pfarrer lachte noch mehr über die lustige alte Frau. Auguste lachte auch. »Ich auch nicht, Emma. Gell, früher waren wir jung und knackig, jetzt sind wir nur noch und.« Auguste lachte hell und anhaltend über ihren eigenen Witz. Andrea kicherte leise, der Pfarrer lächelte verlegen und wusste nichts zu sagen. Emma bat Andrea, ihm einen Kaffee zu machen, aber keinen Caro, sondern den guten.

»Und mögen Sie einen Schnaps?«

»Äh, also am frühen Morgen lieber nur einen Kaffee«, meinte der Pfarrer. »Und außerdem muss ich noch zu Herrn Draudt, der hat heute auch Geburtstag.«

»Ach so, bei dem waren Sie noch gar nicht«, bemerkte Emma.

»Nein, noch nicht«, sagte der Pfarrer. »Ich glaube, das Oberdorf liegt ein kleines bisschen näher am Pfarrhaus als das Unterdorf, deshalb dachte ich, ich komme zuerst zu Ihnen.«

Emma erwiderte nichts. Sie hielt ihre Hände fest, die in letzter Zeit oft zitterten, wenn sie innerlich aufgewühlt war. Und wenn von Fritz die Rede war, war sie immer aufgewühlt.

»So ein Zufall«, meinte der Pfarrer. »Sie sind am selben Tag zur Welt gekommen.«

»Das stimmt«, sagte Emma einsilbig. Sie hoffte, der freundliche junge Mann würde sich nun nicht an dem Thema festbeißen, weil es ihm an Fantasie mangelte, was man mit einer Zweiundneunzigjährigen noch alles bereden konnte.

Zum Glück kam Andrea mit dem Kaffee.

Der Pfarrer trank, vermutlich, weil er dann nichts sagen musste, und verbrühte sich die Zunge, was er mit einem schmerzverzerrten Lächeln zu überspielen versuchte.

»Heiß, gell«, sagte Auguste grinsend.

»Ja«, sagte der Pfarrer und ließ den Mund ein wenig offen, damit Luft an die Brandwunde kam.

»Ein Glas Wasser?«, fragte Emma, doch der junge Mann meinte, es gehe schon.

»Übrigens, wo ich schon mal hier bin. Ich werde es auch noch in der Kirche bekannt geben, aber da sind Sie ja eher selten …«

»Da bin ich nie«, sagte Emma mit fester Stimme. »Aber keine Angst, das liegt nicht an Ihnen.«

»Ähm, ja, gut.« Er lachte wieder verlegen. »Jedenfalls: Ich werde nur noch bis Anfang April in der Gemeinde sein, dann bekommt Oberkirchbach einen neuen Pfarrer.«

»Was? Schon wieder?«, fragte Andrea. »Sie sind doch noch gar nicht so lange hier.«

»Das stimmt, aber ich muss mich leider versetzen lassen. Aus rein familiären Gründen. Es hat mir wirklich sehr gut in Oberkirchbach gefallen, aber … na ja. Familie geht vor.«

Emma fragte sich, ob der liebe Gott diese offensichtliche,

faustdicke Lüge wohl guthieß oder ob er es kopfschüttelnd hinnahm und Verständnis für den jungen Mann hatte, der seine besten Jahre nicht in einem Dorf weit hinterm Mond verbringen wollte.

»Ja, die Familie geht vor«, sagte Emma. Auch bei seinen Vorgängern war die Familie vorgegangen. Ob wohl bei seinem Nachfolger die Familie nachfolgen würde? Emma schmunzelte, und der Pfarrer, der nicht ahnte, dass Emma in ihrem Kopf kleine Wortspiele aus seiner Ausrede bastelte, freute sich, dass man ihm seine Flucht aus dem trostlosen 821-Seelen-Ort nicht übel zu nehmen schien.

»Eichendorf heißt mein Nachfolger, habe ich gehört, Jakob Eichendorf«, sagte der Pfarrer, als würde das einen Unterschied machen. Wahrscheinlich ein weiterer junger Pfarrer, der sich nach einem Jahr oder schon früher wieder versetzen lassen würde.

»Schöner Name«, sagte Emma.

Der Pfarrer verlor noch ein paar Allgemeinplätze über das Leben und das Alter, zwei Dinge, von denen er nach Emmas Einschätzung keine Ahnung hatte, dann erhob er sich und meinte, er müsse noch bei Herrn Draudt vorbeischauen.

»Soll ich ihm vielleicht einen schönen Gruß ausrichten?«

»Auf gar keinen Fall«, sagte Emma.

Fritz war gerade dabei, sein Wohnzimmer aufzuräumen, als es an der Tür klingelte. Er räumte eigentlich den ganzen Tag auf, denn erstens hatte er kaum etwas anderes zu tun und zweitens dauerte das Aufräumen in seinem Alter nun mal sehr lange. Fritz mochte es ordentlich und sauber. Verstaubte Oberflächen verabscheute er genauso wie herumliegende Dinge. Das Klingeln an der Tür erinnerte ihn daran, welcher Tag heute war: der 8. Januar, sein Geburtstag. Seiner und Emmas.

Das war dann also der Bürgermeister, der Filser, der kam jedes Jahr und wurde jedes Mal nervöser. Er wusste, dass Fritz seinen Geburtstag nicht feierte – mit wem auch, war ja keiner mehr da. Nur die Margret, aber die konnte nicht allein bis zu ihm ins Unterdorf laufen, und Emma. Irma kam manchmal vorbei, wenn sie es einrichten konnte, immerhin hatte ihre Mutter ja auch Geburtstag. Aber der Filser kam jedes Jahr, weil es die Höflichkeit gebot und sein Amt. Das hatte er nun davon.

Fritz schlurfte zur Tür und öffnete.

»Guten Tag, Herr Draudt, ich wünsche Ihnen alles Gute zum Geburtstag«, sagte der füllige junge Mann, der da vor ihm stand, mit einem gezwungenen Lächeln. Der Filser war das nicht.

»Wer sind Sie denn?«, fragte Fritz.

»Äh, der Pfarrer. Pfarrer Lorenz«, sagte der junge Mann irritiert. »Entschuldigung, ich dachte, Sie kennen mich.«

»Woher denn?«, fragte Fritz zurück. Er ging nicht in die Kirche, er ging zu keiner Beerdigung, wenn es sich vermeiden ließ, er ging überhaupt nirgendwohin, außer auf den Friedhof und ab und zu hinüber in *Michels Einkehr.* Seine Lebensmittel brachte ihm Margrets Schwiegertochter vorbei.

»Äh, ja, also jedenfalls bin ich gekommen, um Ihnen im Namen der Kirchengemeinde von Herzen alles Gute zu wünschen«, sagte der junge Pfarrer. Fritz erinnerte sich wieder daran, wie man sich anständigerweise in einem solchen Fall verhielt, und trat zur Seite.

»Dann kommen Sie mal rein in die gute Stube, wenn Sie schon mal da sind.« Den letzten Teil hätte er vielleicht weglassen sollen, der war ihm so rausgerutscht.

Der Pfarrer trat ein.

»Schön haben Sie es hier«, sagte er verwundert.

Fritz knurrte und bot dem Mann mit einer flüchtigen Geste Platz an. »Möchten Sie einen Schnaps?«, fragte er.

»Äh, also, am frühen Vormittag lieber nicht, danke«, sagte der Pfarrer und fügte lachend hinzu: »Die Frau Jung hat mir auch gerade einen angeboten, da musste ich auch schon dankend ablehnen.«

»Wer?«, fragte Fritz. Jung, der Name in Verbindung mit Emma war von Anfang an fremd gewesen und nach ihrer Scheidung noch mehr, aber sie hieß immer noch so, auch wenn die Leute von ihr nur als Hillese Emma sprachen. Allerdings nie zu ihm direkt, man vermied es im Allgemeinen, mit ihm über Emma zu reden.

»Emma Jung, die hat doch heute auch Geburtstag«, erwiderte der Pfarrer aufgekratzt. »Am gleichen Tag gleich alt werden, das ist mal ein Zufall.«

»Wieso ist das ein Zufall?«, fragte Fritz, ohne eine Miene zu verziehen. »Wenn sie an einem anderen Tag geboren wäre, würden Sie das dann auch Zufall nennen?«

»Äh, nein.«

»Nein?«

»Nein. Das wäre ja dann ... äh.«

»Und? Was wäre es dann?«

»Na ja, es wäre eben ... nicht so ungewöhnlich.« Der Pfarrer war sichtlich erleichtert, dass ihm diese Antwort eingefallen war.

»Nicht so ungewöhnlich. Aha!« Fritz winkte ab. »Egal! Wollen Sie einen Kaffee?«

»Nur wenn es keine Umstände macht.«

Fritz ging in die Küche. Kurz darauf hörte man eine Kaffeemaschine brummen. Mit zwei Tassen Kaffee kam er zurück.

»Bitte!«, sagte er und stellte eine Tasse vor den Pfarrer.

Dieser nippte sehr vorsichtig daran, von Fritz argwöhnisch

beobachtet. Er fand den Mann ein wenig seltsam, wenn auch nicht seltsamer als den, der vor ihm Pfarrer gewesen war, oder den davor. Eine Frau hatten sie noch nie gehabt, überlegte Fritz. Komisch! Nicht dass er dann eher in die Kirche gegangen wäre. Außerdem war es egal, wen er an seinem Geburtstag als derzeitigen Pfarrer in sein Wohnzimmer lud. Eine Frau würde aus diesem Nest genauso schnell wieder verschwinden wie ihre männlichen Kollegen.

»Herr Draudt?«

Der Pfarrer hatte etwas gesagt, und Fritz hatte nicht zugehört.

»Was denn?«

»Ich fragte gerade, ob Sie und Frau Jung beide hier geboren sind.«

Fritz sah ihn finster an. Was wollte er denn immer wieder mit Frau Jung?

»Ja, sind wir«, antwortete er kurz angebunden.

»Dann kennen Sie einander also schon Ihr Leben lang«, stellte der kirchliche Schlaumeier fest und fügte ein nachdenkliches, fast schon verträumtes »Hmmm!« hinzu.

Fritz antwortete nicht. Es war ausgerechnet dieses ahnungslose Hmmm des Pfarrers, das ihm die Kehle zuschnürte und das gleichsam ein Ausrufezeichen hinter all die vielen Jahre setzte, die er und Emma ohneeinander verbracht hatten.

»Herr Draudt?«, sagte der junge, unbedarfte Mann, der nicht den Hauch einer Ahnung hatte, an welchen Erinnerungen er mit seiner Fragerei kratzte.

»Ja?« Leise und rau kam das Wort über Fritz' Lippen.

»Ich fragte, ob Sie auch miteinander zur Schule gegangen sind?«

Wie er lächelte, der Pfarrer! So wie man eben einem uralten Mann zulächelte, wenn man sich scheinbar über Belanglosigkeiten unterhielt, nur um die Stille zu füllen, weil Menschen Schweigen nicht aushielten.

»Ja«, sagte Fritz. »Wir sind zusammen zur Schule gegangen.« Der Pfarrer nickte freundlich und setzte bereits an zur nächsten Frage, mit der er den rituellen Geburtstagsplausch am Leben halten konnte, doch da sprach Fritz weiter, leise und wie zu sich selbst.

»Wir sind zusammen zur Schule gegangen und haben auch sonst alles gemeinsam gemacht. Wir waren unzertrennlich. Wir haben uns geliebt.«

Dem Pfarrer stand der Mund offen, offensichtlich wusste er nicht, wie er reagieren sollte, doch das war ohnehin überflüssig.

»Wir haben uns geliebt«, wiederholte Fritz noch weicher, noch wehmütiger. »Wir hatten ein Kind miteinander.«

Der letzte Satz war nur noch ein raues Flüstern, kaum hörbar. Warum sagte er das? Warum jetzt? Warum diesem Mann, der nur seiner Gratulationspflicht als Pfarrer genügen wollte und der demnächst mit Sicherheit wieder weiterziehen würde? Weil es ihn seit so unvorstellbar langer Zeit belastete und er nie mit einem Menschen darüber reden konnte, nicht einmal mit Herrmann. Wenigstens einmal hatte er es aussprechen wollen. *Wir hatten ein Kind miteinander.*

Der fremde Mann, dem er gerade sein Innerstes offenbart hatte, starrte ihn an, und plötzlich kam Fritz wieder zu sich.

»So, Herr Pfarrer«, sagte er mit seiner üblichen festen Stimme und stand auf. »Jetzt wissen Sie alles über Frau Jung und mich, und weil wir jetzt keinen Gesprächsstoff mehr haben, gehen Sie jetzt besser.«

Der Pfarrer erhob sich zögernd. »Es … es tut mir leid, wenn ich Ihnen zu nahe getreten bin, Herr Draudt«, stammelte er. »Das … das war wirklich nicht meine Absicht.«

Natürlich nicht. Wie er dastand! Er wusste nicht, was er falsch gemacht hatte, er wollte doch nur gratulieren, weil man das so machte, und ein bisschen reden, weil man das auch so machte.

»Schon gut«, erwiderte Fritz versöhnlich. Er blieb trotzdem stehen und nahm den Rauswurf nicht zurück, doch der junge Mann schien ohnehin erleichtert, dass er den Besuch hinter sich gebracht hatte.

»Übrigens«, sagte er, als ihn Fritz zur Haustür begleitete, »das war wahrscheinlich das letzte Mal, dass wir uns sehen. Ich werde versetzt. Im April kommt ein neuer Pfarrer nach Oberkirchbach.«

Fritz nickte. Es war also genauso, wie er angenommen hatte: Einer ging, der Nächste kam. Aber das interessierte ihn wenig. Diesen neuen Pfarrer würde er, falls er dann noch lebte, an seinem nächsten Geburtstag zu Gesicht bekommen.

Er reichte dem jungen Mann zum Abschied die Hand und sagte: »Dann alles Gute, Herr Pfarrer!«

Ende Juli 2019

An einem warmen Sommerabend Ende Juli klingelte das Telefon im Pfarrbüro. Jakob und Marie hatten es sich mit Anja, Marco und dem kleinen Fritzchen, das auf einer Decke eingeschlafen war, im Garten hinter dem Pfarrhaus gemütlich gemacht und beobachteten, wie sich die Sonne langsam über dem ehemaligen Steinbruch jenseits des Kirchbachs herabsenkte.

»Telefon!«, nuschelte Marie schläfrig in ihrem Liegestuhl.

»Das hör ich auch«, erwiderte Jakob, ohne sich auch nur einen Millimeter zu bewegen. Sie hatten nahezu den ganzen Tag bei der Probe in der Festhalle verbracht. Viele Leute hatten jetzt Ferien oder Urlaub, die Zeit musste man nutzen. Die Hälfte der Zeit allerdings hatten die *Kirchbachlerchen*, der neu gegründete Chor, mit der ebenfalls neu gegründeten Tanzgruppe des TUS Oberkirchbach gestritten, wer wann die Bühne zur Probe nutzen durfte.

»*Kirchbachlerchen* ist übrigens ein selten blöder Name«, meinte Anja, die das Klingeln gar nicht erst beachtete.

»Find ich auch«, stimmte Marie zu. »Aber der wird sowieso noch zehnmal geändert.«

»Du meinst, der wurde schon zehnmal geändert.«

»Ja, das auch.«

»Diese Künstler«, stöhnte Anja und kicherte.

Das Telefon gab Ruhe. Kurz darauf klingelte es in Jakobs Hosentasche. Verdutzt schaute er an sich hinab.

»Ich dachte, wir hätten hier gar kein Netz«, sagte er zu Marie. Vor lauter Überraschung kam er nicht auf die Idee nachzusehen, wer ihn denn da so dringend sprechen wollte.

»Dachte ich auch, aber anscheinend doch.« Marie zog ihr eigenes, meist nutzloses Handy aus der Tasche und schaute, wie viele Balken es anzeigte. Einen einzigen sehr kleinen.

»Hallo?«, rief Jakob endlich verwundert in sein Telefon. Und dann: »Ach! Hallo! --- Ja --- Ja --- Ja --- Klar! --- Ach so? --- Nein, kein Problem. Kommen Sie einfach morgen früh vorbei. --- Ja --- Bis dann!«

Jakob legte auf und starrte sekundenlang sein Handy an. »Wahnsinn!«, murmelte er. »Hier an der Stelle hat man tatsächlich ein Netz. Genau hier.« Er entfernte sich zwei Schritte. »Und hier nicht!« Er bewegte sich hin und her und landete am Schluss wieder am Ausgangspunkt. »Nur hier. Das müssen wir uns merken, für die Zukunft.«

Für die Zukunft? Es gab hier keine Zukunft. Manchmal kam es Marie so vor, als müsste sie Jakob daran erinnern. Allerdings tat sie das nie. Sie wollte sich selbst nicht mit diesem Thema beschäftigen.

»Wer war das denn nun?«, fragte sie.

»Der Bruno Lorenz, mein Vorgänger, der hat noch einen alten Sessel hier im Keller stehen, weil er dachte, der passt nicht in seine Wohnung, aber jetzt zieht er um und möchte den Sessel morgen früh abholen.«

»Wie? Dein Vorgänger hat das Gerümpel, das er nicht brauchen kann, einfach hier im Keller deponiert?«, empörte sich Marie.

Jakob zuckte gutmütig mit den Schultern. »Er holt ihn ja jetzt. Ich dachte sowieso, der Sessel gehört in das Zimmer.«

Marie hatte das auch gedacht. Es war das Zimmer, in dem nach wie vor ein altes, schmales Bett stand, eigentlich mehr eine Liege, und eine Kommode. Es war das Zimmer, das Fritz Draudt nach dem Krieg bewohnt hatte. Aber auch wenn es nicht dieses Zimmer gewesen wäre, war es ihrer Meinung nach eine glatte Unverschämtheit, den Keller als kostenloses Depot zu missbrauchen.

»Ich kenne Jakobs Vorgänger überhaupt nicht, der war nicht lange da, oder?«, fragte Anja.

»Ein knappes Jahr«, erwiderte Jakob. »Und der davor, soweit ich weiß, auch nicht länger.« Er setzte sich wieder in seinen Liegestuhl, steckte sein Handy weg und schaute mit ernster Miene Richtung Steinbruch, den die Sonne in ein orangefarbenes Licht tauchte. Marie spürte Anjas prüfenden Blick, doch da regte sich Fritzchen und fing an, sich zu beschweren, sodass sie ihre Aufmerksamkeit dem Kleinen widmen musste. Sie hatten nie wieder darüber geredet, dass auch Jakob und Marie nicht länger hier sein würden. Anja und Liesel hatten versprochen, ihr Wissen für sich zu behalten. Es war besser so.

Marie beobachtete Anja mit ihrem Baby. Einen Augenblick lang stellte sie sich vor, wie ihr eigenes Kind in irgendeinem Sommer hier im Garten über die Decke krabbeln würde. Wie idiotisch, dachte sie dann, denn abgesehen von allem anderen wurde sie in Oberkirchbach ja sowieso nicht schwanger.

Pfarrer Lorenz kam am nächsten Morgen gegen neun Uhr. Schnaufend klingelte er an der Tür, als hätte er die ganze Strecke von Neustadt bis nach Oberkirchbach zu Fuß zurückgelegt, doch das Auto stand mit einem Anhänger ausgerüstet direkt vor dem Haus.

»Guten Morgen!«, strahlte er mit roten Wangen. »Tut mir

leid, ich hab's ein bisschen eilig, hab noch eine Beerdigung am Nachmittag.«

»Alles klar!«, erwiderte Marie, die ihm die Tür geöffnet hatte, kühl. »Sie kennen den Weg ja.«

Jakob kam die Treppe herunter, begrüßte seinen Kollegen sehr viel freundlicher als Marie und fragte sogar, ob er ihm mit dem Sessel helfen könne.

»Oh, das wäre wahnsinnig nett«, meinte Pfarrer Lorenz erleichtert. »Der Sessel ist ja so groß und schwer, deshalb hab ich ihn auch nicht mitgenommen, wissen Sie?« Er lachte. Marie biss sich auf die Zunge, und Jakob beließ es bei einem gutmütigen Grinsen.

»Und? Wie gefällt es Ihnen hier in Oberkirchbach?«, machte Bruno Lorenz Konversation, während sie hintereinander die Kellertreppe hinabstiegen. »Haben Sie sich gut eingewöhnt?« Es war nicht schwer, den leicht süffisanten Unterton herauszuhören. Als er unten angekommen war, drehte er sich sogar zu ihnen um und schmunzelte verschwörerisch.

»Sehr gut sogar«, rief Marie an Jakob vorbei nach vorn.

»Echt jetzt?«, fragte Lorenz staunend. »Also, ich muss gestehen, ich war froh, als ich hier weg war. Ich meine, selbst als Pfarrer will man ja ab und zu mal etwas unternehmen. So privat, meine ich. Das kann man hier vergessen.« Er orientierte sich kurz in dem schmalen Gang, erinnerte sich und öffnete die richtige Tür, die zu dem Zimmer vorn zur Straße raus führte. Das Zimmer mit dem vergitterten Fenster und mit dem schmalen Bett.

»Boah, das staubt ja!«, stöhnte Lorenz und wedelte mit der Hand vor seinem Gesicht herum. In Maries Eingeweiden fing es allmählich an zu brodeln. Sie konnte den jungen Kollegen ihres Mannes nicht ausstehen, so viel war sicher. Jakob hätte niemals auf die Schnelle noch einen Sessel abgeholt, wenn er sich auf eine Beerdigung konzentrieren musste. Und er würde niemals, nie im Leben, so über Oberkirchbach herziehen, selbst dann nicht, wenn er nicht mehr Pfarrer hier wäre. Was wollte dieser Klops denn eigentlich unternehmen? So privat? Das hätte Marie ihn gern mal gefragt.

Bruno Lorenz zerrte an dem mächtigen alten Ohrensessel, der dicht an der Wand stand. »Könnten Sie mir mal helfen?«, bat er Jakob. Jakob half. Gemeinsam zogen sie das schwere Ding aus seiner Ecke, bis sie eine Angriffsfläche fanden, sodass sie das Möbelstück aus dem Zimmer tragen konnten. Der Dielenboden wurde dabei heftig zerkratzt, wie Marie missmutig bemerkte, allerdings waren da bereits etliche Kratzer im Holz. Draußen auf der Treppe hörte man die Männer unter der Last des Sessels stöhnen.

Marie wollte gerade hinterher, um zu helfen, als sie ganz hinten an der Wand, dort, wo vorher der Sessel gestanden hatte, etwas entdeckte. Einen dicken Kratzer, der merkwürdig aussah. Auffällig gebogen. Sie kniete nieder und wischte die Staubschicht beiseite. Unwillkürlich hielt sie die Luft an, als sie entdeckte, was darunter zum Vorschein kam: Es war ein Herz, tief in das Holz der Diele geritzt, ein bisschen krumm und schief, die rechte Seite schmaler als die linke, der eine Bogen eckiger als der andere, und in dem Herz standen zwei Buchstaben: E + F.

Emma und Fritz. Marie hätte heulen können, wäre nicht in diesem Moment erneut Pfarrer Lorenz hereingeplatzt.

»Puh, geschafft!«, verkündete er und rieb die Hände aneinander. »Also, noch mal danke, Frau Eichendorf, ich muss dann gleich wieder los.«

Marie riss sich zusammen und erhob sich.

»Huch! Was ist denn das?«, sagte Lorenz, als Marie zur Seite trat und er das vom Staub befreite Herz entdeckte. »Wie romantisch!« Es klang eher so, als belächelte er diese Art von Romantik. Marie hätte ihn am liebsten angeschrien.

»Ja«, sagte sie mit äußerster Selbstbeherrschung. »Das ist romantisch. F, das ist Fritz Draudt. Er hat hier in diesem Zimmer die ersten Jahre nach seiner Rückkehr aus dem Krieg verlebt. Aber wahrscheinlich kennen Sie den Mann sowieso nicht.«

»Fritz Draudt? Doch, natürlich«, erwiderte Lorenz zu Maries Überraschung. »Dem hab ich doch in diesem Jahr noch zum Geburtstag gratuliert.« Er schaute noch einmal auf das Herz. Das Licht, das ihm plötzlich aufging, strahlte hell aus seinem Gesicht. »Und E, das ist dann Emma … wie heißt sie noch gleich? Weiß ich nicht mehr. Aber Emma, nicht wahr?« Er stützte die Hände in seine fleischigen Hüften, nickte, lachte auf, schüttelte dann wieder den Kopf und murmelte: »Ach du liebe Zeit!« Marie und Jakob, der inzwischen zu ihnen getreten war, warteten, bis ihnen Bruno Lorenz von seiner Begegnung mit den beiden alten Leuten an ihrem Geburtstag erzählte und auch davon, welchen Verlauf das Gespräch mit Fritz Draudt auf einmal genommen hatte. »Das war der Hammer: Sagt dieser alte Mann plötzlich, sie hätten ein Kind miteinander gehabt. Wahnsinn, oder? Als ob ich das hätte wissen wollen. Ich wollte mich doch nur ein bisschen unterhalten. Und danach schmeißt er mich quasi raus.« Er schickte einen ungläubigen Lacher hinterher. »Wie gesagt, gut, dass ich hier weg bin. Echt komische Leute. Also dann: Danke noch mal! Ich muss los. Wiedersehen!« Er hastete die Treppe hinauf, man hörte die Tür und den startenden Motor des Autos. Dann war es totenstill.

Marie und Jakob bewegten sich nicht von der Stelle und brachten keinen Ton hervor. Stumm und fassungslos sahen sie einander in die Augen.

Emma saß auf ihrem Sofa und las den Regionalteil der *Rheinpfalz*, die Augen hinter der Brille zusammengekniffen und fest entschlossen, die kleinen Buchstaben trotz allem zu entziffern.

»Kein Wunder, dass deine Augen immer schlechter werden«, schimpfte Irma beim Eintreten. »Schau mal, wer da ist: die Marie!«

Emma hob den Kopf. »Meine Augen werden immer schlechter, weil sie immer älter werden, genau wie ich.«

»Guten Morgen, Emma!«, sagte Marie.

»Wollen Sie mich wieder überreden, Frau Pfarrer?«, fragte Emma grußlos, aber nicht unfreundlich. Sie legte die Zeitung neben sich und die Hände in den Schoß. Diesmal zitterten sie nicht, sie hielt sie locker ineinander gefaltet und wartete auf Maries Antwort. An jenem Abend, an dem man sich im Gemeindesaal getroffen hatte, hatten sich weder Fritz noch Emma auf die geplante Ehrung einlassen wollen.

»Macht ihr nur euer Fest, dazu braucht ihr uns doch nicht«, hatte Emma gemeint, und Fritz hielt das Ganze für »Unfug«. »Wieso ausgerechnet die ältesten Bürger? Wieso nicht den jüngsten? Hier, den kleinen Fritz könnt ihr ehren, der wehrt sich nicht«, hatte er gemault und dabei das kleine Händchen des schlafenden Babys geschüttelt, ganz sanft und liebevoll. Alle hatten gelacht, auch Emma. Die Stimmung war gut und entspannt geblieben, aber zu einem Ergebnis waren sie nicht gekommen. Zumindest nicht, was das Fest betraf.

»Ich könnte es ja noch mal versuchen, oder?«, erwiderte Marie auf Emmas Frage. Die alte Frau lächelte leise in sich hinein.

»Hast du es bei Fritz auch noch mal versucht?«, fragte Irma.

»Ja, aber der ist genauso stur«, antwortete Marie und beobachtete Emma dabei. »1927 muss ein besonders sturer Jahrgang gewesen sein.«

Emmas Lächeln wurde noch ein bisschen breiter.

»Geht es Ihnen gut, Emma?«, fragte Marie. »Kein Schwindel mehr? Keine Probleme mit der Hitze?«

Emma winkte kurz ab und faltete anschließend wieder ihre Hände. »Alles gut!«, sagte sie lapidar. »Kaum kippt man in meinem Alter mal vom Stuhl, wird man ständig gefragt, ob auch alles in Ordnung ist.« Sie schmollte ein bisschen und zeigte auf Irma. »Die da will mir einen Rollator besorgen. Einen Rollator!« Sie verdrehte die Augen und tippte sich mit einem Finger an die Stirn.

»Ein Rollator ist nicht schlecht«, fand Marie.

»Der Fritz hat auch keinen, und der ist genauso alt wie ich«, argumentierte Emma. »Sagen Sie dem mal, der soll sich einen Rollator anschaffen.« Sie prustete durch die geschlossenen Lippen.

Wie sie über ihn redete. Ganz anders als noch vor einigen Wochen. Die Bitterkeit war verschwunden. Das Eis zwischen den alten Leuten schmolz langsam. Sie hatten an einem Tisch gesessen, hatten miteinander gelacht und in trauter Einigkeit die geplante Ehrung verweigert.

Wenn es stimmte, was Pfarrer Lorenz erzählt hatte, dann war die Beziehung zwischen Emma und Fritz am Tod ihres gemeinsamen Kindes zerbrochen. Und da niemand je von einem Kind gewusst hatte, musste es eine Fehlgeburt gewesen sein. So viel konnte sich Marie zusammenreimen. Doch egal, was damals geschehen war und unter welchen Umständen sich diese Tragödie abgespielt hatte, eines wusste Marie ganz genau: Die Gefühle zwischen Fritz und Emma waren längst nicht tot.

Doch was half dieses Wissen, wenn jeder von ihnen weiterhin an seinem Ende des Dorfes verharrte. Sie mussten sich wieder begegnen. Dann würde vielleicht noch alles gut, was immer das bedeuten mochte.

»Geht es Ihnen nicht gut, Marie?«, fragte Emma und sah ihr mit schief gelegtem Kopf ins Gesicht. »Oder …« Sie zögerte, bis sie fragte: »Geht es Fritz nicht gut?«

Marie merkte erst jetzt, dass ihr während der ganzen Grübelei die Gesichtszüge ein wenig entglitten waren. Na also. Sie sorgten sich umeinander. *Herrgott, dann redet doch endlich mal miteinander*, hätte sie am liebsten gerufen, doch stattdessen versicherte sie Emma eilig, dass Fritz nach allem, was sie wusste, bei guter Gesundheit war. »Trotzdem wäre auch für ihn ein Rollator das Richtige«, meinte Marie schmunzelnd. »Vielleicht kann ihm Anja das mal vorschlagen.«

Emma lachte erleichtert auf. »Dann sollte sie ihm aber vorher den Kleinen in den Arm drücken, dann kann er nicht so leicht aufbrausen.«

»Das stimmt«, meinte Marie. »Er vergöttert das Kind richtig.«

Emma nickte verhalten lächelnd und senkte den Blick.

»Wann musst du eigentlich wieder nach Bremen, Irma?«, fragte Marie, weil sie das Gefühl hatte, es sei jetzt besser, das Thema zu wechseln.

Sogleich wurde Emma wieder munter. »Gar nicht!«, rief sie, noch bevor Irma antworten konnte. Marie blickte erstaunt von einer zur anderen. Irma nickte.

»Das stimmt«, sagte sie. »Ich bleibe hier und gehe von jetzt an permanent meiner Familie auf den Keks. Angeblich freuen sich alle, aber mal sehen, drei Generationen unter einem Dach, vielleicht irgendwann sogar vier, wenn mich Andrea mal zur Großtante macht … Wer weiß, ob das gut geht.«

Emma strahlte. »So war das früher auch immer: Großeltern, Eltern und Kinder, alle unter einem Dach.«

»Aber seit wann steht das denn fest?«, fragte Marie.

»Das kam sehr plötzlich. Am Gymnasium ist eine Stelle

frei geworden, weil eine Kollegin schwanger ist, und ich habe schon vor einiger Zeit die Versetzung beantragt. Ich habe in Bremen viele Freunde, aber meine Familie, alle Menschen, die mir wichtig sind, die sind hier. Und werden allmählich alt.« Sie warf ihrer Mutter einen verschmitzten Blick zu. Emma lachte und meinte: »Na ja, so langsam. Wenn ich mir schon einen Rollator zulegen soll, dann wird's Zeit.«

»Das sind ja fantastische Neuigkeiten!«, rief Marie. Dann muss ich auch nicht mehr fragen, ob du zum Fest kommst.«

»Musst du nicht. Ich bin auf jeden Fall da«, sagte Irma. »Allerdings bestehe ich darauf, dass die beiden alten Sturköpfe sich dann benehmen und ihren Teil dazu beitragen.«

»Wie bitte?«, moserte Emma, schlagartig ernüchtert. »Was soll das denn heißen?«

»Genau das, was du denkst«, erwiderte Irma. »Und dem Fritz sag ich das auch noch. Matz würde ihm schön die Leviten lesen.« Sie wandte sich ab und machte sich am Spülstein zu schaffen, drehte das Wasser auf und wieder zu, wischte mit einem Tuch ein bisschen hin und her, als gäbe es plötzlich etwas zu säubern. Es war das erste Mal, dass sie in Maries Gegenwart Matz erwähnte.

»Na, mal sehen«, murmelte Emma.

»Nein, Mama, nicht mal sehen.« Irma wirbelte herum. »Ihr werdet da mitmachen, du und Fritz. Wenn Matz noch leben würde, dann hätten wir jetzt Kinder, und wir würden alle zusammen zu diesem verdammten Fest gehen und uns gemeinsam köstlich über euch amüsieren, über dich und Fritz, wie ihr mürrisch die Blumen und den Wein entgegennehmt. Oder einen gerahmten Stich von Oberkirchbach. Oder eine Ehrennadel. Oder was auch immer sich der Filser ausgedacht hat. Matz würde heimlich witzige Bemerkungen machen, und unsere Kinder würden sich entweder kringeln oder peinlich berührt so tun, als gehörten sie nicht zu diesen bekloppten Eltern. Und wir wären alle stolz auf euch und darauf, dass ihr endlich euren Groll und alles, was war, beiseitelasst und euch die Hand reicht. Matz ist aber nicht mehr da, Mama, und es gibt keine Kinder. Es gibt nur noch mich. Und ich will das sehen, verstanden?«

Emma starrte ihre Tochter mit großen, tränenverhangenen Augen an, und nach einer halben Ewigkeit nickte sie und murmelte kaum hörbar: »Also gut.«

Der Wasserhahn tropfte. Irma wandte sich um und drehte ihn zu.

»Eine Ehrennadel!«, sagte Marie in die Stille hinein.

»Was?«, fragte Emma, immer noch ein wenig eingeschüchtert von der leidenschaftlichen Predigt ihrer Tochter.

»Es gibt eine Ehrennadel«, sagte Marie. »Mit eingraviertem Namen. Und eine gerahmte Urkunde gibt es, glaube ich, auch.«

»So viel?«, wunderte sich Emma mit einer Spur Ironie in der Stimme. Marie nickte, Irma gluckste. Emma nahm wieder ihre Zeitung zur Hand und rückte ihre Brille zurecht. »Na dann!«

April bis Juli 2019

Der fremde junge Mann in den Jeans kam ihm doch tatsächlich hinterher und sprach ihn an.

»Entschuldigen Sie. Ich war eben sehr unhöflich, ich hätte mich vorstellen müssen, wir kennen uns ja noch gar nicht. Ich bin der neue Pfarrer der Gemeinde, Jakob Eichendorf.« Daraufhin hielt er ihm die Hand hin und wartete. Und wartete. Der neue Pfarrer also. Er sah gar nicht aus wie ein Pfarrer, eher wie ein verträumter Dichter oder ein Musiker oder so was in der Art, jedenfalls nicht wie die Pfarrer, die Fritz jedes Jahr zum Geburtstag gratulierten. Der junge Mann wartete immer noch. Fritz wechselte seinen Stock in die andere Hand und ergriff die des Pfarrers.

»Gut! Freut mich!«, sagte er und meinte es, wie er es sagte, aber er war nicht sicher, ob das auch so ankam. Er war mittlerweile so ungeübt in Freundlichkeit, dass er manchmal selbst über sich erschrak. Womöglich brachte er deswegen nichts weiter hervor als ein indifferentes Brummen, als ihm der Pfarrer ankündigte, ihn bald einmal zu besuchen, und das, obwohl Fritz gar keinen Geburtstag hatte. Rasch ging er weiter, und erst kurz vor seinem Haus fiel ihm ein, dass man ebenfalls seinen Namen nannte, wenn sich jemand vorstellte. Doch es war ohnehin unwahrscheinlich, dass der junge Mann sein Versprechen halten würde. Die redeten doch heutzutage alle nur in Floskeln, auch die Pfarrer. Unwirsch trat er seine Schuhe auf der Fußmatte ab und ging ins Haus.

Zwei Wochen später standen die beiden plötzlich in seinem Garten: der neue Pfarrer und seine Frau. Die Frau hatte Fritz kurz zuvor mit der Liesel schon einmal gesehen und ihr die Tür vor der Nase zugeknallt. Er wunderte sich, dass sie sich überhaupt noch einmal hertraute. Hübsch war sie. Mit ihren braunen Locken erinnerte sie ihn ein bisschen an Emma in ihrer Jugend. Hatte er deshalb so heftig reagiert, als sie ihn mit Liesel zusammen wegen dieses albernen Festes belästigt hatte? Emma war zierlicher gewesen, aber genauso forsch. Den netten jungen Pfarrer konnte Fritz mit seiner knurrigen Art einschüchtern, aber die junge Frau nicht, die hatte immer eine Antwort parat. Das gefiel ihm. Beide gefielen ihm. Sie waren anders. Allein schon weil der Pfarrer sein Versprechen gehalten hatte, allein weil sie ein Paar waren und so gut zusammenpassten. Das spürte man sofort. Matz und Irma hatten genauso zusammengepasst. Da konnte man nichts machen. Zwischen manchen Menschen entstand nun mal ein Band, das man nicht durchtrennen konnte. Oder sollte.

Die Erkenntnis war ihm sogar einen Mirabellenschnaps wert, den bekamen bei ihm nur besondere Menschen. Ein Wunder, dass der Baum nach all den Jahren überhaupt noch trug. Nicht mehr so viel wie früher, aber er war ja auch schon uralt. Genau wie Fritz.

Er mochte es, sich mit den beiden zu unterhalten, und zum Schluss, weil die Sprache darauf gekommen war und aus einem plötzlichen Impuls heraus, zeigte er ihnen sogar die Festhalle, sein Meisterwerk. Wie sie staunte, diese Marie! Und das, obwohl der Saal mittlerweile so schlimm aussah. Es war traurig. Fritz schloss für einen Moment die Augen und ließ in seinem Innern Bilder von früher entstehen. Er erinnerte sich daran, wie er bei der Einweihung auf die Bühne gebeten und geehrt wurde. Wie er von dort oben nach Jahren Emma zum ersten Mal wiedersah. Im Publikum saß sie, und schon nach einer Sekunde schlug sie die Augen nieder.

Er erinnerte sich an den Abschlussball ihrer Kinder, den Tanz mit Irma, bei dem es ihm ein bisschen so vorkam, als würde er mit Emma selbst tanzen. Noch einmal.

Die Frau Pfarrer riss ihn mit ihrem Ausbruch wieder aus den Träumen.

»Das ist eine Schande«, rief sie. Richtig wütend war sie, weil dieser schöne Saal so heruntergekommen war. Sie sagte in ihrer Wut noch mehr. Ihrem Mann war es peinlich, aber recht hatte sie. Sie sagte, was sie dachte. Auch zu ihm. Sie nahm kein Blatt vor den Mund. Sie gefiel ihm von Minute zu Minute besser.

Sie war ein Energiebündel, diese Frau Pfarrer. Noch nie hatte jemand auf die Beine gestellt, was sie auf die Beine stellte, und das, nachdem sie erst so kurze Zeit in Oberkirchbach war. Und auch vom Pfarrer selbst hörte man nur Gutes. »So ein liebenswerter Mann«, erzählte Helga, die ab und zu noch aus alter Gewohnheit vorbeikam und bei Fritz auf der Bank saß, obwohl sie es ihm übel nahm, dass er nicht zu Wilhelms Beerdigung gekommen war. Fritz hatte keinem erzählt, dass er an diesem Tag so krank gewesen war, dass er es kaum aus dem Bett geschafft hatte. Er hatte auch keinen Doktor gerufen. Der hätte ihn nur ins Krankenhaus eingewiesen, und anschließend hätte er sich wieder mit seinen Töchtern darüber auseinandersetzen müssen, wie man ihn, den alten, gebrechlichen Mann, am besten versorgen könne. Da war es ihm lieber, man hielt ihn für einen stoffeligen alten Kauz, der sich nicht zu benehmen wusste. Auch Margret, der einzige Mensch, den er noch ab und zu besuchte, hatte nur Lob für den Pfarrer und seine Frau. Und sie erzählte, dass ihre Kinder jetzt ein Café im Laden eröffnet hätten. »Stell dir vor«, sagte sie. »So schön ist das! Du musst auch mal kommen, Fritz.«

Vielleicht hätte er sich irgendwann einmal dort mit ihr zum Frühstück getroffen, ja, vielleicht hätte er das wirklich gemacht, doch dann starb Margret. Kurz nachdem ihm dieses gefaltete Papier ins Haus geflattert war, das eine Bürgerversammlung ankündigte. Um das Fest sollte es wieder einmal gehen. Dieses Fest, auf das sich Margret so gefreut hatte.

»Ich glaube, es kommt was in Bewegung, Fritz«, hatte sie bei ihrem letzten Treffen gesagt. Dann hatte sie auf einmal seine Hand ergriffen und ihm tief in die Augen geblickt, so wie damals nach dem Krieg, wenn sie ihm im Geheimen wieder irgendeine Bodenlosigkeit von Pfarrer Wiesner anvertraut hatte. »Es ist erst vorbei, wenn es vorbei ist, Fritz. Erst in der allerletzten Sekunde.«

Er wusste, was sie ihm damit sagen wollte. Im Nachhinein hätte man direkt annehmen können, sie wollte es ihm vormachen, was die letzte Sekunde war und was *vorbei* bedeutete.

Als hätte sie ihm mit ihrem Tod persönlich einen Tritt in den Hintern verpasst, ging er zu dieser Bürgerversammlung. Und tatsächlich, er hätte etwas versäumt, wenn er nicht da gewesen wäre. Wie sie alle sein Werk bewunderten, immer noch, selbst in diesem Zustand. Emma war auch da, am Arm ihrer Enkelin betrat sie die Halle, und natürlich zuckte sie wie immer zurück, als sie ihn sah. Hasste sie ihn noch immer so sehr? Oder glaubte sie etwa, er würde sie hassen?

Marie redete wie ein Wasserfall, es war unglaublich, was sich dieser Wirbelwind alles ausgedacht hatte. Sie riss alle mit, den ganzen Saal, halb Oberkirchbach. Fast hätte man meinen können, es gäbe doch einen Gott, der diese Frau mit ihrem Mann hierhergeschickt hatte. Und noch jemanden hatte er geschickt. Die hübsche, kräftige junge Frau mit dem Baby auf dem Arm, die Frau des Architekten – seine Enkelin.

Lisa hatte ihm schon vor geraumer Zeit mitgeteilt, dass Anja nach Oberkirchbach gezogen war. Dann könne sie sich ja bei ihm melden, hatte er die Neuigkeit knapp kommentiert, aber natürlich war sie nie bei ihm vorbeigekommen. Und er hatte sie auch nie besucht, er wusste weder, wo sie wohnte, noch kannte er sie besonders gut. Und dass sie inzwischen ein Kind hatte, wusste er auch nicht. Es waren seine nächsten Verwandten, sein Fleisch und Blut, und er wusste nichts. Aber das konnte man ändern. Man konnte viel ändern. Die Frau Pfarrer machte es allen vor.

Die Waldhütte, Bremen, Frieda, Heiner … Was die junge Frau Pfarrer alles ausgrub, wunderte sich Emma. Marie, wie sie genannt werden wollte. War ja auch richtiger als Frau Pfarrer, sie war ja keine Pfarrerin. Der Pfarrer, das war ja ihr Mann. Aber was war sie eigentlich?

Sie brauste herein wie ein Sturm, der alles auf den Kopf stellte, aufwirbelte, was schon lange verstaubt war. Sie fragte nach Dingen, nach denen schon lange keiner mehr gefragt hatte. Und sie sagte Dinge, von denen sie nicht wissen konnte, wie sehr sie Emma zu Herzen gingen.

Mirabellenschnaps hatte Marie mit Fritz getrunken. Nur der Mirabellenbaum hatte auf dem Grundstück den Krieg überlebt, seine Früchte waren eine Kostbarkeit, und den daraus gewonnenen Schnaps bot Fritz nicht jedem an, nur denen, die er mochte: früher seinen Freunden, Herrmann, Kurt. Irma natürlich. *Michels Einkehr* erhielt ab und zu eine Flasche, aber sonst niemand. Und nun Marie. Er mochte sie also. Und sie mochte ihn. Es tröstete Emma, zu erfahren, dass es noch Menschen gab, die Fritz mochten.

Im Nachhinein schämte sie sich für das, was sie bei der ersten Begegnung mit Marie über ihn gesagt hatte. Fritz war kein schlimmer Mensch, er war nur ein unglücklicher Mensch, unglückliche Menschen wurden manchmal schlimm, oder sie erschienen so. Gut, wenn die junge Frau in der Lage war, hinter die Fassade zu blicken. Ob sie bei Fritz auch ein bisschen gebohrt hatte? Und was war bei ihm alles zum Vorschein gekommen? Irgendetwas muss es gewesen sein. Er hatte ihr sogar die Festhalle gezeigt. Persönlich.

Emma beobachtete die drei Frauen: Marie, ihre Schwester Sarah und Irma. Wie sie lachten und erzählten. Der erste Schock bei Irmas Anblick war rasch verflogen, so wie bei den meisten Menschen, wenn sie erst einmal sahen, wie unbefangen Irma mit ihrem zerstörten Gesicht umging. Dass ihre Tochter nach dem Unglück mit Matz ein so positiver Mensch geworden war, das verdankte sie zu großen Teilen Fritz, er hatte ihr dieses Selbstbewusstsein gegeben, und für ihn war Irma zeitlebens die Schwiegertochter geblieben, die sie geworden wäre, hätte Matz noch gelebt.

Als die beiden jungen Frauen sich verabschiedeten, erinnerte Marie Emma noch mal an das bevorstehende Fest. Emma winkte schmunzelnd ab, sie zweifelte daran, dass daraus etwas werden würde, aber ganz im Stillen hätte sie es schön gefunden, einmal noch ein richtig großes Fest in Oberkirchbach zu erleben.

»Du sollst die Margret besuchen, die ist wieder aus dem Krankenhaus. Und der Fritz war schon da, sagt sie. Ich kann dich fahren, wenn du willst.« Als Irma am Sonntag von der Kirche zurückkam, richtete sie ihrer Mutter als Erstes Margrets Gruß aus.

»Heute?«, fragte Emma zurück.

»Ich bin ja nur noch heute da«, erwiderte Irma.

Das war Emma nur allzu bewusst. Auch wenn es damals die richtige Entscheidung für Irma gewesen war, in die Stadt zu ziehen, weit weg von allen schmerzlichen Erinnerungen, so wünschte sich Emma in letzter Zeit immer öfter, wenn auch nur heimlich, ihre Tochter näher bei sich zu haben.

Noch am selben Nachmittag ließ sie sich von Irma zu Margret hinunterfahren und hinterher wieder abholen. Ein paar Wochen später war Emma froh, dass sie sich zu diesem Besuch entschlossen hatte, denn es war der letzte gewesen. Margret starb friedlich und ohne Schmerzen oder lange Leidenszeit, so wie sie es sich gewünscht hatte.

Wieder eine weniger, dachte Emma. Nachdem Frieda gestorben war, hatte sie es sich abgewöhnt, die Toten zu beweinen. So war das Leben nun einmal, es endete irgendwann. Inzwischen war von ihren alten Freunden nur noch Auguste da, irgendwie jedenfalls, denn oft war sie auch nicht da, dann war sie irgendwo anders in ihrem Kopf, aber was machte das schon?

Und auch Fritz war noch da, zum Glück, aber jedes Mal, wenn jemand starb, dachte Emma daran, dass es jederzeit auch ihn treffen konnte. Oder sie selbst. Langsam wurde ihr bewusst, dass ihr nicht mehr viel Zeit blieb.

Sie war vom Stuhl gekippt. Einfach so. Mitten während der schönen Beerdigungsrede des Pfarrers. Das Wort *treu* war das Letzte, was sie bewusst gehört hatte, als Nächstes spürte sie den harten Boden unter sich. Alle Leute in der Aussegnungshalle standen um sie herum, redeten aufgeregt durcheinander und schauten besorgt. Der Pfarrer sagte etwas von einem Krankenwagen. Ach du liebe Zeit!

»Wehe!«, rief Emma aus und begann sich aufzurappeln. »Wehe, ihr ruft einen Krankenwagen. Mir geht's gut.« Als wäre das alles nicht schon peinlich genug. Dieser Aufstand, den sie verursacht hatte, alle hatten gesehen, wie sie umgekippt war, auch Fritz. Er hatte direkt hinter ihr gesessen. Emma schaute sich nicht um. Sie ließ sich auf den Stuhl helfen, nahm das Wasser, das ihr Christa reichte, aber ihre Hauptsorge galt ihren Kleidern und ihrer Frisur. Wie sie aussah! Alles unordentlich, ihr Rock verdreckt, und die Haarnadeln hatten sich aus ihrem Dutt gelöst. Nervös fingerte sie in ihren Haaren herum und brachte die Nadeln wieder an Ort und Stelle. Eine fehlte, eine musste noch auf dem Boden liegen. Sie suchte ihn mit den Augen ab.

»Ist doch alles gut«, meinte Christa, aber es war nicht alles gut. Sie wollte nicht aussehen wie ein gerupftes Huhn, schon gar nicht, wenn Fritz in der Nähe war.

Auf einmal stand er vor ihr, die verlorene Haarnadel in der Hand. Mit seinen zweiundneunzig Jahren wirkte er schüchtern wie ein kleiner Junge. Zum ersten Mal seit endlos langer Zeit blickten sie einander in die Augen. Dann streckte Emma ihre Hand aus und nahm die Haarnadel aus seiner entgegen.

»Danke, Fritz!«, sagte sie.

»Gern, Emma!«, sagte er.

Eine Woche später saß sie ihm im Pfarrhaus gegenüber. Die junge Frau Pfarrer, Marie, hatte ein Komplott geschmiedet, weil sie beide, Emma und Fritz, jetzt die ältesten Bürger waren und an Margrets Stelle auf dem Fest geehrt werden sollten. Wenigstens konnte sich Emma sicher sein, dass Fritz darüber ganz genauso dachte wie sie selbst. Aber Ehrung oder nicht, sie saßen zusammen, sahen einander in die Augen, redeten, lachten.

Emma hatte nicht kommen wollen, weil es der 9. Juli war, dieser Tag, an dem ihr jedes Jahr das Herz wehtat. Und auch er hatte nicht kommen wollen. Aus demselben Grund.

Sie saßen da mit ihren Familien. Nach all der Zeit. Ehren lassen wollten sie sich nicht, nein, so ein Blödsinn, aber ... was für ein wundervoller Abend!

Inzwischen wusste Emma, was Marie war: Sie war ein Geschenk.

August 2019

»Die Emma hat *was* gesagt?«, fragte Fritz. Er saß auf der Bank vor seinem Haus in der Sonne, Klein Fritzchen auf dem Schoß, dessen Mutter Anja daneben. Marie stand vor ihm und erzählte, dass Emma sich nach langem Ringen nun doch dazu entschlossen habe, sich auf dem Fest ehren zu lassen.

»Sie sagte: ›Aber nur, wenn Fritz mitmacht‹«, behauptete Marie eiskalt. Sie würde sich am folgenden Sonntag beim lieben Gott für die kleine Lüge entschuldigen. Falls es ihn gab, musste er doch einsehen, dass man nicht immer sämtliche Gebote einhalten konnte. Außerdem hatte Emma es ganz bestimmt gedacht, nur gesagt hatte sie es eben nicht.

»Hmpf«, machte Fritz missmutig, aber Marie sah ihm an, dass sein Widerstand bröckelte.

»Na, komm schon, Opa, gib dir einen Ruck«, half Anja. Opa! Das hörte Fritz sicher gern. »Wir wären so stolz!«, schmeichelte sie.

»Wer denn wir?«, moserte Fritz noch ein bisschen, um den Schein zu wahren.

»Na, *wir*«, betonte Anja. »Die ganze Familie. Mama kommt auch.«

»Ja?«, wunderte sich Fritz. Anja nickte eifrig. Die beiden Frauen warteten und überließen den Rest dem Charme des

Kindes. Glucksend zog es an Fritz' Ohrläppchen, Fritz gab mit dem Kopf nach und jammerte kläglich: »Auaauaauaauaaua!« Das Kind gackerte hell. Es war ein neues Spiel, das die beiden für sich entdeckt hatten. Ziehen, jammern, lachen. Endlos.

»Also, na gut«, sagte Fritz. »Wenn die Emma das gesagt hat, dann mach ich da halt mit.«

Triumphierend verkündete Marie ihren Sieg über die beiden ältesten Bürger bei der nächsten Versammlung und forderte Bürgermeister Filser auf, schon mal die Ehrennadeln gravieren zu lassen.

Inzwischen hatte sich das Team stark erweitert, um Mitwirkende des bunten Abends. Sie passten schon längst nicht mehr alle um den großen Tisch, und Jakob und Marie mussten zusätzliche Stühle von oben holen, damit alle Platz fanden.

»Neulich in Niederkirchbach wollte eine Frau wissen, ob auch Leute von außerhalb kommen dürften«, erzählte Jakob.

»Aber selbstverständlich!«, erklärte Filser sofort und warf sich in die Brust. »Die sollen nur sehen, was wir hier in Oberkirchbach zustande bringen.«

»Aber nicht, dass es dann für die Oberkirchbacher keine Plätze mehr gibt«, warf Dieter Spengler ein.

»Besucher von außerhalb können gern kommen, aber sie zahlen dann einfach etwas mehr Eintritt als die Oberkirchbacher«, schlug Marie vor. Verwundert registrierte sie die verstörten Blicke der anderen. »Was denn? Findet ihr das nicht fair?«

»Eintritt?!«, wiederholte Liesel, als hätte sie das Wort vorher noch nie gehört. Filser wischte sich die Stirn ab. Der Gedanke, dass das Dorf Geld einnehmen könnte, machte ihn fertig.

»Aber selbstverständlich nehmen wir Eintritt«, sagte Marie. »Fragt sich nur, wie viel. Vier Euro?«

»Vier Euro?!«, wiederholte Liesel erneut.

»Fünf Euro«, schlug Robin vor.

»Wer bietet mehr?«, rief Anja.

»Zehn Euro?« Plötzlich wurde Filser tollkühn. »Ich meine, seht euch an, was wir alles zu bieten haben. Zum Beispiel dieses Gitarrenquartett, also das ist ja wirklich ...« Er fuchtelte mit den Händen herum, als wollte er das passende Wort aus der Luft greifen. »... Kunst«, rief er, »richtige Kunst.«

»Trotzdem würde ich nicht zu viel verlangen«, meinte Marie. »Es sollte mehr ein symbolischer Unkostenbeitrag sein. Sagen wir: fünf Euro die Erwachsenen und Jugendlichen ab sechzehn, Kinder bis sechs Jahre zahlen nichts, Kinder und Jugendliche bis fünfzehn zahlen zwei Euro und Leute von außerhalb sieben. Okay?«

Alle fanden es okay. Jakob sagte nichts, doch er blickte voller Stolz zu ihr herüber und strahlte.

Nachdem das Treffen zu Ende war und sich alle verabschiedet hatten, trugen Jakob und Marie die Stühle aus ihren Privaträumen wieder nach oben. Mitten auf der Treppe, mit dem letzten Stuhl in den Händen, blieb er stehen und drehte sich zu ihr um.

»Weißt du eigentlich, wie großartig du bist?«, sagte er.

»Ja, klar weiß ich das, aber schön, dass du es auch weißt«, grinste sie. Er lachte, beugte sich zu ihr herunter und gab ihr einen Kuss. »Und ob ich das weiß.«

Oben angekommen stellte Marie ihren Stuhl achtlos im Flur ab und folgte Jakob ins Schlafzimmer.

»Übrigens habe ich noch eine Idee. Ich wollte aber erst mal hören, was du davon hältst.«

»Du und deine Ideen«, sagte er. »Schieß los!« Er brachte den Stuhl an seinen Platz und ging an ihr vorbei zurück in den Flur. Marie folgte ihm auf Schritt und Tritt.

»Also erstens«, fing sie eifrig an. »Wir haben doch drei Tage für das Fest veranschlagt.«

»*Du* hast drei Tage für das Fest veranschlagt.«

»Ja, also gut, ich«, erwiderte Marie. »Jedenfalls: drei Tage! Wir haben am Samstag den *Bunten Abend* und am Sonntag den *Tanz in die nächsten 750 Jahre*, falls es bei der Bezeichnung bleibt.«

»Alois war sehr stolz darauf, das sollten wir ihm nicht nehmen«, meinte Jakob und schnappte sich die letzten beiden Stühle, die noch im Flur standen und ins Wohnzimmer gehörten. Marie war viel zu sehr mit ihrer neuen Idee beschäftigt, um mit Hand anzulegen. Sie war wieder ganz in ihrem Element, und da wollte er sie nicht mit einem profanen *Könntest du mir mal helfen?* ausbremsen.

»Wie auch immer«, wischte sie Alois' Veranstaltungstitel beiseite. »Jedenfalls fehlt uns noch ein Programm für den Freitag.«

»Und?«

»Wie wäre es mit einem Tag der offenen Türen?« Sie machte ihr komisches Clownsgesicht, bei dem sie begeistert Mund und Augen aufriss. Dazu die Hände in der Luft, Handflächen nach oben. Als würde sie ihm ihre grandiose Idee darauf servieren. Entzückend sah sie aus, und jedes Mal verliebte er sich aufs Neue in sie.

»Tag der offenen Türen?«, wiederholte er, absichtlich mit zweifelndem Unterton, weil er sie ein bisschen necken wollte. »Vielleicht ist es dir noch nicht aufgefallen, aber hier im Dorf sind die Türen tagsüber generell offen, jedenfalls die Kellertüren. Da kann jeder rein.«

Marie winkte energisch ab, so wie es die Oberkirchbacher auch immer taten, wenn sie sagen wollten: *Weiß ich doch.* Jakob grunzte amüsiert.

»Ich meine nicht Tag der offenen Kellertüren, sondern Tag der offenen Türen«, erklärte sie. »Ein Tag, an dem die Leute ihre Türen öffnen.«

»Versteh ich nicht«, behauptete Jakob, um erneut eine ihrer süßen Grimassen zu provozieren. Sofort kam er auf seine Kosten.

»Ich meine, dass …« Marie verdrehte die Augen und wedelte ungeduldig mit den Händen in der Luft herum. »Also …«, versuchte sie es noch mal, »Leute machen ihre Haustüren auf …«

Jakob prustete und sank lachend in seinen Schreibtischsessel nieder. Marie schnappte sich die *Rheinpfalz* vom Schreibtisch und versetzte ihm damit einen Hieb auf den Kopf. Er duckte sich und lachte nur noch mehr.

»Okay, okay. Ich lache jetzt nicht mehr«, versprach Jakob und presste vorsichtshalber die Lippen zusammen.

»Also«, fing sie von vorn an, »im Prinzip geht es darum, dass sich Leute gegenseitig besuchen, Leute, die sich bisher nicht so gut kannten oder die noch nie beim andern zu Hause waren. Die Türen stehen allen offen, und man geht einfach rein. Man bleibt fünf Minuten oder eine Stunde, ganz wie man möchte und wie es sich ergibt, und dann geht man weiter, in ein anderes Haus.«

Jakob runzelte die Stirn und hob gedankenverloren einen Briefumschlag vom Boden auf, der bei Maries Angriff mit der Zeitung vom Tisch gefegt worden war.

»Wie soll das denn funktionieren?«, fragte er und wedelte dabei mit dem Umschlag herum. »Wenn das ganze Dorf unterwegs ist, ist ja keiner mehr zu Hause, der die Türen öffnen kann. Stell dir mal vor, da steht eine Tür sperrangelweit offen, man geht hinein, und keiner ist da. Soll man dann einfach die Möbel begutachten? Oder darf man sich einen Kaffee kochen?« Er prustete los bei der Vorstellung, obwohl er versprochen hatte, nicht mehr zu lachen. »Stell dir vor, ganz Oberkirchbach wandert in fremden Häusern herum, und keiner ist mehr da, wo er eigentlich hingehört.«

»Vielleicht ist die Idee ja doch nicht so gut«, meinte Marie.

Jakob wischte sich Lachtränen aus dem Augenwinkel.

»Doch«, erwiderte er. »Doch, schon. Man muss es eben nur ein bisschen organisieren. Es ist eine sehr gute Idee.«

»Ich bespreche das morgen mal mit Anja und Liesel.«

»Mach das!«

Endlich fiel sein Blick auf den Umschlag in seiner Hand. Er war an Marie adressiert und bereits geöffnet.

»Was ist das denn?«, fragte er.

Maries Lächeln verschwand.

»Du kannst ruhig hineinsehen«, sagte sie.

Jakob zog ein Blatt Papier heraus und überflog es. Und mit jedem Wort, das er dort las, wurde ihm schwerer ums Herz.

… hat uns gut gefallen … zu einem Gespräch nach Köln einladen … Online-Redakteurin …

»Online-Redakteurin …«, sagte er tonlos. »Köln.«

»Es ist noch nichts fix«, sagte Marie. »Überhaupt nichts. Ich habe gar nicht daran gedacht, dass sich noch jemand melden würde. Die Bewerbungen habe ich schon vor ewigen Zeiten abgeschickt.«

Und er hatte ihr sogar dazu geraten. Er faltete den Brief und steckte ihn wieder in den Umschlag.

»Der kam heute«, sagte Marie. »Ich wollte mit dir darüber reden. In einem geeigneten Moment.«

Er sah sie nicht an. Gern hätte er sich zusammengerissen und ihr nicht gezeigt, wie sehr es ihn traf, aber das schaffte er nicht. Es war zu plötzlich gekommen.

Nachdem sie beschlossen hatten, Oberkirchbach wieder zu

verlassen, hatte er sich zunächst damit abgefunden. Doch in den letzten Wochen hatte sich so viel verändert. Marie hatte begeistert die Feier organisiert, sie hatte Beziehungen aufgebaut und Freundschaften geschlossen. Vielleicht gefällt es ihr ja doch, und sie überlegt es sich noch anders, hatte er gehofft, und eigentlich hatte er auch daran geglaubt. Er selbst konnte sich mittlerweile kaum noch vorstellen, wegzugehen oder dass er irgendwo anders so glücklich und zufrieden sein könnte wie hier. Der Brief jedoch machte all seine Hoffnungen zunichte.

»Was denkst du jetzt?«, fragte Marie.

Es fiel ihm schwer zu antworten.

»Ich hatte nicht erwartet, dass …«, fing er an und brach resigniert ab.

»Was? Was, Jakob? Was hast du nicht erwartet? Dass ich eine Stelle finde?«

»Nein, das meine ich natürlich nicht.«

»Vielleicht hast du gehofft, dass ich nach der hundertsten Bewerbung entnervt aufgebe und sage: Also gut, dann bleiben wir eben hier.«

»Unsinn!«

»Du wolltest nie weggehen, oder?« Ihre Stimme schwankte, und als er endlich aufsah, glitzerten ihre Augen genauso feucht wie seine.

»Doch, das wollte ich«, versicherte er ihr. »Dir zuliebe. Aber ich bin auch nur ein Mensch.«

»Sag mir, ob du hierbleiben willst.«

Er schwieg.

»Sag's mir, Jakob, denn diese Ungewissheit ist schlimmer als alles andere.«

»Ja, ja, ich will hierbleiben«, rief er laut und verzweifelt.

»Und ich will das nicht.«

Sie sagte es leise und bestimmt und sah ihm dabei fest in die Augen, doch ihre Stimme zitterte, und aus ihren Augen löste sich links und rechts eine Träne.

»Nach allem, was du den Menschen hier bedeutest, willst du sie verlassen?«, erwiderte Jakob ungläubig.

»Wie sich das anhört.«

»Wie hört es sich denn an?«

»Was bedeute ich denn den Menschen hier?«

»Sie lieben dich.«

Sie wandte sich ab und hielt sich die Hand vor den Mund. Es zerriss sie, das wusste Jakob. Sie war nicht kalt, alles andere als das. Und er hatte nichts mehr zu verlieren.

»Sie lieben dich genauso wie ich«, sagte er, stand auf und zwang sie, ihn anzusehen. »Du bist besonders, Marie, und du merkst es nicht einmal. Du hast mehr verändert, als ich es je könnte. Du hast die Leute mitgerissen, begeistert, du hast sie zueinandergeführt. Das ist eine seltene Gabe. Und du hast sie, und genau das hat dem Dorf gefehlt. Wenn ich hier weggehe, bekommen sie einen neuen Pfarrer, aber wenn du weggehst, bekommen sie keine neue Marie, denn du bist einzigartig.«

Marie saß mit Liesel und Anja in *Margrets Stube*, trank Milchkaffee und aß Käsekuchen. Sie diskutierten über die Idee vom Tag der offenen Türen, doch Marie war nicht bei der Sache. Ihre Gedanken hingen an einem einzigen Satz: *Sie lieben dich genauso wie ich.*

Manchmal war Liebe nun mal nicht alles. Wenn es so wäre, hätten sich Emma und Fritz nie getrennt. Würden sie und Jakob sich am Ende auch trennen? Würde es darauf hinauslaufen? Wie man es auch drehte und wendete, es würde immer einen geben, der mit der Entscheidung unglücklich wäre, und so sollte es nicht sein. Man konnte kein gemeinsames Leben auf etwas aufbauen, das für einen von beiden ein Opfer bedeutete.

»Wie findest du das, Marie? Marie!« Anja rüttelte sie sanft an der Schulter. »Wo bist du denn?«

Beim Abend zuvor war sie, bei Jakob, bei dem Mann, den sie über alles liebte. Sie hatten einander in den Armen gelegen. Und sie hatten sich geliebt. So wild und verzweifelt, als müssten sie einander beweisen, dass einer ohne den anderen nicht leben konnte.

»Entschuldige, ich war gerade ... in Gedanken. Wie finde ich was?«

Die Entscheidung hatten sie vertagt. Wie schon einmal. Aber damals hatte es noch kein Vorstellungsgespräch in Köln gegeben.

»Lass uns die Feier hinter uns bringen«, hatte Jakob am Morgen gesagt, und Marie hatte zugestimmt.

»Wir wenden uns direkt an mögliche Türenöffner in allen Straßen im Dorf«, erklärte Anja. »Im Unterdorf, im Oberdorf, im Neubaugebiet, im Kern und so weiter. So zwanzig Häuser in etwa.«

Marie bemühte sich, ihr Gedankenkarussell zu stoppen und zuzuhören.

»Wir dürfen übrigens nicht vergessen, dass Freitagabend noch Generalprobe ist«, sagte sie.

»Es wird also eher eine Nachmittagsgeschichte«, stellte Liesel fest. Marie nickte.

»Wir können natürlich von vornherein festlegen, dass *Margrets Stube* und *Michels Einkehr* auch dabei sind«, schlug Anja vor, und plötzlich hatte Marie wieder einmal die entscheidende Idee.

»Wie wäre es, wenn wir uns überhaupt auf die Häuser

konzentrieren, in denen früher mal ein Laden war oder eine Kneipe? Oder …«

»Die Post. Die Metzgerei. Der Bauernhof. Die Schule. Gar nicht zu reden von unseren Musikantenhäusern«, fuhr Liesel begeistert fort. »Großartige Idee!«

»Eine Reise durch Oberkirchbach, wie es früher einmal war«, erklärte Marie.

»Prima!«, jubelte Anja. »Dann wissen wir ja, wen wir alles bitten müssen, die Tür zu öffnen.«

Fritzchen wurde wach und begann zu brabbeln. Anja seufzte. »Gleich brüllt er.« Sie hob ihn aus seinem Wagen und hielt ihn vor sich hin »Kannst du nicht noch ein bisschen schlafen, du kleiner Plagegeist!« Der Kleine lachte, so wie meistens, wenn sich Leute mit ihm beschäftigten.

»Lass das nicht seinen Urgroßvater hören«, meinte Liesel. »Plagegeist!«

»Ganz sicher nicht«, erwiderte Anja lachend. »Übrigens könnte der seine Tür auch öffnen, die Tür zu seiner Werkstatt zumindest, eine Schreinerei gibt es schließlich auch nicht mehr im Dorf, oder? Ich setze ihm Fritzchen auf den Schoß und frag ihn, dann kann er nicht ablehnen.«

Anfang September 2019

Fritzchen saß auf seinem Schoß, die Fäustchen fest um eine kleine bunte Holzrassel geschlossen und auf und nieder schwingend, sodass das Spielzeug lustig klackerte. Fritz hatte die Rassel im Internet bestellt – oder vielmehr bestellen lassen, von der Frau Pfarrer, die einen Laptop besaß. Das war am einfachsten gewesen. Und sie hatte es ihm angeboten, gleich nachdem sie ihm von dieser neuen Idee erzählt hatte: *Tag der offenen Türen – Oberkirchbach früher und heute.* Es nahm kein Ende mit ihren Ideen. Nebenbei hatte sie ihm noch erzählt, dass Irma wieder nach Oberkirchbach ziehen und auf dem Gymnasium in der Kreisstadt arbeiten würde. Die ganze Zeit hatte er darauf gewartet, was sie eigentlich von ihm wollte. Sie erzählte viel von dem bevorstehenden Fest, noch drei Wochen, wiederholte sie des Öfteren aufgeregt. Wie schön die Festhalle geworden sei – das wusste er selber, er hatte ja entscheidend daran mitgewirkt –, wie eifrig alle Mitwirkenden probten und was es noch alles zu tun gab. Dazu hatten sie zusammen Mirabellenschnaps getrunken. Dann hatte sie sich verabschiedet, sich aufgeschrieben, was sie für den kleinen Fritz bestellen sollte, und eine Woche später war sie mit der Rassel zurückgekommen. Sonst nichts. Keine Bitte, keine Frage, nichts. Nur das Programm für den bunten Abend hatte sie ihm überreicht, auf dem stand: Ehrung der ältesten Einwohner Fritz Draudt und Emma Hilles. Hilles stand da, nicht Jung. Er hatte die Frau Pfarrer darauf hingewiesen, aber sie hatte nur gemeint, die Emma wollte es so. Weiter hatte er nicht nachgehakt, denn er wollte nicht zu viel über Emma reden.

Jetzt saß er da in seinem Sessel mit seinem Urenkel auf dem Schoß, und seine Enkelin beobachtete ihn. Matz hatte ihn manchmal so beobachtet, und kurz darauf hatte er immer etwas wissen wollen oder um etwas gebeten oder etwas gebeichtet.

»Sag mal, Opa ...«, fing sie an. Aha! »... was hältst du denn davon, wenn wir die Tür zur Werkstatt aufmachen?«

Ihr rechtes Knie zuckte auf und nieder, sicher in Erwartung einer barschen Antwort.

»Das habt ihr euch gut aufgeteilt, du und die Frau Pfarrer«, erwiderte er ruhig und ohne sie eines Blickes zu würdigen.

»Ähm ... was denn?«

Erst jetzt sah er sie an und hob drohend die Brauen. Anja biss sich schuldbewusst auf die Unterlippe und zog ein wenig den Kopf ein, da musste er lachen. Na also, mehr wollte er doch nicht. Nur die Einsicht, dass man einen alten Mann nicht so einfach für dumm verkaufen konnte.

»Man müsste vorher noch ein bisschen durchfegen«, sagte er. »Sonst kann man da keinen reinlassen.«

Als er das strahlende Lächeln seiner Enkelin sah, freute er sich. »Wer soll denn da kommen, traut sich doch keiner zu mir«, meinte er.

»Da wirst du dich aber wundern«, antwortete Anja, stand auf und drückte ihm einen Kuss auf die Backe. »So schrecklich bist du auch wieder nicht.«

Eine knappe Woche noch. Marie bekam allmählich Lampenfieber.

Sie war zwar von morgens bis abends so beschäftigt, dass sie nicht groß zum Nachdenken kam, aber wenn sie doch einmal innehielt, dann fühlte es sich in ihrem Magen an, als würden dort lauter Ameisen durcheinanderlaufen. In den Nächten grübelte sie über tausend Dinge, die noch erledigt werden mussten, die sie nicht vergessen durfte, die schiefgehen konnten. Was, wenn der Tag der offenen Türen ein Misserfolg werden würde, weil die meisten doch lieber daheimblieben? Vielleicht hätte man es einfach beim bunten Abend belassen sollen. Diese dämliche Tradition, drei Tage lang zu feiern! Hin und her drehte sie sich, von einer Seite auf die andere.

»Schlaf doch, Marie«, murmelte Jakob neben ihr. Mit geschlossenen Augen streckte er seine Hand nach ihr aus und strich matt über ihren Arm.

Sie hielt seine Hand fest und schmiegte sich an ihn.

»Ich will, dass es schön wird, Jakob«, flüsterte sie.

»Das wird es, Marie, ganz bestimmt.«

Am nächsten Tag kam das Lampenfieber zurück, aber auch die Vorfreude und das Glück. Marie konnte sich nicht daran erinnern, wann in ihrem Leben sie sich je so erfüllt gefühlt hatte.

Eine Woche vor der Feier, am ersten September, saß sie wieder auf ihrem Platz in der letzten Reihe der Kirche und hörte Jakob zu. Fast alle Bänke vor ihr waren besetzt. Für etliche Leute war der Kirchgang zu einer Gelegenheit geworden, Bekannte zu treffen, sich hinterher zu unterhalten und vielleicht im Anschluss in *Michels Einkehr* zum Frühschoppen zu gehen.

Marie ließ ihren Blick durch die Reihen wandern. Sie kannte jeden Einzelnen der Gottesdienstbesucher. Sie kannte ihre Eigenarten und ihre Geschichten. Sie wusste, wo sie wohnten und wer ihre Nachbarn waren. Viele nahmen am bunten Abend teil, einige waren im Chor oder in der Tanzgruppe, andere spielten ein Instrument, und wieder andere halfen bei der Organisation, beim Drucken der Eintrittskarten, beim Blumenschmuck, bei der Dekoration. In den letzten Wochen waren immer wieder Leute auf Marie zugekommen und hatten gefragt, wie sie helfen könnten, und für alle hatte Marie etwas gefunden. Wer etwas tun wollte, bekam etwas zu tun.

Als der Gottesdienst vorbei war, standen die Leute in Gruppen auf dem Platz vor der Kirche und unterhielten sich aufgeregt.

»Dann schönen Sonntag, Frau Pfarrer«, sagte die alte Frau Jörges, als sie an Marie vorbeiging.

»Ihnen auch, Frau Jörges«, sagte Marie und winkte der alten Frau zu, die sich anschickte, die Treppen nach unten zu nehmen.

»Wart, Hilde!«, rief Gerlinde Lämmer. »Ich greif dir unter die Arme auf den blöden Stufen.« Sie winkte Marie zu und eilte Frau Jörges hinterher.

Alois Lämmer drückte Marie im Vorbeigehen etwas in die Hand. »Da. Da waren ja noch ein paar Lücken in der Dorfchronik«, sagte er. »Lies mal, ob es dir gefällt.« Dann folgte er seiner Frau.

Es waren etwa zwanzig Seiten Papier, und Marie sah auf den ersten Blick, um welche Zeit und um welche Lücken es sich dabei handelte. Da war die Geschichte von Herrmann, dem verstorbenen Mann von Auguste, der als Invalide aus dem Zweiten Weltkrieg zurückgekehrt war, und da war die der Pavelkas und die von Margareta Wozniak, die als Flüchtlinge nach Oberkirchbach gekommen waren. Und andere Geschichten, die Marie noch nicht kannte, ungeschönt und ehrlich. Schon beim Durchblättern traten ihr Tränen in die Augen. Um ihre Rührung vor den vielen Leuten zu verstecken, trat sie an die Kirchenmauer und blickte hinunter über das Kirchbachtal und über das Dorf, von einem Ende bis zum anderen. Jakob trat zu ihr und legte seinen Arm um sie. »Schön, nicht wahr?«

Marie nickte stumm. Ja, wunderschön!

Es war Freitag, Tag der offenen Türen. Emma hatte lange nachgedacht, doch jetzt saß sie mit ihrer alten braunen Handtasche auf den Knien in der Küche und wartete, bis Irma das Auto aus der Einfahrt gefahren hatte. Die Einfahrt war eng, und Emma mäkelte an den Fahrkünsten ihrer Tochter beim Hinausmanövrieren regelmäßig herum. »Ich könnte auch selber noch fahren, wenn man mich lassen würde«, pflegte sie dann zu sagen. Das wollte sich Irma ersparen.

»Kommst du, Mama?«, rief Irma. »Ich wär dann so weit.«

Emma holte tief Luft und erhob sich beim Ausatmen. Sie zweifelte noch immer, ob das eine gute Sache war. Diese Marie! Und Irma! Diese beiden! Sie hatten sie einfach überrumpelt.

»Fritz macht extra seine Tür auf, und ich wette, er würde sich wünschen, dass du kommst«, hatte Irma gesagt. Sie hatte so eine Art an sich, so etwas Drängendes, Bestimmtes, aber gleichzeitig so ruhig, dass man gar nicht merkte, wie sie einen dazu brachte, Dinge zu tun, die man gar nicht wollte. Von wem hatte sie das nur?

Marie hatte sogar ihren Mann dabeigehabt, den hübschen Herrn Pfarrer, der war wohl ihre Geheimwaffe.

»Es werden ganz viele Leute da sein«, hatte man ihr versprochen, wohl um ihr zu versichern, dass sie sich gar nicht mit Fritz unterhalten musste, wenn sie nicht wollte. Dabei wollte sie das. In Wahrheit hatte sie nur Angst, dass er nicht wollte.

»Ich überleg es mir«, hatte Emma schließlich versprochen, und damit mussten sich die anderen erst mal zufriedengeben, auch wenn es Marie schwerfiel, das konnte man ihr ansehen. Aber so schnell ging das nun mal nicht. Siebzig Jahre konnte man nicht innerhalb weniger Minuten vom Tisch fegen.

Emma hielt ihr Versprechen und dachte darüber nach. Sie verbrachte ganze Tage mit Nachdenken, mit Erinnerungen, mit Reue. Mit dem von Fritz zerrissenen Brief, seiner letzten Zurückweisung. Es war ein großer Schritt, der Schritt in seine Werkstatt, der Schritt auf das Grundstück, auf dem sie einst miteinander leben wollten, miteinander alt werden. Ein zu großer Schritt vielleicht. Es war eine Sache, gemeinsam zu einer Begegnung ins Pfarrhaus gelockt zu werden, aber eine andere, willentlich das Terrain des anderen zu betreten.

Und dann – wahrscheinlich kam das vom vielen Nachdenken – hatte Emma in der Nacht geträumt. Ihre Mutter saß in diesem Traum an ihrem Bett. Es war aber nicht ihr Bett im Erdgeschoss, sondern das in ihrem ehemaligen Zimmer unterm Dach, das Bett, in dem sie ihr Kind verloren hatte.

Irma streichelte ihrer Tochter übers Haar und sagte: »Geh doch einfach.« Nichts weiter, nur: *Geh doch einfach.*

Und jetzt ging sie. Erst mal nach draußen zu Irma ins Auto. Mit Mühe setzte sie sich hinein, so ein steifer alter Körper brauchte seine Zeit, bis er sich auf dem Beifahrersitz sortiert hatte. Irma summte ein Lied, als ob nichts wäre, als ob sie lediglich zum Supermarkt nach Umwegen führen. Emma versuchte herauszufinden, was sie da summte, aber sie kam nicht drauf, und sie fragte auch nicht. Es war nicht wichtig, und das Gesumme lenkte sie ab.

Im Ort war mächtig was los. So viele Leute waren unterwegs und gingen durch all die offenen Türen der Häuser, die früher einmal eine Bedeutung im Dorf gehabt hatten. In der

Tür der ehemaligen Post begrüßte Gernot Renner August Mewes und seine Frau. Frau Wehmeier winkte aus einem Fenster des alten Wirtshauses im Oberdorf, und vor der ehemaligen Metzgerei am Eck tratschte Hennemanns Gundel, die Tochter von Hennemanns Ida, mit Leuten aus dem Neubauviertel. Hennemanns Ida, die damals laut gerufen hatte: »Das ist ja der Fritz!« Emma lächelte. Es war ein einziges großes Volksfest im Gange.

Nach nur wenigen Minuten erreichten sie den Dorfausgang, das letzte Haus. Irma musste einen Parkplatz beim Nachbarhaus suchen, denn bei Fritz herrschte Hochbetrieb. Es waren vor allem junge Leute, die sich da tummelten. Die Tür zur Werkstatt war offen und auch die Tür zum Haus. Noch nie war Emma dem fertigen Haus so nah gekommen. Immer nur vorbeigefahren. Sie hakte sich bei Irma unter und setzte Fuß vor Fuß. Zum Glück war es nicht mehr so heiß wie noch vor ein paar Wochen, sonst wäre sie womöglich wieder umgekippt. Sie hörte Stimmen aus der Werkstatt, die von ein paar Jungs und dazwischen die von Fritz. Er erklärte die Werkzeuge und erzählte, wie man früher als Schreiner gearbeitet hatte. Davon, wie er nach dem Krieg beim Schreiner in Umwegen angefangen hatte. Immer näher kam die offene Tür, immer näher kam Emma dem Moment, in dem sie die Schwelle zu Fritz' Leben überschreiten würde. Einen Schritt noch. Durch die Tür sah sie ein paar junge Leute, die sie flüchtig kannte, eine gut gekleidete Frau, die sie schon einmal auf der Bürgerversammlung gesehen hatte, zwei Männer, die sie nicht kannte, ein kleines Mädchen auf den Schultern seines Vaters, Gerlinde und Alois Lämmer, Stefan Pavelka mit seiner Großmutter und das Pfarrerehepaar.

Emma trat ein.

Fritz verstummte.

Marie hielt die Luft an, und selbst diejenigen, die die Geschichte von Fritz und Emma nicht kannten, spürten die plötzlich knisternde Atmosphäre im Raum und machten nicht den leisesten Mucks.

Emma deutete zur Tür und sagte: »Die war offen.«

In der nächsten Sekunde rutschte Fritz von seinem Hocker, hob ihn hoch und lief Emma damit entgegen. Kurz bevor er sie erreicht hatte, blieb er stehen und stellte den Hocker vor ihr hin. Mit einer verlegenen Geste wies er darauf. »Setz dich doch, Emma!«, sagte er.

Emma nahm Platz und wisperte ein leises »Danke!«. Sie lächelte ein bisschen, ihre Wangen färbten sich zartrosa. Marie atmete auf.

»Guten Tag, Fritz«, sagte Irma und umarmte den alten Mann, der noch immer bei Emma und dem Hocker stand wie ein Möbelstück in seiner eigenen Werkstatt.

Einer der Jungs, die auf einer Holzkiste saßen, stand auf und sagte: »Hier, Herr Draudt, setzen Sie sich hierhin.«

Fritz wirkte ratlos. Mit Emmas Erscheinen hatte er den Faden verloren.

»Mögen Sie einen Kaffee, Emma? Du, Irma?«, fragte Marie. Auf der Werkbank stand ein Tablett mit Geschirr und einer Kanne.

»Gern«, sagte Irma.

»Im Moment nicht, danke«, sagte Emma. Sie wandte den Kopf dahin und dorthin und sah sich in der Werkstatt um wie auf einem fremden Planeten.

Fritz ließ sich auf der Holzkiste zwischen zwei Jungs nieder.

»Und Sie haben das alles hier allein gebaut, Herr Draudt?«, fragte einer der beiden. Fritz nickte und warf einen scheuen Blick zu Emma.

»Und auch das Haus, hat mir meine Mutter erzählt«, sagte der andere. Fritz nickte wieder und senkte den Blick zu Boden.

»Ja. Nachdem ich aus dem Krieg heimgekommen bin«, sagte er.

»Sie waren noch im Krieg?«, fragte ein Mädchen erstaunt und ehrfürchtig. Sie kannte niemanden, der den Krieg noch selbst erlebt hatte, und um sich zu vergewissern, fügte sie hinzu: »Im Zweiten Weltkrieg?«

»Ja«, sagte Fritz. »Im Zweiten Weltkrieg.«

Es war auf einmal so still, als wäre die Werkstatt menschenleer. Es war so still wie auf einem Grundstück, das in Trümmern lag.

»Und wie …« Ein Junge setzte zu einer Frage an und stammelte ein bisschen, weil er offensichtlich nicht recht wusste, wie er es ausdrücken sollte. »Also, wie … wie war das …?« Er ließ den Satz halb in der Luft hängen, unsicher, ob man so etwas fragen durfte.

»Du meinst, wie es im Krieg war?«, fragte Fritz zurück. Er war bleich geworden, doch seine Stimme klang jetzt kräftiger, scharf beinahe.

Maries Finger gruben sich in Jakobs Arm. Warum mussten diese Kinder das fragen? Warum ausgerechnet jetzt? Doch es lag auf der Hand: Weil sie es wissen wollten und weil es nicht mehr so viele Menschen gab, die ihnen diese Fragen beantworten konnten.

Fritz wandte den Blick zu Emma.

»Wie es war?«, wiederholte er, doch diesmal ruhiger. »Das wurde ich früher schon gefragt, und nie habe ich darauf geantwortet. Ich habe nie erzählt, was ich im Krieg erlebt habe. Und danach. Das war der größte Fehler meines Lebens. Ich hätte es erzählen sollen.«

Er sah Emma an, als gäbe es nur noch sie beide in der Werkstatt, und Emma wich seinem Blick nicht aus.

»Du kannst es immer noch erzählen, Fritz«, sagte sie.

1945-1947

Er sah nur Emma, obwohl er wusste, dass noch viel mehr Menschen um ihn herum waren, er sah nur sie. Und er sah Matz, wie er als kleiner Junge vor dem Schraubstock gesessen, wie er an der Kurbel gedreht und ihn nach dem Krieg gefragt hatte.

Wie sollte man erklären, was im Krieg passiert war? Und danach. Denn das Danach gehörte mit zum Krieg. Und nach dem Danach war es immer noch nicht vorbei. Für die, die es erlebt hatten, war es nie vorbei. Wie sollte man das einem Menschen erklären, der all das nicht kannte und dessen Vorstellungsvermögen niemals ausreichen würde, alles das zu begreifen? Was sollte er sagen? Womit sollte er beginnen?

»Krieg ist das Schlimmste!«

Die Worte kamen ohne sein Zutun aus seinem Mund. Als hätten sie es selbst entschieden. Es war das, was er auch zu Matz gesagt hatte. Ein andermal hatte er ihm von all dem Schlimmen erzählen wollen. Später, wenn der Junge älter war. Dazu war es nicht mehr gekommen. Er hätte es tun sollen. Er hätte versuchen müssen, es in Worte zu fassen, Worte waren die einzige Brücke zu denen, die das nie erlebt hatten.

Er hätte es Emma erzählen müssen, alles, sie hätte ihm zugehört, und egal, was er erzählt hätte und wie ungeordnet und zerrissen, sie hätte die Last mit ihm getragen. Er wäre nicht mehr allein damit gewesen.

Jetzt hörten ihm viele zu. Junge Menschen, die nicht einmal ansatzweise etwas davon wussten, was Menschen anderen Menschen antun konnten. Nachbarn, Freunde, Verwandte, harmlose Menschen, gute Menschen. Krieg machte sie alle zu Mördern.

»Krieg ist das Schlimmste«, wiederholte Fritz. Er schüttelte den Kopf, als könnte er sie nicht zulassen, die Bilder, die in seinem Inneren vorbeizogen, eins schlimmer als das andere. Aber eins davon besonders deutlich.

»Ich war in eurem Alter, da habe ich einen Jungen erschossen. Weil er sonst mich erschossen hätte. Wir hatten beide Angst. Wir waren beide halbe Kinder. Wir hätten Freunde sein können, wären wir uns unter anderen Umständen über den Weg gelaufen. Der einzige Unterschied zwischen uns war, dass er am Ende tot war und ich ein Mörder. Ja, ein Mörder. So habe ich mich gefühlt und nicht anders.«

Er schwieg und hielt die Totenstille aus, bevor er weitersprach.

»Einer meiner Kameraden, auch ein Achtzehnjähriger, einer von denen, die davon überzeugt waren, dass der Endsieg noch möglich sei, obwohl schon ganz Deutschland in Schutt und Asche lag, einer von denen, die alles glaubten, was man ihnen vorlog, einer von denen, die schon in der Hitlerjugend davon träumten, einmal dem Feind Auge in Auge gegenüberzustehen und das Vaterland zu verteidigen, ein harmloser, dummer Junge, der schlief während seiner Wache ein. Am anderen Morgen wurde er standrechtlich erschossen. Und als er tot dalag, hat man uns, den anderen Jungs, erklärt, dass solche Pflichtvergessenheit den Sieg in Gefahr bringe.«

Fritz verzog höhnisch den Mund. »Ich nehme an, deswegen

haben wir letztlich den Krieg verloren, wegen dieses dummen Jungen.« Er sah ihn noch vor sich, sein entsetztes, verängstigtes Kindergesicht. »Ernst hieß er. Er machte sich in die Hose vor dem Erschießungskommando. Und keiner von uns konnte ihm helfen.«

Eine Katze schlich mit erhobenem Schwanz durch die Tür der Werkstatt und schaute sich verwundert miauend im Raum um, sah von einem zum anderen, als fragte sie sich, weshalb es hier trotz der vielen Menschen so still war.

»Jeder wusste, dass der Krieg vorbei war«, sagte Fritz. »Der Krieg war verloren. Zum Glück. Aber es hörte nicht auf. Wir hatten ständig Angst. Wir hatten Angst, erschossen zu werden oder zerfetzt oder verstümmelt. Oder selbst wieder einen Menschen töten zu müssen. Wir wollten nur noch weg, nach Hause, aber das durfte man nicht zeigen oder sagen. Wehrkraftzersetzung wäre das gewesen. Man hatte Gerüchte gehört von Vernichtungslagern im Osten. Viele konnten es nicht glauben. An solchen Verbrechen waren wir beteiligt, alle, denn wir waren ja ein Volk, das war ja so wichtig. Also waren wir auch alle schuldig. Alle.«

Er schüttelte erneut den Kopf, noch immer fassungslos ob dieser Schuld.

»Dann kam die Kapitulation. Endlich. Freiheit, dachten wir. Nach Hause. Aber so einfach ging das nicht. Man erschießt nicht an einem Tag einen Jungen und geht am nächsten Tag heim. Man zettelt keinen Krieg an, bringt Millionen unschuldiger Menschen um, steckt die ganze Welt in Brand und geht am nächsten Tag heim. Man kommt in Gefangenschaft.«

Fritz brach ab. Er konnte es nicht aussprechen.

Sie hatten es verdient, so behandelt zu werden.

Kein Mensch hatte es verdient, so behandelt zu werden.

Es war Recht.

Es war Unrecht.

Es war die Hölle gewesen.

»Sie haben uns in ein Lager gesteckt … am Strand … Da, wo heute Menschen Urlaub machen … schöne Gegend … das Meer rauscht den ganzen Tag.«

In seinem Kopf hörte er das Rauschen und den Wind. Und die Schreie.

»Da waren Minen im Sand vergraben. Deutschland wollte sich vor einer Invasion schützen. Deutsche hatten die Minen vergraben, Deutsche sollten sie auch wieder ausgraben. *Wir* sollten sie ausgraben. Entschärfen. Unschädlich machen. Lauter Jungs, um die zwanzig höchstens, viele jünger.«

Das Geräusch der Detonation dröhnte in seinen Ohren, er zuckte zusammen. *Nicht bewegen. Nicht hinsehen!*

»Manchmal ging eine Mine hoch, dann musste man ruhig bleiben, durfte sich nicht erschrecken, sonst war man genauso tot wie der, den es getroffen hatte. Manchmal hatte derjenige Glück und überlebte, ohne Arme oder Hände. Manchmal gingen dann noch mehr Minen los. Jeden Tag starb einer … mindestens einer.«

Er sah die Gesichter der Jungs, die am Abend nicht mehr auf ihren Pritschen lagen.

»Jeden Abend war ich froh, noch am Leben zu sein. Und am nächsten Morgen hab ich mich gefragt, ob das mein letzter Tag sein würde, und hab gehofft, dass meine Hände nicht zu sehr zittern würden vor Angst.«

Ein Bild, das ihm geholfen hatte, ruhig zu bleiben, ein Name, ein Gesicht. Er sah zu ihr hin und zwang sich, ihr in die Augen zu blicken. Er hätte es ihr vor siebzig Jahren sagen sollen. Er sagte es ihr jetzt.

»Ich habe immer an dich gedacht, Emma, unentwegt. Damit meine Hände nicht zittern. Deswegen habe ich überlebt.«

Emmas Miene war unbeweglich, nur eine einzelne Träne löste sich aus ihrem Augenwinkel.

»Und eines Nachts«, sprach Fritz weiter, »bin ich davongelaufen. Ich weiß bis heute nicht, wie ich es geschafft habe und wieso mich keiner entdeckt hat. Ich weiß nur, dass ich dachte: Ich muss weg. Ich muss es versuchen. Irgendwie hab ich es geschafft. Dann habe ich mich durchgeschlagen bis nach Hause. Ich wusste nicht, ob sie mich suchen würden oder ob es ihnen egal war. Ich wusste nicht, was passiert, wenn ich erwischt werde … als Soldat, der aus der Gefangenschaft geflohen ist, also hab ich mich lange versteckt. Und dann hab ich immer geträumt. Davon, dass sie mich wieder zurückbringen und ich wieder Minen räumen muss, davon, dass wieder Krieg ist und ich wieder Menschen umbringen muss. Und das Schlimme war, dass es auch nicht aufgehört hat, als ich zu Hause war, als ich in Sicherheit war. Man ist nie mehr in Sicherheit, wenn man einmal den Krieg erlebt hat.«

Das zarte Miau der Katze war der einzige Laut, der das Schweigen durchdrang.

»Wir, meine Generation, die den Krieg miterlebt hat, wir haben alle geschwiegen. Dabei hätten wir reden sollen. Reden und warnen vor diesen Verbrechern und mahnen, dass so etwas nie wieder geschieht. Wir wollten einfach nur vergessen. Einen Schlussstrich ziehen. Nur dass man nicht vergessen kann und dass es keinen Schlussstrich gibt.«

Er wollte noch etwas sagen, er hatte das Bedürfnis zu sagen: *Ich war kein Nazi. Ich war keiner ihrer Anhänger. Ich war nicht schuld. Ich war noch so jung*. Das Schlimme war nur: Es machte gar keinen Unterschied. Und deshalb schwieg er.

»Danke!«, sagte einer der Jungs, die neben Fritz auf der Holzkiste saßen. Fritz wandte erstaunt den Kopf zur Seite, einen Moment später lächelte er und nickte.

»Wann sind Sie nach Hause gekommen?«, fragte das Mädchen. Fritz erzählte auch das noch. Wie er das Grundstück vorgefunden hatte. Und er erzählte von Emma, die Tag für Tag Steine geschleppt hatte.

»Ich wusste, dass du wiederkommst«, sagte Emma. Sie saß noch immer regungslos auf ihrem Hocker, nur ihre Hände umklammerten ihre Handtasche und zitterten ein bisschen.

Fritz nickte und rang um seine Fassung.

»Möchtest du jetzt einen Kaffee, Emma?«, fragte er sie aus lauter Verlegenheit.

»Nein danke«, erwiderte Emma, »aber ich würde gern einen Mirabellenschnaps trinken, wenn du einen hast.«

»Drüben«, sagte Fritz. »Im Haus.« Er streckte den Arm aus und zeigte hin, als wäre es unklar, wo das Haus war. »Magst du ... mit rüberkommen?«

»Wenn du nichts dagegen hast«, sagte Emma.

Fritz wankte auf sie zu und bot ihr seinen Arm an. »Möchtest du das Haus sehen?«

Emma rutschte von dem Hocker und hielt sich an Fritz' Arm fest. »Das würde ich gern«, sagte sie. »Aber zuerst den Schnaps.«

»Den kriegst du, Emma«, sagte Fritz liebevoll.

Arm in Arm verließen sie die Werkstatt und gingen gemeinsam ins Haus.

7. September 2019

Marie lag wieder einmal die halbe Nacht lang wach, aber diesmal nicht, weil sie darüber grübelte, was am nächsten Abend alles schiefgehen könnte. Sie lag wach, weil ihr dieses Bild nicht aus dem Kopf ging: Emma und Fritz, die Arm in Arm zusammen im Haus verschwanden. Nach all der Zeit. Lange, lange blieben sie dort. Man fragte sich, worüber sie beim Mirabellenschnaps wohl redeten, aber das ging keinen etwas an.

Als sie zurückkehrten, lächelten sie. Nie hatte Marie etwas Schöneres gesehen als dieses glückliche Lächeln auf den beiden alten Gesichtern.

Ein wenig später hatte sich Alois mit Fritz unterhalten. Die Chronik würde wohl noch ein weiteres Kapitel bekommen Irma hatte ihre Mutter minutenlang im Arm gehalten, und Gerlinde hatte sich aus der Werkstatt geschlichen, um die Neuigkeit im ganzen Dorf zu verbreiten. Als Marie zur Generalprobe erschien, wusste es bereits jeder, und alle hatten Mühe, sich noch auf etwas anderes zu konzentrieren, sogar die Jungen und die Zugezogenen, die die Geschichte der beiden angeblich so verfeindeten alten Leute gar nicht kannten. Jetzt bekamen sie den Aufruhr mit, fragten nach und ließen sich davon erzählen. Die Probe geriet zur Nebensächlichkeit, bis Marie alle lautstark daran erinnerte, dass man den Leuten am nächsten Tag schließlich etwas bieten wolle.

All das schwirrte ihr nun im Kopf herum. Erst als die reine Fülle der Gedanken sie erschöpfte, schlief sie endlich ein.

»Marie!« Es war Jakobs Hand, die sie sanft rüttelte, und seine Stimme, die beim zweiten Mal lauter wurde. »Ma-RIE!«

»Mhm?«, machte sie, ohne die Augen zu öffnen. Jakob sollte ruhig noch ein bisschen weiterrütteln, das war schön.

»Schlafmütze!«, tönte es laut und hell durch den Raum. Das war nicht Jakob. Mit einem Schlag war Marie wach.

»Sarah?«

»Gut erkannt!« Mit einem Satz landete Sarah auf dem Bett und umarmte ihre Schwester stürmisch. »Los, auf! Duschen! Zähneputzen! Zack, zack!«, kommandierte sie

»Wieso bist du denn schon hier?«

»Weil ich das Auto genommen hab, ganz einfach. Mit dem Zug wäre ich erst heute Nachmittag angekommen. Hab ich dir aber geschrieben. Wärst du früher aufgestanden, wüsstest du es.«

Marie schälte sich aus der Decke und strahlte Sarah an.

»Umso besser. Ich muss dir so viel erzählen.«

»Ja?« Sarah strahlte zurück und betrachtete Marie. »Dir geht's gut, was?«

Marie warf einen Blick zur Tür, durch die Jakob gerade verschwunden war. Gut gelaunt pfiff er im Wohnzimmer vor sich hin. »Ja«, wollte sie antworten, »mir geht es so gut wie noch nie«, aber sie brachte keinen Ton heraus. Etwas schnürte ihr die Kehle zu. Sie konnte nur nicken. Heftig und glücklich.

Frau Wiegand freute sich wie verrückt, als Sarah am frühen Nachmittag zusammen mit Marie den Laden betrat. »Ist das schön, dass Sie auch wieder da sind!« Sie kam hinter der Theke hervor. »Ich muss Sie direkt mal drücken.« Das tat sie, ebenso fest wie herzlich.

»Ich freu mich auch«, sagte Sarah. »Und ich bin total gespannt auf heute Abend und auch auf morgen.«

Während sie geschäftig hin und her lief, erzählte Frau Wiegand ohne Punkt und Komma, was es bis zum nächsten Abend noch alles zu erledigen gab, wie viel ihr Rudi zu backen habe, dass sich die Hilde beschwert habe, dass *Margrets Stube* ausnahmsweise geschlossen war (»Was soll ich denn machen, wenn so viel zu tun ist?«), dass Neela und Celine, zwei Frauen aus der Neuen Straße vorbeikämen, um zu helfen (»Ganz nett sind die, wirklich ganz, ganz nett!«), und dass ihre Tochter samt Familie erst »kurz vor knapp« am Abend kommen könnten. Ihre Wangen leuchteten rosig, und bei all dem Reden und Laufen zog sie ständig ihren Kittel an und wieder aus.

»Wir sehen uns dann heute Abend, Frau Wiegand«, sagte Marie, die es für besser hielt, der beschäftigten Frau nicht länger im Weg zu stehen. »Gruß an Ihren Mann!«

An der Tür prallten sie mit Gerlinde und einer dunkelhäutigen jungen Frau zusammen, die beide so in Eile waren, dass sie nur ein atemloses »Hallo« herausbrachten und sich gleich Frau Wiegand zuwandten.

»Das war Neela«, erklärte Marie. »Sie kommt ursprünglich aus Sri Lanka und lebt mit ihrem Mann seit drei Jahren hier, er ist Übersetzer, sie ist Friseurin. Und was für eine! Sie hat einen eigenen Salon in Umwegen. Da kommen Kunden von überall her, aber hier kennt man sie eigentlich erst, seit sie nach der Bürgerversammlung angeboten hat, beim Fest zu helfen.«

»Beeindruckend!«

»Ist sie wirklich!«

»Nein, ich meine dich!«, sagte Sarah. »Du scheinst inzwischen jeden hier zu kennen, und zwar nicht nur die Namen.«

Marie schmunzelte. Sie erinnerte sich noch gut an ihre Unterhaltung im Mai.

»Marie!«, rief ihr eine stämmige Frau von der anderen Straßenseite her zu. »Heute großer Tag!« Sie lachte und reckte einen Daumen in die Luft. Marie winkte und erklärte Sarah: »Lucia ist aus Polen und betreut Kehrmachers Ilsjen.«

»Ilsjen?«

»Ils-chen!«, präzisierte Marie.

»Pfälzisch kannst du also auch schon«, stellte Sarah fest.

»Ach wo!«, widersprach Marie und winkte ab.

Die nächste Station auf ihrem Weg war die Festhalle, wo bereits großer Trubel herrschte.

»Wo sind denn nun die Blumen?«, brüllte Dieter Spengler. »Die sollten doch schon hier sein. Die müssen doch noch …«

»Die Stühle reichen nicht«, vermeldete Filser, kaum dass er Marie erblickt hatte.

»Doch, die reichen«, widersprach Alois Lämmer, verdrehte die Augen und übergab Marie einen DIN-A4-Umschlag. »Das ist der Rest. Hab ich heute Nacht geschrieben. Ich glaube, damit wäre alles vollständig.«

Marie lugte hinein und entdeckte gleich auf der ersten von mehreren bedruckten Seiten den Namen Fritz Draudt.

»Ist er einverstanden?«, fragte sie.

Alois lächelte. »Natürlich!«

Die beiden Michels polterten durch den Eingang, beide mit mehreren Stühlen beladen, hinter ihnen kamen Robin, Mathilde und andere Jugendliche, die ebenfalls welche trugen. Sie hatten die *Einkehr* ausgeräumt und erlösten damit Filser von seinen Sorgen.

»Wann kommen denn die Blumen?«, rief Dieter Spengler.

Von der Empore wurde ein großes Banner herabgelassen mit der Aufschrift: *750 Jahre Oberkirchbach.*

»Das muss man festspannen, das ist ja sonst ganz verkrumpelt«, rief Filser mit in die Seite gestützten Fäusten.

»Zerknittert«, übersetzte Marie für Sarah.

»Siehst du«, erwiderte diese. »Du sprichst Oberkirchbacherisch.«

»Wir haben so weit alles im Griff, Marie. Entspann dich ruhig noch ein bisschen bis heute Abend«, meinte Alois. »Du hast schon genug getan.«

Sie beobachtete das Treiben noch eine Weile, wie sie alle scheinbar ziellos durcheinanderliefen, doch jeder wusste, was er zu tun hatte. Was aussah wie ein riesiges Chaos, war vollkommen geordnet, ein Rad griff ins andere. Und Marie hatte das geschafft. Sie hatte alles geplant, organisiert und in die Tat umgesetzt. Sie hatte eine Begeisterung im Dorf entfacht, die noch im Frühjahr kaum vorstellbar gewesen war.

»Du kannst ganz schön stolz auf dich sein, Schwesterherz«, flüsterte Sarah ihr ins Ohr.

Marie setzte an, sich bescheiden dagegen zu verwahren, doch dann hielt sie inne und nickte. »Ja«, sagte sie mit glänzenden Augen. »Das bin ich.«

Jakob saß am Schreibtisch und arbeitete an seiner Predigt für den nächsten Morgen. Sarah hatte es sich mit dem Manuskript der Dorfchronik auf der Couch bequem gemacht und las. Marie lief hin und her, vom Badezimmer ins Schlafzimmer, änderte alle zwei Minuten ihre Garderobe für den Abend, schminkte sich, bürstete ihre Haare, überflog das Programm des Abends und sah zwischendurch immer wieder durchs Fenster hinunter auf die Straße. Wenn jemand vorbeilief, wurde vermeldet, wer es war und was er tat oder wohin er ging. Als Stefan Pavelka im Laufschritt vorbeiflitzte, riss sie rasch das Fenster auf. »Ist was passiert? Soll ich kommen?«, schrie sie dem jungen Mann hinterher. Der blieb erstaunt stehen und kam ein paar Schritte zurück. »Was? Nein! Wieso denn?«

Marie winkte ab. »Schon gut. Ich dachte nur.«

Als sie das Fenster wieder schloss, sah sie gerade noch, wie Jakob und Sarah einen Blick wechselten und sich gleich wieder grinsend ihren jeweiligen Tätigkeiten zuwandten.

Marie machte sich verrückt und konnte selbst nicht fassen, dass es so war. Wie gleichgültig hatte sie keine fünf Monate zuvor dem Dorf und seinen Bewohnern gegenübergestanden, wie öde hatte sie alles gefunden und wie hatte sie die Nase gerümpft über die Absicht, ausgerechnet hier in diesem verschlafenen Nest ein großes Fest auf die Beine zu stellen. Und jetzt?

Sie kannte jeden einzelnen Dorfbewohner, nicht nur die Namen, sondern auch die Geschichten, jede einzelne. Sie hatte sie alle kennengelernt. Während der Proben, während der Besprechungen und als Fragen und Probleme auftauchten: Wie sorgen wir für eine ordentliche Beleuchtung, wie für den Ton, woher bekommen wir Mikros und Verstärker? Woher die Dekoration? Man musste ja sparen, wie Filser in jedem zweiten Satz betonte. Aber immer kannte einer einen, der aushelfen konnte oder der wiederum einen kannte. Mit der Zeit hatte Marie ein Netz im Dorf gesponnen, das alles zusammenhielt und jeden mit jedem verband. Und sie war ein Teil davon, ein wichtiger.

»Ich glaube, ich mache mich mal fertig«, verkündete sie nervös. »Wird allmählich Zeit.«

Eine Stunde später trugen sie alle festliche Kleidung und waren bereit, sich auf den Weg zu machen.

Um 19.00 Uhr sollte der bunte Abend beginnen. Es war zwar noch eine gute Stunde Zeit, aber das ganze Dorf war bereits auf den Beinen, es war die reinste Völkerwanderung. Aus allen Teilen Oberkirchbachs strömten die Leute Richtung Unterdorf zur Festhalle. Alle grüßten oder winkten oder riefen Marie etwas zu. Die Mitwirkenden sahen ebenso nervös aus wie sie. Dieter Spengler ging mit seiner Familie vorbei und starrte stur auf den Boden. »Er ist ganz aufgeregt«, raunte seine Frau Marie zu und kicherte. Er bemerkte es gar nicht. Liesel kam zusammen mit Gerda aus der Nebenstraße, in der Liesel wohnte.

»Pass auf, gleich wirst du Augen machen!«, rief sie Marie zu und eilte zu ihr über die Straße.

»Ja?«, freute sich Marie.

Als Antwort drehte Liesel schwärmerisch die Augen zum Himmel und kreuzte die Hände über ihrer Brust. Gerdas Daumen zeigten beide nach oben. Marie strahlte und legte einen Zahn zu, weil sie es nicht erwarten konnte, die Halle zu sehen. Jakob und Sarah ließen sich zurückfallen, Liesel dagegen bemühte sich, Schritt zu halten, um zu erzählen. Von den geplünderten Oberkirchbacher Gärten, von Gerda, die in der Gärtnerei in Umwegen arbeitete und ihrer Chefin übrig gebliebene Ware abgeschwatzt hatte.

»Es ist ein Traum!«, schwärmte Liesel. »Und die Jungs haben heute ganze Arbeit geleistet. Drei Stunden lang haben sie Ballons aufgeblasen. Und natürlich zwischendurch ausprobiert, wie sich das anhört, wenn man Helium einatmet und dann redet. Zum Glück haben sie gemerkt, dass einem dabei schlecht wird, deshalb sind sie dann doch noch fertig geworden.«

Liesel redete wie ein Wasserfall. Auch sie hatte sich schick gemacht. Sie hatte die Haare hochgesteckt und trug ein enges dunkelblaues Kostüm, das plötzlich ihre gute Figur zum Vorschein brachte. Als sie Maries Blick bemerkte, wurde sie ein bisschen rot und murmelte, endlich gebe es mal die Gelegenheit, so was anzuziehen.

Marie selbst trug einen dunklen Hosenanzug mit Weste, weißer Bluse und Krawatte. »Rattenscharf!«, hatte Sarah sie genannt, und Jakob hatte sie mit offenem Mund angestarrt.

Es war ein besonderer Tag, also wollte sie auch besonders aussehen, und Liesel hatte sich wohl etwas Ähnliches gedacht. Alle hatten so gedacht, wenn man sich umsah.

Als sie schließlich vor der Festhalle standen, begann Maries Herz zu flattern. Am Eingang, an einem kleinen Tisch, saß bereits Alois Lämmer, um das Eintrittsgeld entgegenzunehmen, und gleich dahinter hatten sich Johanna und Mathilde mit ihren Blumen postiert: Dahlien, Astern und Gerbera. Jeder Besucher sollte beim Eintritt eine davon erhalten. In einer Vase etwas abseits standen zwei einzelne wunderschöne langstielige rote Rosen.

Marie winkte den beiden Mädchen zu, schüttelte Alois die Hand und betrat den Saal.

Es verschlug ihr die Sprache.

Sie erinnerte sich daran, wie sie Monate zuvor die Halle zum allerersten Mal von innen gesehen hatte. Sie erinnerte sich an ihren Schock und an ihre Empörung, an den Staub, die Spinnweben, den Verfall. Und jetzt das hier. Der Saal war so verwandelt wie das ganze Dorf. Er lebte, er strahlte, er glänzte im Licht unzähliger Lichterketten. Hingebungsvoll hatte man ihn dekoriert, mit bunten Bändern und weißen und grünen Ballons, die zur Decke strebten, und Blumen, Blumen überall. Die ganze Bühne war ein Blumenmeer. Die unterschiedlichen Stühle im Saal passten in jeder Hinsicht zur Dekoration. Schon einmal hatten sich alle Bewohner zusammengerauft, und jeder hatte damals einen Stuhl gespendet. Und jetzt war es wieder so.

»Nicht heulen«, wisperte Jakob Marie ins Ohr. Plötzlich stand er neben ihr, genau im richtigen Moment. Sie straffte sich, schluckte die Tränen der Rührung hinunter und atmete tief durch. Er hatte recht, sie hatte noch so einiges zu tun, da konnte man sich nicht schon am Anfang überwältigen lassen. Und doch musste sie ihr überlaufendes Herz erleichtern. Sie fiel Jakob um den Hals und küsste ihn trotz Lippenstift. Während er verlegen grinsend seinen Mund abwischte, wandte sich Marie Sarah zu, die mit großen Augen neben ihnen stand und den Saal bewunderte.

»Da staunst du, was?«, sagte Marie.

»Hammer!«, sagte Sarah. »Wenn das Programm so bunt wird wie die Halle, dann ist der Begriff bunter Abend gerechtfertigt.«

»Ist er«, versprach Marie. »Es wird bunt und lustig und kitschig und schräg und ... einfach großartig.«

Sarahs Blick fiel auf die erste Reihe, in der mehrere Plätze reserviert waren, darunter die für die beiden Ehrengäste.

»Ich vermisse Margret«, sagte sie.

»Ich auch«, erwiderte Marie. »Sie hätte den Abend genossen.«

»Ich bin sicher, sie wird ihn auch so genießen«, meinte Jakob. »Oder denkst du etwa, eine Margret Wiegand lässt es sich nehmen, heute dabei zu sein?«

Marie lächelte. Eines Tages würde sie Jakobs Glauben vielleicht teilen. Andererseits konnte auch sie Margrets Anwesenheit spüren. Sie sah ihr leuchtendes Gesicht vor sich, wusste genau, was sie gesagt hätte, und vor allem, wie sie sich über Fritz und Emma gefreut hätte. Ja, irgendwie war sie mit dabei.

Sarah nahm in der zweiten Reihe Platz und studierte mit

Interesse den Programmzettel. Marie wandte sich wieder dem Eingang zu. Die ersten Besucher saßen schon auf ihren Plätzen, schnupperten an ihren Blumen und schauten sich begeistert um. Alois und die Mädchen hatten jetzt alle Hände voll zu tun. Der Raum füllte sich, und zum ersten Mal hoffte Marie, dass nicht ganz Oberkirchbach kommen würde, denn dafür wäre auch bei noch so ausgeklügelter Bestuhlung kein Platz. Es war so schon eng genug.

Die Mitwirkenden trudelten allmählich ein, genauso wie das restliche Festkomitee, jedem Einzelnen konnte man das Herzklopfen ansehen. Lothar Filser kam im Frack und stammelte ein bisschen peinlich berührt: »Bei so einer besonderen Gelegenheit ... und er passt noch.« Seine Frau schmunzelte.

August Mewes und Karl Liebelt winkten ihre Sängerinnen und Sänger heran, Stefan Pavelka baute sein Klavier auf, die Musiker auf der Bühne stimmten ihre Instrumente.

Marie umarmte auf ihrem Weg nach draußen die vor Aufregung zitternde Christine Seegers, die wunderschön singen konnte, allerdings sehr schüchtern war. »Das ist Lampenfieber, das vergeht«, beruhigte sie ihr Mann Karsten, der die Veranstaltung moderieren würde und ebenfalls einen Auftritt hatte, jedoch kein bisschen nervös wirkte. Ihre Tochter Jana war das Mädchen mit dem Poetry-Slam.

»Ihr werdet fantastisch sein«, versicherte Marie der Familie.

»Hallo, Marie!« Es war Anja, der sie auf einmal gegenüberstand. »Das ist meine Mutter. Mein Vater ist so nett und macht heute den Babysitter bei Fritzchen.«

Das also war Lisa, Fritz' älteste Tochter, eine vollschlanke, eher farblose Frau, die auf den ersten Blick keinerlei Ähnlichkeit mit ihrem Vater hatte. Sehr ernst wirkte sie, resolut und nüchtern, doch als sie Marie mit einem Lächeln die Hand reichte, veränderte sich ihr Gesicht vollkommen, wurde weich und freundlich. Hatte sie auch rein äußerlich nichts von Fritz geerbt, das Wesen, das hatte sie ganz sicher von ihm.

Fritz! Dann musste er also auch schon da sein.

Marie entdeckte ihn ein wenig abseits am Straßenrand in einem schönen dunkelgrauen Anzug. Es war nicht schwer zu erraten, auf wen er wartete.

Und da kam sie auch schon. Eingehängt zwischen ihren Kindern, die Haare schön frisiert, in einem hübschen hellblauen Kostüm, in dem sie sich aufrechter hielt als sonst. Das Lächeln in ihrem Gesicht war glücklich, aber zaghaft. Und ebenso zögerlich waren Fritz' Schritte, mit denen er ihr entgegenkam. Als die beiden alten Leute einander erreicht hatten, zogen sich Irma und Paul taktvoll zurück. Sie entdeckten Marie vor dem Eingang und grüßten kurz, blieben jedoch nicht stehen. Irmas Kinn bebte, und auch Paul konnte man ansehen, wie bewegt er war. Wer wusste schon, was ihnen ihre Mutter nach dem gestrigen Tag alles anvertraut hatte.

Marie konnte den Blick nicht von Fritz und Emma abwenden, so rührend war es, wie sie sich gegenüberstanden, verlegen und gleichzeitig erlöst. Schließlich zog Emma etwas aus ihrer weißen Handtasche, die an ihrem Arm baumelte. Es sah aus wie ein Briefumschlag, gefaltet oder in zwei Teile zerrissen. Fritz nahm ihn mit zitternden Fingern entgegen. Als er sich mit einer Hand an den Mund fuhr, strich Emma sanft über seinen Arm und sagte etwas zu ihm. Er nickte, verstaute den Umschlag in der Innentasche seines Jacketts und bot Emma seinen Arm. Gemeinsam wackelten sie langsam Richtung Eingang.

Marie zog sich zurück, denn hätte sie die beiden begrüßt, hätten sie ihre Gefühle überwältigt. Doch dafür war es noch viel zu früh. Ein Weilchen musste sie sich noch zusammenreißen, sie hatte noch vieles zu erledigen an diesem Abend. Also ging sie nach drinnen und begab sich zu ihrem Platz in der ersten Reihe. Ihr Herz hämmerte. Der Saal war voll. Der große Abend begann.

7. September 2019

»Fritz?«

»Ja, Emma?«

»Was wäre, wenn wir jetzt einfach nicht da hineingehen würden?«

»Dann würde uns die Frau Pfarrer aufs Dach steigen.«

Emma gluckste. »Tja, dann müssen wir wohl, was?«

Fritz legte seine Hand auf ihre, mit der sie sich an seinem Arm festhielt. »Wir machen den Quatsch jetzt einfach mal mit«, meinte er.

Sie tätschelte mit ihrer freien Hand die seine und nickte.

Er fühlte sich noch genauso an wie früher, bildete sie sich ein, sein Arm, seine Hand, sogar der Größenunterschied war noch derselbe. Als wären all die Jahre zwischen ihnen verschwunden, aufgelöst in seiner Erzählung vom Krieg und von dem Danach. Emma grübelte nicht mehr darüber nach, was gewesen wäre, hätte er schon früher darüber geredet. Er hatte es jetzt getan, endlich, und sie war die Letzte, die zu ihm sagen würde: Hättest du doch. Oder: Hätten wir doch. Sie hatten einander andere Dinge gesagt, dort im Wohnzimmer beim Mirabellenschnaps, schöne Dinge, traurige Dinge. Über ihr Kind hatten sie geredet, Alfred hätte sie das Kind nennen wollen, wäre es ein Junge geworden, nach Fritz' Bruder. Das hatte sie ihm anvertraut, er hatte die Lippen zusammengepresst und genickt. Vielleicht wäre es auch ein Mädchen geworden, dann hätten sie länger überlegen müssen. Es hatte gutgetan, darüber zu reden, frei von Vorwürfen und Trauer, und nicht so zu tun, als hätte es dieses Kind nie gegeben. Fritz hatte sich für vieles entschuldigt, auch für den zerrissenen Brief.

»Jetzt sind wir so alt, Emma«, hatte er gesagt.

»Und immer noch hier«, hatte sie geantwortet.

Sie fragte sich, ob sich seine Küsse auch noch so anfühlten wie seine Arme und seine Hände. Unverändert. So wie früher.

»Wollen wir?«, fragte er.

»Ja, Fritz«, sagte sie, und gemeinsam betraten sie die Halle.

Emma war wie geblendet. So schön sah der Saal aus, so festlich, so bunt und lebendig, allein schon durch all die vielen Leute. Zwei Mädchen überreichten ihnen herrliche Rosen, eine für Fritz und eine für Emma. Und Alois Lämmer führte sie zu ihren bequemen gepolsterten Plätzen in der Mitte der ersten Reihe. Sie wurden behandelt wie Ehrengäste. Emma fand das reichlich übertrieben, und wie Fritz es fand, konnte sie seinem leisen Murren entnehmen.

Die Eingangstür wurde geschlossen, die Beleuchtung im Saal gedimmt, nur die Bühne wurde von mehreren Scheinwerfern in ein warmes Licht getaucht. In der Mitte stand ein Mikrofon und schien auf jemanden zu warten. Scheinwerfer, Mikrofone – waren sie wirklich noch in Oberkirchbach?

Die Musiker auf der Bühne griffen zu ihren Instrumenten: Gitarren, ein Akkordeon, ein Klavier, an dem Stefan, der Enkel von Lene saß, zwei Geigen, ein kleines Schlagzeug und diese runden Rasseln, von denen Emma nicht wusste, wie sie hießen, zwei Trompeten, Flöten, eine Klarinette. Ein buntes Durcheinander.

Erwartungsvolle Stille breitete sich aus, bis endlich eine

jüngere Frau die Bühne betrat. Emma versuchte sie unterzubringen: Woher kannte sie die? War das nicht eine Enkelin von Hennemanns Ida? Fritz beugte sich zu ihr. »Kennst du die? Ist das nicht …?«

Die Frau trat ans Mikro, die Scheinwerfer gingen aus, bis auf einen, in dessen Lichtkegel sie stand.

»Pscht!«, machte Emma zu Fritz, legte den Finger an ihren Mund und ergriff schmunzelnd seine Hand.

Eine Gitarre begann zu spielen, das Akkordeon gesellte sich dazu, und die Frau fing an zu singen, so schön, dass Emma vor Verblüffung tief einatmete und Fritz' Hand drückte.

Sie kannten das Lied von früher, aus den Sechziger- oder Achtzigerjahren.

»Those were the days my friend«, sang die junge Frau, und die Oberkirchbacher Musiker spielten dazu, als hätten sie nie etwas anderes gemacht. Es dauerte nicht lange, da klatschte das begeisterte Publikum beim Refrain mit und war erst recht aus dem Häuschen, als plötzlich mitten im Saal Leute anfingen mitzusingen, sich erhoben und nach vorn zur Bühne gingen: Der neue große Chor von Oberkirchbach gab auf diese Weise seinen Einstand, und die Bühne war kaum groß genug für alle. Junge und ältere Sänger standen Seite an Seite und sangen sich die Seele aus dem Leib. *Those were the days my friend …* Emma konnte nicht anders, als gerührt zu sein von diesem Anblick. Am Ende dieses furiosen Auftakts brach der ganze Saal in Jubel aus. Marie sprang auf die Bühne und ergriff das Mikro.

»Vielen Dank euch allen für euer Kommen«, sagte sie in den Beifall hinein. »Und fürs Mitmachen. Und für alles.« Der Beifall verebbte, man wollte hören, was Marie zu sagen hatte.

»Those were the days«, wiederholte sie den Text. »Wir dachten, das wäre ein guter Einstieg, denn wir blicken zurück

auf siebenhundertfünfzig Jahre Oberkirchbach. Zugegebenermaßen waren wir nicht bei allen siebenhundertfünfzig Jahren dabei, nicht annähernd. Einige schauen auf mehr Jahre zurück, andere auf weniger, aber wir tun es hier und heute gemeinsam, und wir lassen unser Dorf mit diesem Abend hochleben. Deshalb will ich nicht viele Worte machen. So schön, wie es begonnen hat, soll es auch gleich weitergehen. Danke an unsere Musiker und an unseren neuen wunderbaren, leider noch namenlosen Chor und ganz besonders an die fantastische Christine Seegers, die wir später noch einmal hören werden. Ihr Mann Karsten wird euch ab jetzt durch das Programm führen, und mir bleibt nur noch eins zu sagen: Viel Spaß!«

Diese Marie! Was hatte sie da gezaubert!

Der Auftakt des bunten Abends blieb nicht der einzige Moment, in dem Fritz glaubte zu träumen. Oberkirchbach war in Bewegung und spielte und tanzte und sang. Das allein war ein Wunder, aber dass er diesen Abend mit Emma an seiner Seite erleben durfte, das war das größere Wunder.

Wie sie lachte oder andächtig lauschte, ihre Ohren funktionierten ja noch ganz gut, wie sie betonte. Manchmal summte sie ein bisschen mit. Jedes Mal, nachdem sie applaudiert hatten, fanden sich ihre Hände erneut. Ab und zu beugte sie sich herüber, um ihm etwas ins Ohr zu flüstern, ihre Begeisterung oder ihr Erstaunen, sie teilte das alles mit ihm, und er teilte es mit ihr. So wie sie es ihr Leben lang hätten tun sollen.

Wie amüsierten sie sich gemeinsam darüber, als acht gut angezogene, ihnen wohlbekannte alte Damen auf die Bühne traten und sich in Reih und Glied hinstellten. Hilde Jörges war unter ihnen, Helga Börtzler, Stefan Pavelkas Großmutter Lene und auch Auguste, die als Einzige einen Zettel in der Hand hielt.

»*Der Handschuh* von Friedrich Schiller«, sprach Hilde laut und forsch ins Mikrofon und gab dieses sogleich weiter an die neben ihr stehende Lene, die mit lauter, heller Stimme die erste Strophe aufsagte, sechs fehlerfreie Zeilen, bevor sie das Mikro an Gisela Leipolt weiterreichte, die ihrerseits eine halbe Strophe beisteuerte. So wanderte das Mikrofon von einer zur anderen, blieb kurz an Auguste hängen, die angestupst werden musste, damit sie merkte, dass sie an der Reihe war, dann jedoch ihren Teil, ungeachtet der inhaltlichen Dramatik, mit heiterer Miene vortrug. Therese Kreuz nahm ihr das Mikrofon aus der Hand und machte weiter, bis die Reihe wieder an Hilde Jörges war. Und jetzt kam ihre Stunde. Sie, die begnadete Balladendeklamatorin, stellte sich in Pose und schleuderte dem Publikum die komplette letzte Strophe entgegen, als wäre es der aus dem Löwenkäfig geborgene Handschuh, den Ritter Delorges dem Fräulein Kunigunde vor die Füße warf. »Den Dank, Dame, begehr ich nicht«, rief Hilde voller Stolz, und als sie nach dem letzten Satz das Kinn reckte und sich beide Fäuste in die Seite rammte, brach der Saal in tosenden Beifall aus. Standing Ovations wurden dem Oktett auf der Bühne dargebracht, und die alten Damen nahmen sie mit strahlenden Mienen entgegen. Auguste winkte Emma zu, und diese winkte liebevoll zurück. Fritz dachte voller Wehmut an Herrmann. Wäre er noch da gewesen, wäre er jetzt zur Bühne gelaufen, hätte seine Auguste heruntergehoben und herumgewirbelt, so wie früher beim Tanz. Ob sie sich noch an all das erinnerte? Bestimmt. Sicher würde sie keinen Tag mit Herrmann je vergessen, ganz egal, was sie sonst alles vergaß. Es war tragisch, dass die beiden keine Kinder hatten, die sich um sie kümmern konnten. Zofia, Margrets Zofia, war jetzt zu Auguste gezogen. Fürsorglich kam sie nun der alten Frau an den Bühnenrand entgegen und reichte ihr die Hand.

Emma beugte sich zu Fritz. »Auguste hat mit mir Aufsagen geübt«, sagte sie leise, ganz nah an seinem Ohr. Er spürte den Hauch ihres Atems auf seiner Haut.

»Das hat sie gut gemacht«, sagte er. »Herrmann hätte das sehen müssen.«

»Ja«, sagte Emma.

Nach dem Vortrag der alten Damen folgten Tanz- und Akrobatikvorführungen des Sportvereins. Gerlinde und Gerda, führten eine komische, aber gelungene Stepptanz-Nummer à la Fred Astaire und Gene Kelly auf, beide in Anzug und Zylinder, während Christine Seegers mit ihrer Tochter zusammen *Singin' in the Rain* zum Besten gab. Dieter Spengler jonglierte wie ein echter Artist und mit hochrotem Kopf, und auch die drei rappenden und beatboxenden Jungs ernteten stürmischen Applaus. Nach einer kurzen Pause für Zuschauer und Mitwirkende trat der Chor mit einem von Stefan Pavelka arrangierten mitreißenden Medley aus unterschiedlichsten Liedern auf, Klassikern und modernen Popsongs, es war eine Art musikalischer Zeitreise. Und wie viele Instrumentalisten es gab: ein ganzes Gitarrenquartett, ein Akkordeonist, der hinreißend spielte, eine Klarinettistin, gar nicht zu reden von dem Orchester. Sie alle traten auf und begeisterten. Aber das unbestrittene Highlight des Abends war Karsten Seegers mit seiner Kabarettnummer, bei der er seine ersten Begegnungen als Zugezogener mit einzelnen Dorfbewohnern schilderte. Bald schon brach der Saal in grölendes Gelächter aus, denn Karsten Seegers imitierte die Betreffenden dabei so gekonnt, dass man nach nur wenigen Sekunden wusste, wer gemeint war. Sprechweise, Haltung, Mimik, typische Redewendungen, jede noch so kleine Eigenart stimmte aufs Haar, und bei jeder neuen Imitation explodierte die Halle. Am lautesten lachten die Imitierten selbst.

»Als ich zum ersten Mal nach Oberkirchbach kam«, schloss Karsten Seegers, »hätte ich mir so einiges vorstellen können, aber nicht, dass ich jemals auf dieser Bühne stehen würde. Schuld daran ist nur eine Person. Wer kennt sie nicht? Unsere Frau Pfarrer!« Daraufhin verwandelte er sich in Marie, wie sie durchs ganze Dorf hastete, von Tür zu Tür, Aufgaben verteilte, Anweisungen gab, Menschen umarmte, Flyer verteilte, sich freute wie ein Kind und alle mitriss. Die Leute jubelten, und Marie hielt sich von Lachen geschüttelt die Hände vors Gesicht. Als sie sie wieder herunternahm, wischte sie sich Tränen aus den Augenwinkeln, aber Fritz hatte den Eindruck, dass es nicht nur Lachtränen waren.

Karsten erhielt Riesenbeifall. Nach ihm spielte das Orchester ein letztes Stück, ein besonderes, das Fritz noch von früher kannte. Sicher hatte Stefan die Noten von seinem Großvater geerbt, der das Stück komponiert hatte: die berühmte Oberkirchbacher Hymne.

Schließlich betrat Lothar Filser in seinem Frack die Bühne, aufgeregt und wie immer auch ein wenig überfordert, aber doch genauso sympathisch, wie Karsten Seegers ihn nur wenige Minuten zuvor nachgeahmt hatte. Unbeholfen beugte er sich zum Standmikrofon hin.

»Wir kommen jetzt zum Höhepunkt«, sagte er, auf eine geschickte Einleitung verzichtend. »Aber vorher muss ich noch etwas loswerden. Dringend.« Er trat ein wenig vom Mikrofon zurück, fasste sich und trat wieder vor. »Ohne dich, liebe Marie, Frau Pfarrer, hätte dieser Abend nicht stattgefunden. Ohne dich hätte so manches nicht stattgefunden. Dann säßen wir jetzt, jeder für sich, in unseren Wohnzimmern und würden uns irgendwas im Fernsehen ansehen. Dann wäre unser Dorfgeburtstag spurlos an uns vorbeigegangen, und wir hätten nie ...«

Er winkte ab und senkte den Blick. Im Saal war es still,

irgendjemand schniefte. Filser riss sich zusammen und hob wieder den Kopf.

»Danke für alles, Marie!«

Der Saal tobte. Fritz drückte die Hand seiner Emma noch ein bisschen mehr und sah zu der jungen Frau, die nur wenige Plätze entfernt saß, neben ihrem Mann und vor ihrer Schwester, und der jetzt tatsächlich Tränen über die Wangen liefen. Sie blieb sitzen, nickte Filser zu und schnäuzte sich die Nase. Der Pfarrer strich seiner Frau in einer zärtlichen Geste über den Rücken und legte den Arm um sie.

»Aber jetzt!«, rief Filser, als sich der Lärm legte. »Jetzt kommen wir zum allerwichtigsten Programmpunkt. Zu den beiden Einwohnern, die mehr Jahre Oberkirchbach miterlebt haben als jeder von uns. Sie sind am selben Tag zur Welt gekommen. Sie sind unsere ältesten Mitbürger. Und jetzt bitte ich die beiden ganz herzlich zu mir auf die Bühne: Hillese Emma und Draudte Fritz.«

Marie versuchte mit aller Kraft, sich zusammenzureißen, doch ihre Tränen liefen und liefen. So sehr bewegten sie der ganze Abend, Filsers Worte und mehr als alles andere dieser Anblick: Emma und Fritz, die jetzt gemeinsam zur Bühne gingen und mithilfe ihrer Kinder langsam die Stufen erklommen. Hand in Hand. Marie schluchzte leise auf. Jakob drückte sie noch fester an sich.

»Liebe Emma, lieber Fritz«, begann Filser, doch erst mal wusste er nicht, wie er weitermachen sollte, und noch weniger wusste er, wohin mit seinen Händen. Mathilde stand mit zwei Urkunden und zwei Schmuckkästchen am Rand der Bühne, die hätten ihn retten können, aber so weit war es noch nicht. Vorher musste er noch ein paar verbindliche Worte finden.

Fritz schaute Filser an, als hätte er einen Lehrbuben bei der

Gesellenprüfung vor sich, und Emma mit ihrer Kurzsichtigkeit kniff wie gewohnt ihre Augen zusammen, was ihrer Miene wie immer einen äußerst skeptischen Ausdruck verlieh. Man beneidete Filser nicht.

»Liebe Emma, lieber Fritz«, wiederholte der Bürgermeister in seiner Not. »Ihr … ihr seid die ältesten Bürger in Oberkirchbach.« Sein Blick streifte Marie. Sie nickte ihm aufmunternd zu und hob unauffällig beide Daumen. Filser räusperte sich und fuhr fort.

»Bis vor Kurzem war das noch Wiegands Margret, aber die hat uns einen Strich durch die Rechnung gemacht. Ich bin sicher, sie wäre gern noch bei uns an diesem schönen Abend, aber ich weiß genau, sie hätte auch ihre Freude daran, euch beide hier oben vereint zu sehen. Ihr habt ihr damals geholfen, als sie fremd und allein nach Oberkirchbach kam, als sie ihren Mann und ihr Zuhause verloren hatte und vor dem Nichts stand, das hat sie immer erzählt. Ihr wart für sie da, und das hat sie euch nie vergessen.«

Fritz winkte verlegen ab, doch Emma versetzte ihm einen sanften Stoß in die Rippen. Da schenkte er ihr ein liebevolles Lächeln und legte seinen Arm um ihre Schultern.

Maries Finger tasteten vergebens nach einem Taschentuch, Irma reichte ihr eins und putzte sich selbst die Nase. Ein paar Plätze weiter wischte sich Anja das Gesicht ab, während ihre Mutter mit glasigem Blick zur Bühne starrte.

Erneut hatte Filser den Faden verloren. Nachdem er einen Moment lang wie eine Salzsäule dagestanden hatte, winkte er hektisch nach Mathilde. Das junge Mädchen trat sofort hinzu und erlöste ihn.

»Bitte nehmt diese Urkunden und die Ehrennadeln als Zeichen unserer Wertschätzung für euch … und euer …«, wieder riss der Faden, »eben … Lebenswerk.«

Fritz hob die Brauen, Emma riss die Augen auf, und durch das Publikum ging ein leises Kichern. Filser musste selbst schmunzeln, hob die Hände entschuldigend und meinte: »Na, das sagt man doch so. Ihr wisst doch alle, was ich meine.«

Marie klatschte in die Hände, Jakob fiel ein, und bald klatschte der ganze Saal. Filser tupfte sich den Schweiß von der Stirn und überreichte erst die Urkunden und anschließend die Ehrennadeln, die seltsamerweise die Form einer Schlange hatten. »Das ist keine Schlange, das soll der Kirchbach sein«, hörte Marie ihn erklären. »Symbolisch quasi.«

Emma heftete Fritz seine Nadel an den Anzugkragen und Fritz im Gegenzug Emma die ihre an die Kostümjacke. Dann strahlten sie einander an, und die Leute klatschten noch heftiger.

»Dürfen wir uns jetzt wieder setzen?«, fragte Fritz. Filser nickte, aber Emma hielt ihn auf.

»Moment!« Sie machte einen Schritt zur Seite, sodass sie dicht beim Mikrofon stand und sagte: »Danke!« Dann trat sie zurück, hakte sich bei Fritz unter, und so verließen sie die Bühne. Hilfreiche Hände sorgten dafür, dass sie die Treppen unbeschadet herunterkamen. Karsten erlöste Filser und übernahm die Abmoderation, indem er alle Mitwirkenden zum Abschluss noch einmal auf die Bühne bat. »Zumindest so viele, wie draufpassen«, meinte er grinsend. Sein Blick glitt über die erste Reihe und blieb an Marie hängen.

»Liebe Marie, die letzten Worte würde ich gern dir überlassen.«

Damit hatte sie nicht gerechnet, und das war auch nicht abgesprochen. Rasch wischte sie sich noch einmal mit den Fingern unter ihren Augen entlang und hoffte, dass sie nicht zu schlimm aussah. Unter dem Beifall der Leute ging sie nach oben.

»Danke euch allen für diesen Abend«, sagte sie. »Danke, Oberkirchbach, ihr seid die Tollsten. Ich kann nur sagen, das Musikantenland ist auferstanden.« Sie ließ den Jubel verebben, bevor sie weitersprach. »Natürlich muss ich an dieser Stelle ein paar Leuten besonders danken, weil sie geholfen haben, diesen Abend zu meistern. Ich hoffe, ich vergesse keinen.«

»Das sagen die bei den Oscars auch immer«, rief Walther Kreuz und erntete allgemeines Gelächter. Marie grinste und legte los. Sie begann mit Alois Lämmer, dessen Dorfchronik in den nächsten Tagen fertiggestellt, dann gedruckt und schon bald zum Kauf im Pfarrhaus ausliegen würde. »Der Erlös geht, genau wie die Einnahmen heute Abend, zum größten Teil in die Ausbesserung der Kirchentreppe und die Erneuerung des Geländers«, verkündete Marie.

»Und der Rest?«, fragte eine Stimme aus dem Publikum.

»Davon veranstalten wir wieder ein Fest«, rief ein anderer, und alle stimmten johlend zu.

Marie fuhr fort. Sie nannte die Namen aller Beteiligten. Namen von Menschen, die in den letzten Monaten zu Freunden geworden waren, eine endlose Reihe, und sie vergaß keinen.

»Und zum Glück«, sagte sie am Schluss, »ist unser Dorfgeburtstag ja noch nicht zu Ende. Morgen Vormittag wird euch wie jeden Sonntag mein Mann in der Kirche unterhalten, und am Abend feiern wir den *Tanz in die nächsten 750 Jahre*. Ich lade euch alle dazu ein. Danke für den schönen Abend! Kommt gut heim und gute Nacht!«

8. September 2019

Marie saß eng an Sarah gedrängt auf ihrem Platz in der letzten Reihe der Kirche. Es war so voll, als gäbe es Freibier von Michels oder für jeden ein Plunderstückchen von Wiegands umsonst, dabei hatten beide an diesem Vormittag geschlossen. Wiegands am Sonntag sowieso und Michels ausnahmsweise, weil sie bis über beide Ohren mit den Vorbereitungen in der Festhalle beschäftigt waren. Umbauen, aufbauen, Stühle wegräumen, Tische aufstellen. Filser hatte tief in die leere Dorfkasse gegriffen und Geld hervorgezaubert, um Biertische und Bänke zu mieten. Der Rest kam wieder von Michels und privaten Spendern. Sie und ihre Helfer waren unten in der Halle bereits kräftig am Werken, während Jakob oben in der Kirche vor vollem Haus seine Predigt hielt.

Als er dort oben auf der Kanzel stand, beim Reden gestikulierte und sich immer wieder durch seine Haare strich, als hätte er auch nur den Hauch einer Chance gegen ihre Widerborstigkeit, da musste Marie an Karstens Imitationskunst denken und wie exakt er Jakob getroffen hatte. Genauso wie alle anderen. Und genauso wie auch sie selbst, mit ihrer Energie, ihrer Begeisterung, ihrem nimmermüden Motivieren und Antreiben die ganze Zeit über. Wo war das alles nur hergekommen? Egal woher, es hatte Spaß gemacht, noch nie hatte ihr irgendetwas so viel Spaß gemacht. Ein Abend noch, dann war es vorbei.

Und dann?

Was würde dann aus Oberkirchbach werden, aus Jakob, aus ihr, aus ihnen beiden?

Das Lachen der Kirchenbesucher unterbrach ihren Gedankenstrom, Jakob hatte wieder irgendeinen Witz gerissen. Marie verzog den Mund und lachte fröhlich mit. Ihre Blicke begegneten sich, doch Jakob schaute rasch wieder weg.

Natürlich stellte er sich die gleichen Fragen wie sie, und wie Marie verdrängte er die Antworten darauf bis nach dem Fest. So hatten sie es besprochen. Aber der Zeitpunkt der Entscheidung rückte näher und näher.

Ich will hierbleiben.

Und ich will das nicht.

In Köln hatte sie die Chance auf eine Stelle. Und was hatte sie in Oberkirchbach?

Die Gemeinde sang Lied Nummer 638.

Sie lieben dich.

Frau Wehmeier eilte mit der Orgel wie immer davon.

Du hast mehr verändert, als ich es je könnte.

Sarah suchte vergebens die richtigen Töne und kicherte ab und zu in sich hinein. Jakobs Bariton klang hell und warm durch alle Stimmen hindurch.

Wenn ich hier weggehe, bekommen sie einen neuen Pfarrer, aber wenn du weggehst, bekommen sie keine neue Marie.

Einen neuen Pfarrer! So einen wie diesen Lorenz womöglich, und dann wieder einen neuen und dann wieder. Und einer von diesen x-beliebigen Pfarrern würde eines Tages Emma und Fritz auf ihrem letzten Weg begleiten und nichts über sie wissen. Und womöglich würde er davor noch irgendwo auf die Schnelle ein klobiges Möbelstück abholen. Er würde nicht in der Lage sein, die richtigen Worte zu finden, um den übrig gebliebenen Teil zu trösten. Er würde auch nichts über Auguste wissen und ihren verstorbenen Herrmann, über Frau Jörges, die hundert Gedichte auswendig kannte, über Margret, denn die hätte er ja nie kennengelernt. Er würde keine Witze während der Sonntagspredigt machen und keinen alten, mürrischen Leuten hinterherlaufen.

Ja, das Dorf würde einen neuen Pfarrer bekommen, aber keinen wie Jakob.

Die Kirchenglocken läuteten. Der Gottesdienst war zu Ende. Jakob begab sich, gefolgt von den Presbytern mit ihren Kollektekörbchen, zum Ausgang. Marie wartete. Als eine der Letzten verließ sie die Kirche. Am Ausgang warf sie ein paar Euromünzen in den Korb, den Wiesner mit stoischer Miene vor sich hielt. Dann reichte sie Jakob die Hand, wie immer.

»Sehr schöne Predigt, Herr Pfarrer«, sagte sie zu ihm. Er nickte, lächelte ein bisschen, und beim Blick in ihre Augen drückte er zärtlich ihre Hand. Wie immer. Wie jeden Sonntag.

Doch diesmal ging sie nicht weiter, diesmal blieb sie vor ihm stehen. Und als er sie fragend ansah, warf sie ihre Arme um seinen Hals und küsste ihn.

Es fühlte sich an wie ein Abschiedskuss.

Die Leute auf dem Kirchhof klatschten Beifall, irgendjemand, sicherlich Sarah, pfiff, als die Frau Pfarrer den Herrn Pfarrer küsste. *Diese Marie!*, dachten sie sich wahrscheinlich oder manche sogar: *Unsere Marie!* Sie wussten ja von nichts. Davon, dass ihnen Marie bald schon den Rücken kehren wollte.

Und er? Jakob wusste es nicht. Sein Glaube hatte ihm geholfen, die anstehende Entscheidung zu verdrängen. Er hatte Gott um Hilfe gebeten und um ein Zeichen, was er tun sollte. War dieser Kuss das Zeichen?

Am liebsten wollte er sie gar nicht mehr loslassen, wollte sich an ihr festklammern aus Angst, dieser Kuss wäre der Anfang vom Ende ihrer Beziehung. Wenn er nie endete, dann würden sie sich auch nie trennen.

Marie löste sich als Erste von ihm, lächelte und sagte leise: »'tschuldigung. Das musste sein.«

Er lächelte zurück und fühlte, dass seine Lippen dabei zitterten. Bloß jetzt nicht die Fassung verlieren. Einen Pfarrer, der an der Kirchenpforte herumknutschte, konnten die Leute gerade noch verkraften, aber keinen Pfarrer, der gleich darauf heulend zusammenbrach. Rasch wandte er sich ab, ging zurück in die Kirche und lief zur Sakristei, aber auch dort hatte er keine Ruhe, denn Eberhard Morgenstern, der zweite Presbyter, war ebenfalls vorn in der Kirche, um das Glockengeläut abzustellen.

»Bis heute Abend, Herr Pfarrer«, sagte er. »Da lassen wir es in der Festhalle noch mal ordentlich krachen, oder?«

Jakob zog den Talar aus und hängte ihn sorgfältig auf den Bügel. »Auf alle Fälle«, erwiderte er.

Der Presbyter grinste breit und ging.

Jakob bekam sich wieder in den Griff und nahm sich vor, den Abend zu genießen. Einmal noch wollte er mit Marie und Oberkirchbach Spaß haben. Auch wenn es das letzte Mal sein sollte.

Die Festhalle war gesteckt voll. Die Jüngeren überließen den Älteren die Plätze an den Tischen und setzten sich auf den Bühnenrand vor die Band oder standen vor der langen Theke, die man vor dem Durchgang zum Nebenraum aufgebaut hatte. Einige von ihnen vergnügten sich auch schon tanzend auf der großen freien Fläche in der Mitte.

Marie saß anfangs mit Jakob, Sarah, Liesel, Gerda, Irma, Stefan Pavelka, Anja und Marco an einem Tisch, doch die

Besetzungen wechselten häufig. Irma war zeitweise auch bei ihrer Familie, Stefan Pavelka wanderte von Tisch zu Tisch und unterhielt sich mit alten Bekannten. Sarah, Gerda und Liesel halfen zwischendurch an der Theke aus, sodass auch die Wiegands und die Michels ihren Spaß hatten. Ab und zu kamen Bekannte vorbei und nahmen für eine Weile Platz: Alois und Gerlinde, die Seegers, Robin und Mathilde und viele andere, die am vergangenen Abend mitgewirkt hatten. Zu gern ließ man alles noch einmal Revue passieren.

Marco und Anja waren begeisterte Tänzer, und auch Marie wurde häufig zum Tanzen aufgefordert. Besonders Filser war von ihrem Talent ganz hingerissen und meinte, sie könne doch eine Tanzschule aufmachen und unterrichten. Überhaupt hatte er viele Ideen für die Zukunft Oberkirchbachs.

»Ein Kino!«, sagte er beim Foxtrott mit Marie. »Das wär's doch.« Er würde sich mal erkundigen, was man da alles so beachten müsse, wenn man ein Kino betreiben wolle. Marie fand das gut, regte jedoch an, sich mit dem Bürgermeister in Umwegen zusammenzutun. »Da gab es doch früher mal ein Kino, also haben die auch schon die entsprechenden Räumlichkeiten.«

»Gute Idee«, fand Filser und schlug vor, man solle sich in nächster Zeit einmal zusammensetzen, gern auch wieder in gewohnter Runde im Pfarrhaus bei Bier und Käseigel. Er lachte voller Vorfreude.

Als Marie an ihren Tisch zurückkehrte, hatte sich die ursprüngliche Besetzung wieder zusammengefunden. Filser quetschte sich dazu.

Ein paar Tische weiter ertönten mehrere Initialschreie, und wenig später kreischte die ganze dort versammelte Runde vor Lachen: Auguste Klein, Hilde Jörges, Walther und Therese Kreuz, Helga Börtzler, Lene Pavelka und mitten unter ihnen

Emma und Fritz. Fritz wandte verdrießlich den Kopf ab, fing Maries Blick auf und wischte mit der Hand vor der Stirn hin und her, als wollte er sagen: *Die haben sie doch nicht alle.* Dann stand er auf, reichte seiner Emma die Hand und tapste mit ihr gemeinsam zur Tanzfläche.

Irma, die neben Marie saß, folgte ihrem Blick und sah mit ihr zusammen den beiden alten Leuten beim Tanzen zu.

»Sie haben damals ihr gemeinsames Kind verloren«, sagte sie unvermittelt und leise zu Marie. »Meine Mutter hat mir und Paul vorgestern Abend alles erzählt. Alles. Sie hatte eine Fehlgeburt. Deswegen ging es auseinander zwischen ihr und Fritz.« Sie ließ Emma nicht aus den Augen, sah zu, wie sie sich auf der Tanzfläche mit Fritz drehte, ganz langsam, nahezu auf der Stelle, aber voller Glück.

»Sie hat ihm die Schuld gegeben. Und er sich auch. Keiner sonst wusste von dem Kind, außer meiner Großmutter. Und vielleicht hat Liesels Mutter etwas geahnt.«

Irma schüttelte den Kopf, als könnte sie es noch immer nicht fassen. »Es war eine unfassbar traurige Geschichte. Eine Tragödie. Und wir wussten alle von nichts.«

Stefan forderte Sarah zum Tanz auf und Marco Anja. Gerda und Liesel sahen einander an, aber sie blieben sitzen. Emma und Fritz drehten sich.

»Zum Glück hat sie doch noch ein gutes Ende gefunden, diese Geschichte«, sagte Marie zu Irma.

»Ja«, meinte Irma wehmütig, »aber meine Mutter hat ihr Leben lang nur Fritz geliebt. All die verlorenen Jahre bekommen die beiden nicht zurück.«

»Sie haben etwas anderes bekommen«, erwiderte Marie. »Euch. Dich und Paul und Andrea, Lisa, Anja, Fritzchen …«

»… und Matz«, ergänzte Irma. »Wenn er die beiden jetzt nur sehen könnte.«

»Na komm, Irma«, sagte Filser, der noch am Tisch saß und die Unterhaltung stumm mit angehört hatte. »Lass uns tanzen.«

Irma grinste schief und ging mit ihm.

»Wollen wir auch?«, fragte Marie Jakob, doch der schüttelte den Kopf. Er hatte noch nicht ein einziges Mal mit ihr getanzt. Ausgerechnet er, für den kein Lied untanzbar war, der normalerweise sofort anfing, sich zu bewegen, wenn er Musik hörte.

»Was ist denn, Jakob?«, fragte Marie.

»Nichts«, behauptete er.

Marie hielt den Kopf schräg. »Soll ich mal Michels Hannelore fragen, was genau passiert, wenn Pfarrer lügen?«

Jakob grinste, und das war wenigstens ein kleiner Fortschritt.

Die Band spielte *Those Were the Days*.

»Los, komm jetzt, tanzen. Sie spielen unser Lied«, sagte Marie lachend und zerrte an Jakobs Arm. Überrumpelt erhob er sich und folgte ihr zur Tanzfläche. Liesel und Gerda hatten sich mittlerweile auch überwunden. Stefan und Sarah tanzten verdächtig eng, und Marco und Anja hielten sich verliebt in den Armen. Für Emma und Fritz ließ man ausreichend Platz, damit man die beiden alten, in ihren Tanz versunkenen Leute nicht aus Versehen umwarf.

»Sagst du mir jetzt, warum du die ganze Zeit dasitzt wie ein Trauerkloß?«, fragte Marie.

»Tu ich doch gar nicht«, widersprach Jakob.

»Du tanzt nicht«, entgegnete Marie.

Jakob blieb stehen. »Was mach ich denn hier?«, fragte er und zeigte auf seine Füße, dann auf sich und Marie. »Ich tanze.«

»Aber ich musste dich zwingen.«

Er verdrehte die Augen.

»Was ist denn mit euch beiden?«, fragte Sarah im Vorbeitanzen.

»Nichts«, sagte Jakob.

»Du bist schon bei morgen, stimmt's?«, tippte Marie.

»Lass uns bitte jetzt nicht darüber reden«, bat Jakob.

Anja und Marco drehten sich dicht an ihnen vorbei, und Marie bemerkte aus dem Ausgenwinkel Anjas gerunzelte Stirn, doch sie nahm keine Notiz davon. Ihre Augen waren auf Jakob gerichtet, ihre Miene voller Entschlossenheit.

»Doch«, sagte sie. »Ich glaube, genau das müssen wir.« Das Lied war zu Ende. »Und zwar genau jetzt.«

Sie drehte sich um und marschierte geradewegs zur Bühne. Mit einem Sprung war sie oben und schnappte sich das Mikrofon.

»Darf ich einen Augenblick um eure Aufmerksamkeit bitten?«, sagte sie und klopfte energisch mit dem Finger aufs Mikrofon. Die Band wollte soeben das nächste Lied anstimmen, doch sie ließen ihre Instrumente wieder sinken, die Tänzer blieben auf der Tanzfläche stehen, und an den Tischen erstarben die Unterhaltungen.

»Ich muss euch nämlich etwas mitteilen«, sagte Marie. »Eigentlich hatte ich damit bis nach der Feier warten wollen, aber ich denke, jetzt, wo gerade das halbe Dorf versammelt ist, ist es doch am besten.«

Sie sah, wie Anja die Augen aufriss und wie Liesel sich die Hand auf den Mund presste. Sie konnten sich denken, was sie dem Dorf verkünden wollte, und hielten es wahrscheinlich für extrem schlechtes Timing. Jakob starrte Marie fassungslos an und machte den Eindruck, als wollte er am liebsten weglaufen. Aber Jakob lief niemals weg. Und sie auch nicht. Der Zeitpunkt, Farbe zu bekennen, war gekommen.

»Unser Dorfgeburtstag neigt sich allmählich dem Ende zu«, sagte Marie. »Und ich übertreibe nicht, wenn ich sage: Das war die beste Zeit meines Lebens: mit euch allen. Das Fest und auch die Vorbereitungen, die Arbeit und …

»… die ganzen Schwierigkeiten«, rief Dieter Spengler zu ihr hinauf.

»Ja, die auch«, lachte Marie. »Und wie viele Schwierigkeiten es gab. Aber wir haben sie alle gemeistert. Zusammen. Ich möchte keine Sekunde davon missen. Keine einzige.«

Anja wischte sich über die Augen, Liesel verschränkte die Arme vor der Brust und starrte auf den Boden.

»Aber ab morgen geht für uns alle der Alltag weiter«, fuhr Marie unbeirrt fort. »Und ich habe mir lange überlegt, wie es für mich persönlich weitergeht.«

Jakob sank auf den nächstbesten Stuhl an der Seite der Tanzfläche.

»Dieses Fest zu organisieren, das kann nicht alles gewesen sein. Es ist so: Ich habe früher bei einer kleinen Zeitung gearbeitet, und das will ich in Zukunft wieder tun.«

Jakob stand mit einem Ruck auf und strebte Richtung Tür.

»Hier in Oberkirchbach«, rief Marie laut.

Jakob blieb so abrupt stehen, als hätte ihn jemand eingefroren.

»Ich finde, Oberkirchbach könnte eine eigene Zeitung brauchen. Eine, die vielleicht nur einmal im Monat erscheint, aber immerhin. Und dazu brauche ich Leute, die mir helfen. Anja, ich nehme an, du bist dabei, oder?«

Anja blinzelte, einen Moment lang verwirrt, mit verschmiertem Kajal zu ihr hoch, dann nickte sie heftig.

»Liesel? Gerda? Was ist mit euch?«

»Logisch machen wir mit«, rief Gerda. Liesel hatte jetzt das Gesicht hinter beiden Händen verborgen und nickte ebenfalls.

»Überlegt es euch, und wer sich vorstellen könnte, da noch mitzuarbeiten, meldet sich bei mir.« Marie blickte in die Runde und wusste sofort, dass sich mehr als genug Leute melden würden.

»Und außerdem, Leute«, fuhr sie fort. »Was ich eigentlich sagen will: Das mit der Zeitung ist nur eine Sache. Ich bin dafür, dass ihr euch ebenfalls mal Gedanken über die Zukunft macht. Zum Beispiel, wie man unsere schöne Festhalle nutzen kann. Und das nicht nur einmal alle zehn Jahre.«

»Genau, dann müssten wir nämlich jedes Mal wieder mit dem Entstauben anfangen«, meinte Neela.

»Nach dem Fest ist vor dem Fest«, tönte Karsten Seegers, alle stimmten lauthals zu.

»Das ist der Spirit!«, rief Marie. »So und nicht anders.«

Der Schlagzeuger trommelte einen Tusch.

»Tja, das war auch schon alles, was ich sagen wollte. Vorerst. Ich habe da noch ein paar andere Ideen, aber die bespreche ich erst mal mit dem bewährten Festkomitee in gewohnter Runde.«

Filser reckte strahlend den Daumen nach oben.

»Und jetzt«, schloss Marie, »bräuchte ich mein Glas, denn ich würde gern mit euch anstoßen auf viele kommende beste Zeiten in Oberkirchbach.«

Anja brachte es ihr zur Bühne, aber bevor sie es Marie gab, fiel sie ihr um den Hals. »Dann haben wir ja bald wieder viel zu besprechen«, meinte sie.

»Viele Arbeitsfrühstücke in *Margrets Stube*«, stimmte Marie zu und hob ihr Glas.

»Auf uns!«, rief sie in den Saal.

»Auf uns!«, tönte es laut und vielstimmig zurück.

Marie gab der Band ein Zeichen und hüpfte von der Bühne.

Jakob stand noch immer auf demselben Platz wie vorhin, als er drauf und dran war zu gehen. Seine Arme hingen kraftlos herab, und er sah so fertig aus, wie ihn Marie noch nie gesehen hatte. Sofort regte sich ihr schlechtes Gewissen.

»Tut mir leid, aber ich wusste nicht, wie ich es dir anders hätte sagen sollen«, sagte sie.

»Hä?«, machte er. »Du hättest sagen können: *Lass uns hierbleiben, Jakob.* Ganz einfach.«

»Wir wollten aber nicht darüber reden, erst nach dem Fest«, entgegnete Marie. »Das hatten wir so vereinbart, und daran wollte ich mich halten. Und außerdem ...« Sie grinste breit. »... liebe ich den großen Auftritt. Du hast das jeden Sonntag, aber ich habe erst gestern Abend Bühnenluft geschnuppert. So was macht süchtig.« Sie hoffte inständig, dass er endlich mitlachen und nicht mehr so erschöpft aussehen würde. Dass er sich endlich freuen würde.

»Wir bleiben also hier?«, fragte er stattdessen, als könnte er es immer noch nicht glauben. »Wir bleiben zusammen hier?«

»Natürlich tun wir das«, erwiderte Marie und strich ihm zärtlich über die Wange. »Hier ist doch unser Zuhause.«

Und endlich fiel alles von ihm ab, endlich schlang er die Arme um Marie und küsste sie.

»Ich liebe dich«, flüsterte er.

»Ich weiß. Tanzen wir jetzt?«

»Und wie!«

Sie wischten sich beide schnell die Rührung aus ihren Gesichtern und eroberten die Tanzfläche, die sie nicht so schnell wieder verlassen wollten.

Emma und Fritz tanzten noch immer Arm in Arm mit seligen Mienen. So viele Tänze hatten sie nachzuholen.

Marie schmiegte sich glücklich an Jakob und sah ihnen zu.

Als Emma ihren Blick auffing, lächelte sie und winkte, und Marie winkte zurück.

»*Aber die Liebe ist die größte unter ihnen*«, flüsterte Jakob.

»Ja«, erwiderte Marie mit einem tiefen Seufzer. »Genau so ist es.«

8. Januar 2020

»Mirabellenschnaps?«

»Äh, diesmal nicht, danke.«

Es standen vier kleine Schnapsgläser auf dem Tisch, und Fritz hielt den Flaschenhals bereits über das erste, um einzuschenken. Jetzt richtete er sich auf und sah Marie ungläubig an.

»Nicht?«, fragte er enttäuscht.

»Ähm, nein.« Sie lächelte betreten.

»Aber am Geburtstag«, beharrte Fritz. »Und an so einem … einem besonderen.« Sein Blick streifte Emma, die ihn mit zusammengekniffenen Augen anlächelte. Am ersten Geburtstag seit über siebzig Jahren, den sie gemeinsam feierten. Das meinte er. Und Marie hätte nur allzu gern darauf angestoßen.

»Einen guten Kaffee, den trinken Sie aber schon, gell?«, half Emma aus und ging damit taktvoll über den abgelehnten Geburtstagsschnaps hinweg.

»Ja, den trink ich gern«, sagte Marie erleichtert, doch Fritz sah immer noch tödlich verletzt aus. Die paar Mirabellen, die der alte Wunderbaum noch abwarf, wurden zu einem Getränk veredelt, das nur einem engen, ausgewählten Personenkreis angeboten wurde. Marie wusste das, und umso mehr tat es ihr leid.

»An Weihnachten wollten Sie auch schon keinen Schnaps«, murrte Fritz. Das war richtig. Da hatte sie eine Magenverstimmung von der Weihnachtsgans vorgetäuscht.

»Also, ich nehme gern einen«, versuchte Jakob abzulenken. Doch Fritz fixierte weiter Marie.

»So, da ist der Kaffee«, sagte Emma und wackelte mit der Kanne heran. »Setzt euch doch.«

Marie sank auf das Sofa nieder und kam sich schlecht vor.

Jakob überreichte den beiden Geburtstagskindern das Geschenk, für das sich Emma überschwänglich und Fritz verhalten bedankte.

Er schenkte drei Gläser ein. Beim Anstoßen hielt Marie ihre Kaffeetasse hin. Fritz knurrte. Emma stieß ihn in die Rippen, setzte sich neben Marie und tätschelte ihr die Hand.

»Wie weit sind Sie denn schon?«, fragte sie.

»Was?«, fragte Fritz.

Marie wurde rot, aber sie hätte sich denken können, dass ihre Schnapsverweigerung zumindest für Emma entlarvend war.

»Zwölfte Woche«, sagte sie.

»Was?«, fragte Fritz erneut.

»Eigentlich wollten wir es noch nicht offiziell machen, aber na ja …«, sagte Marie.

»Setz dich endlich hin, Fritz, die Frau Pfarrer ist schwanger.«

»Wir kriegen ein Kind«, fügte Jakob strahlend hinzu, als müsste er Fritz zur Sicherheit übersetzen, was schwanger bedeutete. Marie wusste, dass er schon längst darauf gebrannt hatte, es laut zu verkünden. Am liebsten von der Kanzel herunter, doch das hatte sie ihm untersagt. Aber dass Fritz und Emma nun die Ersten waren, die es erfahren durften, freute sie.

»Ach du je!«, rief Fritz. »Ach du liebe Zeit.« Seine Miene veränderte sich auf einen Schlag. Er setzte sich, dann stand er sofort wieder auf. »Das müssen wir doch feiern«, meinte er aufgeregt. »Ich mache eine Flasche Sekt auf.«

»Sekt sollte ich leider auch nicht«, meldete sich Marie bedauernd.

»Ach so, ja, na gut!«, sagte Fritz und setzte sich wieder. Auf seinem Gesicht erstrahlte dieses ganz besondere, seltene Lächeln.

»Dann kriegt unser Fritzchen einen Spielgefährten«, meinte er.

»Wir wollten es aber sonst noch keinem sagen«, betonte Marie und warf auch Jakob einen mahnenden Blick zu.

»Wir verraten nix!«, versprach Emma.

Marie war skeptisch und wechselte das Thema.

»Wer kommt denn eigentlich heute Nachmittag alles?«

»Alle«, sagte Fritz mit einer entschiedenen Handbewegung.

»Wir haben keinen eingeladen«, erklärte Emma trocken. »Aber wir sind auf alles eingerichtet.«

»Die kommen alle«, sagte Fritz noch einmal.

»Die Kinder kommen«, sagte Emma.

»Dann ist die Bude eh schon voll«, meinte Fritz.

»Und die Liesel, die Gerda, die Auguste, die kommt mit der Irma, die Helga …«, zählte Emma auf.

»Und der Filser natürlich, der muss ja.« Fritz grunzte amüsiert.

»Wenn das hier zu eng wird, gehen wir rüber zu Michels«, erklärte Emma schlicht.

»Es wird bestimmt zu eng.« Fritz hatte da keinen Zweifel. Emma lachte.

Das halbe Dorf würde kommen, so viel war sicher, ob eingeladen oder nicht, und Michels, das wusste Marie, waren schon vorbereitet auf den Geburtstag der beiden Dorfältesten.

Und noch etwas war so sicher wie das Amen in der Kirche, egal was man versprochen hatte: Fritz würde lauthals verkünden, dass die Frau Pfarrer ein Kind erwartete, und Jakob würde jubelnd danebenstehen und Glückwünsche entgegennehmen. Schnaps würde fließen und guter Kaffee und Bier von Michels, und es würde von den Landfrauen gebackenen Kuchen geben. Christine würde ein Geburtstagsständchen singen, und sämtliche singfreudigen Oberkirchbacher würden mit einstimmen. Sie würden feiern bis in den Abend hinein und Pläne machen für das nächste Fest, das anstand. Ein Frühlingsfest, Tanz in den Mai oder so was. Anja und Marie hatten da schon ein paar Ideen. Und wie man erst die Geburt des neuen Oberkirchbacher Bürgers feiern würde. Und die Taufe.

»Auf alle Fälle wird es schön, gell, Fritz?«, sagte Emma.

»Ja, das wird schön, Emma«, erwiderte Fritz und schenkte Schnaps nach. »Und weißt du was? Den Hundertsten, den feiern wir ganz groß in der Festhalle.« Emma schmunzelte. Zärtlich legte er den Arm um sie und sah sie an. »Die Hundert, die schaffen wir doch noch, gell, Emma?«

»Ja, Fritz, die schaffen wir noch.«

ENDE

Danksagung

Zum Abschluss ein kurzes, aber tief empfundenes Dankeschön an die Menschen, die mich auf ihre Weise nach Oberkirchbach begleitet haben:

Ralf und Irmtraut, ja, ihr seid gemeint. Danke für eure Freundschaft und eure Hilfe. Und dafür, dass ihr das Bindeglied zu meiner alten Heimat seid und bleibt. Und sagt jetzt nicht: »Nix zu danken.« Grüße nach Mühlbach!

Meine Schwester und mein Mann haben mich im November 2019 auf eine kurze, sehr spezielle »Recherchereise« begleitet. Denkwürdig war es und schräg und ungeheuer hilfreich. Und schön. Mit euch ist alles schön. Danke, nicht nur dafür!

Tim Rohrer und Julie Hübner, meinen Agenten, danke ich für ihre immerwährende Unterstützung. Ihr seid mein doppelter Boden, mein Fangnetz, mein … ihr wisst schon. Gut, dass es euch gibt.

Meinem Verlag mit der wunderbaren Eule danke ich von ganzem Herzen für das immense und so wohltuende Vertrauen in mich und allen Mitarbeitern für die Arbeit und die Liebe, die in dieses Buch gesteckt wurden.

Mein letzter und innigster Dank gilt meiner Lektorin Marion Wichmann: Danke, ein riesengroßes Danke für einfach alles!